Herwig Büchele
SehnSucht nach der Schönen neuen Welt

Herwig Büchele

SehnSucht nach der Schönen neuen Welt

CIP-Titelaufnahme der Deutschen Bibliothek

SehnSucht nach der Schönen neuen Welt
Herwig Büchele SJ
 – Thaur; Kulturverl.,1993
   ISBN 3-85395-175-9

Umschlagbild: „Mondlandschaft" von Käthe Kötting

Umschlaggestaltung: Karl Giesriegl

Abbildungen:
1. Vorsatz: Selection from „The Survival Series, 1985 – 86, Spectacolor board".
Installation: Times Square, New York. Photo courtesy Barbara Gladstone, aus: Michael
Auping: Jenny Holzer, S. 25. Universe series on women artists, New York 1992.

2. Vorsatz: Jenny Holzer: Aus der Überlebensserie, 1987. From the Survival Series,
Installation: San Francisco, New York, Barbara Gladstone Gallery, aus: Klaus Honnef:
Kunst der Gegenwart, S. 216, Köln 1988.

Quellen- und Copyrightangaben:
Textauszüge auf den Seiten 22, 39, 44, 51, 61, 66, 101, 125, 138, 155, 160, 164, 171,
    185, 199 aus: A. Huxley, Schöne Neue Welt.
© Mrs. Laura Huxley 1932
Copyright © 1953 by Aldous Huxely und Erberth E. Herlitschka
Abdruck mit Genehmigung der Fischer Taschenbuch Verlag GmbH, Frankfurt am
Main.

Textauszug auf den Seiten 403–412 aus: K. Tuzinski, Das Individuum in der englischen
devolutionistischen Utopie (1965).
Copyright © 1965 by Max Niemeyer Verlag Gmbh & Co.KG, Tübingen

Gekürzte Zeittafel auf den Seiten 413 f. aus: Zeittafel zu Aldous Huxley mono 368,
dargest. von Theo Schumacher.
Copyright © 1987 by Rowohlt Taschenbuch Verlag GmbH, Reinbek bei Hamburg

Gesamtherstellung; Thaurdruck, Giesriegl Ges.m.b.H., Krumerweg 9, 6065 Thaur
Printed in Austria 1993

INHALTSVERZEICHNIS

EINFÜHRUNG

Die Gewichte dieser Welt tendieren in Richtung „Schöne neue Welt". Sind wir auf dem Weg in die sanfte Diktatur dieser sozialen Kunstwelt garantierter Glückserfüllung? Viele Gründe sprechen dafür. Das gilt es aufzuzeigen. Führt ein Weg aus dieser schleichenden kollektiven Entmündigung? Ja! Dieser Weg soll in seinen Grundlinien beschrieben werden.

Es geht mir in diesem Buch nicht um Literaturanalyse bzw. Literaturkritik. Mein Interesse gilt nicht der Analyse und Kritik des genialen Romans Aldous Huxleys[1] „Schöne neue Welt".

In den drei ersten Abschnitten geht es vielmehr darum, in einem Vergleich der Neuen mit der Alten Welt die Logik der Schönen neuen Welt in den Lebens- und Krisenfeldern unseres Daseins herauszuarbeiten, und zwar mit dem Ziel, sie für unsere Selbst- und Weltwahrnehmung und Orientierungssuche fruchtbar zu machen.

Die Schöne neue Welt ist in der Interpretation Aldous Huxleys ein aus realen Erfahrungen konstruiertes Furchtbild, das vor absehbaren Entwicklungen warnen soll. Angesprochen auf die Schöne neue Welt sagte er in einem Interview 1961 (2 Jahre vor seinem Tod): „Menschen können in eine Gleichförmigkeit gepreßt und niedergebügelt werden, sobald ihre Genetik manipuliert werden kann . . . Mehr und mehr sind wir imstande, das auch tatsächlich zu tun. Uns das klar zu machen und jede nur mögliche Vorkehrung zu treffen, damit es nicht geschieht, das ist heute äußerst wichtig. Das war, wie ich es sehe, die Botschaft des Buches: Es ist möglich, um Himmels willen, laßt uns vorsichtig sein."[2]

In einem Rück- bzw. Ausblick auf die Schöne neue Welt in seinem Buch „Schöne neue Welt – Dreißig Jahre danach" (1958) meint Huxley: „Vielleicht sind die Mächte, die heute die Freiheit bedrohen, zu stark, als daß ihnen sehr lange Widerstand geleistet werden könnte. Es ist dennoch unsere Pflicht, alles, was in unseren Kräften steht, zu tun, um ihnen Widerstand zu leisten."[3] Und in einem Brief aus dem Jahre 1957 an Dr. Humphrey Osmond schreibt Huxley: „Die allerletzte Revolution – die physiologische und psychologische Revolution –, von der ich in der ‚Schönen neuen Welt' annahm, sie würde sich in sechshundert Jahren ereignen, steht inzwischen vor unserer Tür, und ich sehe nichts, was sie aufhalten könnte."[4]

In einem Essay aus dem Jahre 1927 mit dem Titel „The Outlook for American Culture: Some Reflections in a Machine Age" sieht Huxley einen der unheilvollen Züge, die den American way of life kennzeichnen, darin, daß er „eine breite Schicht von Menschen" umfasse, „die kein Interesse an einer tieferen Bildung, an einem geistigen Leben haben. Für diese Leute ist ein Leben auf animalischem Niveau ganz und gar zufriedenstellend. Haben sie zu essen und zu trinken, die Gesellschaft ihresgleichen, sexuelles Vergnügen und reichlich turbulente Zerstreuungen, dann sind sie glücklich".[5]

Die Schöne neue Welt beschreibt – und das macht die Auseinandersetzung mit ihr so bedeutsam – nicht nur eine Wirklichkeit, die uns von außen bedroht, daß Menschen durch genetische, pharmazeutisch-chemische und erzieherische Mittel im Sinne dieser sozialen Kunstwelt beherrschbar sind, sondern sie beschreibt eine Wirklichkeit, nach der wir uns in einer abgründigen Schicht unseres Wesens zutiefst sehnen. Es geht in diesem Buch also vor allem auch darum, die Tiefenschichten einer Wirklichkeit herauszuarbeiten, die dieses System der schmerz- und leidfreien Lusterfüllung insgeheim wie einen Erlöser und Heilbringer begrüßen, ein System, das sich in den herrschenden seelischen und gesellschaftlichen Strukturen seinen Weg bahnt, und zwar als Antwort auf die Art und Weise, wie wir auf die Fragen und Herausforderungen antworten, die das Leben an uns stellt.

Huxley beschreibt also in diesem Roman nicht nur ein Furchtbild (Norbert Elias), sondern auch ein Wunschbild. Er läßt uns in „metaphorischen Bildern" eine Wirklichkeit entdecken, die uns nicht fremd, sondern – wenn auch nicht in der Helle des Bewußtseins – vertraut ist. Er gibt einer Wirklichkeit Konturen, die uns Vertrautes tiefer sehen läßt, ja Überraschend-Neues ans Licht bringt. Er verschärft den Wirklichkeitssinn, den Wahrnehmungs- und Verstehenshorizont. Er läßt uns eine tiefere Wirklichkeit entdecken.

In dem Maße, wie wir den Mut haben, uns der Botschaft der Schönen neuen Welt auszusetzen, nötigt uns die Auseinandersetzung mit den Grundthemen der Schönen neuen Welt, unsere selbstverständliche Lebensführung und Daseinsform zu unterbrechen, sie führt unser Leben in eine Krisis, sie testet unser Ethos: Wie weit sind wir bereit, den Lebensfragen – der Existenzerhellung und Weltorientierung – suchend und ringend auf den Grund zu gehen: Wer bist du? Woher kommst du? Wohin gehst du? Was ist der Lebenssinn? Was ist der Sinn des Todes?

Die Botschaft der Schönen neuen Welt konfrontiert uns mit einer Wirklichkeit, mit der auch – wie die Versuchungsgeschichte zeigt – Jesus von Nazaret zu ringen hatte, einer Wirklichkeit, die die Menschen zur Zeit Jesu dazu anhielt, Jesus zum König einer Schönen neuen Welt auszurufen.

Die Macht der Wirklichkeit, die die Schöne neue Welt beschreibt, offenbart sich gerade auch darin, daß sie die Botschaft des Christentums unmittelbar in Frage stellt. Ist die Schöne neue Welt nicht der Tod des Christentums? Kommt – wer immer die „Frohe Botschaft" Jesu verkündet – nicht schon zu spät? Das Reich des Glücks, der Lust, der Schmerz- und Leidfreiheit, der Konfliktlosigkeit, der Gemeinschaftlichkeit, Einheitlichkeit und Beständigkeit ist schon angekommen. Wer immer in dieses Reich hinein die „Frohe Botschaft" Jesu verkündet, kündet keine „Frohe Botschaft", sondern die Zerstörung des Glücks.

Ist nicht jede Kritik am System der Schönen neuen Welt immer schon aufgehoben? Die naheliegende Antwort auf die Kritik lautet: Du willst mich aus meinem schönen, glücklichen Leben befreien, du willst es zerstören! Kann denn etwas böse, ungut sein, wenn es als angenehm, lust- und glückbringend empfunden wird? Bist du ein Menschenfeind?

Huxleys Roman gibt einem Grunddilemma menschlicher Existenz und Geschichte Konturen, das die Menschen seit jeher gefangen hält und aus dem sie bislang keinen Ausweg gefunden haben: entweder auf die Verwirklichung von sozialer Gerechtigkeit zu verzichten – mit all den Folgen, die dieser Verzicht nach sich zieht, oder durch soziale und technische Manipulation eine Welt zu konstruieren, in der sich niemand ungerecht behandelt fühlt. Das gleiche Dilemma scheint für alle Daseinsziele zu gelten: Das Streben nach dem Wahren, Guten und Schönen ist mit einem Leben als bio-psychischem Glückszustand (Happiness) allein unvereinbar.[6]

Die Schöne neue Welt konfrontiert uns mit einer menschheitlich-geschichtlichen Grundentscheidung. Das Schicksal der gesamten Menschheit kommt ins Spiel. Der Geschichtsprozeß ist frei und notwendig zugleich. Die Wahrheit – „Leben oder Tod lege ich euch vor" (Deut 30,15) – hat immer gegolten und wird immer gelten. Die Wege des befreienden Handelns sind nicht beliebig. Wir können nicht zugleich in die Selbstzerstörung bzw. Selbstabschaffung des Menschen und in die Befreiung gehen. Weltgeschichte ist in einem gewissen Sinn immer auch Weltgericht. Je perfekter die Machtbehauptung der Menschen und ihr Instrumente-Apparat sich entfalten, umso offenbarer wird diese Wahrheit im Gang der Geschichte: Die Menschen bringen sich in Selbstzerstörung um: ihre absolute Machtbehauptung in Einheit mit dem Untergang; oder sie machen sich selbst zum Objekt: ihre Herrschaft über sich selbst fällt zusammen mit ihrem Sklaventum – ihre Selbstabschaffung in der Schönen neuen Welt; oder sie verzichten auf die Behauptung ihrer Macht, gewinnen Macht über sie und verwandeln diese Welt in einen Ort, der vom Ethos des Teilens bestimmt ist.

Die Auseinandersetzung mit der Schönen neuen Welt regt also nicht nur zum Erkennen dessen an, was ist, sie legt nicht nur die Schichten frei, in denen die Grundgefahren unseres Daseins angesiedelt sind, sondern sie bringt auch eine tiefere Positivität ans Licht, nicht im Sinne einer Norm, sondern als etwas, das als verborgen-unverborgene Wirklichkeit mitten in der Entfremdung schon gegenwärtig ist, eine Positivität, die die Kraft in sich birgt, einer anderen Neuen Welt den Weg zu bahnen.

Die Schöne neue Welt ist die Frage an uns, wie weit wir das lebendige Leben in seiner dramatischen Spannung zwischen der Erfahrung des täglichen Todes (der Grenzen, des Leidens an der Brüchigkeit des Daseins, des Verfallenseins an uns überfremdende Einflüsse, die unsere Seele in Unordnung versetzen, sie verwunden) und dem täglichen Auferstehen reifender Freiheit (Erfahrung der Freude, des Neuen und Überraschenden, dem Gelingen, dem Guten und Schönen) gerade nicht einebnen zu einer Rentenexistenz allseitiger Sicherheit, wieweit wir vielmehr in einem vertrauenden Einsatz kommunikative Freiheit schöpferisch wagen. Die Unordnung und den Schmerz des seelischen Lebens erfahren wir nur deshalb, weil in uns eine heile und gesunde seelische Wirklichkeit lebendig ist. Du kannst riskieren, das je größere Leben zu leben, weil das Leben schon in dir ist. Die Wirklichkeit ist reicher in ihrer Brüchigkeit, in ihren Grenzen und Schwächen.

Huxleys Leben selbst war zutiefst geprägt von dieser Sehnsucht und Suche nach einer anderen Neuen Welt. Interessant ist in diesem Zusammenhang ein Brief aus dem Jahre 1946 an Ossip K. Flechtheim, in dem Huxley seine Angst vor dem Kommen der Schönen neuen Welt zum Ausdruck bringt, sie als „absolut böse" bezeichnet und den Rat gibt: „Wenn sie jungen Menschen Futurologie unterrichten, bauen sie einen Kurs über eternitology (Ewigkeitslehre) ein, damit sie fähig werden, gegenwärtige Trends und heraufkommende Wahrscheinlichkeiten zu beurteilen, und damit sie, wenn sie sich ein Urteil gebildet haben, über ein Motiv verfügen, diese Trends zu verändern, und das notwendige Wissen besitzen, sie in der rechten Weise zu verändern."[7]

Methodisch gesehen, will die Schöne neue Welt ein Verweis auf eine faktische Verlaufsform der Wirklichkeit sein, eine Vision, die sich in „metaphorischen Bildern" („ein Gerücht geht durch die Stadt") artikuliert; in Bildern, die nicht oberhalb der Wirklichkeit schweben, sondern mit konkreten Beschreibungen der Wirklichkeit durchsetzt sind. Sie ist eine Mischung zwischen der Beschreibung der Wirklichkeit und dem Austasten möglicher Entwicklungen an Horizonten, die durch Metaphern beschrieben werden.

Was immer man auch gegen die großen theoretischen Gesellschaftsentwürfe einwenden kann, es gibt kein Verstehen der Zeit, der Geschichte, der Gegenwart in ihrer Dynamik ohne Besinnung auf solche Bilder. Wir können die Gegenwart nur mit Hilfe der Vision von Ereignissen erkennen, in denen die Wirkkräfte der Gegenwart ihren Ausdruck finden. Huxley hat mit der Schönen neuen Welt eine Lebens- und Daseinsform entworfen, in der die Risiken und Chancen unserer Gegenwart sich ausdrükken. Die Verdichtung einer seelischen, gesellschaftlichen und geschichtlichen Wirklichkeit in diesem Entwurf ist erhellend – unabhängig davon, ob die in der Schönen neuen Welt beschriebene Lebens- und Daseinsform als wissenschaftlich nachgeprüfte Weltlage eintreten wird oder nicht.

Huxley „phantasiert" Tendenzen seiner und unserer Zeit weiter, zugleich aber phantasiert er das ganz andere hinzu, nämlich den Traum von einem erfüllten Leben ohne Mangel, ohne Bosheit, ohne Schmerz und Leid, den Traum von einer Gesellschaft, in der alle seelischen und gesellschaftlichen Spannungen sich in Harmonie und Happiness aufgelöst haben: den Traum vom Ende der Geschichte in dem Sinne, daß alle Krisen und Leiden der bisherigen Menschheit ein Ende gefunden haben. Sein Phantasiebild ist nicht nur ein Weiterdenken dessen was ist, sondern es greift alte Träume auf, in denen das Erlösungs- und Heilsverlangen der Menschen seinen Widerhall findet.

Huxley will Tendenzen aufzeigen. Tendenzen vollziehen sich nicht zwangsläufig. Sie vollziehen sich je nach Kontinent, Volk und Schicht in verschiedener Gewichtung. Tendenzen können durch die von ihnen selbst und andere Wirkkräfte ausgelösten Gegentendenzen, Gegenkräfte und Gegenmächte aufgelöst, abgebogen werden.

. . .

Die Schöne neue Welt ist – wie Berthold Thiel treffend bemerkt – ein „vielschichtig-tiefgründiges Werk, das aufmerksam mit einem kritischen Blick fürs Detail zu lesen ist. Und dies umsomehr, da der . . . elegant-attraktive Text zu oberflächlichem Überfliegen geradezu verleitet".[8]

Die Bedeutung des Buches für unsere Zeit zeigt sich nicht zuletzt in den gerade in den letzten Jahren unglaublich gestiegenen Verkaufsziffern. Die „Schöne neue Welt", die in alle Weltsprachen übersetzt ist, hat sich nicht nur als ein Bestseller, sondern als ein Longseller erwiesen. Eine Kurzfassung des Inhalts findet sich im Anhang.

Ein Wort zur Genese des vorliegenden Buches. Vor 15 Jahren schon machte mich Ferdinand Ulrich auf die Schöne neue Welt aufmerksam. Er verwies auf die Bedeutung des Romans für mein Fachgebiet, die Sozialethik, die Bedeutung für unsere Zeit, die Herausforderung für den christlichen Glauben. Es bedurfte noch einiger Anstöße seinerseits, bis ich mich daranmachte, mich in die Schöne neue Welt zu vertiefen. Das Buch faszinierte mich von Anfang an. Ich machte es zum Thema zweier Seminare und einer Vorlesung. Zu diesen Lehrveranstaltungen lud ich Fachvertreter aus den verschiedensten Disziplinen unserer Universität. Ihnen, aber auch den Studierenden habe ich für wertvolle Anregungen zu danken. In zwei sechswöchigen Aufenthalten in den Jahren 1989 und 1991 in Edinburgh arbeitete ich an der National Library of Scotland, um in die Welt Aldous Huxleys, seiner Kommentatoren und Kritiker, einzutauchen. Die Endfassung erhielt das Buch schließlich im Rahmen eines Forschungsaufenthaltes im Jahre 1992 an der Loyola University in New Orleans und an der Seattle University in Seattle.

Dieses Buch wäre ohne die Anstöße Ferdinand Ulrichs, seinen Rat und seine Anregungen in zahlreichen Gesprächen nicht zustandegekommen. Ihm gilt mein ganz besonderer Dank. Erich Kitzmüller danke ich insbesondere für seine kritischen Anmerkungen und Hinweise zum vierten Abschnitt sehr herzlich. Für die so geduldige Betreuung des Manuskripts bin ich Gisela Kaltenhauser und Elfriede Landauer sehr zu Dank verpflichtet. Lieselotte Wohlgenannt hat mir beim Lesen der Korrekturen und beim Erstellen des Sachverzeichnisses sehr geholfen. Alois Riedlsperger SJ, meinem Bruder Edgar und Willy Guggenberger bin ich besonders verbunden für ihre Dienste als „Lektoren". Sehr erfreulich war die Zusammenarbeit mit dem Verleger Klaus Giesriegl; für sein Interesse und Engagement danke ich ihm sehr herzlich.

Innsbruck, Februar 1993   Herwig Büchele SJ

DIE HERSTELLUNG DER SCHÖNEN NEUEN WELT

„Beim Anfang anfangen"

„Ich werde beim Anfang anfangen", sagte der *BUND, und die ganz Gewissenhaften unter den Studenten vermerkten seine Absicht in ihren Heftchen: Beim Anfang anfangen!*

[A. Huxley, Schöne neue Welt, S. 20]

Die Konstrukteure der neuen Weltgesellschaft sind sich bewußt: Wir müssen neu beginnen. Und dieser neue Anfang muß so konstruiert werden, daß Wechsel und Zufall ein für allemal gebannt werden – zugunsten eines wirklichen neuen Anfangs, einer Welt, in der die Menschen ein für allemal heil, ganz, happy sind.

„Ich werde beim Anfang anfangen", sagte der Direktor der zentralen Brut- und Normanstalt der Schönen neuen Welt (der BUND). „Und die ganz Gewissenhaften unter den Studenten vermerkten seine Absicht in ihren Heftchen: Beim Anfang anfangen!"(20)[9]

In allen Epochen der Geschichte der Alten Welt waren Menschen immer wieder auf der Suche nach einem neuen Anfang. Der Neuanfang sollte eine Antwort auf die bis zur Stunde unheilvolle Weltgestaltung sein: auf Krieg, Hunger, Unterdrückung, Zwänge jeglicher Art; der Neuanfang sollte die Entfremdung in der Entfremdung überwinden. Die Sehnsucht nach dem „Garten Eden", der „Exodus" aus der Pharaonengesellschaft in das Land, in dem „Milch und Honig" fließen, sollten endlich ihre Erfüllung finden.

Was aber sind die bestimmenden Erfahrungen des Neuanfangs im großen – besonders für das 20. Jahrhundert der Alten Welt? Was zeigen uns diese Versuche, in der

Geschichte einen neuen Anfang, das Heil- und Ganzsein zu schaffen: die „klassenlose Gesellschaft" der Stalinisten, das „Tausendjährige Reich" der Nationalsozialisten, das „Reich Gottes auf Erden" der Jünger Khomeinis und anderer? Alles Alte, Traditionelle – so sagten sie sich – muß sterben, ausgerottet, zu „nichts" werden, damit der neue Anfang auch wirklich neu sei, daß er endlich einmal gelinge. Ihr Ruf war: Wir sind der Neuanfang, durch uns wird alles anders, durch uns wird alles neu werden, ab nun beginnt die eigentliche Geschichte!

Dies sagen auch die Konstrukteure der Schönen neuen Welt: Es gibt in dieser Alten Welt nicht einen einzigen Punkt, durch den das Licht der Hoffnung scheinen könnte; es gibt keine Orientierung mehr; wir müssen neu beginnen.

Gibt es aber einen solchen Anfang im Punkt Null, der nicht eine ideale Konstruktion ist, der nicht mehr die Jagd nach dem Morgen ist, sondern der im Heute alle Happiness reich und vielfältig versammelt?

Dieser Neu-Beginn wird dann gelingen – so die Konstrukteure der Schönen neuen Welt –, wenn er sich nahtlos definieren, umgrenzen und feststellen läßt, wenn er keine Überraschungen, nichts Fragwürdiges mehr in sich birgt, wenn er nicht mehr in der Unsicherheit des Noch-Nicht steht, wenn die Nacht nicht mehr den Tag begleitet, sondern wenn er den Menschen Happiness in allseitiger Sicherheit und Beständigkeit gewährt.

Wie vollzieht sich die Neugeburt dieser Welt aus dem Geist der Schönen neuen Welt, der „alles neu macht"? Was heißt in der Schönen neuen Welt „beim Anfang anfangen"? Beim Anfang anfangen heißt beim Brutofen anfangen. Der Anfang ist physiologisch produziert. Er ist nicht mehr die Gabe der Freiheit an die Freiheit, sondern die Werde-Geschichte des Menschen tritt dem Menschen im Laboratorium entgegen, fixiert und genormt. Alle Zukunft ist nur verlängerte Vergangenheit, eine Scheinbewegung eines immer schon fertigen Anfangs. Nichts vermag mehr „neu" zu werden, dem Festgestellten zu entrinnen; nichts vermag sich zu wandeln und sich zu überbieten, sondern alles verharrt werde-los in dem, was es immer schon gewesen ist. Nichts vermag sich aus dem Bann des genormten Anfangs zu befreien. Der Anfang ist immer schon am Ende. Kein Tag ruft dem anderen mehr den Neubeginn zu, menschliche Existenz ist nicht mehr offen ins je Neue, Einmalige und Überraschende, offen für die je größere Wahrheit, der Mensch bewegt sich nur mehr im Horizont vorweg genormter und manipulierter Räume.

Der Mensch tritt sich in diesem Anfang als Herr seiner selbst gegenüber, als einer, der über die Bedingungen des Daseins verfügt. Er hat die Herrschaft über sich selbst und die Voraussetzungen dieses Anfangs gewonnen und kann so „beim Anfang anfangen", den „Garten Eden" einrichten, in dem die Menschen endlich heil und happy sind: die Neu-Schöpfung des Menschen durch den Menschen. „Wenn jemand nicht von neuem geboren wird, kann er das Reich Gottes nicht sehen", sagt die Bibel. Aus der Kraft des Geistes der Schönen neuen Welt neu geboren werden ist endlich eine zweite Geburt, die das alte Leben als Lüge und Verfälschung entlarvt.

Heilung der Verwundbarkeit des Menschen

Ganz langsam stieg er herab, hielt auf jeder Sprosse inne, bevor er den nächsten Schritt wagte.

„Was ist mit ihm los?" flüsterte Lenina, die Augen vor Grauen und Staunen weit aufgerissen.

„Er ist alt geworden, weiter nichts", antwortete Sigmund möglichst gleichgültig. Auch er war erschrocken, bemühte sich aber, sich nichts anmerken zu lassen.

„Alt?" wiederholte sie. „Unser Direktor ist auch alt, viele Menschen sind alt, aber keiner sieht so aus."

„Weil wir ihnen nicht gestatten, so auszusehen."

[A. Huxley, Schöne neue Welt, S.104]

Geburt und Tod als Grund-Riss des Lebens

Die tiefsten Wundstellen des Menschen sind Geburt (Neuanfang) und Tod (Vernichtung/Ende). Diese beiden Grundbedingungen menschlicher Existenz begleiten den Menschen in jedem Moment seines Lebens. Die Spannungseinheit von Geburt und Tod bestimmt den Grundriß, die Bauform seiner Existenz. Deshalb müssen diese Wundstellen auch geheilt werden; die Unverwundbarkeit muß produziert werden – in der Brut- und Normzentrale der Schönen neuen Welt.

Durch die Geburt ist der Mensch einem unverfügbaren, unbedingten Vorweg ausgeliefert: Mein Anfang ist mir entrissen. Weder wurde ich gefragt, noch habe ich entschieden, ob ich überhaupt leben, ob ich Mann oder Frau sein will; ich tauche aus einer Ahnenreihe hervor – ich habe also weder meine genetische Mitgift noch den Ort meines Zur-Welt-Kommens bestimmt.

Die Geburt ist gleichzeitig die Erfahrung einer grenzenlosen Abhängigkeit. Ohne die Sorge anderer Menschen würde das neugeborene Kind in Schmutz und Elend versinken.[10] Geburt heißt: Ich bin empfangen, ich verdanke mich einem Du und einem Wir. Ich will, wir wollen, daß du bist. Durch die Empfangensstruktur hat menschliches Leben immer schon eine Du- und Wir-Gestalt. Geburt ist nicht nur Ereignis der „primären" Geburt, als physisches Geborenwerden, sondern Akt der sozialen Geburt, der „sekundären" Geburt, die Geburt des Menschen in der Gemeinschaft: Das hilflose Geschöpf wird nicht verstoßen, sondern aufgenommen in einen Verband von Menschen. Der Anfang des Menschseins ist an die soziale Geburt gebunden. Die Qualität der Geburt hängt entscheidend davon ab, wie ein Kind im „sozialen Uterus" (Portmann) empfangen und aufgenommen wird.

Am anderen Pol des Lebens steht der Tod. Tod meint Unvollendbarkeit des Lebens bis zu seinem Widerspruch: Erlöschen des Lebens.[11] Das ganze Leben ist vom Tod bestimmt. Alles Leben ist Rückkehr zum Tod. Er überschattet das menschliche Leben, ja von ihm her wird aller Sinn des Lebens fragwürdig. Alles Bestimmen und Verfügen des Menschen findet im Tod sein Ende.[12] Jede Macht-Gestalt löst sich auf. Tod bedeutet Nicht-Sein, Vernichtung, Auflösung. In jedem Augenblick des Lebens lauert der Tod. Die Grundangst vor der Unentrinnbarkeit des Todes bedroht das gesamte Leben – von der Geburt bis zum Tod.

Wie die Geburt, so ist auch der Tod gesellschaftlich vermittelt. Der gesamte Unterbau der primären Natur ist aufgehoben in die sekundär-gesellschaftliche Natur. Strukturelle Gewalt, Todes-Terror der Despoten, Umweltzerstörung, Hunger, Unglücksfälle und Verbrechen, Kriege und Konzentrationslager, Konsum von Pharmazeutika, Zigaretten, Alkohol, Drogen aller Art, Qualität und Zugang zu medizinischer Versorgung und Technik, Euthanasie – alle diese Phänomene zeigen, daß das Ende eines Lebens nicht im Hinblick auf das eine isolierte Individuum hin bestimmt werden kann, sondern einem bewußten/unbewußten gesellschaftlichen Entscheidungsprozeß unterliegt.

Geburt und Tod gehören zusammen, sie durchdringen sich: Der Tod ist mitten in der Geburt, die Geburt im Tod gegenwärtig. Geburt und Tod sind Abschied und Ankunft zugleich. Beides ist Ankunft, beides ist Abschied. Geburt: ins Leben treten und Abschied von einer vertrauten Welt. Tod: aus dem Leben gehen und Ankunft in einer neuen Welt. Bei der Geburt liegt der Akzent mehr auf der Ankunft, beim Tod mehr auf dem Abschied. Was hat dies zu bedeuten – dieses Ineinander von Geburt und Tod?

Jede Geburt hinterläßt „ein mehr oder weniger tiefsitzendes Trauma, eine Verwundung, der die Erfahrung der Trennung, der Todesangst zugrunde liegt. Denn die Geburt ist ein Riß; ein Heraustreten des Kindes aus der Geborgenheit, der urbildlichen Einheit mit der Mutter; ein Weg zum Selbstsein, Prozeß der Individuation. Dieser Riß gleicht einer Vernichtung. Das im Leben der Mutter kreisende Leben des Kindes wird aufgebrochen, ,ausgesetzt'."[13]

Die Geburt des Lebens ist nicht jenseits des Todes. Die Nacht ist die Geburtsstätte des Lichts. Die Geburt ist im

Tod gegenwärtig: Wäre der Tod nicht, wäre das Leben gleichgültig, weil alles gleich-gültig wäre: beliebig, unbegrenzt aufschiebbar. Alles Drängende und Einmalige würde untergehen in Monotonie und Langeweile. Das Leben wäre gefangen im Kreislauf des Immer-Gleichen. Ohne die Unterbrechung des Lebens durch den Tod wäre kein Wagnis, kein Abenteuer möglich; alles Handeln wäre unverbindlich, jede Entscheidung widerrufbar. Die Freiheit ruft den Tod – die Möglichkeit, neu zu beginnen, neu aufzubrechen.

In der Geburt wurzeln gleichzeitig alle anderen schöpferischen Anfänge des Lebens. Geburt ist die Eröffnung von Zukunft. Neuanfänge ereignen sich durch das Geborenwerden von Menschen, aber auch inmitten eines schon geborenen Lebens. Geburt ist Entbindung von je Neuem aus alten Zwängen. „Ohne die Tatsache der Geburt (und des Todes, d. Hg.) wüßten wir nicht einmal, was das ist: etwas Neues."[14] Ein junger Mensch, der in einem Unternehmen seine Lehre beginnt, kann diese für ihn bedeutsame Lebensphase als chancen-reich neu oder als „furchtbar" neu, als lebentötend erfahren. Geburt (und Tod) sind in allen Lebensphasen immer auch durch die gesellschaftlichen Verhältnisse bestimmt.

Mit dem Tod ist der Mensch vor allem in zwei Erscheinungen konfrontiert: in der Weise der Auflösung (Nichts, Chaos) und in der Weise der Erstarrung (Nur-Ordnung). So gründet auch alle Politik in der Grundspannung von Geburt und Tod. Die Geburt hebt sich sowohl vom Chaos ab wie von der Erstarrung. Der demokratische Verfassungsstaat ist weder Theokratie (Nur-Ordnung), noch ist er ein Gefüge von Räuberbanden einer Vielzahl von Lehensherrn (Chaos), sondern er verbindet Ordnung mit der Freiheit von Ordnung. Wird auf die Bedrohung des

Verfassungsstaates mit „Law and order" geantwortet, dann besteht die Gefahr, daß das Neue des Verfassungsstaates an ein von Anfang an mögliches Ende kommt. Die Freiheit als ein Wesenselement des demokratischen Verfassungsstaates wird ausgelöscht. Wird umgekehrt versucht, den Verfassungsstaat in eine revolutionäre Bewegung welcher Art auch immer umzuwandeln, wird das Moment der Ordnung an ein Ende gebracht.

Der Daseinskampf um Selbsterhaltung, ums Überleben, um Sein oder Nichtsein, Leben oder Tod prägt und bestimmt das Feld der Politik.[15] Auf ihren Kern zurückgeführt, ist sie Sicherung des Lebens gegen den Tod. Sie hat die Bedingungen und Voraussetzungen zu schaffen, daß Leben möglich ist, daß wir nicht wegen Hungers, Krieges, Zerstörung der Umwelt, Machtanmaßung zugrunde gehen. Dies gilt nicht nur für die Menschen selbst und die kollektiven Gebilde, die sie formen, sondern es gilt von allen Lebewesen (Tieren und Pflanzen), „die der Herrschaft der Menschen unterworfen sind; ihrer aller Schicksal steht in dem Schatten, den die Politik der Menschen wirft".[16]

Das Ineinander von Geburt und Tod läßt den Menschen das Leben als „Grenze" erfahren. Durch die Grenze erlebe ich meine Geburt als Ausdruck meines Selbstseins: Ich bin nicht der andere. Der andere ist nicht ich. Grenze zeigt aber auch immer etwas von Tod, von Trennung, von Abschied, von Anderssein, von Verborgenheit, Ausständigkeit. In einem Wort: Grenze als der Ort, wo Besonderung geschieht – die Offenbarung der Freiheit.

Grenze ist die Weise, wie sich Lebendiges in seiner Bestimmtheit zeigt. Grenze – wie Heimat entsteht, ein Haus gebaut wird: die Weise meines Daseins, in der ich bei mir selbst bin. In der Form der Bejahung trenne ich etwas von mir – als Weise der Freigabe des anderen, Grenze als Zumutung an den anderen: Du darfst mit dieser Grenze du selbst sein in deiner Unvertauschbarkeit.

Grenze – so erfahren und gelebt – ist Ausdruck des positiven Todes: Verzicht auf die sich selbst durchsetzende Machtbehauptung des Menschen, den Aneignungs- und Bemächtigungsdrang, und Einsatz und Kampf liebender Freiheit für das Leben. Durch diesen positiven Tod wird die raumeröffnende Kraft des Daseinkönnens freigelegt. Grenze des „Mich-zurück-Nehmens", die anderes als anderes sein läßt: ja-sagen zum anderen und mir selbst. Liebe eröffnet immerfort Räume des Noch-nicht-Festgelegten, schöpferische Unbestimmtheit von Ich und Du: die produktiv gelebte Grenze als Sprache der Freiheit.

Dort, wo Geburt und Tod in ihrer einander durchdringenden, Leben stärkenden Kraft auseinanderbrechen, zerfällt das Leben in sich einander bekämpfende Strebungen von Lebens- und Todeskräften: Selbstbehauptung – Selbstablehnung; zerstören, um zu leben; den Tod lieben, und das Leben fürchten; Güte als eine lebensbedrohende Kraft bekämpfen; des Lebens überdrüssig sein, aber nicht sterben wollen.[17]

Geburt und Tod sind also ineinander verflochten. Geburt und Tod als Grundriß eines Lebens: das bin ich – ein vergängliches Wesen, lebendiger Tod und sterbliches Leben. Es ist diese Spannungseinheit von Geburt und Tod, die uns menschliches Leben und menschliche Geschichte als ein dramatisches Geschehen erfahren läßt, als eine chancen- und bedrohungsreiche Vielfalt von Anfangen und Enden, Gelingen und Scheitern, Erfüllung und Vergeblichkeit, Freud und Leid, Befreiung und Tragik.

Diese Spannungseinheit von Geburt und Tod ist der Grund für die Verwundbarkeit des Menschen durch das Unableitbare, das Nicht-Beherrschbare von Geburt und Tod. Diese konkret erfahrene Abhängigkeit des Menschen vom Unverfügbaren muß deshalb auch – soll der neue Anfang gelingen – unter Kontrolle gebracht werden. Die Bedrohung durch Unsicherheit und Angst muß abgewehrt werden. Geburt und Tod sind Ausdruck des Werdens, des Kommens und Gehens. Den Rhythmus zwischen diesen beiden Polen gilt es zu stabilisieren. Ein neuer Anfang wird in der Schönen neuen Welt nicht durch einen Qualitätssprung in der Kommunikation der Menschen erwartet, sondern durch die Gen-Technologie: die Brut- und Normzentrale. Wir verlassen uns auf nichts mehr, das wir nicht selbst sind! Unselbständigkeit = Abhängigkeit = Entfremdung!

In der Brut- und Normzentrale werden die neuen Weltbürger serienmäßig produziert, die Eugenik systemgebunden eingesetzt. „Wir prädestinieren und normen auch. Wenn wir unsere Kleinlinge entkorken, haben sie bereits ihren festen Platz in der Gesellschaft, als Alphas oder Epsilons, als künftige Kanalreiniger oder künftige . . . Er hatte ‚künftige Weltaufsichtsräte' sagen wollen, verbesserte sich aber und sagte ‚künftige Brutdirektoren' " (27f).

Die Befruchtung sieht ab von der Intensität der leibhaftigen Gegenwart von Mensch zu Mensch: Der menschliche Leib ist nicht mehr Zeugungs- und Befruchtungsraum, sondern er wird durch das Laboratorium ersetzt. Das Medium der Befruchtung ist nicht die Begegnung von Mensch zu Mensch im Liebesspiel von Ich und Du in Ausschließlichkeit, Gegenseitigkeit und Unwiederholbarkeit, sondern ist abgelöst durch die werkzeugliche Vermittlung – die kalkulierte Begegnung: der nackte, entblößte Mensch, der nur noch als Sache vorkommt, reine Funktionalität.

Auf Entartungen geprüft, werden die Eier in der Brut- und Normzentrale in einen porösen Behälter übertragen, dieser in warme Nährbouillon voll freischwimmender hoch- oder minderwertigen Spermatozoen getaucht. Alphas und Betas bleiben in Flaschen, Gammas, Epsilons, Deltas werden nach 36 Stunden dem Bokanowsky-Verfahren unterzogen. Das Bokanowsky-Verfahren hemmt das normale Wachstum. Der natürliche Fortgang der Entwicklung von Ei – Embryo – geborenes Kind wird beseitigt. Dank dieses Verfahrens ist es möglich geworden, aus einem Ei bis zu 96 identische Menschen zu produzieren. Das bokanowsykisierte Ei knospt, sproßt, spaltet sich: 8 bis 96 Knospen, Embryonen, Menschen: früher ein Menschenleben, jetzt 96 Menschenleben: Fortschritt! Die pluralisierte Individualität.

Buchstaben des Alphabets repräsentieren das Schicksal des Menschen: Alpha, Beta, Gamma . . . Der Staat gibt den Namen im Normen der Iche. „Bezifferte Reagenzgläser" im Gestell: Nummer, Zahl, austauschbar: die Subjektivität ist in die Namenlosigkeit entschwunden, enteignet ins Reagenzglas.

Die Ernährung des Embryos erfolgt nicht mehr in einem bergenden Mutterschoß, sondern durch Anschluß an die künstlich-materiale Blutzirkulation. Der Embryo wird durch Schüttelung an Bewegung gewöhnt – die technisch ersetzte Mutter. Das „Entkorkungstrauma" – die sich in die „Psyche" einzeichnende Todesangst der Trennung durch Entkorkung – wird durch Training des Embryos in der Flasche auf ein Mindestmaß herabgesetzt. Da die Fruchtbarkeit in der überwiegenden Zahl nur lästig ist, wird das Geschlecht nach Wahl und Bedarf manipuliert.

Das Ei reagiert durch Knospung. Im Grunde ein Bild des Wahnsinns, der Schizophrenie: Das eine Ich zerfällt, zerspaltet sich in viele Iche. Es ist das isolierte, vom anderen abgespaltene Ich in der Verschlossenheit seiner selbst, unfähig, sich zu überbieten, in Beziehung zum anderen zu wachsen.

Ebendies sagt das Bild der Hemmung der befruchteten Eizellen: Sie antworten mit Knospung, das heißt durch die Vervielfältigung im gleichen Muster. Die Pluralisierung der ersten Zelle: die Sich-selbst-Gleichheit der vielen. Die Sich-selbst-Gleichheit wird pluralisiert: der Massenmensch. „Massenerzeugung, endlich in der Biologie" (23).

Das ist die Verbesserung der Natur: statt Zwillingen viele Dutzendlinge, soviel man braucht. Das ist der Fortschritt der Schönen neuen Welt: die nur quantitative Vielheit. Die Menschen sind auf „achtundachtzig Kubikmeter Karteikarten" (25) erfaßt: der registrierte, zum Datum verarbeitete Mensch.

Solche Menschen einer einheitlichen Prägung bilden dann z.B. auch die Belegschaft eines einzigen kleinen Fabrikbetriebes. Deshalb ist das Bokanowsky-Verfahren „eine der Hauptstützen für eine stabile Gesellschaft" (22).

Am 267. Morgen erblicken die Kinder nicht das Licht der Welt, sondern das Licht des Entkorkungszimmers. Die Geburt ist nicht mehr leibhaftige Freigabe des Menschen durch den Menschen, nicht mehr Transzendenz ins je größere Selbstsein hinein, sondern: Entkorkung einer Flasche. Der Mensch kommt keimfrei ins Dasein. Das

Kind wird ausgebrütet am laufenden Band. 267 Tage –
die technische „Hoffnungzeit" der schwangeren Flasche.
Das System der Entkorkung wird zum säkularisierten
Gottvater als der ursprungslose Ursprung.

Menschen müssen nicht mehr durch Schmerzen von Müttern geboren werden, das neugeborene Kind wird nicht
von Familie und Freunden willkommen geheißen; es gibt
in der Schönen neuen Welt keine ungewollten Kinder
mehr – diese Wunde der Alten Welt ist ausgemerzt. Die
Geburt als Gewähr des Selbstseins ist eliminiert, die Unverfügbarkeit des Geheimnisses des Anfangs ist technisch
eingeholt, die Menschwerdung ist nicht mehr bewahrt unter dem Siegel der Einmaligkeit und Unwiederholbarkeit
des Menschen und seiner Freiheit, sondern eingefaßt,
verdinglicht. Der Mensch ist keinem unbedingten Vorweg, keiner nichtdurchschauten Abhängigkeit mehr ausgeliefert, sondern steht – unabhängig – auf eigenen Fü-
ßen. Das Glück des Sich-Gehörens: Selbstwerdung durch
Selbsterschaffung; der Mensch gehört dem Menschen.
Geburt als Entbindung des Menschen aus jeder Unbestimmtheit in die Bestimmtheit der Welt von Happiness.
Die Schöne neue Welt läßt keine „Totgeburten" mehr zu.
Die Identität des Menschen ist der Identität einer Maschine gleich: alles ist durchschaut, bekannt, gemessen, festgelegt – ein für allemal. „Da weiß man doch wirklich,
woran man ist! Zum ersten Mal in der Weltgeschichte!"
(22). Freiheit bedeutet Überraschung, kann gefährlich
Neues bedeuten, Launenhaftigkeit, Aggressivität, Konflikt, Streik, Krieg, Hunger, Not: Man weiß nie, woran
man ist! Von dieser Unsicherheit sind wir endlich erlöst:
Wir wissen zum ersten Mal in der Geschichte, woran wir
sind. Nichts Unvorhersehbares mehr: Der Mensch ist
überblick- und kontrollierbar geworden. Eine Maschine

für die Maschine. Durchsichtig. Der definierte Mensch. Dieser Mensch verlangt nicht mehr, als er sein darf, wozu er gemacht worden ist.

Die Schöne neue Welt hat endlich auch die Fruchtbarkeit im Griff. Sie ist „in der überwiegenden Zahl aller Fälle nur lästig" (27). Ein Großteil der weiblichen Embryos wird empfängnisfrei entkorkt. „Garantiert empfängnisfrei" (27). Eines der schwerwiegendsten und bedrohlichsten Probleme der vergangenen Welt – die Bevölkerungsentwicklung – ist stabilisiert. Der Bedarf an Menschen ist planbar und bestimmbar geworden. Deshalb ist es auch verboten, einen Menschen zu züchten, der nicht stirbt. Die Geburt von Menschen ist keine tödliche Gefährdung für die Lebenden mehr. Die Kalamität und Last empfängnisverhütender Mittel gehören der Vergangenheit an. Die Abtreibung ist auf „Unglücksfälle" beschränkt. Eine der größten Wunden der Alten Welt – die jährlich millionenfache Tötung menschlichen Lebens – ist geheilt. Ist das nicht eine humane Welt, die Schöne neue Welt?

Der Tod ist in der Schönen neuen Welt neutralisiert (anonymisiert). Die Kleinen schon werden in der Sterbeklinik auf das Sterben genormt, an den Anblick des Todes gewöhnt. Die Kinder werden mit Schokolade gefüttert; Schokolade genießen und sterben sind eins geworden: Hier ist es schön! Die Gemüter dürfen durch den Tod nicht vergiftet werden, jede ungemeinschaftliche Reaktion auf den Tod muß von Anfang an gebannt werden. Wir dürfen uns vom Tod, der uns der Endlichkeit, der Hinfälligkeit überführt, nicht unsere Lust verderben lassen. Der Mensch schwindet in der Sterbeklinik einfach hinüber in eigens dafür präparierten Zimmern; es wird in allem Komfort gestorben: umstellt von Fühlkinos, eingehüllt in die Klänge der Duftorgel, eingenebelt durch die

Glücksdroge Soma – die pharmakologisch erzeugte Welt der Seligkeit.

Die Sterbeklinik ist die Abteilung für galoppierende Senilität. Tod ist Abbruch einer beständigen Jugend. Die Gesichter der Toten sind jugendfrisch und faltenlos geblieben, denn die Senilität galoppiert so rasch, daß sie keine Zeit fand, die Wangen zu altern. Die Sterbenden sehen wie neu aus.

Das Sterben ist kein Reifegeschehen; Menschen begleiten den Menschen nicht beim Sterben. Die Menschen sind auf diese Weise entlastet von allem Schmerz der Wandlung, von allem Abschiedsschmerz, von einem qualvollen Abbruch des Lebens, sie sind entlastet von Konfrontation mit sich selbst, von der Annahme des Notwendigen.

So ist auch der positive Tod als die wesentliche Form ursprünglicher Einsatzfähigkeit der personalen Freiheit aus dem Blick entschwunden: das schöpferische Leiden, die Kraft, negative Situationen in Möglichkeiten der Freiheit zu verwandeln. Das Vertrauen auf das „Unmögliche" wird ausgemerzt: der Sieg aus dem Tod.

Durch die Neutralisierung (Anonymisierung) des Todes sind alle Verluste gebannt. Was dauert, ist der in sich bleibende Reichtum der Gesellschaftsordnung, das verfügte Wir, dem alle Überraschungen ausgetrieben sind. Der Tod ist das Auslaufen der Leere in die Leere. Die Menschen selbst jedoch leben „pneumatisch": Der sexuelle Eros in seiner Verlockung wirkt als säkularisiertes Pneuma.

Das Leben ist happy geworden, weil der Tod unsichtbar geworden ist. Der Tod muß nicht mehr – wie in der Alten Welt – als Feind verunglimpft, hinter die Kulissen des Lebens versteckt werden. Die Menschen sind von der dauernden Anwesenheit des Todes mitten im Leben befreit,

befreit von der Angst des Todes, befreit damit auch von den Mächten des Todes, die die Angst vor dem Tod benutzten, um ihre Herrschaft zu stabilisieren; befreit sind die Bürger von aller Unsicherheit, von aller Planlosigkeit der Geschichtsmächte. Der Ausbruch aus dem Schattendasein der Angst vor dem Tod ist gelungen: Die Menschen müssen nicht mehr den Tod verbreiten, um sich gegen den Tod zu sichern, der Überlebenskampf (mein Leben ist dein Tod; dein Leben ist mein Tod) ist an ein Ende gekommen. Die Menschen haben auch keinen Grund mehr, sich das Leben zu nehmen, weil sie jetzt den Grund und den Willen zum Leben gefunden haben, zur Happiness. Den geheimen Anbetern des Todes ist der Boden entzogen.[18]

Die Alte Welt war durch Kriege, Bevölkerungsexplosion, Umweltzerstörung, Hunger mit der Gefahr eines kollektiven Todes von Teilen der Menschheit bzw. der Menschheit als Ganzer konfrontiert. Die Menschheit hatte die Grenze erreicht, durch deren Überschreiten Triumph und Grab identische Begriffe werden. Der Triumph – er ist geblieben: der Triumph über die Mächte des Todes.

DIE EINEBNUNG DER LEBENSPHASEN: DIE VERFÜGTE ZEIT

Es gibt kein Alter mehr in der Schönen neuen Welt, sie kennt bis zum Tod nur ewiges Jungsein. „Alt? Jung? Dreißig, fünfzig, fünfundfünfzig? Schwer zu sagen. Übrigens ergab sich die Frage gar nicht, denn in diesem Jahr der Beständigkeit, 632 n. F., fiel es niemandem ein, sie zu stellen" (20). „Viele Menschen sind alt, aber keiner sieht so aus" (104). „Kraftvolle Jugend bis zum sechzigsten Jahr und dann – schwupps! das Ende" (105). „Sämtliche physiologischen Symptome des Greisenalters sind beseitigt. Und zugleich mit ihnen auch alle psychischen Eigenheiten alter Menschen. Heutzutage bleibt der Charakter während des ganzen Lebens unverändert" (61). „Kräfte und Gelüste sind mit sechzig dieselben wie mit siebzehn" (61).

Die einzelnen Lebensphasen als echte Lebensgestalten in ihrer Einmaligkeit und Unwiederholbarkeit – die des Kindes, des jungen Menschen, des reifen Menschen, des alten Menschen – sind eingeebnet.[19] Die Lebensphasen des Menschen – mit ihren Höhen und Tiefen, mit ihrem Reichtum und mit ihrer Last, mit den zwischen ihnen liegenden Krisen: Leben im Mutterschoß, Geburt, Kindheit, Pubertät, Jugend, Reife, Alter, Eintritt ins Greisenalter – werden der ewigen Happiness und Beständigkeit wegen in eine verfügte Zeit aufgelöst.

Geburt und Tod bestimmen nicht mehr die Lebenszeit. Geburt ist nicht die bewußte Annahme einer Lebensgestalt, sondern der Anfang in der neutralen Zeit; Tod ist nicht mehr der reife Tod als Annahme der Lebensgrenze, sondern anonymes Verlöschen in der leeren Zeit. Anfang und Ende sind in Gleich-Gültigkeit absorbiert. Lebenszeit erwächst nicht mehr aus dem dramatischen Ringen der einzelnen Lebensgestalten: Kein Mensch, kein Ding hat mehr „seine" Zeit, die Zeit der Hoffnung, Zeit des Wartens, Zeit der Verzweiflung, Zeit des Glücks, Zeit der Ohnmacht, Zeit der Freude, der Besinnung und Geduld, Zeit des Schmerzes. Zeit ist vielmehr genormtes Ereignis geworden, überblickbare Zeit, inhaltslose Zeit, tote Zeit, in der nur mehr Gleich-Gültiges im Sinne der Happiness und der Beständigkeit geschehen kann: ein Stillstehen der Zeit – im Drogenrausch.

Lebenszeit erwächst nicht mehr aus dem Sich-Zeitigen des reifenden Menschen bis zum Durchbruch der Reifeform. Die Zeit besitzt kein personales dramatisches Gesicht mehr, die Lebenszeit ist jenseits aller Entscheidung und Verantwortung, jenseits von Gelingen und Verfehlen in fixe, beliebige, austauschbare Jetzt-Punkte aufgelöst. Zeit ist nicht mehr dem Drama menschlicher Freiheit entsprungen, sondern geronnen, fertig, eingefroren; sie fällt mit dem Raum zusammen, den jeder einnimmt und in dem er sich zu entwickeln hat. Vergangenheit und Gegenwart (was jeder ist) und Zukunft (was jeder sein kann) sind verdinglichte Zeit. Zukunft als das Feld der Möglichkeit kreativer Lebensgestaltung ist Ablichtung des Vergangenen, eingestiftete Norm: was jeder ist und zu sein hat. Die tote Zeit zeitigt die Illusion unbegrenzter Möglichkeiten einer nicht abschließbaren Zukunft. Die so inszenierte Zukunft ist nur verlängerte Vergangenheit.

Die Zeit des Befruchtungs- und Knospungsvorgangs ist die vorweggestaltete Zukunft der Embryonen. Was wir können, liegt schon fest als ein von den Weltaufsichtsräten verordneter Spielraum. Der Mensch kann sich nur im Horizont von vorweg disponierten Chancen entfalten, die ihm als Spektrum seiner gewünschten Entwicklung und Brauchbarkeit für das Ganze zugewiesen worden sind. Jeder mögliche Ausbruch in eine qualitative neue Zukunft ist schon im gewesenen Bestand des Systems eingeholt. Schicksal des Lebens wird zur Normierung als abstraktes Datum: genormtes Ereignis der Prägung auf dem Fließband, auf dem der Kairos der Begegnung von Freiheit zu Freiheit nichts mehr zu sagen hat.

Man gibt dem Wesen keine Zeit zur Entfaltung mehr, dem Kommenden wird nicht seine Zeit gewährt, die Zukunft wird nicht vertrauend erhofft: Verlust der Geduld, des Warten-Könnens, der heilsamen Geduld im Umgang mit sich selbst und den Mitmenschen; der Verlust des vertrauensvollen Wachsen- und Reifenlassens dessen, was in der Seele eines Menschen grundgelegt ist, damit er versteht, wer er eigentlich ist und wer diejenigen sind, mit denen er sein Leben teilt. Zeit haben ist ein Zeichen der Liebe: Es geht mir nicht um mich, sondern um den anderen, dem ich Raum gebe, weil ich ihn um seiner selbst willen ernstnehme.

Um durch Herrschaft über die indifferente Zeit jedes Wachstum manipulieren zu können, wird die Zukunft nicht mehr geduldig erwartet. Denn Menschen, die in Freiheit gereift sind, in Distanz zum Leben, sind für das System gefährlich. Da kommen Löcher ins Netz, die Beständigkeit wird verunsichert. Die Erfahrenen könnten durch „Weisheit" die Jungen möglicherweise „verführen". Was ist diese Jugend – scheinbar voller Hoffnung? Sie ist im Grunde vergreist, sie nimmt alle Zukunft immer schon vorweg: die Rentenexistenz. Die Menschen haben sich eingehaust im Ort einer die Zeit in sich fassenden Scheinewigkeit. Was hätte auch das Sich-Zeit-Lassen für einen Sinn, wenn man vorweg weiß, was man will und erwartet.

Die Menschen der Schönen neuen Welt sind vom Leben als Werde-Weg mit allem Schweren, seinen Grenzen, seinen Schwächen und Schatten erlöst; erlöst von den Umwegen, Irrwegen und Holzwegen, erlöst von der Zumutung, Wege zu gehen, die durch Täler, Niederungen und Wüsten führen, an deren Ende – womöglich – kein Licht wartet. Sie sind davon befreit, den Exodus zu wagen, sich dem Unberechenbaren, den Abgründen des Weges auszusetzen. Denn wer sich auf den Weg macht, dem bleibt ungewiß, wie es dort aussehen wird, wohin die nächste Wegbiegung führt. Wege haben es an sich, daß am Anfang nicht zu sehen ist, wohin sie führen. Wege haben ihren eigenen Verlauf.

Ich muß mich auch nicht mehr wandeln, ändern, um einen neuen Weg wahrnehmen zu können; niemand verunsichert mich mehr, niemand raubt mir das Erworbene, stört meine Pläne, nimmt mir meine Ruhe und meinen Frieden.

Ich bin befreit vom Schmerz der Geburtsarbeit, ich muß mich nicht mehr nach vornehin verlebendigen. Das Selbst ist befreit vom Aktivismus und Fanatismus der Begierde, das Leben ungeduldig an sich zu reißen, die aggressive Energie in Ventile aller Art abführen zu müssen, um die Aggressionen loszuwerden.

Das ewige Jungsein befreit die Menschen davon, auf jung machen zu müssen, erwachsen sein zu müssen, ehe sie Kind sein durften, befreit sie von der Gebrechlichkeit des Alters mit seiner Mühsal und seinen Behinderungen, befreit sie von einem langsamen Sterben, dem Schwinden der Kräfte.

Die Schöne neue Welt befreit ihre Bürger schlußendlich von der Angst ihrer eigenen Vergangenheit mit der Last ihrer Verfehlungen, Irrtümer und Schuld, befreit sie von der Sorge und Unruhe der Ungewißheit der Zukunft, sie als mögliches Scheitern und Versagen fürchten zu müssen; sie befreit davon, die Gegenwart als überbürdet, als unerträglich zu erfahren; sie befreit von der Angst, eigentlich gar nicht gelebt zu haben.

„GESCHICHTE IST MUMPITZ"

*„Sie alle kennen", begann
der WAR mit seiner tie-
fen, markigen Stimme,
„Sie alle kennen wohl den
schönen und wahren Aus-
spruch Fords des Herrn:
Geschichte ist Mumpitz.
Geschichte", wiederholte
er langsam, „ist Mum-
pitz."*

[A. Huxley, Schöne neue Welt, S. 44]

„Sie alle kennen wohl den erhabenen und erleuchteten Ausspruch Fords des Herrn: Geschichte ist Mumpitz." (44) „Die meisten geschichtlichen Tatsachen sind peinlich" (36). „Allein, wer mit der Geschichte nicht vertraut ist, dem klingen die meisten historischen Tatsachen unglaublich" (42). „Wir können Altes nicht gebrauchen" (190).

Menschliche Geschichte ist adäquat nur als ein dramatisches Geschehen zu erfassen und zu verstehen, als ein Interaktionsgeschehen, das menschliches Freiheitshandeln in seinen ineinandergreifenden Bezügen und so in seiner dramatischen Wirkungsgeschichte ins Spiel bringt. Das Freiheitsgeschehen ist aufgrund des gegenseitigen Angewiesenseins der Menschen aufeinander und ihrer Abhängigkeit voneinander und des Verflochtenseins in die Wirkmacht und Eigengesetzlichkeit des Menschen- und Institutionengeflechts als ein Drama zu begreifen, als ein Ringen um die Grenze zwischen Freiheit und Freiheit und einer gemeinsamen Freiheit. Handeln heißt immer, in einem vielfältigen Geflecht von Interaktionen (Aktionen und – unvorhersehbaren, überraschenden – Reaktionen) zu agieren.

Geschichte besagt, daß Ereignisse und Menschen, die selbst Ereignisse sind und sie verursachen, menschliches Leben bestimmen. Nicht alles Geschehen ist homogenisiert, einem Prinzip unterworfen, beherrscht, sondern alles Geschehen, alle Vorgänge sind immer auch vom Chaos durchzogen. Ereignis heißt: Das Leben ist immer auch Geschick – es kann so oder so kommen, Leben bringen oder Tod. Geschichte erinnert uns daran, daß sie – die Individual- wie die Kollektivgeschichte – Ereignischarakter besitzt. Der geschichtliche Wandel wächst aus Plänen der Menschen, aber der geschichtliche Strom ist nicht beherrschbar, das Handeln der Menschen im gesellschaftlichen Geflecht nimmt Gestalten an, die weder geplant noch vorhersehbar waren.[20]

Deshalb sind wir auch unentwegt bemüht, unsere Institutionen und Instrumente zu schärfen, um die Geschichte für uns verläßlicher zu machen, um die unser Leben bedrohenden Gefahren und undurchschaubaren, sinnvergeudenden Konflikte besser in den Griff zu bekommen.

Das vielfältige Interaktionsgeschehen von einzelnen und Menschengruppen führte zu lebens- und sinnzerstörenden Katastrophen in der Menschheitsgeschichte, zu Überlebens- und Positionskämpfen, zu organisierter und struktureller Gewalt, zu Fehlschlägen und Zusammenbrüchen. Am Punkt des Übergangs von der Alten zur Neuen Welt war der Gang der geschichtlichen Ereignisse völlig führungslos, unkontrollierbar, steuerlos geworden. Der Selbstlauf und die Mechanik der Gesellschaftsstrukturen führten zu einem gesellschaftlichen Fatalismus und zur Proklamation der „Niemandsherrschaft" (Hannah Arendt). Das Drama der Geschichte der Alten Welt mit ihrer Unvorhersehbarkeit, mit ihren blinden, ungesteuerten Prozessen, mit ihren lebensvergeudenden Konflikten und

Störungen wird in der Schönen neuen Welt unter Kontrolle gebracht. Die Zerstörung von Menschengruppen durch Menschengruppen muß ein Ende finden und einem störungs- und spannungsfreien Zusammenleben Raum geben. Das ist die innere Sinnrichtung der Schönen neuen Welt – ein Gesellschaftsgefüge zu konstruieren, das frei ist von Spannungen, Störungen und Kämpfen. Diese Sinnmitte muß mit dem Spielraum der menschlichen Freiheit in Einklang gebracht werden, alles dramatische Geschehen, alle Ereignisse müssen dazu im geschlossenen Heute der sich-selbst-gleichen Welt der Happiness zusammengeschlossen werden.

Deshalb kann Geschichte kein Korrektiv mehr sein für die Gegenwart und die Zukunft keine die Gegenwart transzendierende Kraft. Im System der „Gegenwart" der Neuen Welt hat sich das Leben abzuspielen: Neue Überraschungen dürfen nur dosiert geplant und eingeführt werden, um das System nicht zu erschüttern; würden keine Überraschungen gewährt werden, stabilisierte sich das System im Sinne der Erstarrung. „Soma" und andere Instrumente bilden die Ausgleichsregler. Es geht um ein Optimum zwischen Stabilität und Wechsel, und dies muß und kann errechnet werden. Die Variablen und Unbekannten in diesem System werden mit „Soma" und anderen Werkzeugen in Schach gehalten.

Das Reich der Freiheit („Freiheit ohne Brot") und das Reich der Notwendigkeit („Brot ohne Freiheit") sind endlich versöhnt im Reich der Freiheit der Notwendigkeit (die gewährte Freiheit als Happiness und Verläßlichkeit) und der Notwendigkeit der Freiheit (die sich nicht mehr verfehlen und zerstören kann).

Der Wunsch, ja Wahntraum so vieler Menschen von einer unbegrenzten Macht über den Gang der Geschichte hat seine Erfüllung gefunden. Das Ende der Geschichte, eine neue Ära jenseits der Geschichte wird ausgerufen. Im Bruch mit dem Dunkel der Alten Welt muß sich die Neue Welt nicht mehr aus den Materialien der Zerstörung zusammenfinden. Das Politische, das sich in der Alten Welt durch Relatives und Bedingtes seinen Weg bahnte, bedient sich nur mehr der Mittel, die das Unbedingt-Notwendige garantieren. Das Wächteramt der Schönen neuen Welt hat dafür zu sorgen, daß die Menschheit auf Dauer von Geschichte erlöst ist.

Vergangenheit und Zukunft werden ausgeblendet. Die Neue Welt ist der voraussetzungslose Anfang im Punkt Null der Geschichte. Dadurch wird die Zukunft scheinbar frei für den unbegrenzten Entwurf der Menschen. Denn alle Altlasten der Geschichte sind eliminiert worden. Nichts darf mehr an das Böse der Vergangenheit erinnern, an das Unvollkommene, die Greuel der Geschichte der Alten Welt.

Alle Überlieferung und Tradition muß aber auch deshalb weggewischt werden, weil verantwortete Geschichte die Gegenwart relativiert. Die Vergangenheit stellt Fragen an die Gegenwart, macht die Gegenwart einer Frage würdig – eben frag-würdig. Hexenverbrennung, Sklaverei, Auschwitz, Hiroshima – wie ist das kollektiv Böse zu erklären, worin liegt der Grund für die Macht der jeweilig geschichtlich herrschenden Gesellschaftsbilder, deren Grausamkeit späteren Generationen mit Bestürzung und Verwunderung bewußt wird?

Alle Überlieferung wird weggewischt. Der Blick zurück in die Herkunfts- und Wachstumsgeschichte – woher kommen wir? Wer sind wir? – öffnete ja den Raum der Geschichte. Man entdeckte die guten Absichten, man verhielte sich kritischer zu sich selbst, rückte ab von allem

Dogmatismus. Der Rückgang in die Tiefe der Überlieferung wäre Relativierung der angepaßten Existenz, die dadurch neue Horizonte des Ahnens nach vorne gewänne. Ernstnehmen der Geschichte meint, daß die Gegenwart aus dem Vor-Weg der Tradition lebt. Im Hintergrund lauert die Gefahr, in der Gegenwart andere als die normierten Möglichkeiten zu entdecken (nach vorne hin) und dadurch das Spektrum und die Qualität der Zukunft zu erweitern.[21]

Die Tradition verunsichert deshalb die „reine Gegenwart" = die gleich-gültige Beständigkeit des Systems, da Voraussetzungen sichtbar werden, die das System in seiner voraussetzungslosen Selbst-Setzung stören, in Frage stellen. „Wir können Altes nicht gebrauchen" (190). Das Alte relativierte das Neue, zieht den Blick nach hinten, kann eine Last sein. Was je-jetzt zählt, ist der Aufbruch ins Neue. Jetzt sind die Menschen ihrer Gegenwart gegenüber völlig frei, sie müssen nicht mehr zurückschauen. Dieser Blick würde ihnen zeigen, daß sie vergänglich sind, der beständige Genuß des Jetzt wäre gestört. Vielleicht würden sie auch an den Tod denken. Aber sie sollen „nur leben": Das Jetzt ist ihre Ewigkeit.

Vergangenheit ist gelebtes Leben, der Ort des Todes ist hinter mir; vor mir liegt das Leben, hinter mir ist alles tot. Deshalb Kampf gegen die Tradition, Kampf gegen die gewachsenen Strukturen, Sitte und Brauchtum; das Tote ist in der Ferne; vom Punkt Null an, von der Gegenwart aus ist in eine neue Weltgestalt aufzubrechen.

Die gesellschaftlich-technische Konstruktion der Wirklichkeit

Sie werden in unfruchtbarem Zustand entkorkt, sind völlig normal gebaut, haben nur" – wie er zugeben mußte – „eine ganz, ganz schwache Neigung zu Bartwuchs, sind aber empfängnisfrei. Garantiert empfängnisfrei. Und damit gelangen wir endlich aus dem Bereich bloßer sklavischer Nachahmung der Natur auf das viel interessantere Gebiet menschlicher Erfindung."

[A. Huxley, Schöne neue Welt, S. 27]

„Eine gewaltige Verbesserung der Natur"

Durch Eingriffe in die Natur machen sich die Menschen die Natur dienstbar, um zu leben, um gut zu leben, um noch besser zu leben. In diesem Prozeß der Aneignung der Natur lernen die Menschen die Qualitäten, Eigenheiten und Gesetze der Natur und damit die technischen Fertigkeiten und Instrumente der Naturbewältigung kennen. Die Menschen entdecken in der Transformation der Natur eine Macht, sich die Welt und sich selbst umzubauen. Dieser Umbauprozeß führt die primäre Welt der Natur und die zweite Natur als die erweiterte technisch-gesellschaftliche Welt zur Einheit zusammen.

Die Art und Weise, wie die Menschen der Alten Welt sich die Natur aneigneten, steigerte aber nicht die Verläßlichkeit der Natur, sondern führte zu ihrer systematischen Zerstörung. Die unter dem Axiom der Profitmaximierung verbrauchte Natur war nur imstande, dieses Verbrauchtwerden auf dem Weg des anfallenden Schmutzes und der Vergiftung zu verweigern. Die Natur trat dem Menschen nicht als Natur gegenüber, sondern nur auf dem Umweg ihrer eigenen Vernichtung durch den Menschen: Nur durch das wachsende Quantum des Abfalls vermochte sie sich als tote Natur gegen die Menschen zu behaupten. Sie konnte sich nur gesellschaftlich vermittelt gegen die Menschen wehren. Die Abfallhaufen waren nicht ihre „Haufen", sondern jene, die die technische Weltbewältigung als gesellschaftlich vermittelte erzeugte. Mit dem Schicksal der bearbeiteten Natur betrieben die Menschen nicht nur das Schicksal der Natur, sondern auch ihr eigenes. Das Verhältnis des Menschen zur Natur ist ablesbar am Verhältnis des Menschen zum Menschen; wie er mit seinesgleichen umgeht, so geht er mit der Natur um.

An diesem Krisenpunkt standen die Konstrukteure der Neuen Welt vor der Frage, wie sich ein humanes Verhältnis zur Natur und Gesellschaft gewinnen ließe, das nicht mehr orientiert ist an den Ausbeutungsverhältnissen der Alten Welt.

Die Verantwortlichen der Schönen neuen Welt reagieren auf das tödliche Dilemma der Alten Welt mit einem Qualitätssprung: Sie ahmen die Natur nicht mehr einfach sklavisch nach, sondern sie verbessern sie durch menschliche Erfindung (27).

Die primäre Natur wird umgewandelt zur sekundären, verbesserten Natur: Sie entkorken den gesellschaftlichen Menschen, der aufgrund seiner un-natürlichen Freiheit auch ein nicht-ausbeuterisches Verhältnis zur Natur zu erlangen vermag. Die Konstrukteure der Schönen neuen Welt nehmen die Schöpfung, die Evolution selbst in die Hand. Der Mensch wird zum Schöpfer seiner selbst. In der gut-konstruierten Gesellschaft ist die Humanisierung der Natur – so scheint es – endlich gelungen: eine menschgewordene Natur, eine Menschheit, die Herrin der Natur geworden ist, sie ist das Ende aller Übel und allen Leids. Der Traum eines Karl Marx von der „vollendeten Wesenseinheit des Menschen mit der Natur"[22] ist in Erfüllung gegangen.

„WAS DER MENSCH ZUSAMMENFÜGT, DAS KANN DIE NATUR NICHT TRENNEN"

VOM UMBAU DER PRIMÄREN IN EINE SEKUNDÄRE NATUR   Soll die „good society" in einem störungs- und spannungsfreien Zustand sozialer Harmonie funktionieren, dann ist die primäre Natur in allen ihren Dimensionen in eine sekundäre Natur umzubauen. Denn die Erfahrung der primären Natur verunsichert die Gleichgültigkeit des Systems. Die Beherrschung der Naturkräfte erfordert ein stabiles Gesellschaftsgefüge und ein hohes Maß an Beherrschung der Triebe und Affekte der Menschen. Denn Naturkontrolle, gesellschaftliche Kontrolle und Selbstkontrolle bedingen einander.[23]

So werden alle primären Gestalten der Mitmenschlichkeit (Vater, Mutter, Geschwister, Freunde) abgelöst durch die Rolle im System, durch die soziale Funktion eines organisierten Altruismus. Der elterliche Raum, die Unvertauschbarkeit und Einmaligkeit personal-freundschaftlicher Beziehungen sind noch Stätten des Zufälligen, des Undurchlichteten, das die Notwendigkeit des Systems stört. Die Menschen würden sich in der freien Natur näher sein, im Ungeschützten, nicht verkorkt: unter die Sterne getreten, im Blick auf das Ganze, worin das Selbst in der Einheit von Selbst- und Naturerfahrung erwacht. Die wahrgenommene Welt der Kinder ist gekoppelt mit

Sirenengeheul, elektrischen Schlägen. Blumen lösen Entsetzen aus. Die primäre Natur wird verschüttet.

So ist auch der Bezug zur Natur in „ökonomischer Voraussicht" verplant, die „Liebe zu Blumen", die „Freude an der Natur" angenormt, aber nicht um der Wirklichkeit selbst willen, sondern damit die Gammas, Epsilons und Deltas bei jeder Gelegenheit ins Grüne pilgern, um die Verkehrsmittel eifrig zu benützen.

Der ursprüngliche Bezug zur Ding- und Sachwelt wird abgelöst durch den geplanten ökonomischen Zweck. Die Dinge können nicht mehr ertastet werden, nicht mehr so schmecken, wie sie sind, sondern so, wie der Mensch sie den Menschen vorstellt. Die Wirklichkeit ist bedeutsam nur unter den verschiedensten „Brauch"-barkeiten: Fitness, Lauftraining, einmal Pause machen. Pause ist eine Spannung zwischen zwei Arbeitszeiten; sich reparieren ist notwendig, um bestehen zu können, nicht aus dem Betrieb herauszufallen.

Fühlkinos, Duftorgeln, Fernseher, Geräte und Gestelle vermitteln Welt-Anschauung. Aller Bezug zur Wirklichkeit: zur Natur, zu sich selbst, zum Mitmenschen, zur Ding- und Sachwelt ist vermittelt durch von außen verordnete Verstandesblickpunkte: Profit, Effizienz, immanente Systemzwecke.

DIE MUTTERSPRACHE IST TOT   Das gilt auch für die Sprache. Die Muttersprache ist tot (35). Alles natürlich Gewachsene ist tot. Der Mensch ist aus dem Raum primärer Intersubjektivität (Beziehung zu Vater, Mutter, Kindern, Freunden) heraus enteignet, den natürlichen Bluts- und Freundesbanden und der Individualität ihrer Sprache entfremdet. Verschiedene Sprachen sind Horizonte verschiedener Selbst- und Welterfahrung, prägen das Verhalten. Sprache ist je spezifischer Spielraum von Selbst- und Weltauslegung. Die Sprache ist daher um der „Gemeinschaftlichkeit" willen zu normen, zu vereinheitlichen.

Die Muttersprache ist durch eine gemachte Welteinheitssprache abgelöst worden. Sie ist zurechtgeschnitten, damit in ihr nur erwünschte Dimensionen, geplante Sektoren des Daseins transparent werden. Wie lernt der Mensch sich und die Welt in solcher Sprache erfahren? Welches Verhältnis zu den Mitmenschen wird in einer solchen Sprache eingelebt? Wie sieht die Verantwortung für die Mitmenschen aus, der Blick für sie, die Praxis des Umgangs mit ihnen, wenn der Mensch in einer solchen Sprache handelt? Welche Bedeutung von Sprechen, Hören, Schweigen wird durch ein solches Modell festgelegt? Die Menschen sind in die Sprachwelt des Meßbar-Quantifizierbaren fixiert, die das technisch-ökonomische System vorgibt. Die Grenzen dieser Sprache sind die Grenzen dieser Welt. Die Menschen haben die Wesenstiefe ihrer Vernunft verloren. Sie birgt Gefahr! Die „Gegenwart" der Beständigkeit könnte durch die Erfahrung anderer Sinnhorizonte von innen her aufgebrochen, verunsichert werden. Die Sprache hat nur den Zweck, die primären Normierungen zu interpretieren, zu differenzieren, in ein genormtes Feld- und Selbstverständnis einzubauen. Ihre Unterscheidungskraft dient der Differenzierung des Systems, nicht der Entbergung von Wirklichkeit, sondern der beständigen Einheitlichkeit der Weltgesellschaft in ihrer organisierten Vielheit. Die Vielheit der Sprachen wird der Einheit wegen geopfert.

Der Turmbau von Babel ist gegenwärtig geworden: „Alle Menschen haben die gleiche Sprache und gebrauchen die gleichen Worte. Auf, bauen wir uns eine Stadt und einen

Turm mit einer Spitze zum Himmel, und machen wir uns damit einen Namen, dann werden wir uns nicht über die ganze Erde zerstreuen" (Gen 11,1 und 4).

Die Menschen „verpflichten sich dem Bau des Turmes, dem gemeinsamen technischen Weltwerk, das den Himmel auf die Erde ziehen, das Absolute und Endliche miteinander verklammern . . . soll".[24] Sie ersetzen ihre lebendige Gegenwart, das Aug in Aug, die konfliktiv-kommunikativen Prozesse durch ihre Arbeit am technisch-ökonomischen Weltwerk: Kommunikation des Menschen mit dem Menschen auf der Basis des Es, der technisch-ökonomischen Vermittlung, in dem alle Leistungs- und Fortschrittsarbeit bewahrt ist: im Geld, in den Robotern, in den Plutonium-Meilern.[25]

Das Ereignis von „Pfingsten" ist quasi Wirklichkeit geworden in der Schönen neuen Welt: „Sie waren ein Herz und eine Seele" (Apg 4,32); jeder spricht in seiner Sprache und wird eben darin vom anderen gehört. Der Geist der Schönen neuen Welt entbindet sich zugleich für alle und über allen: der Geist als Einheit in der organisierten Mannigfaltigkeit. Das Reich Gottes von Menschenhand gebaut, ist Wirklichkeit geworden.

DAS SYNTHETISCHE LICHT   Dem Gesetz des Weltstaates entspricht auch die Atmosphäre dieser Welt, die Atmosphäre, in der sich Menschen und Dinge bewegen, die Luft, in der alles atmet. Hitze und Kälte sind die qualitativen Grundgestimmtheiten des Daseins, der Welt.

Das Licht der Brut- und Normzentrale ist gefiltert, kalt, verdünnt. Es ist kein tanzendes, flutendes, entbergendes Licht, das das Wirkliche an ihm selbst erscheinen, sich zeigen läßt, sondern das Neon-Licht, das teilnahmslos analysiert und synthetisiert.

Diesem Licht entspricht das Sehen der Menschen: kein achtsames, aufmerksames Erblicken, kein mitfühlender, mitleidender Blick. Was findet dieses Licht? Glas, Nickel, frostiges Porzellan, weiß wie die Arbeitskittel: eine farblose, hygienische, sterile Welt, in der alles Unvorhersehbare, alle Gefahren ausgeschaltet sind; eine entleerte Welt, in der Menschen nur das zu lesen bekommen, was sie selbst geschrieben haben. Die Manipulierenden setzen die Qualitäten. Die Menschen sehen quasi nur das, was die Manipulierenden und sie selbst eingeformt haben durch technisch-ökonomische Arbeit und kalkulierten Informationsprozeß. Die Welt als Welt ist stumm geworden.

Alles ist von Menschenhand gebaut. Nichts ist natürlich, alles ist synthetisch, die Materialien, die Musik, die Nahrung. Das Synthetische garantiert den Lebenskomfort.[26] So gilt also in der Schönen neuen Welt der Grundsatz: „Was der Mensch zusammenfügt, das kann die Natur nicht trennen" (34). Die Zusammengehörigkeit von Mensch und Natur in der primären Welt wird ersetzt durch manipulativ festgelegtes Zusammengehören. Technik (als „Gestell") fügt Mensch, Natur und Ding- und Sachwelt zueinander, aber so, daß darin weder die Menschen noch die Natur noch die Ding- und Sachwelt als das, was sie von Natur aus sind, zur Erscheinung kommen. Die primäre Natur wird dem Ich-Es-Modell unterworfen. Sie wird bestimmt durch die von Menschen verfügten Instrumente. Die Erfahrungs- und Wahrnehmungsmöglichkeiten sind beschnitten durch ingenieurmäßige Verfahren planender Durchorganisierung: die sozial-technische Konstruktion einer sekundären Welt.

VON DER GEFÄHRLICHKEIT PHILOSOPHISCHEN, WISSENSCHAFTLICHEN UND RELIGIÖSEN FRAGENS

Aber Wahrheit ist eine ständige Bedrohung. Wissenschaft eine öffentliche Gefahr, ebenso gefährlich, wie sie einst wohltätig war.

[A. Huxley, Schöne neue Welt, S. 197]

Der Brut- und Normdirektor der Schönen neuen Welt (der BUND) führt seine neuen Studenten höchstpersönlich durch die einzelnen Abteilungen der Brut- und Normzentrale: „„Nur damit Sie eine Vorstellung vom Ganzen bekommen‘, erklärte er in solchen Fällen. Irgendeine Vorstellung mußten sie schließlich haben, wenn sie ihre Arbeit mit Verständnis verrichten sollten, andererseits aber auch keine zu genaue Vorstellung, wenn sie brauchbare und zufriedene Mitglieder der menschlichen Gesellschaft werden sollten. Die kleinen Einzelheiten sind es bekanntlich, die tüchtig und glücklich machen. Gesamtüberblicke sind für den Geist nur von Übel. Nicht Philosophen, sondern Laubsägebastler und Briefmarkensammler bilden das Rückgrat der Menschheit. ‚Morgen‘, setzte der Bund gewöhnlich hinzu und lächelte mit einem nicht ganz geheuren Wohlwollen, ‚beginnt für Sie der Ernst der Arbeit. Für Gesamtüberblicke werden Sie dann keine Zeit haben.‘ “ (19f).

Der Weltaufsichtsrat („Mond“) expliziert Michael, dem „Wilden“: „Wahrheit ist eine ständige Bedrohung. Wissenschaft eine öffentliche Gefahr, ebenso gefährlich, wie sie einst wohltätig war . . . Aber wir können nicht zulassen, daß die Wissenschaft ihre eigenen Errungenschaften zerstört. Deshalb begrenzen wir so sorgfältig den Forschungsbereich . . . Ford der Herr selbst trug viel dazu bei, das Schwergewicht von Wahrheit und Schönheit auf Bequemlichkeit und Glück zu verlegen . . . Was nützen Wahrheit oder Schönheit oder Wissen, wenn es ringsumher Milzbrandbomben hagelt? Damals, nach dem Neunjährigen Krieg, wurde die Wissenschaft zum ersten Mal unter Kontrolle gestellt. Die Menschen waren zu jener Zeit sogar bereit, ihre Triebe kontrollieren zu lassen. Alles für ein ruhiges Leben!" (197f) „Schlechte Gründe dafür zu finden, woran man aus anderen schlechten Gründen glaubt, das ist Philosophie" (203). „Unsere Zivilisation hat Maschinen, Medizin und Glück gewählt . . . Gott ist unvereinbar mit Maschinen, medizinischer Wissenschaft und allgemeinem Glück . . . Demnach ist das religiöse Gefühl überflüssig" (203).

„Nur damit Sie eine Vorstellung vom Ganzen bekommen": Die Vorstellung eines Ganzen ist nur wichtig, um die Arbeit mit Verständnis verrichten zu können, um zu wissen, was man zu tun hat, Einsichten in die Notwendigkeit des Systems und seiner Prozesse – aber ohne jede Frage, ob dieses Ganze sinnvoll ist. Eine zu „genaue Vorstellung" schadet, weil sie die Möglichkeit eröffnet, den Status quo zu hinterfragen, sodaß Distanz zu den faktischen Verhältnissen aufbricht: Kritik, erfahrene Not, Leiden, Aufbruch der Hoffnung, Sehnsucht nach anderem; dies macht aber unruhig, unzufrieden, erfordert ein Sich-Stellen; Verantwortung, erweckt Unlustgefühle, Angst – all das muß also eliminiert werden: Du willst doch glücklich und zufrieden sein, also passe dich an; vermeide quälende Spannungen im Energiehaushalt deiner Psyche; sinne nicht nach, reflektiere nicht über das „Verständnis", den Sinn des Ganzen. Der Sinn des Ganzen wird dir vermittelt, geschenkt durch den Weltstaat – sei also dankbar!

„Die kleinen Einzelheiten sind es bekanntlich, die tüchtig und glücklich machen": Das ist eben der Mensch, der sich am Kleinen freuen kann, an den freien Sexspielen, an den Fühlkinos, an der herrlichen Warenwelt, der synthetischen Musik, den Freiluftsportarten; ein Mensch, der es versteht, im „Je-Jetzt" zu leben, das Leben zu genießen.

„Gesamtüberblicke sind für den Geist nur von Übel": „Das Wesen des Geistes ist Freiheit"[27], sagt Hegel, der Geist ist „Bei-sich-selbst-Sein, und eben dies ist Freiheit . . . frei bin ich, wenn ich bei mir selbst bin."[28] Das heißt, der Mensch ist nicht „unmittelbar eingebunden in das Naturgeschehen, nicht so fraglos darin geborgen, nicht mehr – wie das Tier – naturhaft festgelegt auf eine bestimmte, begrenzte Umwelt und auf entsprechend bestimmtes Verhalten. Er ist vielmehr davon abgehoben und freigegeben auf den weiteren offenen Horizont seiner Welt . . . und – gerade dadurch – freigegeben an die eigene Vernunfteinsicht und freie Entscheidung"[29].
Geist ist also Bei-sich-selbst-Sein, „reflexives Bewußtsein": ein Wissen um sich selbst. Sein Wissen um sich selbst in seiner Entäußerung – im Verstehen, Erleben und Urteilen – setzt den Menschen in Differenz und damit auch „frei" zu dem ihm positiv Begegnenden und macht so erst Erfahrung möglich. Freiheit meint also, daß der Mensch ein freies Selbstverhältnis zu sich selbst hat: einen bewußten Selbstbezug als Möglichkeit zu freier Selbstverfügung. Die Freiheit gründet in einer „dialogischen Differenz" zu sich selbst, sie lebt aus einem Unterschied des Selbst zu sich selbst. Diese Differenz enthüllt sich unter anderem darin, daß der Mensch sich selbst töten kann, wenn er dies will. Dies ist ein Zeichen dafür, daß der Mensch zu sich selbst auch frei ist. Dieses freie

Selbstverhältnis des Menschen zu sich impliziert die Selbstannahme in Freiheit: den Respekt vor seiner eigenen Freiheit. Der Mensch ist ein Wesen der Selbstbejahung; er kann nicht leben, ohne sich selbst zu bejahen. Und das heißt gleichzeitig: die Nicht-Manipulierbarkeit und Unbestechlichkeit des ursprünglichen Freiseins bejahen. Freiheit besitzt eine Ursprünglichkeit, Unableitbarkeit des Nicht-Errechenbaren: das ist auch das Fundament für die Unabwälzbarkeit der Verantwortung. Die positive Einsamkeit des Selbstseins ist die Voraussetzung für die Ich-Findung des Menschen als soziale Existenz.

„Gesamtüberblicke sind für den Geist nur von Übel" – dies heißt dann im Kontext der Schönen neuen Welt, daß ein geringer Teil der Bevölkerung eines Gesamtüberblicks bedarf, eines Wissens um die Logik des Systems, um den Zusammenhang und die Zusammenschau des Ganzen. Ansonsten wäre der Weltstaat nur ein Ameisen-, ein Roboterstaat: Ameisen und Roboter verfügen nicht über „Geist", ein Wissen um sich selbst. Wenn aber nach Hegel das Wesen des Geistes Freiheit ist, so bedarf auch die Schöne neue Welt dieses Geistes der Freiheit: Es erübrigte sich sonst auch die technokratische Konstruktion eines Weltstaats, denn alles liefe gleichsam so wie die vormenschliche Welt, ein rein biologisches System, in dem der Geist = Freiheit, das „reflektive Bewußtsein", erloschen ist, das Wissen um sich selbst, die Vernunft. Die Schöne neue Welt ist also kein völlig geschlossenes System, sie bedarf um der relativen Geschlossenheit willen der Offenheit, der Freiheit des Geistes – daher bleibt sie „verwundbar"! Die Frage nach dem Sinn des Ganzen ist nicht ganz auslöschbar!

„Nicht Philosophen, sondern Laubsägebastler und Briefmarkensammler bilden das Rückgrat der Menschheit":

Der Sinn des Philosophierens ist das Offenwerden für das Wahre, Gute und Schöne im Ganzen. Philosophisches Fragen sucht das Ganze der Wirklichkeit zu erschließen, die Wirklichkeit, die den Menschen als Menschen betrifft. Die Frage nach dem Ganzen ist die Frage: Woher komme ich? Warum lebe ich? Wohin gehe ich? Philosophieren – sagt Karl Jaspers – heißt leben und sterben lernen. Immanuel Kant fragt nach dem Ganzen, dem Sinn des Menschseins in vier Fragen: „Was kann ich wissen? Was soll ich tun? Was darf ich hoffen? Was ist der Mensch?", und er fügt hinzu, daß „sich die drei ersten Fragen auf die letzte beziehen"[30], nämlich auf die Frage: Was ist der Mensch? Besäße der Mensch die Wahrheit, suchte er sie nicht. Woher weiß der Mensch, was er soll?

Philosophisches Fragen als einem Fragen nach dem Ganzen ist wesentlich ein Fragen in der Perspektive des Vorgriffs auf dasjenige, was wir können, sollen und dürfen, also auf dasjenige, was wir selbst zu verwirklichen haben. So ist der Mensch sich in seiner Freiheit nicht einfach vorgegeben, sondern aufgegeben. Es geht also um das Ganze des Menschseins. Wir Menschen erfahren uns immer schon vermittelt durch die dinghafte Umwelt, vor allem aber durch die menschliche Mitwelt. Wir erfahren und verstehen uns selbst, verwirklichen uns selbst nur in einer „Sprach- und Erkenntnisgemeinschaft, Handlungsgemeinschaft, auch Schicksalsgemeinschaft in der gesamten, vielschichtigen Gesellschaft mit all ihren geistigen, kulturellen, wirtschaftlichen und politischen Verflechtungen. Dieses Ganze der gemeinsamen menschlichen Welt stellt uns aber erst recht die Frage nach dem Menschen: Was oder wer bin ich? Es ist auch, über mich hinausgehend und alle umfassend, die Frage: Was sind wir alle? Was sind wir als Menschen in unserer gemeinsamen Welt?"[31]

Die Frage nach dem Ganzen des Menschseins ist ein dramatisches Ringen. Menschliches Leben vollzieht sich im ausgespannten Raum von aufeinandertreffenden Menschen, Gruppen und Staaten, die sich gegenseitig bestimmen gemäß ihren Interessen, Wert- und Weltbildern. Auf der Bühne des gesellschaftlichen Lebens melden sich Kräfte und Gegenkräfte: gesellschaftliche Kräfte, die keine Veränderungsabsicht haben, weil sie ihre Macht, ihre Privilegien nicht teilen wollen; andere, mit Veränderungsabsichten, die „unseren" entgegenstehen. Menschliche Existenz fußt auf immer neuen Auseinandersetzungen, Konflikten und Friedensschlüssen.

Das philosophische Fragen nach dem Ganzen heißt, wie gesagt, suchend auf dem Weg sein nach dem Wahren, Guten und Schönen. Dieses Suchen ist nicht nur durch den geschichtlich-gesellschaftlichen Standort jedes Menschen bedingt, sondern hängt auch an der ethischen Frage, die durch das Ja zur Wahrheit, durch die Bereitschaft eines offen suchenden Fragens bestimmt ist. Dieses Suchen hält sich nicht an die Rezeptologie eines fertigen Kochbuches, sondern riskiert ein „Mehr".

Aber für die Schöne neue Welt verheißt dieses Mehr nicht Freude, sondern Trauer, da es nicht unmittelbare Befriedigung verschafft. Alles Suchen, Noch-nicht-Haben, Wagnis der Zukunft macht nur unglücklich. Die unverfügbaren Dimensionen von Wahrheit und Schönheit, die den Menschen über sich hinaus einfordern, Ekstasen erzeugen, reißen ihn aus der genormten, erwünschten, festgelegten Welt der Selbstidentität heraus. Aber er soll das bleiben, was er von Anfang an – im Brutkasten – gewesen ist. Alles andere stört Happiness und Beständigkeit. Schönheit zählt nicht mehr, auch wenn Überliefertes schön ist, hat es keinen Platz. Denn Schönheit macht betroffen, erweckt Erstaunen, verwundet. Ein wundersam Schönes, das plötzlich erscheint, das bindet, entsetzt, verwandelt, würde die Beständigkeit des Systems durchbrechen.

„Was nützen Wahrheit und Schönheit, wenn es ringsum Milzbrandbomben hagelt?" Der Verzicht auf Wahrheit wird notwendig um der Eliminierung des Leidens willen. Happiness löst die Suche, das Ringen um Wahrheit ab, denn diesem Ziel opfert der Mensch in dogmatischem Rausch immer den Menschen. Wahrheit und Schönheit vermögen nicht die Beständigkeit des Friedens, die bleibende Eintracht, die Harmonie von Mensch zu Mensch zu sichern: Sie provozieren vielmehr ein „unendliches Bedürfnis", die Frage nach Gott, die die notwendige Selbstbescheidung in der reinen Endlichkeit verunsichert und relativiert. Daher auch der Entschluß der Schönen neuen Welt, auf Transzendenz, auf Gott zu verzichten, sich auf die eigenen Füße und den eigenen, selbstgelegten Boden zu stellen. Der Glaube an ein über die Welt hinausliegendes Ziel raubt den Menschen den Glauben an die Happiness als das höchste Gut und transzendiert die Reichweite der gegenwärtigen menschlichen Macht: Die von der Macht besetzte antizipierte (vorweggenommene) Zukunft wäre aufgesprengt.

Also muß das Gewicht von der bloß Unzufriedenheit erzeugenden Wahrheit und Schönheit auf „Bequemlichkeit und Glück" verlagert werden. „Alles für ein ruhiges Leben." Wenn die Menschen brauchbare und zufriedene Mitglieder der Gesellschaft werden sollen, dann brauchen sie „nicht zuviel von einer Idee". Die Menschen vertrauen sich nicht mehr dem Wahren als Gutem an, der je größeren Wahrheit, sondern sie verschreiben sich dem Gesetz der Happiness.

Für das Glück wird auch die Wissenschaft geopfert. Sie ist ein Feld der Kreativität, der Unverfügbarkeit der Freiheit. In ihr kocht man nur zu gerne nach dem eigenen Kopf, beginnt zu forschen, zweifelt die Wissenschaft als „fertiges Kochbuch" an, hält sich nicht an die Vorschriften, tut nicht, was man soll. Mit einem Wort: „Jede rein wissenschaftliche Entdeckung kann möglicherweise den Umsturz bewirken" (195). Daher ist die Wissenschaft auch ein „möglicher Feind" (195). Die Wissenschaft hat der Neuen Welt das Gleichgewicht gegeben, jetzt muß dieses gefestigt, der Bereich der Forschungen und Erfindungen daher begrenzt werden. Kein Darüber-Hinaus! Man muß der Wissenschaft „Kette und Maulkorb anlegen" (195), sonst wird sie exzentrisch und schießt über die Norm, die ihr Können fixiert, hinaus.

Die Ambivalenz der Wissenschaft – ihre Macht, aufzubauen, ihre Macht, zu zerstören –, alles ängstliche Räsonieren um eine „Ethik der Wissenschaft" in der Alten Welt hat ein Ende gefunden. Gebannt ist vor allem auch die Angst vor dem immer möglichen Vorfall, daß die Wissenschaft – trotz der besten Intentionen der Wissenschaftler – ungewollt höchste Gefahren für die Menschheit heraufbeschwört, ja daß sie sich selbst zerstören, abschaffen könnte.[32] Brachten die wissenschaftlich-technischen Großsysteme: Chemie, Atom, Genetik, Information die Alte Welt nicht an den Rand der Selbstzerstörung? Und überhaupt: Was heißt wissenschaftlich-technischer Fortschritt? Für wen? Wer nimmt Maß?

In der Schönen neuen Welt findet die Wissenschaft endlich den Maßstab: Was ist brauchbar? Wer bestimmt von nun an das Maß? Es ist die Macht als Dienst und der Dienst als Macht der Weltaufsichtsräte. Beständigkeit,

Bequemlichkeit und Glück für alle ist das Motto wissenschaftlichen Suchens und Forschens geworden.

Im Ganzen darf sich nichts ändern. Es wird produziert und gelebt ohne „Gesamtüberblick"; der ist bloß ein „notwendiges Übel". Man muß die Struktur als ganze lieben lernen, ohne sich auf sie einzulassen. Der Horizont der Wirklichkeit ist durch ein bestimmtes Vorverständnis, das nicht weiter reflektiert werden darf, ausgewiesen. Darin bewegt man sich fraglos. Daher: keine Philosophie!

Das Wahrnehmungsfeld von Mitmensch und Welt ist vereinseitigt. Die Schöne neue Welt ist mit der Welt durch Anwendung ihrer Kategorien fertig, sie hat die Wirklichkeit hinter sich gebracht. Die ihr begegnende Wirklichkeit vergleicht sie mit dem, was sie immer schon weiß: Sie ist gefangen in ihren Klassifizierungen und Kategorien. Durch diese Weise des Denkens hat sie ein Denken überwunden, das im Krieg der Standpunkte, Standpunkt gegen Standpunkt, im Konkurrenzkrieg und im Klassenkampf endet. Denn ihr Standpunkt löst alle anderen auf: Das Wahrnehmungsfeld der verschiedensten Interessen (von Unternehmern, Angestellten, freien Berufen) ist in den einen konstruierten Erkenntnishorizont „versöhnt".

„Nicht Philosophen, sondern Laubsägebastler und Briefmarkensammler bilden das Rückgrat der Menschheit": Philosophieren ist also gefährlich, es zersetzt die Ordnung, fördert den Geist der Unabhängigkeit, damit den Geist der Empörung und der Auflehnung, es täuscht und lenkt die Menschen ab von dem Glauben an das Glück. Im Gegensatz zum Philosophen, der nach dem Ganzen des Menschseins fragt, schneidet der Laubsägebastler Teile aus, er grenzt einen vorgegebenen Stoff ein und klebt die Teile zusammen. Und der Briefmarkensammler stellt einzelne vorgegebene Marken zu „Sätzen" zusammen. „Marken": fertiges Sammeln von Geprägtem. Teile werden zu einem genormten, festgelegten Ganzen zusammengeklebt: nach der Rezeptologie eines Kochbuches.

„Morgen", setzte der BUND gewöhnlich hinzu, „beginnt für Sie der Ernst der Arbeit. Für Gesamtüberblicke werden Sie dann keine Zeit mehr haben." Das heißt: Dann bewegen Sie sich nur noch in der objektivierten Sprache der Apparate, der geltenden Dienstanweisungen und Normen – und in der Freizeit mit ihrem so üppigen Angebot –, sodaß weder Zeit noch Lust gegeben ist, nach Gesamtüberblicken zu fragen: Der Mensch ist aufgegangen im Alltag, seiner Arbeit und seiner Freizeit. Und der Mensch der Alten Welt?

Das Gratis als der grösste Feind der gut-konstruierten Gesellschaft

Primeln und Landschaft, dozierte er, hätten einen großen Nachteil: sie seien gratis. Die Liebe zur Natur halte keine Fabrik in Gang. Man hatte aber beschlossen, die Liebe zur Natur abzuschaffen, wenigstens bei den niederen Kasten, nicht aber den Hang, die Verkehrsmittel zu benutzen. Denn es war natürlich unerläßlich, daß sie auch weiterhin ins Grüne fuhren, selbst wenn es ihnen zum Hals herauswuchs. Das Problem lag darin, einen triftigeren wirtschaftlichen Grund für die Benutzung der Verkehrsmittel zu finden als bloßes Wohlgefallen an Primeln und Landschaft. Man fand ihn denn auch.

[A. Huxley, Schöne neue Welt, S. 35]

„Primeln und Landschaft", dozierte der Brut- und Normdirektor, „hätten einen großen Nachteil: sie seien gratis. Die Liebe zur Natur halte keine Fabrik in Gang" (35). Alle Wirklichkeit steht unter dem Nutzen für den Weltstaat: der Herrschaft des Um-Zu (des Verzweckens und Verbrauchens), des Wenn-Dann (wenn du „pneumatisch" bist, dann „liebe" ich dich). Der Lindenbaum wird zum Rohstoff der Holzindustrie, zum Lieferanten der Teebeutelfabrik, zum Reizpunkt des Tourismus: zum Motel „Zum Lindenbaum"; der Mensch wird Holzarbeiter, Lindenblütentee-Verkäufer oder Motel-Direktor.[33] Die Menschen begegnen sich und der Natur, weil und insofern er/

sie und die Natur mir nützen, Genuß bereiten, nicht um seiner/ihrer selbst willen: alles wird zum Mittel, austauschbar und ersetzbar. Unter diesem Gesetz des Um-Zu und Wenn-Dann steht alles Geschehen: Dieses Gesetz ist ein Prinzip der verwalteten Welt. Alles ist verwerkzeuglicht. Alles ist „gut zu etwas".

„Die Liebe zur Natur hält keine Fabrik in Gang": also muß sie abgeschafft werden, nicht aber der Hang zum Verkehrsmittel. Natur ist nicht an sich selbst bedeutsam, sondern nur im Blick auf das Fabrikat: Das Genießen dessen, was sich gratis anbietet, wird im Brauchen aufgesogen. Der Mensch in der freien Natur ist für das System gefährlich: Er bewegt sich im Gratis, könnte von da aus gegen das Zwecksystem opponieren. Jetzt ist das Gratis eingeholt – durch den Freiluftsport. Natur ist nur noch Objekt: Medium des kommerzialisierten Sports.

Nirgendwo bricht der Quell des Gratisgebens auf, alles ist vom Haben-Wollen erwartend umgestellt. Niemand darf um seiner selbst willen er selbst sein.

Die Ethik der Schönen neuen Welt ist die Ethik des technokratischen Utilitarismus: alles der Happiness wegen. Was uns interessiert, ist unser Glück: daß es mir gut geht, ich gesund bin. Dieser Utilitarismus lebt von der Voraussetzung, daß alles – Mensch, Natur, Ding- und Sachwelt – nur insofern wertvoll ist, als es dem allgemeinen Nutzen dient. Das Nutzlose ist das Wertlose.

„Hast du jemals das Gefühl gehabt, als hättest du etwas im Inneren, das nur auf eine Gelegenheit wartet, hervorzubrechen? Eine Art überschüssige, ungenützte Kraft, etwas wie das Wasser, das über die Felsen hinabstürzt (gratis!, d. Hg.), statt Turbinen anzutreiben?" (70) Fragend sah Helmholtz Sigmund an.

Das Gratis des Wassers des Lebens, das um seiner selbst willen fließt, die Wirklichkeit als Gabe umsonst ist in der Schönen neuen Welt ausgemerzt. Gratis aber meint: nicht zu fragen, „was habe ich davon? Wie kann ich dadurch etwas gewinnen?" Es heißt, dem anderen zu bezeugen: „Ich bejahe dich um deiner selbst willen; du bist wertvoll." Ich suche im anderen nicht mich selbst. Ich kann für ihn da sein, weil ich ich selbst bin. Das Gratis verbraucht den anderen nicht, sondern gibt sich von selbst. Es strahlt aus sich selbst und schenkt so Freiheit. „Die Rose blüht, die kennt kein Warum. Sie blühet, weil sie blühet" (Angelus Silesius).

So können die Bürger der Schönen neuen Welt auch kein „Fest" mehr feiern. Ein Fest zu feiern, heißt doch, um seiner selbst willen, ohne Bedingungen, frei vom „Um-Zu und Wenn-Dann", jenseits des Maßstabes von Nützlichkeit und Brauchbarkeit da sein zu können. Das Menschsein um seiner selbst willen: Du bist liebens-würdig, weil du bist, wer du bist – schlicht als Mensch. Fest ist Dasein umsonst, Feier des Freiseins. Fest heißt: Es stimmt alles, alles ist „stimmig", ein gegenseitig sich vertrauendes Überlassen: Selbstsein und Nähe, Bindung und Trennung, Freiheit als Dienst, Dienst aus Freiheit.

Die Menschen nehmen die Natur nur wahr, wenn sie sie letztlich um ihrer selbst willen bejahen, d. h. in allem Brauchen und Gebrauchen in Respekt vor der geschenkten Wirklichkeit, jenem Gratis, das die Schöne neue Welt so sehr fürchtet, daß sie es am liebsten ausrotten möchte. In der Begegnung mit der Natur in ihrem Gratis eröffnet sich den Menschen eine Wirklichkeit, deren Qualität sich jeder Profitmaximierung entzieht; weshalb die Liebe zur Natur keine Fabrik beschäftigt hält, weshalb man in der Schönen neuen Welt die Liebe zur Natur und ihrem Gratis abschaffen muß: Man muß lernen, sie zu benutzen, man muß sie wirtschaftlich profitabel machen, man muß sie zum Material der Ökonomie herabsetzen.

Warum ist die Sonne? Warum ist der Baum? Diese Fragen haben keinen Sinn mehr. Es ist so! Die Einheit von Mensch und Natur und ihre gegenseitige Abhängigkeit sind – konstruiert – im Griff.

Aber sind denn ein Denken und Tun als Gratis überhaupt möglich? Konzentriert es sich – insgeheim – nicht doch wieder auf sich selbst? Steht nicht alles Helfen unter dem Vorzeichen des „Für-Mich" – um mir zu beweisen, daß ich etwas kann? Im Sinne von: Der andere braucht mich, also muß ich etwas wert sein; wie gut bin ich, daß ich verzichten kann; wie selbstlos bin ich, daß ich nicht an mich denke, sondern an die anderen?

Wer garantiert mir, daß ich den Nächsten nicht doch als Zufluchtsort gebrauche, um mich selbst zu gewinnen, daß ich im Du – im Nächsten wie im Fernen – nicht mich selbst sehe, sondern teile, was ich bin und habe, ohne darin mein unerfülltes Liebesverlangen zu genießen? Wer verbürgt mir, daß ich in meinem Engagement für die an den Rand Gedrängten nicht doch insgeheim meine Macht auskoste, meinem Ruhm und meinem sozialen Anerkanntsein nachjage? In allem Mitleid nur mein Leiden an mir selbst maskiere? Wer gewährleistet mir, daß ich in meiner Hinwendung zum Nächsten nicht „lieber Gott" zu spielen versuche? Ohne mich kannst du nicht sein! Das, was ich für dich tue, hast du nicht erwartet, ein solches Überströmen nicht vermutet. Ist das nicht Grund genug, mir dankbar zu sein? Wenn ich schon so selbstlos bin, daß ich mein Leben für dich einsetze, dann hast du auch für mich vorbehaltlos da zu sein.

Es ist die Schöne neue Welt, die uns von aller raffinierten Strategie eines sozialen Egoismus erlöst, von unserem ethischen Selbstgenuß, von unserem Ringen, von uns loszukommen und dem Leiden daran mit seinen maßlosen Enttäuschungen und zerstörten Erwartungen. Sie tut dies, indem sie alles Leben, den Bezug zum Nächsten und zur Natur, technisch in den Griff nimmt, Mein und Dein vertauschbar werden. Sie schafft Happiness, indem sie jede Entfremdung abschafft, uns von jedem selbstverliebten Verzicht erlöst. Sie befreit die Menschen zu einem Genuß ohne allen Schmerz.

LUST ALS HÖCHSTES GLÜCK OHNE SCHMERZ UND LEID

Vierhundert Paare bewegten sich im Fünfschritt über das Parkett. Lenina und Henry bildeten bald das vierhundertste. Die Sexofone jaulten melodisch wie sangesfrohe Katzen im Mondschein und stießen klagende hohe und tiefe Töne aus, als wollten sie vor Lust ersterben. Mit einer Überfülle von Harmonien schwoll ihr bebender Chor zum Höhepunkt an, wurde lauter, immer lauter, bis endlich der Kapellmeister mit einem Wink die Äthermusik des erschütternden Schlußakkords entfesselte und die sechzehn Trompeter aus Fleisch und Blut glatt aus dem Dasein strich.

[A. Huxley, Schöne neue Welt, S. 77]

DIE HARMONIE DER GEFÜHLE

DER KURZ-SCHLUSS VON BEGEHR UND GEWÄHR   Die Alte Welt stand unter dem Vorzeichen „unterdrückter Triebe" (51), die „gräßliche, leidenschaftliche Gefühle" (53) auslösten, und eines Wert- und Normensystems, das diese Triebunterdrückung idealisierte. Eine Vielfalt von Kontroll- und Überwachungsapparaturen wurde geschaffen, um die Triebe und Affekte niederzuhalten, niederzukämpfen, ja abzutöten.

Die Folgen dieses Weltbildes, dieser verblendeten Praxis, waren nur zu offensichtlich: verinnerte Zwänge mit einem ungeheuren Ausmaß an seelischem Leid, innere

Zerrissenheit, seelische Unfreiheit und Unfrieden, ein ungestilltes Lebensverlangen, tiefverankerte Ängste, depressives Welterleben, aufgestaute Aggressivität mit einer verdrängten Lust an Grausamkeit und am lautlosen Krieg der persönlichen und kollektiven Selbstvernichtung über Drogen vielfältigster Art, Ausscheidungskämpfe in Politik, Wissenschaft und Wirtschaft; aber auch verwundbar sein, bluten können, leben können, im Biologismus sich bewähren: im Kampf ums Dasein, in der Selbsterprobung des Lebens, Gefahren suchend, um aus der Gleichgültigkeit eines langweilig gewordenen Lebens auszubrechen, eine Sehnsucht, die in der Haltung des Spießbürgers gerann, der sich, im Lehnstuhl sitzend, Videokassetten mit brutalen Filmen vorführte und sich so an den Metamorphosen des Lebens begeisterte.

Das, was die Menschen durch Triebversagung in sich waren, trugen sie nach außen. Die vielfachen Störungen und Spannungen im Seelenhaushalt der Menschen entluden sich in einer aggressiven Weltaneignung, in Machtanmaßung, Rivalitätskämpfen und Kriegen, in der Kreation äußerer Feinde und Sündenböcke. Vielfältigste Techniken organisierter Gewalt wurden geboren, um die Willkürverhältnisse einigermaßen zu stabilisieren. Diese Techniken, wollten sie die unregulierten Spannungen und Störungen unter Kontrolle bringen, mußten dem triebhaften Drang der Menschen, sich frei auszuleben, Zügel anlegen. Diese Zwänge verfestigten wieder die Selbstzwänge der Menschen. Und der Kreislauf zwischen aufgestauten Trieben, ungestilltem Lebensdrang und Entladung der unterdrückten Trieb- und Affektregungen nach außen schloß sich.

Die Stabilität der Neuen Welt und das Glück ihrer Bürger machten es erforderlich, das gesamte Feld der Trieb-

und Affektstrukturen in der Weise zu steuern, daß die wirksamen Antriebs- und Gestaltungskräfte der Gesellschaft nicht erlahmten und der Widerspruch der Alten Welt zwischen Ordnungsbedürfnis und dem Ausleben der Triebe sich löste.

Mit einer Handbewegung verweist der Weltaufsichtsrat Mustapha Mond auf die Stabilität um ihn herum. Keine Mühe wurde gescheut in der Neuen Welt, um das Trieb- und Gefühlsleben der Menschen leicht, ausgeglichen und erfüllt zu gestalten und, „soweit es geht, (sie) vor Gefühlen überhaupt zu bewahren" (52). „Glückliche Jugend!" (52)

Die Garantie eines solchen lustbetonten, lustschaffenden Lebens fern jeder Triebversagung ist der praktischen Umsetzung des sozialpsychologischen Grundgesetzes der Schönen neuen Welt zu verdanken, dem Gesetz der *Einheit von Begehr und Gewähr*, dem Gesetz von der Sofortbefriedigung jeder Begierde, der Abfuhr jeder Spannung. Wann immer der Mensch von einer Begierde erfaßt wird, ist es entscheidend, daß sie sofort befriedigt werden kann. Freie Sexualität, Fühlkinos, Duftorgeln, die gesamte Warenwelt, der Sport und „Soma" sorgen dafür. Denn dauerhaft und beständig ist die Zivilisation nur, wenn kein Unbefriedigtsein sie stört; daher erfordert sie „eine Menge angenehmer Lüste" (205).

In der Alten Welt flossen die unterdrückten Triebe über, wurden zu Gefühlen, zu Leidenschaften, „sogar zu Wahnsinn, je nach der Gewalt des Stromes, der Höhe und Stärke der Dämme" (51). Die ersten Reformer, die die Menschen von „den gräßlichen Gefühlen erlösen wollten" (53), indem sie die Differenz zwischen Begehr und Gewähr kurzzuschließen beabsichtigten, waren verpönt. Jetzt, in der Neuen Welt, ergießt sich der „ungehemmte

Strom . . . sanft in sein vorgezeichnetes Bett, mündet in stilles Behagen" (51). „Gefühl lauert in der winzigen Zeitspanne zwischen Begehr und Gewähr. Kürzt diese Spanne, und ihr reißt alle jene unnötigen Schranken von einst nieder." (52) Gefühle werden leichtgemacht, die Menschen werden, wenn immer möglich, vor Gefühlen bewahrt. Die unmittelbare Bedürfnisbefriedigung: Kein Warten, kein Hoffen ist mehr nötig, alles ist zur Befriedigung des Ich vor-handen, zu-handen. Das System sorgt für alles: der totalitäre Wohlfahrtsstaat.

Das Leben hat den Wegcharakter verloren. Im Kurzschluß von Begehr und Gewähr ist die allseitige infantile Wunscherfüllung garantiert. Jeder ist dem Drang seiner Bedürfnisse ausgeliefert, die sofort befriedigt werden wollen. „Was dir heute Freude macht, das verschieb nicht über Nacht" (91). Bedürfnisse und ihre Befriedigung sind in der Übereinkunft von „Begehr und Gewähr" in einer transzendenzlos geschlossenen Welt normiert, einer Welt, deren Macht nur künstlich organisierte Bedürfnisse zuläßt, die sich durch technisch-ökonomischen Reichtum direkt und unmittelbar befriedigen lassen.

„Stand einer von Ihnen jemals vor einem unüberwindlichen Hindernis? . . . Mußte einer von Ihnen jemals lange warten, daß man ihm gewähre, sobald er merkte, daß er begehre?"(53) Die unmittelbare Verkoppelung von Bedürfnis (Mangel) und Stillung (Reichtum) ist endlich gelungen. Eine widerstandslose Welt! Alles ist erreichbar, gegen alle möglichen Negative ist ein „Mittel" gefunden. Der Boden für alles Leben ist die hindernisfreie Ebene. Alles, was nicht unmittelbar Lustgewinn verspricht, ist nicht wichtig. Was allein interessiert ist der immer neue Reiz- und Erlebniswechsel, die Sofortbegattung – mit einem Wort: der permanente Lustzustand. Kein Warten, kein Reifen ist mehr nötig, kein geduldiges An-der-Sache-Bleiben, keine Bewährung, keine gute Tat. Alle Erregungszustände sind abgebaut. Die totale Triebbefriedigung. Das verspeiste Dasein!

GEFÜHLE MÜSSEN PLANBAR WERDEN   Die Menschen sind von allen „gräßlichen, leidenschaftlichen Gefühlen" befreit. Zum einen sind intensive Gefühle verpönt, zum anderen werden sie organisiert wieder eingeführt. Fühlkinos, Eintrachtsandachten und „Soma" sorgen für die Einheit von Fühlen und Empfinden. Die Liebesszene auf dem Bärenfell ist allgemein verfügbar, jede/jeder fühlt und empfindet mit: „Man spürt jedes einzelne Bärenhaar" (44). Jede natürliche Nähe mit ihren ambivalenten Gefühlen ist aufgelöst. Der Mensch ist befreit von der Angst vor dem Selbstsein und der Angst vor der Nähe: Es geht nicht mehr um das Fühlen von Leib zu Leib, sondern darum, daß man „jedes Bärenhaar" spürt. Der Leib als Sphäre des Selbstseins, der Freiheit des anderen wird entpersonalisiert; allgemein verfügbar, jede/jeder fühlt und empfindet mit in der Pseudo-Einigung mit dem anderen im Medium der Empfindung – analog zum „Soma"-Rausch. Das Fühlkino verbindet Fühlen und Empfinden. Das Geschaute ist als Empfundenes präsent. Schauen (Idealität) und Empfinden (Realität) sind zusammengeschlossen: die gemachte allseitige Gegenwart des Geschauten. Das Leiden an der Spannung zwischen Idealität und Realität, die Angst vor allem Überraschenden und Neuen, das Leiden am Ausständigen, Nicht-Gehabten, am Noch-Nicht ist gebannt. Die Differenz zwischen Bild und Wirklichkeit ist aufgehoben. Alle Wirklichkeit ist gegenwärtig, alles ist habbar, sofort verfügbar. Die Zukunft ist völlig ins beständige Präsens hineingezogen: Alles Erhoffte, Gewünschte ist schon da. Für das System ist alles „anwesend". Der Mensch ist vollständig vom System komponiert; Gegenwart nicht bloß im Schauen, sondern auch im Empfinden: Greifen – Empfinden – Begreifen. Die menschliche Sinnlichkeit ist aus ihrem materiellen Nacheinander (Zeit) und Nebeneinander (Raum) zur Ubiquität (der totalen Anwesenheit) befreit. Die Schranken des Leibes sind verflüssigt, Grenzen sind übersteigbar: universalisierte Sinnlichkeit.

Eine der Pflichten des Gemeinwesens in der Schönen neuen Welt ist es, alle emotionalen Schichten des Menschen in den Griff zu bekommen, da diese als dunkle, verdrängte Mächte Bedrohungscharakter besitzen. Gefühle im Bereich der primären Natur sind nicht rational beherrschbar, daher die Angst, durch Emotionen die eigene Identität zu verlieren: „Ich bin nicht mehr Herr meiner selbst; ich verliere den Verstand; Liebe macht blind; ich fühle mich von Gefühlen überschwemmt."

Die Welt der Gefühle stellt also eine Bedrohung der Stabilität des einzelnen Menschen wie des Gemeinwesens dar. „Wenn der einzelne fühlt, wird das Ganze unterwühlt" (91). Diese Bedrohung wird durch Rationalisierung ausgeschaltet. Je durchschaubarer die Funktionskreise, die Abläufe der Gefühle werden, umso distanzierter kann ich mich zu den Gefühlen verhalten, umso weniger werde ich von ihnen überschwemmt, umso planbarer werden sie, umso dienlicher dem System, das ja die Gefühlsdimension keineswegs ausschaltet, sondern nur geplant einsetzt. „Hochschulen für Emotionstechnik" (69) und „Gefühlsingenieure" (192) haben für die „Gefühlsmechanik" (160) Sorge zu tragen.

Die Menschen der Neuen Welt werden nicht mehr durch die eigenen und fremden Triebe und Gefühle überwältigt.

Die Energien der Trieb- und Affektstrukturen werden in eine ungefährliche, durch keine Unlust bedrohte Richtung gelenkt. Sie können keine unruhigen kritischen Spannungen mehr hervorrufen. Die Atmosphäre kritischer Unruhe und schöpferischer Bewegtheit ist ausgemessen. „Die Menschen waren zu jener Zeit sogar bereit, ihre Triebe kontrollieren zu lassen. Alles für ein ruhiges Leben" (198).

DIE LEIDENSCHAFT, DIE LEIDEN MACHT   Es sind vor allem zwei Grundbedingungen menschlichen Daseins, aus denen die Welt der Gefühle entspringt, in die sie eingebettet ist: die Zeit mit ihrer Rhythmik des Lebens von Geburt und Tod, Säen und Ernten, Wachen und Schlafen, Anfang und Ende; und die Pluralität: das Unterschiedensein und die Andersheit der Menschen und der Dinge gegenüber mir selbst.

Diese beiden Grundelemente des Daseins führen zu einer Verdichtung und Beschleunigung von all dem, was mir spürbar ist als Wahrnehmung, als Stimmung. Ich werde ergriffen von der doppelten Herausforderung: der Pluralität und der Zeit. Sie beanspruchen mich, versetzen mich in Not. Die Reaktion der Gefühlswelt auf die Rhythmik der Zeit und die Pluralität ist die Angst, eine Bündelung von Stimmungen.

Wie geht man um mit dieser oft so leidvoll erfahrenen Welt der Gefühle? Ein erster freier Schritt des Umgehens mit Gefühlen ist der Mut, sich einzulassen auf den Akt des Fühlens, zu versuchen, wirklich zu fühlen. Im Grunde nehme ich die Wirklichkeit in mir und außer mir nur dort wahr, wo ich mich einfühle, ich mich einstimme in die Wirklichkeit. Selbstwertgefühl, Solidaritätsgefühl, Freude über sich selbst, positive innere Gestimmtheit im

Verhältnis zu sich selbst, auch die innere Freigabe von Gefühlen, Wagnis und Experiment eines Gefühlsausbruches in leibhaftigen Gesten ist eine Voraussetzung für ein solidarisches Sich-Einfühlen in einen anderen, in andere. Umgekehrt gilt auch, daß das Sich-Einfühlen in andere die eigene Gefühlswelt intensiviert, befruchtet und auch entbindet.

Das Gefühl ist eine integrale Dimension des menschlichen Selbstvollzugs: Wo sie mißachtet wird, ist menschliche Wirklichkeit reduziert. Wenn einer nur auf die Mehrung des eigenen Reichtums ausgeht und das Gefühl für die Armen verliert, wird er auch vor Ausbeutung nicht mehr zurückscheuen – blind, ohne Mitgefühl für die anderen. Er kann sich selbst gegenüber keine kritische Position mehr beziehen, weil im Maße des Gefühlsausfalls die Welt des anderen und seiner Gestimmtheiten ausgeblendet wird. Er lebt nicht mehr wirklich in der Welt, sondern abstrakt in Prinzipien und Systemen, er ist weder bei der Not noch bei der Freude, wenn er über diese Dimension des Lebens redet oder sich sozialpolitisch engagiert.

Die Wurzel der Pflege der Gefühle ist: sich Gefühle zutrauen, sie wahrnehmen, sie auswirken lassen, die Gefühle selbst zu fühlen, ohne sie gleich reflex zu fassen und festzustellen. Wichtig ist die Einfühlung in sich selbst und in den anderen; die Selbstlosigkeit des Mitfühlens. Dies kommt besonders darin zum Ausdruck, daß ich die Gefühle, die aufbrechen, nicht sogleich unter moralische Kategorien subsumiere, sie nicht sogleich in ihrer ethischen Relevanz befrage und unmittelbar unter sittlichen Gesichtspunkten beurteile, sondern darin den anderen an ihm selbst und mich selbst in seiner/meiner Gestimmtheit thematisieren lasse.

Es ist also Vorsicht geboten, die Gefühle sofort auf ihre ethische Bedeutsamkeit hin zu befragen, weil man sehr leicht der Gefahr unterliegt, sich selbst und den anderen in seiner Gemütstiefe, in seiner Gestimmtheit von einem abstrakten Ich-Ideal her zu beurteilen. Es ist ethisch ehrlicher, das eigene Haß- und Zorngefühl, Gefühle des Hochmuts und des Neides, Gefühle der Niedergeschlagenheit an- und ernstzunehmen, als sie um eines vermoralisierenden Selbst- und Fremdbildnisses wegen zu unterdrücken.

Es gibt in uns eine Sehnsucht, von unseren schlechten Gefühlen befreit zu werden, eine Sehnsucht nach seelischer Ausgeglichenheit und Glück, die oft eine Sehnsucht nach dem Glück der Neuen Welt ist. Die schlechten Gefühle entstehen zumeist aus verletzter Eitelkeit, aus der Sehnsucht nach dem positiven Urteil der anderen: Was ist dies doch für ein liebenswürdiger und fähiger Mensch! Hinter den schlechten Gefühlen steckt also oft die Angst, bestimmten Erwartungen der Mitwelt nicht zu genügen, andere enttäuschen zu müssen, Angst vor der eigenen Ohnmacht und der eigenen Schwäche, als Störfaktor zu gelten, belächelt, verspottet zu werden, einen eigenen Weg gehen zu müssen, mißachtet, ja verachtet zu werden – mit einem Wort: der mangelnde Mut, mich dem Leben auszusetzen, verwundbar zu sein.

Überall dort, wo ich den Mut zur Wahrheit habe, „so ist es", „so war es", „so bin ich", überall dort, wo wir uns mutig dem Ja des Lebens und dem „Dennoch" anvertrauen – es ist gut zu sein –, werden wir auch spüren, wie die Wahrheit und das Grundvertrauen in das Leben uns frei und froh machen.

Wir sehnen uns nach der Harmonie der Gefühle, dem inneren Frieden. Der innere Friede ist aber nicht eo ipso identisch mit der Harmonie der Gefühle. Der innere Friede kann sich in innerer Harmonie der Gefühle ausdrücken. Der innere Friede bringt die Welt der Gefühle in Ordnung. Ein innerer Friede kann sich aber auch in einer großen Spannung und Gegensätzlichkeit von Gefühlen manifestieren, in einer befriedeten Zerrissenheit. Förderlich für die Pflege der Gefühlswelt ist im Grunde allein das uneigennützige Mitfühlen. Aus ihm gehen jene Strukturen hervor, die ein authentisches Gefühl vermitteln. Ein solches Mitfühlen nimmt sich selbst und den anderen als anderen ernst, bejaht sich selbst und gibt den anderen in seinem Selbstsein frei. Wobei es liebender ist, dem anderen und sich selbst seine schlechten Gefühle zu lassen, sie anzunehmen und auszuleiden, als durch Pharmaka aller Art eine künstliche Gefühlswelt zu schaffen. Vernutzte Gefühle bringen auf Dauer keinen Frieden und keine Freude – einfach deshalb, weil sie künstlich sind.

Ein Gefühl frei anzunehmen, ist ein tiefer Akt der Demut, ist eine Zustimmung zu dem, was und wer ich bin: ein fühlendes, empfindsames Wesen – gerade auch im Eingestehen-Können, daß ich versagt, geirrt habe, schuldig geworden bin. Sich in eine Empfindungs- und Gefühlslosigkeit hineinzusteigern, ist dagegen ein Akt des Hochmuts, weil der Mensch hier seine zutiefst verletzliche und verwundbare Endlichkeit verrät. Er macht sich zu etwas Totem, nur um nicht ausgesetzt zu sein. Je gefühlloser ich bin, umso weniger kann mir passieren, desto weniger Verwundungen und Verletzungen bin ich ausgesetzt.

Die Unverwundbarkeit als Ausgeglichenheit ist für das Funktionieren des Systems der Schönen neuen Welt notwendig. Deshalb muß die Welt der Gefühle, die Welt der Leidenschaft in ihrer doppelten Bedeutung reguliert werden: Leidenschaft als Grundbegehren, das Leiden schafft. Wo ich leidenschaftlich lebe, empfinde ich, warum ich leide.

Die Leidenschaft leidet an der Rhythmik der Zeit und an der Pluralität des Daseins. Sie leidet, weil sie fortwährend erfüllt werden will – in der Begierde nach Genuß, im Genuß nach Begierde. Sie leidet, weil sie nie ans Ende kommt, weil nichts ewig ist: Es ist das Leiden des Noch-Nicht, des Verlangens, der Ungestilltheit, das Leiden, uneins mit sich selbst und der Welt zu sein.

Was die Leidenschaft leiden macht, ist die Differenz zwischen Begehr und Gewähr: die kleine Spanne. Die Schöne neue Welt sorgt dafür, daß diese Spanne sofort verschwindet, wo sie auftritt. Zum Verschwinden kommt es zum einen durch die Institutionen des Systems, die die Aufgabe haben, diese Differenz aufzulösen (Vergnügungsindustrie; Fühlkinos; Animationsunternehmen), zum anderen durch „Soma", das den Zustand der Unbehaglichkeit eines unerfüllten Begehrens zu beseitigen hat. So sind die Menschen der Schönen neuen Welt auch von aller Ungeduld erlöst. Geduld ist eine Form des Umgangs mit der Zukunft: Zeit haben, kommen lassen, dulden, meine schöpferische Entfaltung und die des anderen tragen können; warten; ausreifen lassen, dem anderen seine Werde-Zeit einräumen; vertrauen, daß sich dem anderen auch dort, wo er sich in Unfreiheit, Schuld befindet, ein positiver, neuer Anfang eröffnet.

Voraussetzung für die Geduld als eine produktive Entbindungskraft der Freiheit ist, daß die Erfüllung noch aussteht. Wenn ich die Erfüllung schon erreicht habe, brauche ich keine Geduld. Nichterreichte Erfüllung ist identisch mit Unzufriedenheit. Diese Unzufriedenheit muß aber der optimalen Spannungslosigkeit wegen eliminiert werden.

KURZ-SCHLUSS VON GENIESSEN UND VERZICHTEN Um den Trieb- und Affekthaushalt ins Gleichgewicht zu bringen und eine lebensfreudige, eros-erfüllte, vitale Atmosphäre zu schaffen, war es auch in der Alten Welt erforderlich, das Auseinanderklaffen von Genießen und Verzichten zur Einheit zu bringen, ein Auseinanderklaffen, das zu Spannungen, ja zu Zerstörungen größten Ausmaßes sowohl in der Mikro- wie auch in der Makro-Welt führte.

„Genießen" hieß in der Alten Welt vor allem Verbrauchen, Zerstören, Aneignen des materiell Gegebenen, ohne Rücksicht darauf, was der Inhalt des Genießens an ihm selbst ist, ohne seinen Stellenwert in meiner und der größeren Welt zu beachten. Oberster Maßstab war: größter Lustgewinn ohne soziale Verantwortung; bedenkenlose Lebenssteigerung ohne Rücksicht auf die Sache in ihrer Eigengesetzlichkeit: Verbrauch von physikalischen und chemischen Produkten, ohne Rücksicht zu nehmen auf die Schadstoffe; Genuß der Produktivität eines Werkes, ohne auf die Umwelt zu achten: Hauptsache, das Geschäft floriert; der Genuß, eine Sache wegwerfen oder vernichten zu können um ihres höheren Profits wegen; der Genuß hochgezüchteter sportlicher Leistungen mittels Drogen aller Art. Es bricht eine Reisewut aus, man begibt sich auf einen inneren oder äußeren Trip: Die Welt wird quasi visuell und touristisch abgegrast.
In Bereichen der Alten Welt wurde eine Luxus- und Wegwerfgesellschaft unter Ausgrenzung und Opferung anderer Weltteile geschaffen, in der alles im Überfluß vorhanden schien, Genuß um des Genusses willen, ohne Rücksicht auf die Bedürfnisse der anderen. Dieser Steigerungs- und Gewinngenuß degenerierte die Sache als Sache; er wurde erkauft um den Preis der Erblindung für

das Gute in den Dingen. Das Elend des Luxus in seiner Verschwendung spiegelte nur das Elend der unmenschlichen Sinne wider: Sinnesvermögen als Bankvermögen; der Warencharakter des Daseins: im Baum nur das Holz, im Boden nur die Öl- oder Uranvorkommen gesehen.

Es war ein Genießen, das nur allzuoft die Gesundheit und die Zuträglichkeit der Mitwelt und Umwelt mißachtete. Es wurde nicht beachtet, daß ich nicht nur für mich selber handle, sondern einbezogen bin in eine Gruppenstruktur und in ein größeres Gemeinwesen, weil alles von allem abhängt und die einzelnen Lebensbereiche nicht voneinander zu isolieren sind. Es war ein Genießen, das die Menschen blind machte, sie der Wirklichkeit entfremdete. Ein monologisches, asoziales Genießen – oft um den Preis der totalen Abhängigkeit von anderen, um den Preis des Verlustes der Freiheit, ein Genuß, durch den die Menschen sich selbst schädigten und die Natur zugrunde richteten.

Und verzichten? Verzichten hieß für weite Teile der alten Menschheit verzichten zu müssen auf Brot, medizinische Versorgung, Schulen, Infrastruktur. Das Genießen in einem Sektor der Gesellschaft wurde mit der Armut und Not des Restes der Bevölkerung erkauft, die – dank der Macht der Reichtumszone – zum Verzicht gezwungen wurde. Das gesellschaftliche System sorgte für „schlanke Linie".

Viele Menschen wurden nicht von einem qualitativen, freien, sondern von einem gelenkten, quantitativen Verzicht geleitet, von Selbstausbeutung und selbstinszenierter Opferbereitschaft, um für Ausscheidungskämpfe aller Art in Politik, Wirtschaft, Sport und Schönheitswettbewerben besser gerüstet zu sein oder um durch Opfer- und Hobbyarbeit sich fit zu machen für die Forderung des

Tages – wenn du dies nicht tust, wirst du nicht lange leben, findest du keine Anerkennung –, oder um sich selbst loszuwerden, sich mit sich selbst nicht auseinandersetzen zu müssen. So entsprach der Verzicht nochmals einer Funktion des Außengelenktseins und blieb dem Gesetz der Konsumgesellschaft verhaftet.

Es gab geschichtliche Epochen, in denen ein Ethos des Schweren heilgepriesen, eine Moral der Abtötung und Kasteiung gepredigt wurde. Mit der Abtötung der Triebe und Impulse unterdrückten, ja töteten die Menschen sich selbst. Hochspiritualisierte seelische Terrorverhältnisse bildeten in der Geschichte der Alten Welt keine Ausnahme – die „unteren" Lebensmächte wurden dämonisiert. Eine die Triebe bändigende asketische Selbstdisziplinierung, eine asketische Heroisierung der Selbstüberwindung führte nicht zu mehr Freiheit, sondern zu neurotischen Ängsten, zu Lebenseinengungen, die jede Lebensfreude töteten.

Häufig wurde das Ausleben von Triebimpulsen durch Androhung physischer Gewalt mit gesellschaftlichen Verboten belegt – die Menschen paßten sich an, sie paßten sich ein. Ein System verinnerter Zwänge und Ängste machte sich breit. Aus Angst vor unkontrollierten und spontanen Trieb- und Handlungsimpulsen panzerten sich die Menschen ein, sie setzten sich Masken auf, um sich gegen ihre Antriebe zu wehren. Aus Angst vor dem Leben verzichteten sie auf das Leben.[34]

Was die Alte Welt nicht fassen konnte, war die Tatsache, daß ein Genießen ohne Verzichten wie ein Verzichten ohne Genießen zum Scheitern verurteilt ist.

Ein Kettenraucher kann nicht genießen, weil er nicht mehr verzichten kann. Er ist dem Nikotin verfallen. Wenn ich zum Sklaven der Triebe werde, kann ich nicht verzichten – ich bin gezwungen. Nur der Freie, der auch verzichten kann, kann genießen. Genießen impliziert immer: Ich muß nicht. Der Genuß des Schlafes ist im Zwangsbewußtsein – jetzt muß ich schlafen – sofort verschwunden. Viele meinten, man rede gegen das Leben, wenn man von der Notwendigkeit des Verzichts sprach, man gönne ihnen die Freude am Leben nicht. Nur wer fähig ist zum schöpferischen, kreativen Verzicht, kann genießen.

Ich kann aber auch nur verzichten, wenn ich genießen kann. Ich kann auf etwas nur verzichten, wenn ich weiß, wie gut es schmeckt. Wer nicht genießen kann, kann sich nichts Gutes gönnen; er ist geizig mit sich selbst, er ist unfähig zur Selbstbejahung und dadurch auch zur Förderung und Bejahung der anderen: Er ist asozial. Genießen-Können ist eine Voraussetzung des sozialen Handelns. Dagegen stand die Botschaft: Wenn du genießt, mußt du ein schlechtes Gewissen haben; dies war nicht selten die Botschaft einer pseudochristlichen Ethik – bis zur Lustfeindlichkeit sexueller Begegnung. Sehr oft „verzichteten" die Menschen, noch bevor sie sich auf die Güter eingelassen hatten; nicht aus kreativem Verzicht, aus Freiheit, sondern aus Angst vor der Freude des Daseins, in der Hoffnung, „höhere Mächte" durch den Verzicht zu besänftigen bzw. nicht zu reizen – ein freudiges, lustvolles, freies Leben sei ihnen nicht gegönnt.

Jeder Genuß ist vom Wesen her sachlich. Sachlichkeit meint die Fähigkeit, sich auf die Sache einzulassen. Musik zu hören, Kunst zu genießen – dazu braucht es musikalische Sinne, künstlerische Augen. Solche Sinne, solche Augen gewinne ich, wenn ich mich auf etwas um seiner selbst willen einlasse, es in mich aufnehme, verkoste, damit es sich gerade dadurch von selbst zeigt in der ihm einzigartigen, eigenen Wertigkeit, seinem einmaligen, unvertauschbaren Reichtum, in seiner Kostbarkeit zeigt, darstellt, schenkt – und so um seiner selbst willen bejaht, gutgeheißen, eben genossen werden kann.

Genießen setzt so kreativen Verzicht voraus: Wandel, Läuterung, Wirklich-Werdung, einen Verzicht, der aus dem Freisein gelebt wird. Der negative Genuß bildet sich ein, er könne einfach zugreifen, ohne sich zu wandeln, ohne sich für das, was genossen wird, frei zu öffnen. Ein „Genießen" ohne Sach-Bezug, ohne Aus-Kosten der Dinge und Sachen, vielmehr alles gierig an sich reißend und in Sachgenuß sich austobend, verwechselt das Sein mit dem Haben; läßt sich nicht ein auf die Dinge, die die Natur gewährt, sondern summiert das Haben. Kostbarkeit bedarf der Schonung.[35]

In der Schönen neuen Welt werden Genießen und Verzichten in einem feingesponnenen Netz von Regulierungen zusammengeschlossen. Versagung ist unerträglich. Der neue Weltstaat befreit die Menschen von der Last der inneren Umbrüche und Werde-Vollzüge, indem er den Zwischenraum zwischen Begierde und Erfüllung, Begehr und Gewähr kurzschließt. „Die Welt ist jetzt im Gleichgewicht. Die Menschen sind glücklich, sie bekommen, was sie begehren und begehren nichts, was sie nicht bekommen können. Es geht ihnen gut, sie sind geborgen, immer gesund, haben keine Angst vor dem Tod. Leidenschaft und Alter sind diesen Glücklichen unbekannt, sie sind nicht mehr von Müttern und Vätern geplagt, haben weder Frau noch Kind, noch Geliebte, für die sie heftige Gefühle hegen könnten, und ihre ganze Normung ist so, daß sie sich kaum anders benehmen können, als sie sollen. Und wenn wirklich einmal etwas schief geht, gibt es Soma" (191).

Die Schmerz- und Leidfreiheit ist der unabdingbare Unterbau für ein glückliches Leben in der Schönen neuen Welt. Auf diesem „Ideal" (204) basiert das gesamte Gefüge und Gerüst der Neuen Welt. Jede Kritik am System der Neuen Welt ist damit immer schon aufgehoben. Denn die Antwort auf Kritik kann nur lauten: Du willst uns aus unserem schönen, glücklichen, schmerz- und leidfreien Leben befreien. Du willst es zerstören. Du bist ein Menschenfeind!

In dieser schmerz- und leidfreien Welt des gemachten Glücks kann Michael, der Held in Huxleys Roman, nur eine Welt der „Lüste und der Laster" sehen, die als Werkzeuge benutzt werden, um die Menschen zu erniedrigen (204). Die Neue Welt kennt nicht das Leid, das alles Weh geduldig erträgt und den Menschen leiden läßt; sie kennt nicht das „Heldentum" des Menschen, die mutig-kreative Tat, das Wagnis der Freiheit, die Neues schafft; sie kennt nicht die Tugend der „Selbstverleugnung", der „Keuschheit", der Scham, Tragik und Schuld (205).

Michael beklagt die Welt der Begierde, die lustvoll organisierte Auslöschung der Freiheit, den biologischen Egoismus, das bequeme Herdenglück, er beklagt eine Welt, in der die Menschen nur „fleischlich" geheilt werden wollen: durch Geld, Brot und Lust, eben mit befriedigter Begierde.

Aus diesem Leiden an der Welt der Begierde entspringt die Sehnsucht, sich selbst und die Menschen der Neuen Welt aus dem Verstrickt- und Verfallensein in diese Welt zu befreien. Der Weg, den Michael geht, entfaltet sich als zweifach-eine Grundfigur, Freiheit durch Selbsterlösung zu erwirken: zum einen als Versuch, die Dialektik von

Begierde und Ideal durch asketische Selbstüberbietung und ethische Selbstdisziplinierung aufzulösen, sich durch asketischen Heroismus aus der Verstrickung in die Begierdewelt zu lösen; zum anderen als Versuch, als Messias, Missionar und Heilbringer die Neue Welt durch eine mystisch verklärte Selbstverneinung von ihrem organisierten Menschsein und Jedermannsglück zu erlösen.

ZERRISSENHEIT IN DER DIALEKTIK VON BEGIERDE UND IDEAL

Michaels Beziehung zu Lenina offenbart seine eigene Zerrissenheit in der Dialektik von wilder Begierde und Ideal. Lenina nähert sich ihm mit „offenen Lippen". Er will warten, zuerst eine Tat vollbringen und zeigen, daß er ihrer würdig ist. Er versucht, sein Selbstsein zu gewinnen als Voraussetzung für den freien Bezug zu ihr, um sie nicht als Ersatzobjekt zur eigenen Selbstbehauptung und Triebabfuhr zu gebrauchen. Michaels Warten frustriert Lenina. Ihr Ärger ist das Resultat der Tatsache, daß ihr Wunsch nicht sofort befriedigt wird. Auf Leninas Seite ist nur haben-wollende Begierde, die an sich reißt, aber gerade so, daß sie das, wonach sie verlangt, von sich weg- und abstößt, ihr entfremdet.

Michael sehnt sich nach dem Du als Gabe, nicht als Sache. Aber da er selbst nicht frei ist, beginnt er, Leninas Begierde an sich selbst zu hassen, sich zum Objekt der Selbstquälerei zu machen, in der er sie negiert. Zum einen ist es der Versuch, den anderen durch Geißelung der Triebe und Sinne an sich selbst auszulöschen, zum anderen mit ihm eins zu werden durch den Tod: Dann bin ich nichts anderes mehr ihr gegenüber. Michael stößt Lenina von sich weg. Dies entspricht genau dem Verhalten ihrer Begierde zu ihm. Lenina ist für ihn zum einen Madonna („ich liebe dich über alles in der Welt"), zum anderen schamlose Dirne (die er von sich wegstößt). Michael will seine wilde Begierde durch die Beziehung zu Lenina als Ideal überwinden. Dem Ideal korrespondiert auf der Seite Leninas die Begierde, die er haßt und negiert – was er tut, indem er seine eigene wilde Begierde durch Geißelung bekämpft. Er verfällt aber in der Negation des Systems der Schönen neuen Welt, die sich ihm in Leninas Begierde enthüllt, gerade der Logik des Systems. Er lebt so, im Modus seiner Existenz als der „Wilde", nur die Kehrseite des Systems. In der Negation bleibt er an die negierte Voraussetzung gebunden. In der Art und Weise, wie er der Wildheit der Sinnlichkeit zu entkommen versucht, bestätigt er nochmals die Zwangsherrschaft, der er entrinnen will.

Michael kann seine eigene Begierde und die Leninas nur als etwas Fremdes, Gefährliches, Erniedrigendes, Beschämendes, ja Raubtierhaftes erfahren. In ihm kommt die Erfahrung eines tiefen Leidens der Menschen an ihrer Triebwelt zum Ausdruck. Die Menschen konnten die Energien dieser Triebwelt nur abwehren, sie aber nicht liebend klären, sie hatten nicht gelernt, mit ihnen angst- und gewaltfrei umzugehen, zu vertrauen, daß sich in den Triebimpulsen Energien melden, die das Dasein mit Leben erfüllen.

Die Begierde fordert „alles oder nichts" und „alles und sofort". Sie kennt keine Zeit. Freiheit wächst nicht im einfachen Erfüllen der Forderungen der Begierde, sondern im Lernen, sich Zeit zu nehmen – in Geduld und Vertrauen. Zeit – so gelebt – ist Geburt der Freiheit. Geduld ist ein Wachstums- und Reifegeschehen. Wachstum und Reifung können sich nicht ohne Widerstand verwirklichen – und bedürfen auch der Verbote. Das Verbot richtet sich gegen die Unmittelbarkeit der Begierde.

Wenn die Begierde auf ein Nein stößt, reagiert sie nicht selten in zweifacher Weise. Sie fühlt sich geprellt und begehrt auf. Oder sie tut so, als unterwerfe sie sich dem Verbot, um es aber dann zu hintergehen. Wenn die Begierde nicht zu je größerer Freiheit und Freude des Lebens führt, wuchert sie ungestillt im dunkeln und Unbewußten weiter, und/oder sie endet im „Ressentiment". Man kann sich nicht freuen und wird verbittert.

Freiheit muß das Verbot in einer tieferen Wandlung positiv bestehen – in einem geduldigen und vertrauenden Einlassen auf die Grundkräfte des Lebens, ohne sie auszulöschen, ohne sie zu zerstören.

Verschiedene religiöse Strömungen der Alten Welt versuchten, jede Begierde in einem Eintauchen in das Nirwana auszulöschen, als wäre die Begierde die Wurzel aller Übel. Kraft „transzendentaler Meditation" trat man in einen Frieden, wo es vor allem keine Begierde mehr gab. Sie ist ausgelöscht worden. Damit ist aber menschliches Dasein ausgelöscht worden, das ja auf den dynamischen, spontanen Triebkräften und Triebenergien aufbaut. Die stoischen Strömungen eröffneten ebensowenig einen befreienden Ausweg. Sie bestanden im Willen, jede Begierde zu meistern im Sinne von „Ich bin der Herr meiner Freiheit, ich beherrsche sie", „Ich bin der Herr meiner selbst wie der Welt im ganzen".[36]

Pseudochristliche Strömungen versuchten, der Begierde durch reine Entsagung, Abtötung, Selbstquälerei Herr zu werden. Das erwuchs aus einer Leibfeindlichkeit; die Schöpfung Gottes wurde so im Grunde verachtet. Auch alle „idealistischen" Bestrebungen fruchteten nichts. Denn der Idealismus hat Angst vor der Wirklichkeit. Die Begierde möchte sich von jeder Belastung entlasten. Die idealistische Sehnsucht möchte sich von dieser ungeistlichen Last befreien – spaltet sie ab und zerspaltet damit den Menschen. Nach dieser Abspaltung macht die Begierde, was sie kann, befriedigt sich, wie sie kann.[37]

Der befreiende Umgang mit der Begierde erstrebt weder ihre Auslöschung noch ihre Überherrschung, noch die Unterwerfung unter sie. Befreiend ist der Umgang nur in dem Maße, wie die Begierde gewaltfrei gewandelt, vertieft und so fruchtbar gemacht wird. Das Umsonst der Liebe, die Grundfreiheit des Daseins, zerstört die Begierde nicht, tyrannisiert sie nicht, sondern weist den Weg, wie die Begierde fruchtbar wird, weil das Umsonst der Liebe selbst das Grundkriterium der Unterscheidung ist. Die reine Begierde kennt keinerlei Verantwortung, die Liebe dagegen antwortet, sie wird verantwortlich. Verantwortlichkeit besagt: Andere Menschen leben mit mir, mit denen ich in Beziehung bin. Selbst zu wachsen in Freiheit und gemeinsames Wachsen mit anderen führt zu gemeinsamer Freiheit – das ist die Sinnrichtung der Verantwortlichkeit.

An dieser Ver-antwort-lichkeit scheitern Michael und Lenina. Michael versucht, durch ein Herr-Werden über seine Begierde sie zu be-herr-schen und Lenina aus ihrer Abhängigkeit an die Begierde zu befreien. Die Art und Weise, wie beide der Begierde begegnen, antwortet nicht je auf den anderen. Beide sind unfähig, sich in ihrer Begierde (die in sich auch etwas zutiefst Positives und Schönes ist) selbst anzunehmen, aus der Selbstannahme sich zu wandeln und ihre Begierde liebend zu klären.

Was erlaubt es dem Menschen, seine biologischen, seine seelisch-geistigen und emotionalen Grundkräfte auf Freiheit hin zu ordnen, da sie nicht unmittelbar frei sind, sondern es erst werden müssen? Die Menschen erfahren diese Grundkräfte immer als ein gewisses Chaos. Dieses

Chaos macht Angst. Angst aber lähmt alle Energien. Diese Angst vor dem Chaos wurde immer wieder politisch ausgebeutet. Die einen, die Anti-Autoritären, beschwörten – nicht selten unter der Maske verschleierter Herrschaft – die Selbstheilungskräfte der chaotischen Grundkräfte, die Technokraten erstrebten ihre Überherrschung.[38]

So auch die Technokraten der Schönen neuen Welt. Die Freiheit erwies sich als zu gefährlich, gebrechlich, als zu chaotisch, denn sie ist – wie der französische Dichter Charles Péguy einmal sagte – „wie eine Knospe Aprils" –, der Mensch muß von ihr entlastet werden. Eine Free-floating-Gesellschaft gefährdet die Stabilität des staatlichen Normen- und Zwecksystems. Die Menschen selbst haben Angst vor den immer auch chaotischen Triebenergien, trauen ihrer Freiheit nicht und delegieren nur allzugerne die ersehnte Glückserfüllung an das System. Sie werden so frei von der Last und dem Wagnis, ihre Lebensenergien in Freiheit zu ordnen. Die Neue Welt wird wie ein Erlöser und Heilbringer begrüßt.

SELBSTERLÖSUNG IN DER TRENNUNG VON GUT (FREUND) UND BÖSE (FEIND)   Michael tritt mit messianischem Bewußtsein auf: Alles Heil kommt von mir. Er wirft sich zum Heilbringer auf: „Ich bringe euch die Freiheit" (184). „Wollt ihr nicht freie, wirkliche Menschen sein? Wißt ihr denn nicht einmal, was Menschsein und Freiheit sind?" (185). Er nimmt den Deltas das „Soma" weg, um sie an ihre Freiheit und Verantwortung zu erinnern und stürzt sie damit ins größte Unglück.

Michael träumte im Reservat davon, Jesus am Kreuz zu sein. „Ich stellte mich an einem Sommernachmittag an eine Felswand, die Arme ausgebreitet wie Jesus am

Kreuz" (126f). „Irgend etwas trieb mich dazu. Wenn Jesus es ausgehalten hat . . ." (127). In der Nachahmung Jesu inkarniert er, was er als messianistischer Heilbringer zur Rettung der Schönen neuen Welt verkündet und fordert: das „Recht auf unsägliche Schmerzen", das „Recht auf Unglück" (208).

Michael lebt das Opfer der Selbstverneinung im Sinne: Ich muß mich verneinen, um zu sein, was ich nicht bin. Er lebt die erlösende Funktion von Leid und Schmerz – als Selbsterlösung. Er lebt ein Leben der Selbstvervollkommnung durch Buße und Gebet, der Kasteiung und Abtötung aller Triebe und Affekte in Fantasie und Körper. Er geißelt sich, wirft sich in die Dornen, er fastet: Er lebt das Opfer der Selbsthingabe seines Lebens in Fleisch und Blut. Er nagelt sich selbst ans Kreuz.

In der Negation des Negativen, in der Verneinung des Nicht-Seins von Leben – des Lebens als Begierde – wird Michael zum Anschauungsbeispiel eines Lebens, von dem die Schöne neue Welt die Menschen befreit und erlöst hat: ein Leben, das sich in einer Art Selbst-Erpressung selbst erstickt, das sich im Toten einkerkert, das in sein eigenes Grab fällt.

Hinter dem Nein Michaels zur Schönen neuen Welt verbirgt sich kein befreiend-erlösendes Ja zu den Menschen. Es ist ein Nein nur als Verurteilung, kein Ausleiden des Neins durch das Ja der liebenden Freiheit, sondern ein sich selbst kreuzigendes Nein, ein Selbstgenuß im Leiden. Das Nein zum anderen ist zugleich ein Nein zu sich selbst: Verneinung des Mitmenschen ist Selbstverneinung des Menschen.

Michael ist kein Anwalt des Ja in der Gestalt befreiter und befreiender Freiheit, sondern wird mit seinem Nein zu einem rigorosen Prediger eines starren Moralismus, ein Diktator der Tugend: „Ich will's euch lehren, ich will euch befreien, ob ihr wollt oder nicht!" (185). In der Anmaßung, über das Gute und das Böse zu befinden, wird sein Handeln zu einem messianistischen Sich-Gebärden: Dort ist das „Böse", hier ist das „Gute", und zwar in der Scheidung einer ausschließenden Wegtrennung der Welt des Bösen, des Reinbewahrens des Guten in der Verteufelung des Gegensatzes. „„Das wird ihnen eine Lehre sein', dachte er rachsüchtig." (213) Sein Versuch der Selbsterlösung bedeutet: Die anderen sind böse, sie sind schuld. Was immer am Leben verkehrt ist, kommt nicht aus mir, sondern aus den anderen. Sie werden zu Sündenböcken. Michaels Nein verwandelt sich in Haß – „aufgesogen von tiefem, überwältigendem Haß gegen diese untermenschlichen Ungeheuer" (185). Im Haß ist nur Verneinung. Der Haß will auch nicht die Bekehrung des Gehaßten zulassen. Der Haß zielt auf Auslöschung des anderen. Michael richtet die Geißel gegen die Masse, die ihrerseits ihn vernichten will: das Nein gegen das Nein.

Michael wird so zum Topos der Alten Welt, in der die Menschen das Ja und Nein in ihnen selbst wie in den anderen nicht bejahen wollten, sie spalteten Gut und Böse, Ja und Nein – und sortierten die Welt nach diesem Muster: ich bin gut – du bist böse; ich bin gesund – du bist krank; ich bin wissend – du bist unwissend; ich bin stark – du bist schwach. Das Böse wurde fixiert, um es loszuwerden, und zwar um den Preis, daß sie dadurch die Beziehung zur konkreten Realität des anderen verloren – und verlernten, ihn um seiner selbst willen zu bejahen und anzuerkennen. Um ihr Herr- oder Knecht-Sein zu rechtfertigen, bezeichneten sie den jeweils anderen als böse und sich als gut.

Michael wird so zum Spiegelbild aller Selbsterlösungsversuche in der Geschichte, das Ja mit den Mitteln des Nein zu produzieren.

Die Schöne neue Welt erlöst die Menschen und die Welt aus der Zerrissenheit und Spaltung in Gut und Böse. Gut ist nun das, was im Sinne der Garantie der Schmerz- und Leidfreiheit funktioniert, böse ist das, was dieses Funktionieren stört. Wenn „gut" heißt: Harmonie und Leidlosigkeit, dann hat es auch keinen Sinn mehr, von „böse" zu sprechen. Dann ist das Böse nur mehr der Mangel an Harmonie und Leidlosigkeit – Disharmonie. Das Böse ist neutralisiert. Kann etwas böse sein, wenn es als angenehm, lust- und glückbringend empfunden wird?

Durch die Neutralisierung des Bösen verschwanden auch die gegeneinander feindlichen Ideologien. Der Liberalismus – nur ein Deckmantel für „Niemandsherrschaft" unter der Maske von Herrschaft und eines unorganisierten Hedonismus – löste sich auf. Der Faschismus allein blieb übrig. Jemand sollte ja Ordnung schaffen in dieser Welt des Chaos. Aber auch er wurde überwunden. Seine Methoden, durch die Zufügung von Schmerz und Leid Einheitlichkeit, Gemeinschaftlichkeit und Beständigkeit zu schaffen, wurden radikal – in ihrer Wurzel – umgedreht. Statt Zufügung von Schmerz und Leid steht nunmehr die Zufügung von Lust.

Alle alten Feindschaften der Ideologien sind abgestorben. Als neue Feinde gelten diejenigen, die die Menschen aus ihrem schönen, glücklichen, leid- und schmerzfreien Leben befreien wollen. Sie sind die wahren Menschenfeinde, denn sie wollen das gute Leben zerstören. Die Menschen sind glücklich, sie haben zu essen, haben ihr Vergnügen, sind schmerzfrei, müssen nicht mehr unter Krankheiten leiden, und unheilbar Kranken gibt man eine Spritze. Dies ist menschlich. Wer will es wagen – im Namen welcher Philosophie, welcher Ethik –, dieses Glück zu stören? Wer will uns dieses Glück nicht gönnen? Wer ist es, der wünscht – und warum? –, daß es uns schlecht geht? Bist du etwa neidisch, weil es uns gut geht? Die Menschen sind in der Schönen neuen Welt nicht nur vom Bösen erlöst, sondern mit ihm auch von aller Sünde, aller Schuld, allen Schuldgefühlen und Gewissensbissen, von jeder Strafe. In der Alten Welt suchte man oft Sünde und Schuld durch psychisch-physische Ausfallphänomene zu ersetzen: Dieser Mörder hatte einen zu hohen Hormonspiegel; er ist ein Opfer der gesellschaftlichen Bedingungen, schlechter Erziehung; bei ihm ist der genetische Code gestört. Dieses Bemühen erübrigt sich.

Schuld setzt freie Verantwortung voraus, mögliches Scheitern, Verfehlung: das Böse. Die Strafe nimmt die Freiheit des Handelnden, seine Verantwortung ernst, sie legt sich in diesem Ja zur Freiheit nicht bloß von außen auf, sondern erweist sich immer als Konsequenz der Handlung selbst. In der Strafe ist die Freiheit mit sich selbst konfrontiert, nicht bloß von außen betroffen. Sie hat die Frucht ihrer Tat zu verantworten. In der Neuen Welt ist die Frucht des Handelns eingefügt in den Kontext vorgeplanter Konsequenz: Niemand kann anders, als er soll – und eben darin liegt das große Glück! Schuld wird reduziert auf einen Mangel an Physiologie, der technisch behoben wird –, und sollten einmal schlechte Gefühle auftauchen, so werden sie von „Soma" getilgt.

ERLÖSUNG VON LEID UND SCHMERZ   Die Menschen der Schönen neuen Welt sind so auch von allem Leid erlöst – vom Leid, das mir zugefügt wird, vom Leid, das ich verschulde. Leid ist die Folge zerbrochener Liebe – die Liebe aber ist ausgelöscht.

Am meisten und tiefsten litten die Menschen der Alten Welt an ihren Mitmenschen. Ihr Selbsterhaltungstrieb, das Verstricktsein in den Daseins- und Überlebenskampf trieb sie immer wieder dazu, andere Menschen zu vernichten. Weil sie ihr eigenes Leiden nicht annehmen und austragen wollten, mußten sie es abspalten und es sich selbst zuteilen und durch Psychopharmaka betäuben oder anderen zuteilen und sie leiden machen. Menschen flüchteten in Leiden, um andere auf sich aufmerksam zu machen und als Helfer an sich zu binden, flohen in Krankheiten, um magisch-menschliche Zuwendung auf sich zu ziehen. Andere produzierten Not zum Zwecke der Abschaffung der Not, um etwas leisten zu können, der Langweile des Lebens zu entrinnen. Menschen paßten sich einfach an, nahmen die ihnen von außen verfügte Fremdbestimmung passiv hin, er-litten sie, weil sie nicht den Mut fanden, den anderen durch konkreten Widerstand zu zeigen, was nicht sein soll.

Mit der Abschaffung der Liebe ist nicht nur das unschöpferisch-destruktive Leiden, sondern auch alles schöpferisch-fruchtbringende Leiden ausgelöscht. Produktiv befreiendes Leiden ist die Kraft, durch je größere Liebe Negatives zu verwandeln in Freiheit, durch die freie Annahme von Leid im Kampf gegen Leiden Leiden zurückzudrängen, Totes und Zerstörendes durch die Liebe zu verwandeln, die Not im geduldigen Hoffen zu ertragen oder in der Drangabe seiner selbst – dem kreativen Verzicht – zu beenden, durch Mit-Leiden, Mit-Tragen, Mit-Fühlen die Entfremdung in der Entfremdung zu überwinden.

Mit der Auslöschung der Freiheit sind die Menschen der Schönen neuen Welt auch von allem Leiden erlöst, das mit der Selbstentäußerung der Freiheit selbst verbunden ist: vom Leiden an der Unvollendetheit des Daseins, an der Form- und Gestaltwerdung des Lebens, von den Grenzen und der Enge, die mit jeder Entscheidung, Bestimmung und Entschiedenheit immer auch verbunden sind, vom Leiden an der schlechten Beliebigkeit, wo das Leben nicht gewählt wird und an der Faszination der vielen Möglichkeiten erstarrt, dem Leiden an der Schwäche und Ungeschütztheit, an den Umbrüchen des Lebens, dem Leiden an der Unreife der Pubertät, dem Makel und der Gebrechlichkeit des Alters, vom Leiden jeder Willensanstrengung und Charaktererziehung, dem Leiden an den konfliktiven Auseinandersetzungen, vom Leiden am Daseinssinn.

So ist auch alle positive Trauer- und Verzichtsarbeit erloschen, durch die der Mensch lernte, nicht vor den Erfahrungen seiner Endlichkeit zu fliehen, sondern diese Grenzerfahrungen durch eine existentielle Wandlung so aufzuarbeiten, daß dadurch neue Gestalten des Lebens aufbrechen können.

Mit der Auslöschung der Liebe stirbt alle Selbstlosigkeit schöpferischer Freiheit. Man kann jenseits des Einsatzes alles haben. Das Leben muß nicht mehr gewagt, nicht mehr drangegeben werden. Die Torheit der Liebe, die gibt, ohne zu zählen, die nicht das Ihre sucht, die frei verzichten und los-lassen kann, gefährdet, ja zerbricht die Beständigkeit und die Einheit des Systems.

Liebe ist immer auch mit dem Schmerz der Wandlung und der Bekehrung verbunden. Da die Neue Welt die schmerz- und leidfreie Hochstimmung vorzieht, kann sie in der Liebe nur Unglück, Tragik, Verzweiflung, Trauer sehen.

Wenn das Weizenkorn in die Erde fällt, so bringt es keine Frucht, weil es nur das Glück der Neuen Welt irritiert. Deshalb ist die Schöne neue Welt auch der Tod des Christentums. Sie ist ein „Christentum ohne Tränen" (206). Wer die „Frohe Botschaft" verkündet, kommt immer schon zu spät: Das Reich des Glücks, der Lust, der Schmerz- und Leidfreiheit, der Konfliktlosigkeit und Gemeinschaftlichkeit ist schon angekommen. Wer immer in dieses Reich hinein die „Frohe Botschaft" verkündet, diese Botschaft von der Liebe umsonst, sie durch sein Zeugnis lebt und sie in den Menschen wachruft, wer immer zum Verzicht auf das organisierte Glück ermuntert – zerstört dieses Glück. Jeder, der das System anzutasten wagt, jeder, der versucht, das Menschsein im Menschen in inhaltlicher Weise zu berühren, ist ein Menschenfeind, ist er doch kein Menschenbeglücker. Oder ist Glück nicht gleich Glück?

Die Überwindung von Begierde und Ideal in der Einheit von Glück und Tugend

Mit am tiefsten litten die Menschen der Alten Welt wohl an dem Umstand, daß sie ihr Leben als bedrückende Last, weil als ein bedrohliches, beunruhigendes Sollen erfuhren: Diesem Anspruch muß ich entsprechen. Immerfort will man, will ich etwas von mir; wollen andere etwas von mir – und will ich nicht, daß sie es wollen. Von allen Seiten höre ich Vorwürfe, türmen sich zu erledigende Aufgaben auf. Hinter ihnen ist die harte Sprache des Wenn-Dann zu vernehmen: Erst wenn du entsprechend geleistet hast, bist du wer. Rechtfertige deine Existenz dadurch, daß du dies oder jenes tust, dein Plansoll erfüllst. Nur unter dieser Bedingung kannst du von uns ein anerkennendes Ja zu dir erwarten. Auch was der andere tut, erfahre ich als solch einen Vorwurf: Er/sie kann es, ich nicht. Ihn/sie muß ich überholen. Selbst das Gute, das sie/er tut, versetzt mich in Schuld: Wie gebe ich ihr/ihm das zurück? Nach allen Seiten bin ich etwas schuldig, nicht zuletzt dem, der ich sein möchte, aber nicht bin. Nirgendwo finde ich den Atemraum der Ruhe, in der ich gelassen, frei, um meiner selbst willen verweilen, aus mir heraus leben, bei mir daheim sein und wirken kann.

Von diesem existentiellen Grundleiden – der Spannung zwischen Sein, Sollen und Können – sind die Menschen der Schönen neuen Welt erlöst. Die Menschen werden so „genormt, daß man nichts anderes tun kann, als was man tun soll. Und was man tun soll, ist im allgemeinen so angenehm und gewährt den natürlichen Trieben soviel Spielraum, daß es auch keine Versuchungen mehr gibt. Sollte sich durch einen unglücklichen Zufall wirklich einmal etwas Unangenehmes ereignen, nun denn, dann gibt es Soma, um sich von der Wirklichkeit zu beurlauben" (206).

Die Einheit von Sein, Sollen und Können ist also verwirklicht: Die Neue Welt gibt den Menschen, was sie sollen. *Jetzt* soll niemand mehr, als er kann. Er hat vorweg durch das in ihn gesellschaftlich Investierte schon gekonnt, er hat „entsprochen", insofern ist er „anerkannt", „gerechtfertigt". Die Menschen sind so von der Last der Verantwortung und jeder Schuld erlöst.

Die solcherart verfügte Deckung von Sein, Sollen und Können erlöste die Menschen von einer Wirklichkeit, die sie oft als unerträglich erlebten: den Triebstörungen, den inneren psychischen Mechanismen und dem lähmenden Bewußtsein von ihrer mangelnden Steuerbarkeit, den inneren und äußeren Tabus, der moralischen Dauerzensur, den Macht- und Kampfmoralen, den Gefühlen und Affekten am falschen Platz, von den entgegengesetzten Trieb-Energien, den Widersprüchen von Gut und Böse im Inneren seiner selbst, den Grenzen, Fehlentwicklungen und Schwächen ihres Charakters – und ihrer Ohnmacht, sie auf Freiheit hinzuordnen; sie erfuhren, wie sich im spontanen Handeln das Verborgene, Unbemerkte, Unbewußte ihrer seelischen Regungen öffnete, Fehlformen der Lustsuche und der Unlustabwehr, unbewußte verdrängte Triebwünsche sich geltend machten – und all dies ganz im Gegensatz zu dem, was sie selbst gerne sein wollten, wie sie wünschten, daß sie auch spontan handelten.

Das Grundleiden an der Spannung zwischen Sein, Sollen und Können hat Paulus im 7. Kapitel des Römerbriefes unnachahmlich beschrieben: „Ich begreife mein Handeln nicht: Ich tue nicht das, was ich will, sondern das, was ich hasse . . . Das Wollen ist bei mir vorhanden, aber ich vermag das Gute nicht zu verwirklichen. Denn ich tue nicht das Gute, das ich will, sondern das Böse, das ich nicht will. Ich stoße also auf das Gesetz, daß in mir das Böse vorhanden ist, obwohl ich das Gute tun will."

Die Differenz zwischen Soll und Ist, Anspruch und Können konnte sich sehr schmerzhaft äußern, ja sich ins Unerträgliche verstärken und steigern: depressive Grundstimmung, Lebensüberdruß, Launen und Verstimmungen, Selbstverwöhnung und Eitelkeit, Minderwertigkeitsgefühle und Empfindlichkeiten, Angst vor Verwundbarkeit, Angst vor dem Urteil der anderen, Scheitern der Selbstannahme und der Selbstbejahung . . .

Die Differenz zwischen Sein, Sollen und Können gibt es in der Schönen neuen Welt nicht mehr, Können und Sollen sind einander zugepaßt, jeder kann, was er soll und soll nur, was er kann. Denn das ganze Normungsverfahren „verfolgt dieses Ziel: die Menschen lehren, ihre unumstößliche soziale Bestimmung zu lieben" (30). „Und darin liegt das Geheimnis von Glück und Tugend. Tue gerne, was du tun mußt" (30).

Glück heißt: Ich bin frei und froh, weil erlöst von dieser Grundspannung: So bin ich, und das ist mein höchstes Glück. Tugend heißt: Ich bin ein tugendhafter Mensch, weil ich kann und tue, was ich soll. Die ethische Grundfrage, die Frage nach der Einheit von Sollen und Können scheint gelöst.

Glück und Tugend verschränken sich zur Happiness: Ich bin glücklich, weil ich tugendhaft bin, und da ich ein tugendhafter Mensch bin, bin ich ein glücklicher Mensch.

Ohne Tugend, ohne Maß wäre ich nur ein Bündel von Willkür, mein Dasein löste sich auf, Gestalt wandelte sich zur Ungestalt – bis hin zur Zerstörung meiner selbst. Durch die Tugend und mit ihr erfahre ich seelische Fülle, Freiheit, Kreativität. Ohne Glück würde ich die Tugend nur als Zwang, als Selbstüberforderung erfahren, als ein Joch, das lastet und hemmt, das Dasein würde in stummer Notwendigkeit erstarren.

Glück ohne Tugend bedeutete Willkürfreiheit, Auflösung von Ordnung und gerade dadurch ein Auslöschen von Freiheit. Tugend ohne Glück bedeutete Willkürordnung, Beseitigung der Freiheit.

Die konstruierte Einheit von Glück (Tugend) und Tugend (Glück) ist so das Fundament einer stabilen Gesellschaft, deren Bürger happy sind. „Jeder ist heutzutage glücklich" (76).

DIE GESELLSCHAFTSVERFASSUNG DER NEUEN WELT

DIE HERRSCHAFTSVERFASSUNG

„Wir prädestinieren und normen auch. Wenn wir unsere Kleinlinge entkorken, haben sie bereits ihren festen Platz in der Gesellschaft, als Alphas oder Epsilons, als künftige Kanalreiniger oder künftige –"

[A. Huxley, Schöne neue Welt, S. 27]

DIE NEUE WELT ALS EINE GROSSE KLINIK

Der neue Weltstaat ist das Spiegelbild einer großen Klinik. Die Klinik hat eine selbstverständliche Legitimität, weil sie Heil verspricht, indem sie Heilung organisiert. Sie verspricht es als ihre Leistung. Sie beschuldigt nicht irgendeinen Feind oder eine Notlage, sondern sie behauptet das Nicht-heil-Sein der Alten Welt, indem sie Heil organisiert. Und deshalb begehrt in der Klinik auch niemand auf.

Wie in einer Klinik ist das ganze Leben festgelegt, geregelt, geordnet, hygienisch sauber, klar durchsichtig, sorgfältig, bedachtsam geformt und genormt, sodaß jeder Insasse (Patient) glücklich und frohgemut sein kann. Er kann das genießen, was zu sein hat, was anzunehmen, was notwendig ist, wenn eine solche Klinik überhaupt funktionieren, ihre Aufgabe erfüllen soll.

Jeder Insasse (Patient) muß sich den Grundstrukturen, der Organisation der Klinik unterwerfen. Er wird nicht gefragt, wie dieses Gefüge aussehen soll. Es ist vorgegeben, vorbestimmt. Jede/jeder wird in sie eingefügt. Unvorstellbar, wenn hier Wahl- und Entscheidungsfreiheit herrschte, wenn jeder Insasse mitbestimmen wollte, wie die Klinik aufgebaut, organisiert werden sollte. Die Freiheit der vielen mündete in ein Chaos, das alle nur zutiefst unglücklich machte.

Eine Klinik bedarf einer klaren, durchsichtigen, hierarchischen Ordnung und einer funktionsgerechten Arbeitsteilung. Es ist allzu offensichtlich, daß eine Klinik ohne eine solche Hierarchie und Arbeitsteilung nicht funktionieren kann. Das Kastengefüge ist daher von grundlegender Bedeutung für die neue Weltordnung. Die „Alphas" an der Spitze: die Weltaufsichtsräte, die Spitzenbeamten, die Wissenschaftler, Experten, die Organisations- und Verwaltungsintelligenz analog zur Klinik mit ihren Professoren, den Chefärzten, den Verwaltungsdirektoren. Am unteren Ende der Hierarchie die „Epsilons" und „Deltas": die Raumpflegerinnen, das Hilfspersonal in der Küche, die Müllarbeiter, Straßenkehrer und Kanalreiniger.

Jede soziale Kategorie kennt Differenzierungen – Plus und Minus –, eben wie in einer Klinik. Im Alphabereich das Plus: die Chefärzte – und das Minus: die Ober- und Assistenzärzte. Das Beta-Plus: die Oberschwestern und die Operationsschwestern, das Beta-Minus: die Krankenschwestern und Krankenpfleger, analog zur Staatsbürokratie: die Ministerial- und Regierungsräte, das mittlere Management in einem Unternehmen.

Die Herrschaftsverfassung der Schönen neuen Welt wird wie selbstverständlich akzeptiert, sie ist internalisiert, kaum sichtbar, funktioniert reibungslos: ein sich selbststeuerndes System, eine Niemandsherrschaft, eine Weise, Herrschaft durch ihre Unsichtbarmachung zu festigen – wie eine Klinik.

Die Klinik hat die Funktion des etablierten Liebesersatzes: Da sorgt jemand für mich; da bin ich in guten Händen: bei den Ärzten als weißbekittelter Priesterklasse; den Technikern in ihren Konstruktionsbüros; den Apothekern, die das Heilmittel zubereiten: das Pharmakon. Die Klinik ist ein kultischer Bereich des Heils und Heilmachens, eine säkularisierte Liebesinstitution, der Ort, wo die Neue Welt ihre Sakramente ausspendet und das Bad der Wiedergeburt genossen werden kann.

In Abhebung zur Neuen Welt als Klinik ist die Alte Welt mit einem Gefängnis zu vergleichen: es ist die Höllendimension, die Welt des Schmutzes, des Unsauberen, des Chaotischen, des Nicht-Integrierten, des Asozialen, das aus der etablierten Gesetzlichkeit Herausfallende, mit einem Wort: die Bußzone.

GEORDNETE FREIHEIT UND FREIE ORDNUNG

Lebendiges gemeinsames Leben bedarf der Ordnung, der Institutionen, die dem Leben Dauer verleihen. Wenn das Leben nicht im Chaos versinken will, bedarf die Freiheit der Ordnung. Wenn die Freiheit nicht von Ordnung absorbiert werden soll, bedarf es lebendiger Prozesse, die dieser Ordnung, diesen Institutionen Leben einhauchen. Institutionen ohne Freiheit sind der Tod der Freiheit, alles Leben formt sich zum Kristall, alles Leben erstarrt. Aber auch Freiheit ohne Ordnung ist der Tod der Freiheit, denn alles Leben löst sich auf in einer Flamme, die alles verzehrt, alle Differenzen gehen auf in Rauch.

Im Hintergrund der Neuen Welt steht so das Ringen um eine gemeinsame Welt, in der das Chaos überwunden ist zugunsten eines Gefüges von geordneter Freiheit und freier Ordnung. Je diffuser, gespaltener, atomisierter eine Welt ist, wie die Alte Welt, um so mehr sucht sie nach einer sie von außen leitenden, regulierenden Zentralinstanz als Ordnungsmacht. Die vereinzelten Individuen und Gruppen können von sich selbst her die Integration des Lebens nicht leisten. Sie delegieren daher diese Funktion an eine Einheitsinstanz, die das Mit-, Für- und Zueinander schaffen soll, in der Hoffnung, sich dadurch als sozialer Kontext selbst zu organisieren.

Die Konstrukteure der Schönen neuen Welt entsprachen diesem Grundbedürfnis. Sie schufen eine Zentralinstanz, die ein System gegenseitiger Abhängigkeit begründet, dessen Notwendigkeit nicht mehr als Zwang empfunden wird, sondern als die perfekte Entsprechung von Sehnsucht und Erfüllung, Angebot und Nachfrage, Bedürfnis und Befriedigung, Not und Erlösung, Frage und Antwort, Irritation und Harmonie.

Sie lösten das Problem des Glücklichseins durch das Kastengefüge. Sie brachten die Menschen dazu, ihr Sklaventum zu lieben, die ihnen auferlegte Notwendigkeit als Inbegriff der Freiheit, die vertikale Zentralinstanz als Quelle einer horizontalen gesellschaftlichen Selbstorganisation zu verstehen und zu lieben.

Die Zentralinstanz setzte ihre Regulative so, daß die Gehorchenden die Regel nicht mehr als fremdes Gesetz über sich oder in sich selbst empfanden, sondern als Form, die sein muß, nicht nur damit sie frei sind, sondern als Form, die als solche schon die Gestalt- und Vollzugsweise ihrer Freiheit ist, gleichsam eine Naturordnung.

Die Zentralinstanz in der Gestalt der Weltaufsichtsräte glaubt, diese Aufgabe selbstlos zu tun. „Pflicht ist nun einmal Pflicht. Man kann sich nicht von seinen Neigungen leiten lassen" (197). Sie dienen „dem Glück der anderen" (198), sie geben ihr Leben für die Selbstwerdung der Menschen. Sie sind die neuen Götter, die „Erzeuger" (44), die neuen Vatergestalten, die neuen Weisen der Huld, des Gratis im System, das alles Gratis ausgemerzt hat. „Die beste Gesellschaftsordnung" ist deshalb auch die, die sich „den Eisberg zum Muster" nimmt: „Acht Neuntel unter der Wasserlinie, ein Neuntel darüber" (194). Die Menschen unter der Wasserlinie sind „glücklicher als die darüber" (194). Sie lieben ihr Leben, sie lieben ihre Arbeit, die leicht ist, nicht ermüdend, „dann die Somaration, Sport, unbeschränkte Paarung und Fühlfilme" (194).

Die Zentralinstanz als Weltregierung ist zu einer Herrschaft der Programmierer geworden, weil sie die Regelkreise dieses Weltstaates von innen strukturiert. Die Weltaufsichtsräte geben den verschiedenen Lebensdimensionen die Programme ein, nach denen das jeweilige Teilsystem, die Teilsysteme im Gesamtsystem und das Gesamtsystem in den Teilsystemen funktionieren. Sie erfüllen damit eine analoge Funktion wie die Verantwortlichen einer Klinik oder die Ordensgründer, die eine Regel entwerfen auf der Basis einer Heilslehre oder einer bestimmten Spiritualität. Die neuen Heilslehrer oder Ordensgründer sind die Programmierer. Die Weltaufsichtsräte konstituieren die Spielregeln für die Regelkreise. Die Regelkreise sind dabei nicht eine äußere Gesetzlichkeit, nach der das Ganze funktioniert, nicht „zwangsmäßig" auferlegt, sondern gleichsam qualitative Spielräume, die Happiness herstellen und sichern. Im Unterschied zu den Machthabern in der Alten Welt verfolgen diese Programmierer nicht ihre Eigeninteressen, sondern sind selber programmiert zur Vervollständigung des einzig vernünftig ablaufenden Programms. Sie sind selber programmierte Programmierer: Sie verstehen sich als solche und können den anderen einreden, daß sie nichts anderes sind.

Die Neue Welt ist ein Gefüge einer sich selbst gleichbleibenden Ordnung, in der alles in seinen bestimmten Funktionen abläuft. Es ist ein Herrschaftsgefüge, das Dienst fordert und in Anspruch nimmt, und zwar deshalb, weil es diesen Dienst vorweg als Macht realisiert.

Die Machtethik der Schönen neuen Welt erweist sich so als eine Gemeinschafts- und Friedensethik. Der Anspruch dieser Ordnungsethik als organisierte Einheit von Macht und Dienst versinnbildlicht und verdichtet sich im Wahlspruch des Erdballs: „Gemeinschaftlichkeit, Einheitlichkeit und Beständigkeit" (19).

Die Gemeinschaftlichkeit   Gemeinschaftlichkeit ist nicht die Frucht einer dramatischen Beziehung von Freiheit zu Freiheit in ihrer Unverfügbarkeit und Unvertauschbarkeit, sie ist nicht die Frucht von Menschen, die mit- und füreinander ihr Leben und das Gemeinwesen verantworten, gemeinsame Freiheit leben, sondern normierte Gemeinschaft. Die Normung geschieht gemäß den Bedürfnissen des Weltstaates.

Gemeinschaftlichkeit ist so die Stimmigkeit des Zueinanderpassens aufgrund der vom System vorgegebenen Brauchbarkeit, gemeinsame Freiheit qua organisierte Freiheit. Die ökonomische und politische Notwendigkeit fürs Ganze bringt sie zur Existenz.

Gemeinschaftlichkeit ist die allseitige Verfügbarkeit eines jeden für einen jeden. Sie ist das Integral aller Funktionen von Menschen, die an sich selbst schon fertig sind und zueinander passen.

Die einzelnen Iche des Ich-Es-Modells verwandeln sich zur Mitte einer Zentralinstanz, die gewissermaßen für

sich genommen, gar nicht mehr als regulierender Überbau erlebt wird, sondern „dienend" das Glück der meisten bewirkt. Sie verwandelt so die vormals chaotischen,
atomisierten, zerfallenen Iche in eine durch und durch
neuorganisierte Gemeinschaftlichkeit.

Jeder trägt das Ganze in sich und ist deshalb jedem anderen Teil, der dasselbe Ganze in sich trägt, unbedingt verpflichtet. Jeder gehört dem anderen. „Jedermann ist seines Nächsten Eigentum" (49). Alle sind verschwistert.

Der Entwurf und die Planung der organisierten Vielheit
gaukeln so etwas wie ein Element der Spontaneität im System vor. Sie verdankt sich der Macht der Herrschenden,
der Weltaufsichtsräte, und dem normierten Bewegungs-
spielraum. Aber die Menschen sind erlöst von allen ent-
stalteten und entfremdenden Kommunikationsbeziehun-
gen, erlöst von ihrer Konflikt- und Kommunikations-
schwäche, von ihrem Leiden an Vereinzelung, sie sind befreit zu einer Kommunikationsgemeinschaft normierter
Menschen.

DIE EINHEITLICHKEIT   Einheitlichkeit ist das elementare Medium, das die Individualität in ihrem Zusammengesetzt-
sein mit anderen durchzieht. Die Einheitlichkeit betrifft
die jeweils geprägten Alphas, Betas, Gammas usw. in ihrer Sich-selbst-Gleichheit; die Einheitlichkeit betrifft die
Uniformität der Werde-Geschichte der verschiedenen
Gruppen im Weltstaat und die sie organisierende Apparatur.

Jeder ist Funktion, Teil des Ganzen, das ihn als System
übergreift. Die genormte Individualität ist systemimma-
nent. Die Verschiedenheit ist nur ausdifferenzierte Sich-
selbst-Gleichheit. Das Gesetz des Ganzen durchgreift die
einzelnen, und sie sehen ihr größtes Glück darin, sich der

Normung durch das Ganze zu unterwerfen. Alles Anderssein als die anderen bringt einen Riß ins System der Einheitlichkeit.

Einheitlich ist nicht nur die „Masse", die hier geformt,
geteilt und für verschiedene Aufgaben verwaltet wird,
einheitlich ist auch die gegenseitige Abhängigkeit, der
Prozeß der Bedürfnisbefriedigung. Das In-und-Zueinan-
der ist einheitlich organisiert, aller Maßstab durch Konditionierung festgelegt.

Die Menschen sind entlastet von aller kommunikativen
Wahrheitssuche, sind erlöst vom Leiden an der Vielheit
der Sinn- und Lebensentwürfe und der Wahrheitsange-
bote, von Orientierungsunsicherheit und Orientierungs-
verlust, von allen Gegensätzen mit ihren lebensbedrohen-
den Prozessen, die die Suche nach der Wahrheit und die
Behauptung von Wahrheit gegen andere in der Alten
Welt auslösten.

DIE BESTÄNDIGKEIT   Die Beständigkeit hat die bleibende
Eintracht, die Harmonie von Mensch zu Mensch, den
Frieden zu sichern. Einerseits wird die Dauer des Systems beschworen, andererseits fortwährender Wechsel
gefordert, denn Bindungen sind gefährlich. Das Bleiben
in der Liebe und Freundschaft verführt zum Privatisie-
ren. Jedes Leben in „Distanz" verunsichert das Gleichgewicht.

Das Staunen, alle Kreativität und Spontaneität ist eliminiert. Keine Experimente! Alles Leben ist der Nützlichkeit, der Vermeidung von Unlust unterworfen, dem organisierten Glück preisgegeben. Deshalb kann und darf im
System nichts Neues aufbrechen. Die beständige Identität
ist dadurch gesichert.

Die Zentralinstanz ist der Inbegriff aller Iche, ein universelles Wir=Ich, die totalitäre Vermittlung von allem mit jedem und jedem mit allem, sodaß der universelle Friede endlich erreicht ist. Jeder empfängt, wessen er bedarf, sodaß die Notwendigkeit der Manipulation zusammenfällt mit der höchsten Freiheit. Dies ist die diabolische Perversion der Wahrheit, daß Freiheit als Dienst und Dienst als Freiheit freisein heißt.

Alle Unfreiheit, alles Chaos, jeder Unfriede und jeder Krieg ist aufgehoben im stabilisierten Heute. Der gleichbleibende Friede – seid „glücklich und gut", habt „den Frieden im Herzen, den Frieden" (187) – kann nicht mehr zerbrochen werden.

Gemeinschaftlichkeit, Einheitlichkeit und Beständigkeit durchdringen sich, schwingen ineinander. Hieraus ergibt sich mit Notwendigkeit eine Einheit in der Unterschiedenheit, die sich als Illusion lebendiger Einheitlichkeit vorstellt, in der es die Menschen aufgegeben haben, sich miteinander zu vergleichen, miteinander zu rivalisieren, da sie von vornherein schon durch die Präsenz der Zentralinstanz in jedem einzelnen allen anderen gleich sind, und zwar gemäß der Einheit in Unterschiedenheit des Kastengefüges.

Deshalb ist ihre Normung identisch mit ihrem höchsten Glück, das somit nicht nur in der Einheitlichkeit, sondern zugleich in der Bezogenheit des einen auf den anderen, nämlich in der völligen Gemeinschaftlichkeit besteht. Da jedem im anderen alles entgegenkommt, ist jeder des anderen zugleich bedürftig und nicht-bedürftig, er lebt also in der Einheit von Reichtum und Mangel. Und da keine der beiden Seiten gegenüber der anderen vorherrschend ist, erwächst dadurch dem System eine außergewöhnliche Beständigkeit. Sie ist quasi ein Zustand der ewigen Wiederkehr des Gleichen, ohne daß sie gleich-gültig würde. Alle Differenzen zwischen Mittel und Ziel, Begehr und Gewähr, Sehnsucht und Erfüllung sind getilgt, da alles *da* ist.

Alle diese Konsequenzen ergeben sich aus der Tatsache, daß die Ich-Instanz ihre Selbstverfügung und die Verfügung der Welt an die Zentralinstanz delegiert, einer Instanz, der sie unbedingt gehorcht unter dem Schein, dadurch selbständig zu werden und zur eigenen Freiheit aufwachen zu können.

Auf eine Formel gebracht, könnte man sagen: „Ich wollte das Du und die Welt an mich reißen, um dadurch mit ihm, mit ihr eins zu werden" – das war die Philosophie der Moderne der Alten Welt. Dieses Unternehmen ist gescheitert. Jetzt versucht man, diese Einswerdung dadurch zu erreichen, daß ich mich der Sklaverei ergebe, mich beherrschen lasse, um das zu erreichen, was ich zuvor nicht erreichen konnte.

Heimat und Exil

Trotz der offensichtlichen Geschlossenheit des Systems der Neuen Welt tauchen in ihm zwei Bereiche auf, in denen sich gleichsam Unsicherheitsfaktoren für das System ansiedeln. Diese Achillesfersen hält die Neue Welt sich selbst offen, und zwar als Dimensionen, die sie je neu zu überwinden und auszuschließen hat, und als Dimensionen, in denen sie sich in ihrer eigenen Beständigkeit profiliert.

Das Reservat   Die Schöne neue Welt hat Leiblichkeit, Vaterschaft, Mutterschaft, Geburt, natürliche Zeugung, natürliche Sprache, Geschichte, Natur als von sich her bestehendes Dasein ausgeschlossen. Dies alles ist im „Reservat" eingehaust, mit dem sie einerseits verbunden ist, von dem sie andererseits scharf und entschieden getrennt bleibt.

Das Reservat stellt die Vergangenheitsform der durch das System überwundenen Welt in ihrer sozialen, politischen und religiösen Form dar. Es ist die Welt der „primären Natur", ein ausgesparter Naturpark als Erfahrung des Wilden, noch nicht Zivilisierten, eine Gegend des noch nicht Durchschauten und Geplanten. In ihm ist die Vergangenheit, quasi synkretistisch archiviert, zu besichtigen als das Überwundene, das von fernher der Schönen neuen Welt die fortwährende Erinnerung an ihren eigenen Fortschritt wachhält.

Neue Welt und Reservat sind im Verhältnis von Brut- und Normdirektor (dem Vater Michaels), Michael und Filine (dessen Mutter) verflochten. Filine und Michael zeigen, daß der Organisator der Normierung in die leibliche Zeugung abgeirrt ist. Das Drama der fließenden Grenzen wird sehr deutlich: Ein sehr wesentliches Element des Systems, das eigentlich ins Reservat gehört, befindet sich im System und umgekehrt: Personen, die sich im Reservat befinden, sind mit einer sehr hohen Instanz des Systems blutsverwandt.

Das Reservat als Negativ des Systems stellt die Gegenwart des Vergangenen dar, das überwunden ist. Insofern ist es lebendiges Anschauungsmaterial für das Sich-selbst-Begreifen der Schönen neuen Welt, und zwar nach der Seite ihrer Materialität, ihrer Sinnlichkeit, Eshaftigkeit, Natürlichkeit hin. Diese „primäre Natur", diese wilde, chaotische, undurchsichtige Seite ist freilich innerhalb des Systems durch und durch zur „sekundären Natur" geworden – im geplanten Gefühl, in kalkulierter Sexualität, in durchgerechneten Liebesspielen und genormten Daseinsverhältnissen bis zur Normung der Leiblichkeit.

Im Reservat tritt die im System geleistete und von der Zentralinstanz regulierte Synthese der primären und der sekundären Natur gleichsam nach einer Seite, der primären, aus sich heraus, und zwar nicht als die vormals schon im System vermittelt gewesene, sondern als die überhaupt nicht vermittelte Seite. Diese Seite stellt aber für das System keine Aufgabe im Sinne einer noch zu leistenden Vermittlung dar; sie bleibt als Rest übrig, und zwar im Sinne eines Horizonts sowohl der Ferne der Vergangenheit wie auch der Ferne der Zukunft für das System: als Ferne der Vergangenheit, sofern diese nun endgültig überwunden ist, aber für den Triumph des Systems benötigt wird; als eine Ferne der Zukunft, die fortwährend zu überwinden ist und durch die deshalb das System alle seine Maßnahmen gegenüber den einzelnen Bürgern rechtfertigen kann. Alles muß so geschehen, damit das Überwundene nicht wiederkehrt, obgleich schon de facto die Möglichkeit der Wiederkehr ausgeschlossen ist.

Das Reservat stellt unter dem Aspekt des Horizonts der Zukunft keine Bedrohung für das System dar, sondern sagt nur, daß das System auch in Zukunft in jedem Fall mit den negativen, unfaßlichen, nicht rationalisierbaren Phänomenen der Freiheitsgeschichte, der Sprache, der Vater-, Mutter- und Kindschaft fertig sein und fertig werden wird.

Das Reservat ist also eine Dimension, die das System ausschließt, aber als Region einer merkwürdigen Offenheit nach rückwärts und vorwärts in sich und bei sich hat. Dieser Bereich ist die Materie, die Leibdimension als letzter Rest des „Es" der Alten Welt. Jetzt, da alles Wilde vom System überwunden ist, kann es sich eine solche noch ungezähmte Wildheit außer seiner selbst ruhig leisten. Diese Unschärfe läßt das System der Schönen neuen Welt nicht gleichsam in sich erstarren, sondern versetzt seine verendgültigte Gegenwart in ein fortwährend rhythmisches Pulsieren, ohne daß im geringsten die Gefahr bestünde, daß das System sich durch diesen Rhythmus selber nach außen verlieren würde. Ohne diesen Rhythmus, der in sich die Unschärfe einschließt, wäre alles pulsierende Leben der Schönen neuen Welt in einem mechanischen Ablauf eines Roboter- und Ameisenstaates versunken.

DIE INSELN   Neben diesem materiell-sinnlichen Sonderbereich des „Reservats" schafft sich das System einen rational-ideellen Sonderbereich: die „Inseln". Sie sind die andere Seite des Ich-Es-Modells, eine Erinnerung an das sich dem System nicht fügende Ich, das an seiner Unvertauschbarkeit festhält und aufgrund seiner schöpferischen Rationalität sich außerhalb des Systems stellt.

Die Inseln liegen analog zum Reservat auch weitab vom System, sind aber doch innerhalb des Systems dessen Macht unterstellt und ihm zugänglich. Es sind die Inseln der nicht-integrierbaren Alpha-plus-Subjekte, von deren Intelligenz das System lebt, die aber insofern qua Intelligenz höchst gefährlich sind, als ihre Kreativität sich nur durch eine permanente Asymmetrie zum System konstituiert und aufgrund dieser Asymmetrie für das System fruchtbar werden kann. Deshalb ergibt sich fortwährend die Frage, wieviel asymmetrische Intellektualität sich das System leisten kann, eine Intellektualität, die ja für das System überhaupt der Inbegriff seiner instrumentellen Rationalität ist. „„Es trifft sich gut', setzte der Weltaufsichtsrat nach einer Pause hinzu, ,daß es so viele Inseln

auf der Erde gibt. Ich wüßte nicht, was wir ohne sie täten. Wahrscheinlich euch alle in die Todeszelle stecken.' "
(198)

Grundsätzlich ist zu sehen, daß das System in seinem instrumentellen Sektor alle Intellektualität auch in ihrer Asymmetrie zum System in Normung und Züchtung, Hypnopädie (unterbewußte Überredung) und durchgängig kalkulierter Erziehung schon antizipiert hat. Es kann gar nichts aufbrechen, was nicht schon der Macht des Systems unterworfen wurde. Dennoch würde das System aus dieser Gegenwart in die Vergangenheit abrutschen, wenn es die Intellektualität der Alpha-plus-Menschen gewissermaßen endgültig schon in sich vorweggenommen hätte. Es muß sich fortwährend einen Überschuß an Alpha-plus-Intellektualität leisten können.

Zwar ist dieser Überschuß a priori vom System schon überwunden und deshalb nicht gefährlich, das System in seiner Beständigkeit nicht störend. Trotzdem muß seine Asymmetrie zum System offengehalten werden. Das System muß einen Modus finden, in dem es die Intellektuellen integriert, aber so, daß im Akt dieser Integration ein Moment der Überintellektualität offenbleibt, nicht als Zentrum der Freiheit des Denkens, sondern als Nährboden, den die Rationalität des Systems braucht, um nicht in Gleichgültigkeit, in einen Roboter- und Ameisenstaat abzusinken.

Die Inseln bilden also den pseudo-geistigen Sonderbereich des Systems ab. Auf sie werden jene Alpha-plus-Intellektuelle verbannt, die das Moment der Überintellektualität gegen die Logik des Systems und damit gegen den Dienst an der Gemeinschaftlichkeit und Beständigkeit des Systems darstellen, d. h. aus der Einheitlichkeit der Rationalität des Systems ausbrechen und somit für sich eine Sphäre konstituieren, die nicht mehr dem Vorweggenommensein innerhalb des Systems unterliegt.

Das Bild der Insel bringt diesen Zustand sehr gut zum Ausdruck. Die Insel ist das ferne, getrennte, abgesonderte Stück Land, auf dem Leben möglich ist in der Weise reiner Forschung um der Forschung willen, Suche nach Wahrheit um der Wahrheit willen, aber zugleich eingekerkert, verbannt, isoliert, fruchtlos, das System nicht gefährdend.

In der Insel schaut also das System ganz analog zum Reservat in eine Ferne der Zukunft und der Vergangenheit: in die Vergangenheit, weil alles, was auf der Insel geschieht, als abgesonderter Bereich der Macht des Systems unterliegt. In die Zukunft: denn es kann von der Insel nur solch ein Überraschend-Neues auftauchen, das das System als jeweils Neues (als Forschungsergebnis, als ästhetische Konzeption, als Dichtung) innerhalb seiner selbst zu integrieren gewillt ist.

Auf der Insel ist alles mögliche Neue schon unter das Diktat der Präsenz des Systems gestellt, aber so, daß es durch die Insel das Bewußtsein haben kann, einen eigenen Sinn, eine eigene Aufgabe, eine eigene schöpferische Initiative entwickelt zu haben.

Hieraus erkennen wir deutlich eine Parallelität der Asymmetrie zum System zwischen materiell-sinnlicher und rationell-ideeller Unschärfe als zwei Bereiche von Andersheit, die nicht wirklich und untrennbar mit dem System zusammenfallen, sondern abgetrennt von ihm außerhalb seiner selbst liegen, aber so, daß dieses Draußen als Reservat oder Insel jeweils zugleich überwundene Zukunft als auch überwundene Vergangenheit ist.

Wie man vom neuen Jerusalem aus der Ferne die Hure Babylon brennen und Rauch zum Himmel aufsteigen sieht – das Alte ist tot, und doch sieht man es noch als Altes –, so hat die Schöne neue Welt ihre eigene Vergangenheit in der Form des Reservats und ihre eigene Zukunft in der Form der Insel bei sich, obwohl sie sich im Grunde darum überhaupt nicht mehr kümmert. Denn es gilt für die Schöne neue Welt: Wer nicht für mich ist, ist gegen mich und fällt aus dem System heraus – ins Exil.

MACHT, GEWALT UND LUST

In der Schönen neuen Welt werden Machtstrukturen als nicht mehr hintergehbare Voraussetzungen erfahren. Es entsteht eine Art „Niemandsherrschaft". Die Steuerung der Macht ist so perfektioniert, daß die Sklaven im Gesteuertsein ihr höchstes Glück bejahen.

DAS ZYPERN-EXPERIMENT   Zur Herrschaftsverfassung und zum Kastengefüge der Schönen neuen Welt mit dieser ihrer Niemandsherrschaft und ihrer lustvermittelnden Gewaltstruktur gibt es keine Alternative – dies macht der Weltaufsichtsrat mit dem Verweis auf das Zypern-Experiment sehr deutlich. Ein Weltstaat, zusammengesetzt aus lauter Alpha-Menschen, ist der Gewalt- und Konfliktanfälligkeit dieser Kaste wegen – funktionsunfähig. Hier der Bericht des Experiments:
„Die Aufsichtsräte ließen die Insel Zypern von allen Einwohnern säubern und mit einer eigens angelegten Zucht von zweiundzwanzigtausend Alphas neu besiedeln. Man gab ihnen komplette Ausstattungen für Landwirtschaft und Industrie und überließ sie sich selbst. Das Ergebnis entsprach haargenau den theoretischen Voraussagen. Der Boden wurde nicht ordentlich bestellt, in den Fabriken gab es Streiks, die Gesetze wurden mißachtet, Befeh-

le nicht befolgt, alle die, die für einige Zeit untergeordnete Arbeiten verrichten mußten, intrigierten unablässig um höhere Posten, und die Höhergestellten spannen Gegenintrigen, damit sie um jeden Preis auf ihren Plätzen bleiben konnten. Binnen sechs Jahren gab es einen prima Bürgerkrieg. Als neunzehntausend von den zweiundzwanzigtausend Alphas gefallen waren, richteten die Überlebenden geschlossen eine Eingabe an den Weltaufsichtsrat, die Regierungsgewalt über die Insel wieder zu übernehmen. Was auch geschah. So endete die einzige Alphagesellschaft der Welt" (194).

Worin besteht der innere Grund des Scheiterns dieses Experiments? Die Normung der Freiheit – auch der Alpha-Menschen – steht im Dienst des Gemeinwesens. Will sich das gesamte System nicht kollektiv dadurch auslöschen, daß es sich in Menschenwesen zurückkreuzt, die nur mehr biologisch weiterexistieren, dann muß die Freiheit zumindest einer Kaste offen bleiben, ihr *Selbstsein* als offene Möglichkeit der Freiheit darf nicht ausgelöscht werden. Wären Alpha-Menschen determiniert, könnten sie die übrige Bevölkerung nicht mehr mit der Kastennormung normen, die für das Glück des Weltstaates und seiner Bürger von existentieller Bedeutung ist.

Die Freiheit der Alpha-Menschen ist aber auch offen für Willkür und Machtbehauptung. Das Zypern-Experiment hat das Faktum bestätigt, das die Alte Welt ins Chaos trieb, das Faktum, daß sich die offenen Freiheiten im gesellschaftlichen Gefüge in gegenseitiger Machtbehauptung und damit in Rivalitäts- und Macht-Konkurrenz-Beziehungen von einzelnen Gruppen und Staaten in einer selbstzerstörerischen Weise verfangen. Am Ende stellten die Alphas selbst den Antrag, die Zentralinstanz möge die Herrschaft über die Insel wieder übernehmen.

Das Zypern-Experiment ist im kleinen eine Wiederholung von all dem, was zum Weltbürgerkrieg führte. Es erweist die Unfähigkeit und Überforderung der Menschen der primären Natur, ein geordnetes und zugleich freies und gerechtes Gesellschaftsgefüge aufzubauen, sowie die Notwendigkeit der Konstruktion der Neuen Welt auf dem Fundament der sekundären Natur von Mensch und Welt. Es offenbart vor allem auch, wie sehr die Menschen selbst die Neue Welt als ihre Welt wählten und lieben lernten.

Das Experiment enthüllt auch die innere Verflechtung von Macht, Gewalt und Lust in der Neuen Welt. Das Kreativ-Neue ist: Die Menschen empfinden die „Gewalt" des Systems nicht mehr als Gewalt, sondern genießen sie als Lust.

LUST: DIE GEWALT GENIESSEN   In der Alten Welt war die Suche vieler Menschen nach Lust verbunden mit der Suche nach dem Lebensrisiko, der Aggression, der Gewalt. Lust allein genügte nicht. Der permanente Lustzustand führt zu Langeweile und zum Versuch, sie durch Formen der Gewalt zu überwinden. Das gilt für die sexuelle Lust ebenso wie für den Drogenkonsum. Der Lustsuche und Lusterfahrung wohnt eine Tendenz zur Selbstzerstörung inne, eine Todessehnsucht, eine Mischung von Lust und Gewalt, Lebenssteigerung und Lebensvernichtung. Diese „Ambivalenz" wird in der Grundspannung von Leben und Tod sichtbar: das Nicht-sterben-Wollen einerseits und die Sehnsucht nach dem Tod in der Gestalt der Gewalt andererseits.

Das Leben des Menschen nimmt sich im Grunde nur dort „wahr", wo es in einem Wettkampf auf Leben und Tod selbst auf dem Spiel steht. An diesem Punkt ereignet sich die tiefste Selbsterfahrung, dort wird Leben gewissermaßen seiner selbst inne, sensibel für Freiheit und Hingabe. In der Grenzsituation des Todes eröffnet sich die Möglichkeit eines im Angesicht des Unbedingten bewußten Lebens. Das Leben schlechthin weggeben zu können – in welcher Weise auch immer: die Hingabe in den Tod ohne Bedingung –, ist die Voraussetzung für die Erfahrung der Selbstmächtigkeit der Freiheit. So erzählten Menschen der Alten Welt stundenlang vom Krieg; manche hatten das Gefühl, daß dies die einzige Zeit war, in der sie als Menschen gelebt hatten. Dort, wo die Erfahrung der Einheit von Leben und Tod fehlt, wird das Leben langweilig. Will der Mensch der Gleichgültigkeit des Lebens entgehen, so muß er sich aussetzen. Geschieht dies nicht in schöpferischer Selbstlosigkeit, dann kommt es nur zur aggressiven Aneignung seiner selbst und der Welt.

In der Schönen neuen Welt sind die Sehnsucht nach Lust und die Sehnsucht nach Gewalt eins. Die Lust ist nicht nur mit der Sehnsucht nach Gewalt als ihrem ambivalenten Gegenpol verbunden, sondern selbst eine Form der Gewalt, die Gewalt, die den Menschen in seiner personalen Würde, in seiner Unvertauschbarkeit und Einmaligkeit zu einer Sache degradiert und dieses Beherrschtsein genießt.

Wenn jemand solche Selbstauslöschung als sein höchstes Glück lieben lernt, ist dies die perverseste Form von Gewalt, eine Gewalt, die identisch ist mit Lust, die als schmerzfrei erfahren wird.

Die Gewalt entfaltete sich auf Zypern in einer solch zerstörenden Weise, daß sich die Alpha-Menschen nach der Schönen neuen Welt zurücksehnen und um Wiedereingliederung ersuchen. In der Schönen neuen Welt sind sie konfrontiert mit der Gewalt der Weltaufsichtsräte, die sie beherrschen und denen sie sich unterwerfen, und üben selbst Gewalt auf den Rest der Bevölkerung, die von ihnen beherrscht wird, aus. Als Befehlende wollen die Alpha-Menschen nicht Subjekt sein gegenüber den Unterworfenen, sondern als die Herrscher zugleich die Beherrschten sein. Alle werden für ihre Unterwerfung unter die Gewalt mit Lust belohnt.

Solange der Gegensatz zwischen Herrschern und Beherrschten besteht, sind die Herrscher immer noch vom Gehorsam der Beherrschten abhängig. Wenn aber die Herrschenden den Beherrschten gleich werden, weil sie alle durch Lust gesteuert sind, sind sie in ihrer Machtausübung unangreifbar. Sie werden von den Beherrschten unabhängig. Es ist die Suche nach Gewalt als Beherrschtwerden aus Lust und durch Lust. Sie wollen selber eingehen in die Sklaverei als Glück. Expliziert an der Herr-Knecht-Dialektik als Grundmuster der Beziehung von Macht und Abhängigkeit bedeutet dies:

Das Grundmuster von Macht und Abhängigkeit Der Herr verdankt sein Herr-Sein dem Knecht-Sein des Knechts. Der stumme Dienst des Knechts als Selbstbewahrung gegenüber der ihn verzehrenden Macht ist immer noch ein drohendes Mittel, um die Macht des Herrn zu untergraben. Der Macht-Hunger der Macht ist so lange nicht gestillt, solange sie den Knecht als Grund ihres Hungers noch nötig hat.

Die Herrscher leben durch die Beherrschten. Sie leben in einer Art Symbiose mit ihren Knechten, denn durch die Knechte sind sie Herren. Indem die Herren die Knechte beherrschen, sagen sie nein zu ihnen. Sie negieren sie in der Selbständigkeit ihrer Freiheit. Da sie mit den Knechten symbiotisch existieren – symbiotisch meint: mein und dein Leben hängen unmittelbar zusammen –, liegt dieses

Nein nicht außerhalb von ihnen, sondern innerhalb ihres Lebens. So ist dein Leben als Knecht – durch mein Nein – auch in mir. Die Negation, die sich auf die Beherrschten richtet, fällt auf die Herrscher immer wieder zurück. Denn ich hätte als Herr den Knecht nicht negieren müssen, wenn seine Macht in mir gewesen wäre als meine Macht. Deshalb ist etwas anderes in mir, was nicht ich bin. Aufgrund dessen befinde ich mich in Abhängigkeit vom Knecht.

Dieses Nein des Herrn gegenüber dem Knecht ist im Herrn – in der Weise der Angst, des Verfolgungswahns, eines abgrundtiefen Mißtrauens. Das Leben ist in sich selbst fortwährend verunsichert. Dies provoziert neue Sicherungstendenzen. Sie basieren auf einem weiteren Negieren. Um mir zu beweisen, daß ich unabhängig, wirklich Herr bin, muß ich mein Negieren verstärken, wobei ich die Abhängigkeit vom anderen fortwährend steigere.

Dieser Kreislauf ist die tödliche Selbstverstrickung der Macht. Sie kerkert sich immer mehr ein. Die Tyrannen haben von der anderen Seite her immer kommen sehen, was sie durch ihr Wesen als Tyrannen selber vorausgesetzt und erzeugt haben. Dies ist die Angst des Machthabers: Die ganze Welt gerät unter einen furchtbaren Verdacht, Feind zu sein.

Die Alpha-Menschen können diesen Kreislauf der Selbstverstrickung der Macht nur dadurch auflösen, daß sie die Differenz zwischen Herrschenden und Beherrschten aufheben, indem sie als die Herrschenden in den Beherrschten untergehen, selber eingehen wollen in das Beherrschtsein als Glück.

Die Wir-Gestalt von Beherrschten und Herrschern ist der ekstatische Glückszustand. Jeder ist auf jeden bezogen, alle sind in Widerstandslosigkeit und Zugänglichkeit verschwistert. Die Wollust der Macht der Ohnmächtigen (die Macht im Sich-beherrschen-Lassen: Dienst als Macht) und die Wollust der Macht der Mächtigen (die Macht im Sich-Verschwenden: Macht als Dienst) schwingen ineinander. Beherrschte und Herrscher sind eine Macht. Die Verbindung beider ist der „Geist", der die Herrschenden und Beherrschten als eine Macht erfüllt. Dies ist das absolute Glück des Systems der Schönen neuen Welt.

Daß eine Gruppe über die andere verfügt, dieser Zustand ist – „nahezu" – überwunden. Es ist die Macht, die mit der Lust zusammenfällt. Die Macht ist jetzt der Macht immanent, die Tyrannei ist dem Glück immanent – das ist die Niemandsherrschaft der Schönen neuen Welt. Sie ist das freie Knechtsein: Verfügbarkeit ist identisch mit Freiheit, Dienst ist Macht, Tod ist Leben.

Dieses „Nahezu" bezieht sich auf die Weltaufsichtsräte. Sie sind das „determinierende" Wir, das die Gesetze macht und sie deshalb auch brechen kann. Für sie ist die Ambivalenz der Gewalt, der Gegensatz zwischen ihnen als den Herrschenden und Beherrschten noch gegeben. Das alte Modell der Tyrannei ist noch nicht ganz verschwunden. Die Differenz ist noch nicht voll gelöscht und kann – will die Neue Welt sich nicht kollektiv selbst abschaffen – auch nicht gelöscht werden. Sie bleibt so auch – tödlich – verwundbar. Die Geist- und Weltoffenheit der Freiheit ist nur um den Preis der Selbstabschaffung des Menschen auslöschbar.

Wie in der Alten Welt der Untergang im Lustrausch der Drogen die Manifestation von zerstörender Gewalt war, so ist in der Neuen Welt der Untergang in der Lust das Maximum der Gewalt. Das gesamte Instrumentarium der Schönen neuen Welt ist dahin angelegt, die Ambivalenz von Lust und Gewalt zu überwinden. Es soll die Tyrannei als ein System der höchsten Lust erfahren werden. Das Phänomen der Ambivalenz – das Pendeln zwischen Lust und Unlust der Aggressivität – ist nahezu überwunden. Die Gewalt als System erscheint als das System der höchsten Lust. Der Gegenpol zur Lust – die Gewalt – wird in einem gewissen Sinn aufgelöst, sie wird in Lust verwandelt, aber diese Verwandlung der Gewalt in Lust ist selbst höchste Form von Gewalt – die lustvoll vollzogene Selbstzerstörung.

Die Schöne neue Welt ist ein Totalitarismus, wie er noch nie da war, weil die Macht ihren Charakter, gewalttätig zu sein, „nahezu" verloren hat. Denn dieser Totalitarismus ist lustvoll, eine „verwobene Hierarchie", in der die Herrschaft die Kunst beherrscht, nicht zu herrschen. Die Macht kommt im Schein von Frieden, Heil, Versöhnung. Die Macht kommt als Retter, heilend, als universeller Befrieder. Für ihre Bürger wird die Neue Welt zur Heimat: Hier bin ich eingegründet, nicht heimatlos ausgeliefert, sicher. Dort draußen kann ich alles verlieren, bin ich ungeschützt, ausgesetzt, verwundbar, auf mich selbst gestellt. Dort draußen habe ich den Einsatz meiner Freiheit zu verantworten, bin ich Entscheidungen unterworfen, deren Konsequenzen ich nicht kenne, nicht überblicke. Ich ziehe den lustvoll geregelten Ablauf des Lebens daheim vor, bleibe innerhalb der stabilen Grenzen. Ich will durch einen anderen leben: Das Glück der Neuen Welt ist mein Leben. Das Glück ist die als Herrschaft empfundene Knechtschaft.

Wer die Schöne neue Welt als Heimat in Frage stellt, wird ins Exil verbannt. Du bist ein Menschenfeind, weil du gegen eine Welt bist, die uns das Glück gebracht hat. Wenn du nicht mitspielst, wirst du bestraft, weil du dich an dir selbst versündigst. In deinem eigenen Namen wirst du verurteilt; du warst dir nicht gut. Wir wollen aber, daß es dir möglichst gut geht!

Der Weltstaat als das absolute Heute kennt keine Ferne von Zukunft oder Vergangenheit mehr. Er ist die „Fülle der Zeit".

DIE WIRTSCHAFTS- UND WOHLFAHRTSVERFASSUNG

Natürlich", ergänzte er, „könnten sie kürzere Arbeitszeit fordern, und wir könnten die ohne weiteres bewilligen. Technisch wäre es ganz einfach, die Arbeitszeit der niederen Kasten auf drei oder vier Stunden am Tag herabzusetzen. Aber wären sie dann glücklicher? Nein! Das Experiment wurde vor mehr als hundertfünfzig Jahren unternommen. Ganz Irland erhielt den Vierstundentag. Ergebnis? Unruhen und gewaltig steigender Somaverbrauch, sonst nichts.

[A. Huxley, Schöne neue Welt, S. 194]

Der neue Weltstaat, der die Familie auflöste, ist selbst zum universalen Elternpaar geworden. Der Weltstaat ist in seiner politischen Macht Über-Vater und Sinnvermittler, er ist in seiner Wohlfahrtsmacht Mutterbrust und universell bergender Uterus. Vater und Mutter gehen auf in den Kindern und die Kinder in den Eltern. Die Bürger unterwerfen sich der Wohlfahrtsmacht des Weltstaates und identifizieren sich mit ihr, der Weltstaat benutzt seine Macht, um die künstlich organisierten Bedürfnisse der Bürger durch technisch-ökonomischen Reichtum unmittelbar zu befriedigen. Der organisierte individuelle Lebensgenuß der Bürger wird mit den institutionellen Mitteln des Weltstaates kollektiv gesichert.

Der Beginn der neuen Ära wird von der Schönen neuen Welt mit dem Auftauchen Henry Fords (1863–1947) in der Alten Welt bestimmt, dem amerikanischen Autoindustriellen, der die Fließ- und Montagebänder in seinen Fabriken einführte. Die Arbeitsprozesse wurden in kleinste Schritte zergliedert und so vereinfacht, daß jeder Arbeiter nur eine einfache Handreichung zu erledigen hatte. Die möglichst rasch weiterziehenden Fließ- und Montagebänder fügten die Teileinheiten in kostengünstigster Weise zum fertigen Produkt zusammen.

Ford zahlte seinen Arbeitern mehr als das Doppelte dessen, was bei der Konkurrenz im Durchschnitt zu verdienen war. Dadurch ermöglichte er ihnen auch den Kauf der Autos. Er schloß so den Kreislauf zwischen Produktion und Konsum und wurde damit auch zum Symbol der modernen Konsumgesellschaft. Das Modell T (= „Tin Lizzy") wurde zum ersten Massenauto der Welt. Der Segen, den die Technik der Massenerzeugung in der Alten Welt bewirkte, wurde auch zum Segen für die Neue Welt. Die „Massenproduktion" wurde nicht nur in der Ökonomie, sondern „endlich auch in der Biologie" (23) angewendet. Für die neuen Machthaber war eines klar: ohne die Technik der Massenerzeugung kein allgemein hoher Lebensstandard. Ohne allgemein hohen Lebensstandard keine ökonomische Stabilität, sondern Hunger, Elend, Armut; Terror, Krieg. Ohne die Erzeugung von Massen standardisierter, genormter Menschen keine soziale Harmonie, kein ökonomisches Gleichgewicht, sondern launenhafte Verbrauchergewohnheiten, Konjunkturschwankungen, Klassen- und Arbeitskämpfe. „,Ich kann versichern‘, schloß der Personalleiter beim Verlassen des Betriebes,

‚daß wir kaum jemals Schwierigkeiten mit unseren Arbeitern haben.' " (143f).

Der Segen, den die Massenerzeugung für die Neue Welt bewirkte, ist auch der Grund dafür, weshalb das „T"-Zeichen – in Erinnerung an die Großtat Henry Fords – zum Grundsymbol der neuen Weltordnung und „die Einführung des ersten T-Modells Unseres Herrn Ford zum Ausgangspunkt der neuen Zeitrechnung gewählt" wurde (58). „Ford der Herr selbst trug viel dazu bei, das Schwergewicht von Wahrheit und Schönheit auf Bequemlichkeit und Glück zu verlegen. Die Massenproduktion verlangte diese Verlagerung. Allgemeines Glück läßt die Räder unablässig laufen; Wahrheit und Schönheit bringen das nicht zuwege" (198).

DIE EINHEIT VON BERUF UND BERUFUNG

Der Weltstaat ist auf einen bestimmten Ausstoß von Gütern und Dienstleistungen angewiesen. Zum einen, um den Menschen ein waren-erfülltes Leben zu garantieren. Zum anderen, um die Menschen mit Arbeit, die frei und froh macht, zu beglücken. Der Weltstaat stuft den emanzipatorischen Charakter der Arbeit als so bedeutend ein, daß er genauestens über die Arbeitszeit einsparenden Technologien wacht. Ein Leben mit wesentlich vermehrter Freizeit – das durchaus konstruierbar wäre – würde die disziplinierte Lebensführung der Menschen unterhöhlen, die Menschen nur unglücklich machen und so unnötig die Beständigkeit des Systems gefährden.

„Technisch wäre es ganz einfach, die Arbeitszeit der niederen Kasten auf drei oder vier Stunden am Tag herabzusetzen. Aber wären sie dann glücklich? Nein! Das Experiment wurde vor mehr als hundertfünfzig Jahren unternommen. Ganz Irland erhielt den Vierstundentag. Ergebnis? Unruhen und gewaltig steigender Somaverbrauch, sonst nichts. Diese dreieinhalb Stunden zusätzlicher Muße waren so wenig ein Quell des Glücks, daß die Menschen sich mittels Soma von ihr beurlauben mußten. Das Erfindungsamt ist vollgepfropft mit Entwürfen arbeitssparender Vorrichtungen . . . Und warum führen wir sie nicht aus? Der Arbeiter wegen. Es wäre einfach grausam, ihnen allzuviel Muße aufzubürden. Nicht anders verhält es sich mit der Landwirtschaft. Wir könnten jeden Bissen, den wir essen, künstlich herstellen, wenn wir wollten. Aber wir tun es nicht. Wir ziehen es vor, ein Drittel der Bevölkerung auf dem Land zu halten. In ihrem eigenen Interesse – weil es länger dauert, dem Boden die Nahrung abzugewinnen als einer Fabrik. Außerdem müssen wir an die Beständigkeit denken. Wir wünschen keine Änderung. Jede Änderung ist eine Bedrohung für die Stabilität" (194f).

Jeder Bürger der Neuen Welt wird auf seine Rolle, seine Funktion im Kastengefüge und Wirtschaftsprozeß genauestens hingenormt. Die Menschen werden gemäß den Unerläßlichkeiten des Produktions- und Verbrauchsprozesses normiert; die biochemische Anpassung an den Produktionssektor, die hypnopädische Anpassung an den Konsum-Sektor.[39] Die niederen Kasten produzieren, die höheren Kasten managen – alle konsumieren, je höher die Kaste, umsomehr. Niemand begehrt mehr, als er begehren soll.[40]

Der Normungsprozeß führt dazu, daß Beruf und Berufung zusammenfallen. Wie großartig – im Vergleich zur alten Weltordnung, in der unzählige Menschen einen Beruf ergreifen mußten, der nicht ihrer Berufung, ihren Talenten und nicht ihren natürlich-biologischen Anlagen entsprach. Nicht wenige mußten einen Brotberuf ergreifen, nur um ihr Leben fristen zu können. Viele junge Menschen bereiteten sich auf die Arbeitslosigkeit als „Berufsanfang" vor. Zahlreiche Menschen der Alten Welt wurden mit dem Leid, nicht den Beruf ausüben zu können, zu dem sie sich berufen fühlten, bis ins hohe Alter nicht fertig.

Die Planung und die Freiheit der Berufswahl auf der Basis von Eignung und Neigung sind für den Menschen von grundlegender Bedeutung. Ein Berufsethos, Glücklichsein im Beruf kann sich nur dort herausbilden, wo der Mensch Freude an seinem Beruf hat. Je größer die Freude, umso größer die Leistung, desto nützlicher ist der einzelne auch dem Gemeinwesen.

In der Schönen neuen Welt sind die Menschen zur Freude ihres Berufes und den Erfordernissen des Gemeinwesens hin geformt. Jeder geht seiner Lieblingsbeschäftigung nach, denn Beruf und Berufung decken sich. Jede/jeder übt den Beruf aus, der ihren/seinen biologischen Anlagen entspricht. Es ist der Weltstaat – die verbesserte Natur also, nicht mehr der Zufall der Natur – der jedem Bürger seine Berufung vermittelt – durch die genetisch-biologische Normung, durch die Konditionierung von Anfang an. Der Weltstaat trifft damit zwei Fliegen auf einen Schlag. Durch die Einheit von Beruf und Berufung schafft er von Anfang an glückliche Menschen; durch die Einheit von Beruf und Dienst am Gemeinwesen schafft er von Anfang an nützliche Menschen. Die positiven Folgen dieser Fürsorge des Staates sind offensichtlich: Jede/jeder dient der Gemeinschaftlichkeit, Einheitlichkeit und Beständigkeit des Gemeinwesens. Das Gemeinwesen garantiert dem einzelnen Stabilität und Happiness. Das Kastengefüge ist die genormte Einheit von Ich und Wir.

Das Selbstbild der Menschen der Neuen Welt schließt eine effiziente Wirtschaft ein. Sie überlassen es den Weltaufsichtsräten und der als Selbstorganisation funktionierenden Sachgesetzlichkeit der Wirtschaft, daß alles gewährt ist, was begehrt wird: Helikopter, Brutmaschinen, Soma . . . Von „Wirtschaft" ist eigentlich „gar nicht mehr die Rede. Es funktioniert eine geisterhafte, nicht mehr änderbare Wirtschaftsmaschine. Ökonomische und politische Statik fließen ineinander".[41] Die Wirtschaftswelt ist zu einem einzigen riesigen multinationalen Konzern zusammengewachsen.

Die Menschen kümmern sich nicht um kollektive Dinge. Ein großes Vertrauen ist da, daß Apparat und Maschinen alles tun, um Happiness zu gewährleisten. Alle genießen die Entlastung – sowohl diejenigen, die diese Maschinerie steuern, wie auch die Systeminsassen.

Da die Menschen „chemisch" vernünftig geworden sind, ist auch die Daseinsvorsorge, einschließlich der Ökonomie, vernünftig geworden. Die Ökonomie wird im Sinne einer Kreislauf-Recycling-Wirtschaft organisiert, die den Stabilitätszielen einer Gleichgewichtsökonomie zu gehorchen hat. Die Kreislauf-Recycling-Wirtschaft folgt dem Gesetz „Enden ist besser als wenden" (56). Die Steuerung des Gleichgewichts erfolgt nach dem vielfach erprobten und bewährten Grundgesetz der Einheit von „Begehr" (Nachfrage) und „Gewähr" (Angebot). Die Außensteuerung ist der Innensteuerung gewichen.

„Enden ist besser als wenden"   Die Kreislauf-Recycling-Wirtschaft der Neuen Welt besteht in der verbesserten Nachahmung natürlicher Regelkreise. Die deutlichsten

Bilder für diese Regelkreise sind die Fotosynthese und die Erzeugung von CO^2. Licht, Wasser, Chlorophyll, Pflanzen, Tiere leben in einem Regelkreis mit einer offenen Stelle – dem Licht. Alles andere ist vorhanden, dreht sich in einem Kreis. Pflanzen produzieren Sauerstoff, die Tiere veratmen den Sauerstoff, die Tiere fressen und düngen die Pflanzen. Das Sterben eines Lebewesens schafft Nahrung für andere Lebewesen. Das ist das Vorbild der Kreislaufwirtschaft in der Natur.

In der Neuen Welt stehen selbst die Krematorien im Dienst der Kreislauf-Recycling-Wirtschaft – zur „Phosphorwiedergewinnung": „Auf dem Weg durch den Schornstein werden die Gase vier verschiedenen Verfahren unterzogen. Bei jeder Leichenverbrennung ging früher Phosphorpentoxyd dem Umlauf verloren. Heute werden mehr als achtundneunzig Prozent davon wiedergewonnen. Über anderthalb Kilogramm von dem Leichnam eines Erwachsenen. Also nahezu sechshundert Tonnen Phosphor jährlich allein in Deutschland . . . Ein schöner Gedanke, daß wir dem Gemeinwohl nützen können, auch wenn wir schon tot sind! Wir lassen die Pflanzen wachsen" (75).

Die Kreislauf-Recycling-Wirtschaft der Neuen Welt basiert auf einer neuen Weise der Weltaneignung aufgrund einer gewandelten Kultur der menschlichen Bedürfnisse. Sie gehorcht einer neuen Dialektik von Konsumismus und Wegwerfwirtschaft, dem Gesetz: „Enden ist besser als wenden". Das „Enden" (Wegwerfen, zum Verschwindenbringen) hat einem Produktionskreislauf zu dienen, der als eine neue Art von Recyclingprozeß zu verstehen ist. Abgenützte Besitzstücke werden nicht mehr verbessert, nicht mehr erneuert (= „gewendet"). Ihr Gebrauch findet ein Ende, sie werden durch neue ersetzt.

Individuelles Glück und ökonomische Stabilität erfordern die Warenvernichtung durch Konsum. Der Recyclingprozeß muß aber so angelegt sein, daß dadurch keinesfalls menschliche Arbeit und damit der Produzent überflüssig wird. Das Hauptkriterium für Perfektion ist nicht die größere Brauchbarkeit der Güter, nicht die Verbesserung des Produkts, sondern die Symmetrie von Begehr (Nachfrage) und Gewähr (Angebot) im Sinne der Stabilität des Systems.

Die Einheit von Begehr (Nachfrage) und Gewähr (Angebot)
Materielles Genießen, Vollbeschäftigung auf dem Niveau der Neuen Welt und Produktionsausstoß müssen sich in ein Gleichgewicht einpendeln. Dieses Gleichgewicht wird erzielt durch die Anwendung des Gesetzes der Einheit von Begehr (Nachfrage) und Gewähr (Angebot).
Das Angebot braucht Nachfragende, denn es will ja gehabt, verwendet sein. Es schafft sich daher die Nachfragenden mit ihrer verinnerlichten Bedürfnisstruktur. Das Angebot gewährt also nicht nur, sondern begehrt auch: Angebot bietet sich nicht nur an, sondern begehrt die Nachfrage. Und die Nachfrage begehrt nicht nur, sondern gewährt dem Angebot eine Chance, seine gesellschaftliche Funktion zu realisieren.
Die Steuerung erfolgt entscheidend über die Nachfrage, die Bedürfnisstruktur, eine Steuerung, die nicht als solche empfunden wird, da die Nachfrage mit der Wunscherfüllung zusammenfällt. Die Sehnsucht nach Waren wird schon in den Schlafschulen angenormt. „Die Stimme unter den Kissen bahnte zukünftiger Nachfrage nach zukünftigem Angebot eine Gasse. ‚Ich fliege so gern, ich habe neue Kleider so gern, ich habe . . .‘ " (56). „Die Ethik und Philosophie des Sparens . . . ist im Zeitalter

der Maschinen und des Stickstoffs jedoch geradezu ein Verbrechen an der Gesellschaft" (58f).

Der hohe Lebensstandard verlangt die Massenerzeugung. Diese erfordert Massenabsatz in Form einer möglichst großen Gleichartigkeit der Verbraucherwünsche.

DIE EINHEIT VON ANERKENNUNGS- UND ARBEITSPROZESS

Für jede Wirtschaftsverfassung ist nicht die Regelung der physisch-materiellen Seite, des Arbeitsprozesses (das Verhältnis der Menschen zur Natur) der Dreh- und Angelpunkt, sondern die Gestaltung der geistig-vernünftigen Seite, des Anerkennungsprozesses (das Verhältnis der Menschen zueinander, die Art und Weise, wie die Menschen miteinander kommunizieren).

In der Schönen neuen Welt ist es endlich gelungen, woran die Alte Welt scheiterte, nämlich: nicht nur den Arbeitsprozeß vom Anerkennungsprozeß her zu organisieren, sondern das Verhältnis von Anerkennungs- und Arbeitsprozeß so zu gestalten, daß der Arbeitsprozeß Happiness und Stabilität produziert. Die organisierte Kommunikation, von der Berufsarbeit bis ins Privatleben, ist mit einer Produktions- und Freizeittechnik verknüpft, die das Glück der optimalen Spannungslosigkeit gewährleisten.

Das ökonomische System der Neuen Welt ist nicht mehr beherrscht von der Verdrängungskonkurrenz, die Menschen sind nicht mehr Spielball anonymer Macht- und Marktkräfte, sondern die Seelen der Menschen sind in Happiness miteinander verflochten. Die Menschen, die von der ökonomischen Superstruktur vereinzelt werden, werden durch die ökonomische „Große Mutter" gleichzeitig geeint.

Die Maschinerie funktioniert. Die Ökonomie ist vernünftig geregelt, weil die Vernunft durch Chemie ersetzt ist. Sollte doch da und dort ein Rad nicht perfekt ins andere greifen, ist Soma da, um die Reibungsverluste auszugleichen. Die Menschen als Ware sind das Produkt des Systems, wie das ökonomische System Produkt der Menschen ist. Die Menschen der Neuen Welt sind zugleich Produzenten und Ware, wie sie zugleich Herr und Knecht sind.

Erlösung vom Verfall an die schlechte Unendlichkeit

Die Wirtschaftspolitik der Alten Welt unterlag dem Gesetz der „schlechten Unendlichkeit". Der Mensch, der durch ein Unendliches definiert ist, versucht, diese Unendlichkeit auf der Ebene der horizontal-grenzenlosen Unendlichkeit zu stillen: durch Waren- und Dienstleistungen aller Art. Aber je mehr Bedürfnisse befriedigt wurden, umso mehr wurden geweckt. Eine unendliche Kette von Bedürfnissen kam zum Vorschein, die die Menschen unruhig machte und gierig.

Wäre der Mensch nur Endlichkeit, wäre er bald abgesättigt. Doch schritt er in „schlechter Unendlichkeit" ins Grenzenlose fort, weil er immer schon mehr suchte als das, was ihm die Sphäre der schlechten Unendlichkeit in der Gestalt der Konsumgesellschaft bieten konnte.

Da der Mensch aber nicht nur Habbares suchte, blieb er hungrig, leer. An der Verzweiflung des Menschen, der das Sein mit dem Haben vertauschte, war abzulesen, was er in Wirklichkeit ist: ein nach „positiver Unendlichkeit" hungerndes endliches Wesen.

Von dieser Verzweiflung und die durch sie ausgelösten Zwänge einer quantitativen Wirtschaftspolitik mit all ihren zerstörerischen Folgen erlöste die Neue Welt die Menschen. Sie erlöst sie dadurch, daß sie die genialen Grundsätze („Enden ist besser als wenden" und der „Einheit von Begehr und Gewähr") auch in der Ökonomie vollstreckte. Der unendliche Hunger wird durch Normung und ökonomischen Reichtum gestillt. Der Widerstreit zwischen begrenzten Ressourcen und unbegrenzter Begierde ist aufgelöst.[42]

Die Schöne neue Welt entwickelte so – was der Alten Welt nicht gelang – eine Lebenslehre für eine Massengesellschaft unter dem Vorzeichen einer Neubewertung von Lebensstilen – Lebensstile von einer quasi-familiären Qualität als Ersatzfunktion für den verlorenen Bezug zur Mutter.

EIN LAND OHNE MANGEL

Die Gesellschaften der Alten Welt waren Gemeinwesen, die unter dem Vorzeichen des Mangels und dadurch der dauernden Angst standen.[43] Um mit dem Mangel fertig zu werden, trieben Mangelgesellschaften oft genug Verfahren der Zwänge und der Unterdrückung und Feindschaften hervor, die den Mangel nur noch vertieften, ja diese Gesellschaften an institutionellen Versteinerungen und struktureller Gewalt scheitern ließen, an Maßnahmen, mit denen sie versuchten, sich vor ihrer eigenen Auflösung zu bewahren.

Die Schöne neue Welt hat sich dagegen zu einer Gesellschaft konstruiert, die dem Mangel entzogen ist. Komfort und krisenfeste Versorgung verschwistern sich zu einem erfüllten Leben. Materieller Überfluß herrscht im Land, ohne Tyrannen und Fronvögte, die fremdes Gut sich aneignen, ohne Furcht vor Außenfeinden. Ein Land, wo

Milch und Honig fließen,[44] von dem die biblischen Schriftsteller träumten: „Ein prächtiges Land, ein Land mit Bächen, Quellen und Grundwasser, das im Tal und am Berg hervorquillt, ein Land mit Weizen und Gerste, mit Weinstock, Feigenbaum und Granatbaum, ein Land mit Ölbäumen und Honig, ein Land, in dem du nicht armselig dein Brot essen mußt, in dem es dir an nichts mangelt" (Deut 8,7–9). „Jeder sitzt unter seinem Weinstock und unter seinem Feigenbaum, und niemand schreckt ihn auf. Dann schmieden sie Pflugscharen aus ihren Schwertern und Winzermesser aus ihren Lanzen. Man zieht nicht mehr das Schwert, Volk gegen Volk, und übt nicht mehr für den Krieg" (Mi 4,4 u. 3).

Die Schöne neue Welt hat aus sich heraus ein Land des materiellen Überflusses und des Friedens technokratisch hergestellt. Ihre Wirklichkeit ist nicht mehr durch Mangelerscheinungen, durch Bedingungen und Voraussetzungen eingeschränkt, über die sie nicht selbst verfügt. Sie ist sich selbst zur Quelle geworden im Sinne: Ich kann unbedingt aus mir selbst handeln. Ich bin mein eigener Ursprung.

Um ihren Überfluß verschwenden zu können, bedarf sie gleichzeitig der passiven, leeren Bedürftigkeit ihrer Bürger, die von ihr leben, damit sie sich als Herrin erweisen kann. Sie muß Leere verbreiten, damit sie „alles" sein kann. Ihr Überfluß kann nicht Selbstsein gewähren, sondern muß sich dauernd als unabkömmlich gebärden, lebt von der Hohlheit ihrer Nutznießer: Du bist, was du hast. Dies gewinnst du durch mich. Sobald du keine Bedingungen deinerseits mehr stellst, kann ich mich unbedingt in dir auswirken: Wir sind eins.

Die Neue Welt muß die Bürger zum Haben und Genießen verführen, um sie durch Sättigung beherrschen zu können. Und die Bürger der Neuen Welt graben sich ein in den Mutterboden. Sie lieben die Neue Welt. Sie ist die gut sich verströmende Mutter: alles für mich. Der Hunger scheint den Überfluß nicht anzutasten. Und vor allem: man braucht keine Verantwortung für das Nehmen zu übernehmen.

Die Verfassung der primären Intersubjektivität

Die perfekte Ich-Du-Wir-Balance

Die Neue Welt ist das lebendige Versprechen, mich selbst mit allen anderen so zu koordinieren, daß ich einerseits mein Leben individuell vollziehen, andererseits zusammen mit den anderen leidlos leben kann.

In seiner Unmittelbarkeit ist der Mensch allzuoft eine Last für den Menschen. Er fordert mich heraus in meiner Verantwortung; er wird zum lebendigen Anspruch an mich, meine Selbstbehauptung aufzugeben. Ich erfahre ihn als verfügende Nähe. Ich kann mein eigenes Programm nicht mehr verfolgen. Er ist mir lästig, er wird mir zum Kreuz.

Der Angst vor „Zuviel an Nähe" korrespondiert der Wunsch nach Nähe, die Sehnsucht nach emotionaler Anerkennung, nach einer Lebensgemeinschaft des Menschen mit dem Menschen. Der Angst vor erdrückender Nähe korrespondiert die Angst vor Vereinsamung und Vereinzelung, die Angst, allein gelassen zu werden, allein auf mich selbst angewiesen zu sein, nicht mehr dazuzugehören, abgesondert, ausgestoßen, kommunikationslos, sprach-los zu sein.

In der Neuen Welt sind Selbstsein und Nähe, Bindung und Trennung in einer perfekten Ich-Du-Wir-Balance stimmig konstruiert. Die Sehnsucht nach einem glückhaft-harmonischen Miteinander ist chemisch in Erfüllung gegangen.

DAS KREUZ MIT DER FAMILIE

Hort des Leidens an der leibhaftigen Unmittelbarkeit von Mensch zu Mensch war aus der Perspektive der Neuen Welt die Familie. Die Kritik an der Familie entzündet sich an Entfremdungsstrukturen, auf die schon in der Alten Welt „aufgeklärte Geister" verwiesen.

Durch die natürliche Bindung in der Familie war der Mensch dem Menschen ausgeliefert, er fand keine Distanz zum anderen. Die Familie wurde als „Kerker" (46), als „erstickende Nähe" (46) erfahren. Der Mangel an Selbständigkeit und Entfaltungsmöglichkeit war verbunden mit Frustration, Aggressivität und Neurosen.

Die Familie war ein patriarchalisches Herrschaftssystem. „Die Welt war voller Väter – also voll von Elend" (48). Der Vater als Symbol des Elends: Autorität, Ausbeutung, Macht. Die Übermacht des Vaters versetzte alle Familienmitglieder in eine schlechte Abhängigkeit. Sie drängte ihnen ein autoritäres Wert- und Normensystem auf. Die Folge: Die Frauen waren unterdrückt; die Kinder von autoritären Erziehungsmustern abhängig; autoritäre Rollenbeziehungen, Leistungs- und Karrierestreben, repressives Sexualverhalten und eine unterdrückende Moral breiteten sich aus.

Die Familie blieb befangen in einem Gruppenegoismus, abgekapselt gegen die gemeinsame Welt. „Familie, Einehe, Romantik. Überall Stacheldraht gegen die Allgemeinheit, überall jegliches Interesse auf einen Punkt gerichtet, ein neidisches Eindämmen aller Triebe und Kräfte" (48f). Die Dominanz des Privaten führte dazu, daß die Familienmitglieder den Charakter privatisierender Existenzen annahmen. Isolierung, mangelndes politisches Interesse, Integration der Jugendlichen in ein bestimmtes Herrschaftssystem waren die Folge.

Die Familie zu „enttabuisieren" war deshalb die Absicht familienkritischer Strömungen der Alten Welt. Das Programm hatte zum Ziel, die Familie in größere soziale Verflechtungen einzubauen oder aufzulösen.

Eine „Freiheitswelt" sollte geschaffen werden, in der der Mensch aus dem Kleben an dem anderen befreit wird und eine neue Möglichkeit des Zueinander fände. In diesem frei-kreativ geschaffenen Großraum müsse daher die Freiheitsentscheidung viel ursprünglicher gelingen als in der Familie. Durch die Transformation der Familienwelt gewinne der Mensch in der Distanz zur Familie eine frei-schöpferische Selbständigkeit.

Von diesem Punkt her werde der Gruppenegoismus der Familie aufgelöst, da im Großraum der Gesellschaft ein weiteres Spektrum von intersubjektiver Begegnung und Engagement möglich und notwendig werde.

So gerate in dieser gesellschaftlichen Transformation auch der „Vater" in den sozialen Funktionalisierungsprozeß. Damit werde für die zuvor patriarchalisch unterdrückten Familienmitglieder die Möglichkeit der Emanzipation eröffnet. Es verstand sich von selbst, daß durch diesen Funktionalisierungsprozeß der religiöse Raum – die Religion als „Überbau" der Familie – an Bedeutung verlor.

DER TOD DER FAMILIE: DER WELTSTAAT ALS DER NEUE VATER UND DIE NEUE MUTTER

In der Neuen Welt ist die Familie, ja jede natürliche Nähe aufgelöst zugunsten einer künstlichen Nähe. Der Mensch ist aus dem Raum primärer Intersubjektivität (Vater-Mutter-Kind) heraus enteignet. Die Menschen sind den natürlichen Blutsbanden, dem Familienboden entrissen, sind nun freier Sohn und freie Tochter der Neuen Welt, aus den Blutsbanden erlöst. Sie sind von Geburt an auf die fixen sozialen Geleise gesetzt, gesellschaftlich normiert. Der Raster der Planung schafft „Luft", „entkerkert", eröffnet einen Spielraum des „freien Zwischen" unter den Menschen.

Das Wort „Eltern" läßt erröten, ist „Unflat", kommt im Raum der reinen Wissenschaft der Neuen Welt nicht vor; es gehört in den nicht-organisierten Bereich des unmittelbaren Daseins. Der elterliche Raum ist noch Stätte des Zufälligen, das die Notwendigkeit des Systems stört. „Die Menschen pflegten damals . . . lebende Junge zur Welt zu bringen" (35). Kinder wurden geboren. Dies aber besagt: Erfahrung der Endlichkeit, Hinfälligkeit des Lebens; Geburt aus dem Mutterschoß, aus der Tiefe eines leibhaftigen Seins im anderen. Kind im Urschoß der Mutter.

Jetzt: der sich bis in den Anfang hinein besitzende, verfügende, auf den „Begriff seiner selbst" gebrachte Mensch. Alles, was den Menschen trägt und unterfängt – Herkunft, Geburt, Vater, Mutter – ist überholt, ist verboten. Der Weltstaat beginnt die Herkunft zu verwalten bis in den Mutterleib hinein. Das System duldet keine Dimensionen, die sich der vollständigen Organisation entziehen. Der Weltstaat ist zum Wir-System als „Eltern" geworden, nicht mehr geschlechtlich qualifiziert, sondern entsexualisiert, „hygienisch", sauber; entschmutzt und in diesem Sinn entleibt. Diesem System als künstlichem Vater und künstlicher Mutter, das künstliche Schwangerschaften erzeugt und austrägt, opfern die Kinder als Töchter und Söhne ihre natürliche Sinnlichkeit, weil das System „alles" ist.

Die Entbindung der Zeugung aus der Vater-, Mutter- und Kindschaft ist gelungen. 300 Befruchter – die neuen Väter – sind im Befruchtungsraum über ihre Befruchtungswerkzeuge und technische Vaginen – die neuen Frauen und Mütter – gebeugt. Die Frau ist nur noch die Lieferantin eines Ovariums; sie ist steril, hat noch ihre Lustgefühle, wird aber nicht mehr Mutter. Die technisch-produzierte künstliche Mutterschaft ist der Tod der Mütterlichkeit. Auch der Mann ist nicht mehr personal als Mann gegenwärtig, sondern Samenspender und kann nach Belieben gewählt werden. Elternschaft ist in der Form technischer Manipulation vollzogen – als eine hygienisch saubere, fleisch- und blutlos funktionierende, der reinen Rationalität verpflichtete keimfreie Apparatur.

Im Befruchtungsraum ist es tropisch heiß. Mitten darin das kalte, technologische Licht der Machbarkeit des Menschen und seiner Selbstherstellung. Vater und Mutter sind nur noch technologische Operatoren in einem von aller Empfindungs-, Gefühls- und Liebesbeziehung abstrahierten Prozeß. Die ganze Dimension des Geheimnisses der Menschwerdung in seiner an sich bleibenden Verborgenheit scheint aufgedeckt zu sein.

Der Mensch glaubt, so sich selbst ganz in der Hand zu haben. Es ist nichts Dunkles, Nächtiges und in diesem Sinne Negatives mehr an ihm. Das Dunkle ist ins rationale Licht gehoben, rein geworden, alles gewaschen, gereinigt, erlöst, schuldlos. Der Puritanismus ist in höchster Potenz verwirklicht: die gnostische Reinheit, die alles Materielle durchschaubar gemacht hat. Der Leib als das Dunkle, reflex nicht Aufarbeitbare wird ins Wissen gehoben: der durchschaute Körper.

Im Befruchtungsraum der Brut- und Normanstalt kann das Werden des Menschen von Anfang an beobachtet, geregelt und fortentwickelt werden. Hier ist der Mensch als Kind faßlich direkt von seinem Erzeuger, dem Weltstaat; er ist nicht mehr eingelassen in das Liebesverhältnis von Mann und Frau, nicht mehr Gabe des Menschen an den Menschen, nicht mehr Frucht gegenseitiger Hingabe, sondern etwas nach bestimmten Plänen und Brauchbarkeiten Konstruiertes, Kalkuliertes. Der Anfang des Menschen liegt in seiner Hand.

Der Brut- und Normdirektor sagt, daß er beim Anfang anfangen werde – und das heißt: bei den Brutöfen, bei dem Mutterschoß in der Gestalt der Reagenzgläser. In diesem Anfang ist außer den durch Operation gewonnenen Ovarien der Frau keine Rede mehr von Geschlechtsorganen, vom menschlichen Geschlechtsleib, personaler Geschlechtlichkeit oder Leiblichkeit, keine Rede von Fleisch und Blut. Die Peinlichkeit der Herkunft, wo der Mensch leibhaftig dem Leib des anderen überantwortet ist, ist überwunden. Der chemisch reine Leib – als Medium der Vermittlung von innen und außen, Bei-sich-Sein und Selbstvollzug im anderen – ist vom System verfügt. In der Schönen neuen Welt herrscht die Leibfeindlichkeit eines extremen Manichäismus, der die Materie als schlecht verdammt. Die Sinnlichkeit ist zu einem kontrollierbar funktionierenden Apparat degradiert, Gefühle eliminiert, d. h. die Leiblichkeit ist auf eine rein instrumentell verstandene Körperlichkeit hin reduziert, die dem System nichts Undurchschaubares mehr entgegensetzt, sondern völlig in seine Logik hinein verplant ist. Die menschliche Leiblichkeit unterliegt der Kälte jenes Lichtes, das im Befruchtungsraum herrscht. Sie ist ein Regelsystem, dem innerhalb des großen Systems der Gemeinschaftlichkeit zum Zwecke der Einheitlichkeit und Beständigkeit ein gewisser Spielraum eingeräumt wird, in dem sich jedoch Freiheit konkret nicht entfalten kann.

In der Schönen neuen Welt wird alles verdächtigt, was sich in der Dimension menschlicher Leiblichkeit abspielt, vor allem die leibliche Zeugung des Menschen. Denn materielle Leiblichkeit in ihrer Dichte, in ihrer Undurchdringlichkeit vermittelt mir Grenzerfahrung, vergegenwärtigt mir meine eigene Begrenzung, schenkt mir Maß, Widerstand, Verläßlichkeit. Sie ist ein Bild für das in sich Sichere, obwohl rational nicht Durchschaubare. Materie ist das bergende, mütterliche, also das, was letztlich von der Form nicht beherrscht wird, worin die Form Halt und Gestalt gewinnt, das, was die Form braucht, um sich darstellen, um wirken zu können, wodurch überhaupt erst das formhafte Element zur Welt kommt.

Materie ist das im positiven Sinn Chaotische, Asymmetrische, An-archische, das auch vom kalten Licht des Befruchtungsraumes nie aufgelichtet werden kann; es bleibt dunkel. Materie als die Dimension der Vielheit und Mannigfaltigkeit ist uneinholbar für alle wissenschaftlichen Prozesse der Vereinheitlichung. Sie ist das Prinzip der Pluralität, Geheimnis der Mannigfaltigkeit, der Reichtum der Andersheit. Sie ist all das, was der Einheitlichkeit des Systems zutiefst zuwider ist; und deshalb wird alles Materielle, Leibliche, Geschlechtliche in dieser Gesellschaft möglichst ausgerottet oder an den Rand gedrängt. Sie stellt für das System eine Bedrohung dar, weil sie die volle Selbstverfügung des Menschen über den Menschen gefährdet.

Die Mutter symbolisiert das, was über die Materie gesagt wurde. Sie war die Eva, die das Leben schenkt, die zur Welt bringt. Wenn dagegen die Schöne neue Welt mit ihrem eigenen Anfang anfängt, dann muß sie alles bekämpfen, was dieses Mit-dem-Anfang-Anfangen in Frage stellt. Das Leben darf nicht mehr der Freiheit überantwortet sein. Innerhalb dieser Freiheit wird das Ja vom anderen seiner selbst in seiner Freiheit angesprochen, angerufen, zur Selbstachtung seiner eigenen Freiheit gebracht. Im Reagenzglas sagt niemand mehr: mein liebes Kind. Außerdem ist das Glas kein Mutterschoß: Diese intensive Einheit, das leibhaftige Wir der Liebe, ist für die Schöne neue Welt die große Gefahr: das sind Unschärfe-Relationen, Bereiche der Unbestimmtheit, des Irrationalen, des computermäßig nicht Speicherbaren, das sind die Ressourcen der revolutionären Freiheit. Deshalb wird dies alles gehaßt.

Wenn die Mutterschaft so technisch steril realisiert wird, die natürliche Mutterschaft als unhygienisch dargestellt wird, unsauber, schmutzig, dann ist eben nur alles Manipulierte richtig – um den Preis des Verlustes der Unmittelbarkeit. Leibhaftige Unmittelbarkeit heißt für das System: Ersticken im trauten Heim, ein tierisches Verhalten. Alles muß auf überprüfbare, berechenbare Distanz gehalten werden, jede Unmittelbarkeit ist sofort rational zu vermitteln. Am besten dadurch, daß sie als Unmittelbarkeit abgeschafft wird und einer reinen, jetzt mittelbaren Herstellungsmechanik weicht, in der kontrolliert werden kann, was herauskommt – vom Anfang bis zum Ende.

DER MENSCH IST DES MENSCHEN EIGENTUM

Die Neue Welt befreit die Menschen aus aller Gesetzmäßigkeit der Blutsbande, aus allen familiären Verfilzungen, befreit sie von allem Gruppenegoismus des familiären Wir gegen die anderen, befreit sie aus Vereinzelung und Vereinsamung. Sie befreit, indem sie gemäß dem Grundsatz „Jedermann ist seines Nächsten Eigentum" (49) künstliche Verwandtschaftsbeziehungen schafft, das Verhältnis des Menschen zum Menschen „hygienisch" reguliert.

Die Einehe als „Stacheldraht gegen die Allgemeinheit" wird aufgelöst. Die treue Gegenwart der Einheit von Mann und Frau wird durch den Wechsel der Du und Ich füreinander ersetzt. Promiskuität, Partnertausch ist verordnet, aber empfängnislos – unfruchtbar. Die Frucht wird nicht im Raum der Liebe ausgetragen, sondern in der Brutfabrik. Im fortwährenden Wechsel der Beziehung von Mann und Frau kommt die Einheit von Mann und Frau nicht zur Ruhe. Das Rad dreht sich im Reigen, immer „neue" Männer, immer „neue" Frauen – gleichzeitig hält das System die „Pluralität" in Schranken. Außengelenkte Regeln ersetzen das „Wohnen in der Treue".

Jede(r) hat zu allen, alle zu jeder(m) Zugang. Die soziale Promiskuität ist verwirklicht: Jede(r) ist mit allen vermischt. Obwohl Haus und Heim abgeschafft sind, ist eine pervertierte Nähe hergestellt. Jede natürliche Nähe ist in eine künstliche aufgelöst. Keiner muß sich mehr leibhaftig für den anderen verwenden. Für jeden Mangel gibt es einen künstlichen Ersatz.

Durch die austauschbaren Beziehungen wird der Mensch dem Menschen zur Sache. Niemand offenbart dem anderen sein tieferes Selbstsein, die Be-gabung des Menschen durch den Menschen wird verzweckt. Beständigkeit der Treue, der Bindung von Freiheit zu Freiheit ist überflüssig geworden, ja eine Quelle der Unbeständigkeit.

Die Menschen sind jetzt von allem Neid und so von jeder Rivalität erlöst. Der Neid hemmt. Er sagt: „Ich will dich für mich." Das macht unglücklich. Das individuelle Habenwollen ist durch das gesellschaftliche Verfügbarsein überwunden. Wenn dich jeder haben kann, habe ich dich nicht für mich. Das ist die neue Tugend! Die Dialektik von Neid (ich will dich für mich) und Eigentum (du gehörst allen) überwindet den neidischen Egoismus.

Die genormte und „somatische" Bindung von Mensch zu Mensch erlöst den Menschen von aller Last des Mitmenschen und jeder Vereinsamung und Vereinzelung. Der Solipsismus der Alten Welt ist durch „Jedermann ist seines Nächsten Eigentum" kollektivistisch überwunden.

Der Mensch ist nun auch von seiner Unfähigkeit zur Selbstannahme erlöst, von dieser Selbstannahme, die Voraussetzung für ein freies Dasein füreinander ist. Der Ersatz ist: „Jedermann ist seines Nächsten Eigentum" – aber nicht durch den freien Dienst aneinander, der der Freiheit des Selbstseins entspringt und sie wachsen läßt, sondern „Selbstsein" und Bezug zum anderen sind organisiert.

Der andere wird in der Neuen Welt nicht mehr als Ersatzobjekt zur eigenen Selbstbestätigung mißbraucht. Man kann jetzt auf ihn verzichten als „Eigentum". Liebe auf Zeit. Dies läßt kein Scheitern aufkommen, verlangt nicht nach Einsatz. Es herrscht jetzt allgemeine Verfügbarkeit; sie ist die neue Weise der Selbst-losigkeit. Jeder ist im Monolog gefangen und von außen mit dem anderen zusammen genormt und verkittet. Die Hand liegt auf dem Leib des anderen, aber das Ich genießt sich dabei selbst; die Menschen sind einander physisch präsent: Genuß zu Genuß.

Die Freiheit der Bindung

Die gemeinsame Freiheit wird in der Schönen neuen Welt in einer Weise. formalisiert, in der alle Beziehungen von Mensch zu Mensch schon geregelt sind. Freiwilligkeit und Vielfalt der Kommunikation und ihre Unkalkulierbarkeit sind überholt. Alles ist weltstaatlich prädestiniert, es handeln nicht mehr die Subjekte, sondern eine immer schon verdinglichte Gemeinsamkeit.

Dort dagegen, wo eine ursprüngliche Gemeinsamkeit noch lebendig ist, ist sie lebendig nur in dem Maße, wie jeder in konkreter Entäußerung auf den anderen hin sich wagt; eine Beziehung wagt, die wächst, die inspiriert ist durch die Erfahrung des Miteinanderseins, der gemeinsamen Freiheit. Die Erfahrung läßt den einen auf den anderen immer neu zukommen, ermöglicht ihm auch, sich ganz ursprünglich, unverbraucht darzustellen, zu sein, das individuelle und einmalige Gesicht der eigenen Freiheit zu zeigen, sich aus sich heraus zu wagen, zu trauen, nicht vor Konflikten davonzulaufen, sondern sie auszutragen.

Je fähiger ein Mensch ist, Bindungen einzugehen, desto mehr ist er imstande, sich auf den anderen als anderen einzulassen, seinen Egoismus nicht zum Maßstab der Beziehung zu erheben, sondern den anderen um seiner selbst willen zu wollen, ihn als ihn selbst zu meinen und zu bejahen.

Dies setzt aber die Kraft voraus, zum Selbst ja zu sagen, und zwar nicht nur zum Selbst des anderen, sondern gerade auch zum eigenen. Bejahung des anderen im Mich-Binden an ihn beruht auf Selbstbejahung, auf freiem Selbstsein. In diesem Sinne heißt dann frei sein zum anderen: Lösung von ihm.

Die Fähigkeit zu einem kommunikativen Handeln, eine lebendige Einheit in der Vielheit entsteht nur in dem Maße, wie es gelingt, „Trennung" und „Nähe" positiv in einem zu leben. Gemeinsame Freiheit beruht auf der Möglichkeit zur „Trennung" – als einem Freigeben des Menschen an sich selbst: den anderen auf seinen Weg entlassen, ihn seine wesenhaften Möglichkeiten entdecken lassen, ihn zu den vielfältigen Spielräumen seiner Freiheit ermutigen. Nur durch eine solche Praxis der „Trennung in der Nähe" entsteht Freiheit zu gegenseitiger Bindung.

Bindung heißt: Ich mitverantworte dich, ohne dich dadurch zu enteignen. Ich binde mich an dich, ohne dich dadurch an mich zu binden in dem Sinne, daß ich dich für mich und meine Interessen verbrauche. Ich begleite dich verantwortlich auf den unabsehbaren Wegen deiner Freiheit, ohne dich zu entmündigen, ohne dir die eigene Initiative zu rauben.

Dies ist offensichtlich nur möglich, wenn ich dich gerade durch meine Bindung dennoch zugleich loslasse, mich von dir löse, aber nicht dadurch, daß ich dich von mir wegstoße oder liberalistisch dich dir selbst überlasse und meiner Wege ziehe, sondern daß ich durch das dich freigebende Ja gerade an dich gebunden bleibe.

DIE KÜNSTLICHEN VERWANDTSCHAFTSBEZIEHUNGEN DER NEUEN WELT

In der Neuen Welt sind die Menschen befreit von allem Einsatz und allem Wagnis der Freiheit, befreit von aller Nähe, die entfremdende Abhängigkeit schafft, befreit von aller Trennung, die Vereinsamung und Vereinzelung auslöst; sie sind befreit durch eine verfügte gemeinsame Freiheit, in der die Menschen scheinbar gelöst, distanziert, voneinander getrennt und zugleich scheinbar füreinander freier existieren können.

Die Menschen sind in weltstaatlich verwaltete Beziehungsformen eingelassen und damit umso mehr miteinander verbunden im Sinne einer kollektivierten Einheit und umso isolierter voneinander getrennt im Sinne liberalistischer Freiheit.

Das Wir der Neuen Welt ist nicht eine gemeinsame Freiheit, die durch Konflikte und Kooperation hindurch wächst, ist nicht die Frucht der in gegenseitigem frei-gebenden Dienst aufbrechenden Freiheiten, sondern eine Einheits- als Machtgestalt, die das Verhältnis der Menschen so zueinander bestimmt, daß jeder sein Leben individuell leben und zugleich mit den anderen zusammen schmerz- und leidfrei existieren kann. Dies ist die Grundstruktur der Erlösungslehre der Neuen Welt.

DIE ZWISCHEN-WELT: DIE WELT DER MITTEL UND DER INSTRUMENTE

Die Qualität einer Gesellschaftspolitik ist nicht zuvor von ihrer Zielsetzung her zu beurteilen, sondern von ihrem Mittel-Einsatz. Die Mittel sind nicht bloß „technischer", sondern meist auch ethischer Natur. Mittel sind nicht einfach wertneutral. Sind Ziel und Mittel zusehr voneinander abgehoben, kann beinahe jedwede Praxis gerechtfertigt werden. Zu fragen ist daher: Wem nützen die Mittel, welche Macht- und Interessengruppen stehen hinter ihnen, welche Kosten- und Schadensfolgen implizieren sie? Was immer wieder übersehen wurde, ist die Tatsache, daß Mittel sich leicht verselbständigen. Viele Mittel, die die Alte Welt erfunden hatte, um ihre Probleme zu lösen, haben nur andere, zum Teil größere Probleme geschaffen.

Die Fortschritte in der medizinischen Technik und der pharmazeutischen Industrie waren Mitverursacher der Bevölkerungsexplosion und der wachsenden Zahl dahinsiechender Menschen im Greisenalter. Der Fortschritt in Naturwissenschaft und Technik intensivierte die Gewalt und die Häufigkeit von Katastrophen; die Hebung des Lebensstandards für breite Schichten von Menschen führte zu einer zunehmenden Zerstörung der Öko-Sphäre; der Versuch, den äußeren Frieden zu sichern, hatte die Entwicklung nuklearer, chemischer und bakteriologischer Waffensysteme und die Overkill-Rüstung zur Folge.

Wenn die Mittel nicht zu Selbstzwecken aufrücken sollen, dann muß in den eingesetzten Mitteln das zu erreichende Ziel maßgebend und sichtbar sein. Andernfalls wird es durch die Perversion der Mittel nicht nur hinfällig, sondern zerstört.

Für die Neue Welt ist klar: Wir können mit schlechten Mitteln Gutes nicht erreichen. Um Happiness und Beständigkeit zu erzielen, wird die perfekte Entsprechung von Mittel und Ziel konstruiert. Das Ziel bestimmt nicht nur den Einsatz der Mittel, und die Welt der Mittel dient nicht nur dem Ziel, sondern der breite Kanon der Mittel und Instrumente ist in sich das Ziel, verkündet und realisiert die Neue Welt als Glückseligkeit.

SOMA – DIE PHARMAKOLOGISCH HERGESTELLTE GLÜCKSELIGKEIT

„Soma nimmt dem Menschen vielleicht ein paar Jahre Lebenszeit", erläuterte der Arzt. „Aber bedenken Sie, welche unermeßlichen Zeitlosigkeiten es spendet. Jeder Somaurlaub ist ein Stückchen von dem, was unsere Vorfahren Ewigkeit nannten."

[A. Huxley, Schöne neue Welt, S. 139]

Für viele Menschen der Alten Welt trug das Leben keine positive Qualität und Verheißung in sich. Die Verformung des Daseins, seelische Erkrankungen, Lebenseinschränkungen durch äußere Zwänge und Behinderungen, Flucht vor der Härte der Wirklichkeit des Lebens, Zerstörung der Sehnsucht und Glücksverlangen ließ sie zu Drogen aller Art greifen, um den Daseinssinn und Daseinsgenuß pharmakologisch-technisch herzustellen. Das Leben hatte in sich keine Kraft zur Selbstüberbietung; sie mußte im Rausch medikamentös produziert werden. Ja, für viele war die Einnahme von Pharmaka der Weg und der Versuch der Selbstheilung aus Minderwertigkeit und Selbstablehnung, für andere war es Lust am Abenteuer, Todesfaszination oder Prestige-Zuwachs im Rahmen der Peer-Gruppe (der Menschen, mit denen ich mich vergleiche), für andere Steigerung der Erlebnisfähigkeit als Antwort auf eine Innen- und Außenwelt, die als leer und tot erfahren wurde. Sie tranken „ungeheuer viel Alkohol" (59), „spritzten sich Morphium ein und schnupften Kokain" (59).

Die Neue Welt befreite die Menschen von den sie zerstörenden Drogen, der Selbsttötung auf Raten, und erfüllte ihr Glücksverlangen: „Zweitausend Pharmakologen und Biochemiker erhielten einhundertachtundsiebzig nach Ford Forschungsmittel aus öffentlichen Geldern . . . Sechs Jahre später wurde das ideale Rauschmittel bereits fabriksmäßig hergestellt . . . Euphorisierend, narkotisierend, angenehme Halluzinationen weckend . . . Alle Vorzüge des Christentums und des Alkohols, ohne die Nachteile . . . Urlaub von der Wirklichkeit nehmen, wann immer man will, und dann wieder in den Alltag zurückkehren, weder von Kopfschmerzen noch von Mythologie geplagt" (59f).

Soma wurde geboren, die Oase der Seligkeit, die Droge, die mit allen anderen Drogen jede Sorge, Angst, depressive Grundstimmung, aber auch „Bosheit und schlechte Laune" (65) verbannte. „Alle Pein wird Schall und Rauch, machst von Soma du Gebrauch" (216). Soma: die größte Errungenschaft des Weltstaates, ein Wesensbestandteil der neuen Weltordnung.

Soma – vom griechischen Wort ‚soma' – Leib-Sein – belebt das sinnliche Dasein. Es ist die beatitudo artificialis, die künstliche Glückseligkeit, die pharmakologisch erzeugte Lust des Daseins.

Soma ist die gemachte Transzendenz: Das Wagnis, über den Abgrund in Gott hinein sich einzulassen, ist ausgelöscht zugunsten eines Trips innerhalb einer sich verlängernden Endlichkeit. Soma spendet „unermeßliche Zeitlosigkeiten" (139). „Nur die Blume des Jetzt blüht rosig" (99): die Lange-Weile. Die Zeit ist ihr eigenes Absolutes geworden. Soma, das ist ein „Stückchen Ewigkeit" (139), die die Zeit verkürzt, in sich aufzehrt. Die Dimension der

„Ewigkeit" ist ein Fluchtraum, sich aus der Zeit zurückzuziehen ins bloße Vergessen.

Die Menschen gehen nun auf „Somaurlaub". „Einen Urlaub von der Wirklichkeit nach dem anderen zu nehmen" (138), ist jetzt möglich geworden. Der nahtlose Übergang von der Wirklichkeit in die Irrealität. Die leidlose Bewußtseinserweiterung. Der Mensch kann ohne Wagnis der Selbstentäußerung und ohne Selbstüberbietung im Sinne eines Reifens in die Tiefe behaglich bei sich selbst sein. „Zwei Gramm genügen für einen Ausflug in die Pracht des Orients, drei Gramm für eine dunkle Ewigkeit auf dem Mond" (61).

Der neue Mensch ist immer beansprucht und gebraucht, er zweifelt deshalb nie daran, daß sein Leben sinnvoll ist. Wenn dennoch „eine Lücke in der ununterbrochenen Folge (des) Zeitvertreibs sich auftut, ist immer Soma zur Hand, das köstliche Soma" (61), der Stoff des Festes als Pause zwischen den Alltagszeiten, der jede Vereinsamung überwindet.

Das Somafläschchen ist der Ort des Glücks. Glück und Lust sind möglich geworden in Ausklammerung der personalen Freiheitstiefe und aller Verantwortung seiner selbst und des Nächsten. Die Menschen lassen sich in die „durchglühte, farbenfrohe, unendlich gütige Welt des Somarausches" (78) entrücken und fühlen sich geborgen. Die Paare lassen sich in der „seligen Unkenntnis der Nacht" (78) nicht in die Nacht los, sondern in die rauschhafte Welt des Soma. Ihr Licht sind nicht die „bedrükkenden Sterne" (78), sondern der „schützende Schirm von Lichtreklamen" (78) der Lusttempel. Sie sind im Gefühl eins mit allen. „Wie nett, wie schön und hinreißend unterhaltsam alle Menschen zu sein schienen" (78)!

Früher galt: Ich kann die Freude nicht direkt anzielen. Lust ist Ausfluß eines guten Lebens, ist Folge praktizierter liebender Freiheit. Wenn du dich überwunden hast, geduldig gewachsen bist, dich rechtschaffen, lauter, wahrhaftig und tugendhaft verhalten hast, bringt das Freude und Friede. Eine solche Praxis entbindet die tiefste Lust. Die tiefste Freude ist eine ganzheitliche Freude, die dem Menschsein des Menschen entspricht.

Jetzt gilt: Das neue Glück wird direkt angezielt, nicht auf dem Weg des Wachstums der Freiheit, sondern durch den Gebrauch von Soma. Mit ihm erzielst du jede gewünschte Gestimmtheit. „Immer ist Soma zur Hand, um Ärger zu besänftigen, einen mit seinen Feinden zu versöhnen, Geduld und Langmut zu verleihen. Früher konnte man das alles nur durch große Willensanstrengung und nach jahrelanger harter Charaktererziehung erreichen. Heute schluckt man zwei, drei Halbgrammtabletten, und damit gut! Jeder kann heutzutage tugendhaft sein" (206). In soma-seligen Fordtagsfeiern und Eintrachtsandachten tauchen die Menschen in eine glückselige Welt ein – in Übereinstimmung aller mit allen. In diesem pharmakologisch erzeugten Ich-Wir-Wir-Ich-Prozeß werden sie alle ihre Probleme los, sich selbst und die anderen. Kraft Soma können die Menschen ein Fest feiern – die Selbstlosigkeit als Wirhaftigkeit: Ich komme mit anderen zusammen, nicht personal, sondern durch ein pharmakologisch vermitteltes Zwischen, nicht durch ein Ich-Du-Wir, sondern ein chemisches Medium des technischen Weltwerkes, das alle Ungewöhnlichkeit im somatischen Tausch von Ich-Du-Wir ausgleicht und so entindividuiert die beständige Universalität des Ganzen sichert.

Überall dort, wo Gefahr droht, daß sich das System in Erstarrung stabilisiert oder in Unbeständigkeit abgleitet, dient Soma als Ausgleichsregler, um ein Optimum zwischen Stabilität und Wechsel zu garantieren. Selbst die Ordnungskräfte sind gewaltfrei geworden. Sie sind das beste Anschauungsbeispiel für die verwirklichte Einheit von Ziel und Mittel im Weltstaat. Droht öffentliche Unbeständigkeit, wie die durch Michael ausgelöste Revolte der Deltas, so pumpt die Polizei Somadämpfe in die Luft und verschließt die Menschen in seligen Betäubungsmitteln. Die rührende, zarte Stimme aus dem „Synthetofon" verstärkt die Rückkehr zur Vernunft und die Einkehr in die Eintracht und den Frieden im Herzen. „Nach zwei Minuten hatten die Stimme und die Somadämpfe ihre Wirkung getan. Unter Tränen küßten und umarmten die Deltas einander . . . Sogar Helmholtz und der Wilde waren den Tränen nahe . . . Unter den überströmenden Segenswünschen der Stimme zerstreuten sich die herzzerbrechend schluchzenden Dutzendlinge. ‚Lebt wohl, meine über alles geliebten Freunde, Ford sei mit euch! Lebt wohl . . .'" (187).

Soma ist das Ereignis, daß grundsätzlich jeder Mangel durch das Pharmakon aufgehoben werden kann. Es ist die hergestellte Selbstvergessenheit, die Ausleerung des Ich in pharmakologisch erzeugter Ich-Gewinnung und Wir-Gründung. Der Mensch in seiner Daseinsdichte, die gemeinsame Freiheit in ihrer personalen Struktur, das Geheimnis des Unbedingten im Bedingten ist gelöscht.

DAS VERZWECKTE SPIEL

„Seltsam", meinte der Direktor im Weitergehen, „seltsam, wenn man bedenkt, daß man zur Zeit Fords des Herrn für die meisten Spiele nicht mehr als ein paar Bälle, ein, zwei Holzprügel und höchstens noch ein Netz verwendet hat. Eine unglaubliche Dummheit, die Leute schwierige Spiele spielen zu lassen, ohne dadurch den Verbrauch zu erhöhen. Wahnsinn! Heutzutage gestatten die Weltaufsichtsräte die Einführung eines neuen Spiels nur, wenn nachgewiesen wird, daß dazu mindestens ebenso viele Teile gebraucht werden wie für das komplizierteste der schon gebräuchlichen Spiele." Er brach ab.

[A. Huxley, Schöne neue Welt, S. 41]

Spiel ist unverzwecktes, lebendiges Dasein. Es ist kein ausgesonderter Bezirk neben oder über der Lebenswelt, keine Oase neben oder über der wissenschaftlich-technisch-ökonomischen Arbeitswelt, sondern eine Wirklichkeit, in der das befreite Selbstsein der Menschen gründet und sich aufbaut. Das Spiel ist tragender Grund und Sinnziel der Lebens- und Arbeitswelt. Das Spiel ist die Daseinsform des Festes, der Raum, in dem die Gleichheit aller in ihrer Unvergleichlichkeit offenbar wird, der Friedensort, an dem die Begierde sich beruhigt und die Herr-Knecht-Dialektik durch die Freund-Freund-Beziehung in den Tod geführt ist.[45]

Die Neue Welt ist eine Welt voller Spiele: erotische Spiele, elektromagnetischer und Hindernisgolf, Zentrifugalbrummballspiele, Rolltreppenkegelbahnen, Ferngucker, Turnfeste mit Vereinigungschören, Riemannsches Feldtennis, Super-Stereo-Ton-Farben-Fühlfilme mit synchronisierter Duftorgelbegleitung, Casino-Klubs.

Das Spiel hat in der Neuen Welt den Charakter der Unverzweckbarkeit verloren, alles Gratis ist gelöscht. Das System verordnet die Spiele. Das Spiel ist vernotwendigt, verzweckt – reines Instrument geworden. Zum einen ist das Spiel den Gesetzen der Ökonomie unterworfen – zum Zwecke der Steigerung des Konsums der dazugehörigen Sachen. Das Spiel muß Aufträge abwerfen, die Leistungen herausfordern.

Zum andern teilen die Spiele selbst Befehle aus, die den Spielenden neue Verpflichtungen auferlegen: Sie sind eine Produktionsstätte des Sollens. Sie unterstehen dem Gesetz des Sollens, sind an den Befehl gebunden, jenen Instanzen ausgeliefert, die etwas haben wollen. Dadurch entartet das Spiel im Grunde zur Leistung. Das Spiel kann sich von sich selbst her nicht entfalten. Spielräume der Gelassenheit sind nicht um ihrer selbst willen freigegeben. Im wahren Spiel wächst dagegen eine enorme Leistung gerade aus dem unverzweckten Einsatz des Spiels.

Im wahren Spiel ist der Vollzug von Notwendigkeit (Spielregeln) und Freiheit (Spontaneität der Spielenden) untrennbar eins. In der Neuen Welt löst sich das Gesetz durch den Befehl vom Tun ab. Das Spiel wird Mittel zur Produktion eines Sollens. Die Freiheit wird vernotwendigt unter dem Schein von Gelassenheit und Gelöstheit.

Dies wird offenbar bei den erotischen Spielen der Kinder. Die Pflegerin bringt einen Jungen herbei, der keine Lust hat, sich an den üblichen erotischen Spielen zu beteiligen, dem Befehl zum Spielen nicht nachkommt, das Spiel nicht leisten will, sich dem Sollen entzieht – also muß er krank sein. Er unterwirft sich nicht seinem Glück: dem genormten Zwang zum Liebesspiel. Kommt die innere Freiheit zum Durchbruch – tut man nicht, was man im Spiel tun soll –, dann liegt etwas „Abnormes" vor. Der Junge kommt zum „Unterpsychosorger" (42).

Im Zentrifugalbrummballspiel werfen die Kinder einander den Ball nicht zu. Je eines ist aktiv im Werfen, aber es wirft ins „Gestell", das den Ball beliebig herausschleudert. Unvorhersehbar ist nur, aus welchem Loch der Ball kommt. Die Kinder vollziehen die Bewegung der Maschine, nicht die des Partners mit. Einer wirft, die anderen warten, um aufzufangen –, bewegen sich aber nicht mit dem Werfenden. Das Zwischen als die Mitte, in der Werfen und Fangen im Spiel ineinander verlaufen, ist gebrochen durch das „Gestell".

Werfen und Fangen sind nicht mehr im Vis-à-vis von Mensch zu Mensch situiert. Letztlich bleibt jeder im Spiel allein mit sich, da das „Zwischen" als Mitte der Spielenden durch das maschinelle System ersetzt ist. Die Wahl des Partners geschieht nicht vom Werfenden her, sondern durch das Loch, das den Ball ausspuckt.

Die erotischen Spiele der Kinder sind analog zum Spiel durch Spielmaschinen zu sehen. Das menschliche Leibsein wird durch gesellschaftlich verordnete „Liebesspiele" zum Mittel entfremdet. Der Geschlechtsleib ist punktuell auf die Genitalfunktion fixiert. Der Geschlechtsleib, in dem sich die konkrete Freiheit von Mann und Frau allseitig – nicht bloß durch die isolierten Sexualorgane – aussagt, ist vom Kern der Person abgetrennt und wird dadurch Mittel des verordneten Spiels.

Das Liebesspiel ist vom Wesen her Spiel zweier Freiheiten; in der Freiwilligkeit der Einheit von Halten und Loslassen ergibt sich Zärtlichkeit gleichsam von selbst. Im – verordneten – Liebesspiel – „Such dir einen andern Spielkameraden!" (42) – ist das Spiel unter dem Vorzeichen von Sollen und Befehl ein „freies Funktionieren" geworden. Was immer aus der spielenden Notwendigkeit der Freiheit erwächst, wird der Notwendigkeit des psychologischen Gesetzes – „Das muß man in einem bestimmten Alter machen!" – unterworfen.

Weil der Mensch dem Menschen durch den Tod der Imaginationskraft und der schöpferischen Phantasie spielend nichts zu sagen hat, muß die defekte Kreativität durch fortschreitende Perfektion der Spielmittel ersetzt werden. Die technische Kompliziertheit in ihrer Differenziertheit setzt schon festgelegte Möglichkeiten voraus, die, wenn sie einmal durchgespielt sind – der Apparat durchschaut ist –, zur Erschöpfung des Spiels, zur Langeweile führen. Sie müssen daher durch noch komplexere Mittel ersetzt werden.

„Heutzutage gestatten die Weltaufsichtsräte die Einführung eines neuen Spiels nur, wenn nachgewiesen wird, daß dazu mindestens ebenso viele Teile gebraucht werden wie für das komplizierteste der schon gebräuchlichen Spiele" (41).

Schwierige Spiele sind mit erhöhtem Mittelbedarf gekoppelt. „Vor" dem Spielanfang liegt die notwendige Mittelbeschaffung, das Brauchen, der Zweck, die Absicht, das Habenwollen, damit nicht die „Spontaneität" des Einsatzes erfinderisch macht. Die individuelle Wurzel des Spiels im einzelnen Spieler und im lebendigen Wir der Spielenden ist zum Zwecke der Systemerhaltung erstickt worden. Dafür müssen die Menschen der Neuen Welt ihr Leben nicht mehr vertrauend aufs Spiel setzen.

DIE SANFTE TYRANNEI DER HYGIENE

*„Je zivilisierter, desto ste-
rilisierter", sagte ich ihnen immer wieder. Und
„Hopp, hopp, hopp! Ba-
zillchen lauf Galopp!
Hier bei uns gedeihst du
nimmer, marsch ins Klo
und Badezimmer!" wie zu
kleinen Kindern. Natür-
lich verstanden sie kein
Wort.*

[A. Huxley, Schöne neue Welt, S. 112]

Eine hygienisch saubere, keimfreie Atmosphäre kenn-
zeichnet das Dasein des Weltstaates in allen Dimensionen. Von Glas, Nickel und Porzellan leiht sich das kalte
Licht seine Farbigkeit.

Die Menschen sind von allem Schmutz erlöst: Alles Dunkle, Unklare, Unfaßliche ist ins rationale Licht gehoben,
rein geworden, gewaschen, gereinigt, schuldlos, selbstge-
wiß, klar, durchschaubar. Denn der Schmutz stört; diese
Störung muß beseitigt werden.

Der Schmutz erinnert uns an die körperlichen Ausscheidungen: an das Koten und Harnen. Er erinnert uns an
die Leiche – den in einer bestimmten Zustandsform gehal-
tenen Kot. Die Leiche erinnert an den Tod, den Zerfall,
erinnert daran, daß die gesamte Existenz des Menschen
zu Dünger zerfällt, daß das ganze Leben in Zerfall – in
Abfall – einmündet. Der Schmutz symbolisiert das Leben
in seiner Verknüpftheit mit Zerfall, Zerstörung und Tod.

Der Schmutz symbolisiert die Verunreinigung des Ideals,
des Vollkommenen, des Perfekten. Es ist die Seite, in der
das Ganze des Lebens als Nichts erscheint.

Allein das „Reine" ist durchschaubar, das Schmutzige ist
dunkel, unklar, bedrohlich. Im Schmutz lauert ein Ge-

fahrenherd. Er verunmöglicht mir, klare Grenzen zu ziehen. Er ist ein Zeichen dafür, was mir lästig ist. Er ist der Inbegriff des Negativen: dessen, was ausgesondert werden muß. Er ist das Wissen von Rein-Gut (Freund) und Unrein-Böse (Feind). Das Gute ist das, was manipulierbar, was in das System einfaßbar ist; das Böse ist der Schmutz: das, was sich nicht rationalisieren, durchschaubar machen läßt.

Von daher meine Reserve gegenüber allen Menschen, die meinem Wissensbild vom Menschen, meinen Kategorien, Einteilungen, Schematismen nicht entsprechen. Sie sind nicht durchschaubar. Es sind die „schmutzigen" Menschen. Von daher auch meine Angst vor den Elenden, den Siechen, den Behinderten, die mich abstoßen. Ich spüre instinktiv, wenn ich stehenbleibe, wenn ich mich diesen Menschen nähere, dann habe ich meiner Selbstbehauptung zu sterben, dann führt mich das Elend dieser Menschen in eine Welt, die nicht mehr die meine ist, nicht mehr meinem Programm entspricht; sie stehen meiner Selbstverwirklichung im Weg.

Schmutz ist die existentielle Metapher für all das, was mich selbst quält, nicht aufgearbeitet ist, der Schmutz, als den ich mich selbst fühle, das, was mich an mir stört, was mir an mir selbst fremd ist, was ich an mir nicht begreife, mir dunkel ist, unter dem ich leide. Schmutz stört, er ist mit Ekel und Angst verknüpft; er beansprucht meine Wandlung, die mit Schmerzen und Leiden verbunden ist. Ich möchte von ihm befreit werden.

Deshalb erlebten in der Alten Welt nicht nur diejenigen einen Boom, die den Seelenschmutz durch Psychoanalyse und Psychotherapie zu bekämpfen suchten,[46] sondern erfuhr auch jene Politik einen Aufschwung, die den Menschen versprach, sie von allem Parasitären zu erlösen, den Asozialen, den Nicht-Angepaßten, den Asylanten, Einwanderern, den Gebrechlichen und Behinderten.

In allen Herrschaftsformen der Alten Welt war es nicht nur der Gegner und Feind, sondern der schmutzige Feind, der zu bekämpfen war. Ob das Faschismen, despotische Sozialismen oder ob dies Demokratien waren: eine übermächtige Rolle spielte die selbstverständliche Figur des schmutzigen Gegners, des Ungeziefers.

Hitlers Erfolg beruhte mit-entscheidend in der Mobilisierung der Schmutzabwehr in den aufsteigenden Schichten der damaligen Zeit – den Kleinbürgern. Wer sie sammeln und zum Handeln motivieren konnte, war Machthaber. Es war nicht zuvor die Idee des Tausendjährigen Reiches, sondern der Kampf gegen das Ungeziefer, der Kampf gegen die „sowjetischen Untermenschen" und die „plutokratischen Juden", der die Menschen zusammenschweißte. Dieser Sumpf, dieser Morast mußte trockengelegt, die fauligen Keime in der Erbmasse des Volkes mußten rassenhygienisch ausgemerzt werden.

Der Herrschaftskitt des Stalinismus nährte und stabilisierte sich vor allem im Kampf gegen den Schmutz, der Ausmerzung aller stinkenden Reste der Bourgeoisie. Die positive Zielvorstellung, der Aufbau der klassenlosen Gesellschaft, diente vornehmlich als Vehikel, die Zwangsmittel der Macht in ihrer Reinheit und Unabdingbarkeit erscheinen zu lassen.

Für die im schlimmsten Sinn erfolgreichen Systeme war die Utopie nur Hilfskonstruktion, eine Selbst- und Fremdtäuschung. Nicht sie – die Utopie – vermittelte die tiefste Motivations- und Antriebskraft, sondern die Feindschaft, ja der Haß gegen die schmutzigen, asozialen, parasitären anderen. Der Schmutz ist – eben – das Unbeleuchtete, er „ruht" auf der Hinterseite des Bewußtseins. Dies macht den rationalen Umgang mit ihm so beschwerlich. Dieses Dunkel wird erst in der Gestalt eines Erlösers erhellt. Er weist den Weg – in die Reinheit. Er konkretisiert den Schmutz zum Gegner und Feind. Er befreit, indem wir mit dem Gegner und Feind auch unseren eigenen Schmutz loswerden.

In den Demokratien war mit einer Politik der Ausgrenzung und des an den Rand Drängens der Andersartigen und Fremden beträchtlicher Erfolg zu erzielen. Das Entscheidende war nicht das Interesse am Menschen, sondern das Interesse an dem, woran er litt, was er nicht wußte, was ihn quälte.

Erfolgreicher Politik und erfolgreichem Management ging es nicht darum, „Schmutz" sichtbar zu machen, Wege vorzuschlagen, um mit ihm kunstvoll und gewaltfrei umgehen zu lernen –, dann würde er sich ja möglicherweise aufgelöst haben –, es ging vielmehr darum, ihn für bestimmte Macht- und Profitinteressen zu instrumentalisieren.

So wurde etwa Herrschaft in der expansionistischen Phase der Alten Welt auf „kalte" Weise bewirtschaftet. „Kalt" – das hieß etwa im Herrschaftssystem eines durchrationalisierten Unternehmens strenge Berechenbarkeit. Die Emotionen bis hin zu den Wutausbrüchen und dem Feuern von Mitarbeiten waren streng kanalisiert. Den Gegnern der herrschenden Rationalität war mit „Hygiene" zu begegnen – mit Säuberung: durch Ausgrenzung und Ausschließung.

Schmutz war die sinnliche Erfahrung dessen, was nicht zu wissen gelungen ist: das Nicht-Wissen um die „Kälte" der Herrschaft. Schmutz nahm daher überall dort zu, wo Herrschaft in ihrer „kalten" Bewirtschaftung am stärksten ausgebildet war.

Um das Leiden am Schmutzigsein und um die Sehnsucht nach Reinheit wußte auch die Werbung. Sie versprach Abhilfe: Sprays und Parfums für alle Körperöffnungen und – Ausscheidungen: Mund- und Aftersprays; immer noch weißer waschende Waschpulver für alle Wasch- und Hygienezwänge; Kondome für reinen und gesunden Sex; parfumierte Deponien für alle Abscheidungen und Abfälle – wie Luxusliner und Ferienparadiese; Pharmaka gegen allen Seelenschmutz und gegen jeden Verfall von Schönheit.

ERLÖST VON ALLEM SCHMUTZ „Hygiene" – das ist reines Glück. Die Menschen sind von allem Schmutz gereinigt. Die „Verschmutzung des Daseins" in der Alten Welt ist aufgelöst in die „Hygiene der Existenz" in allen Lebensdimensionen.

Das Auseinanderklaffen zwischen der Beherrschbarkeit, Berechenbarkeit und Verwaltbarkeit der Wirklichkeit in einem bis dahin nie gekannten Ausmaß und der Sinnlichkeit der Wahrnehmung von Ungewißheit, Fremdheit, des Chaotischen, des Störenden, des Unbegreiflichen – dies war in der Alten Welt eine der Hauptursachen für das Anwachsen der Angst und des Leidens am Schmutz.

Alles Unvorhersehbare und Undurchschaubare ist jetzt ausgeschaltet. Die Gesellschaft kann ihr hygienisch reines, von Debilen und Asozialen unbeschmutztes Leben leben – in ungestörter Beständigkeit, in ungebrochener Einheitlichkeit und in einer Gemeinschaftlichkeit, die nichts Fremdes zuläßt. „Je zivilisierter, desto sterilisierter" (112).

Der neue Mensch ist der saubere, schatten-lose Mensch. Er hat nichts Schmutziges mehr an sich – weder materiell noch moralisch. Es ist die Welt des gnostischen Puritanismus: der allseits entschuldigte Mensch.

Der Mensch ist befreit von aller Mühe, sich selbst zu erkennen, die Schattenseite seiner Existenz, die er nicht beleuchtet, sondern ausgeblendet hat, in einem gewaltfreien Umgang mit sich selbst zuzulassen und anzunehmen. Er ist befreit von aller Mühe, ein Leben zu gestalten, das mit weniger Selbstzwängen und weniger Fremdzwängen auskommt.

„Wo die Reinlichkeit am größten, ist Fords Hilfe am nächsten" (104). Das Gold und seine Reinheit – dies ist eines der Symbole der Neuen Welt. Das Gold schaut das Leben nicht im Modus des Lebendigen, sondern des Toten an, symbolisiert das hygienisch saubere Leben. Gold stinkt nicht, es gaukelt in Überbrückung von Geburt und Tod eine Scheinewigkeit vor. Das bleibende Gold, das dem Werden und Vergehen, dem Schmutz der Vergänglichkeit entzogen ist. Gold – das ist die Welt der Banken. Deshalb geht's in den Geldtempeln auch so sauber und hygienisch zu.

Der Schmutz ist das Minderwertige, all das, was das Leuchten verhindert, die eigene Darstellungskraft mindert – der Unwert. Das saubere, blitzende Gold verdeckt und verdrängt, was der Mensch in seiner Geschöpflichkeit immer auch ist – ein Mensch, der des Erbarmens bedürftig ist.

So überrascht es auch nicht, daß in der Neuen Welt von den Tieren kaum die Rede ist. Die Tiere erinnern an das Animalische, das Schmutzige. Die gesamte Ohnmacht der Sterblichkeit, des Vergehens, die Schmerzerfahrung kommt in der Tierwelt viel deutlicher und intensiver zum Ausdruck als in der Pflanzenwelt. Die Leidenschaftlichkeit, die Fortpflanzung der Tierwelt erinnert an die

fleischliche Zeugung durch Eltern und das Ausgetragen-
werden im Bauch einer Mutter, erinnert an den Zusammenhang der Zeugungs- und Gebärungsorgane mit den
Harnorganen.

Heute wird man in einer sterilen, hygienischen Welt er-
zeugt und geboren. „Fleisch" kommt nur mehr in der
Form der Glückspille vor. Soma = Leib = das hygienische
Glück.

DAS VERZWECKTE BEWUSSTSEIN

*„Die beste Gesellschafts-
ordnung", sagte Mustafa
Mannesmann, „nimmt
sich den Eisberg zum
Muster: acht Neuntel un-
ter der Wasserlinie, ein
Neuntel darüber."*
*„Und sind die unter der
Wasserlinie glücklich?"*
*„Glücklicher als die dar-
über."*
[A. Huxley, Schöne neue Welt, S. 194]

Freiheit ist Selbstbestimmung im Bestimmtwerden

Freiheit ist Selbstbestimmung im Bestimmtwerden. Der
Raum, in dem die Freiheit des Menschen sich entfaltet, ist
in vielfacher Weise bereits bestimmt und vorgeprägt, vorgeprägt und bestimmt durch seine biologisch-genetische
Mitgift, bestimmt und geprägt aber auch durch die gesell-
schaftlich-kulturelle Umwelt, die familiären, ökonomischen und politischen Strukturen.
Eine der bedeutendsten Aufgaben des Weltstaates besteht
darin, diese Freiheit in solche Spielräume einzupassen,
die – mit Notwendigkeit – Happiness und Beständigkeit
garantieren.
Die Konstrukteure der Neuen Welt erfüllen diese Verpflichtung in der Weise, daß sie sich als „Biologisten" und
„Kulturisten" zugleich erweisen.
Sie prägen die Menschen nicht nur bis in ihre phylo-gene-
tischen Tiefen hinein, sondern sie ergänzen diese Prägung durch eine nachgeburtliche Normierung. Die
Machthaber der Neuen Welt wissen um die Macht der
Umwelteinflüsse auf die Menschen. „Ist Ihnen denn nicht

eingefallen, daß ein Epsilonembryo auch eine Epsilonumwelt, nicht nur eine Epsilonerbmasse haben muß" (28)? Der ganze Mensch – genetische Ausstattung und kulturelle Umwelt – muß unter Kontrolle gebracht werden, soll das Werk gelingen.

DER VERZWECKTE SCHLAF

Die nachgeburtliche Prägung erfolgt in den Kinderheimen der Neuen Welt. Das Ziel der psychischen Normierung ist die sittliche Bildung des Menschen. Die Mittel dazu sind die bereits erwähnte Anreiz-Schock-Methode und insbesondere die „Hypnopädie". „Hypnopädie ist das beste Mittel zur Stärkung der sittlichen und sozialen Gefühle, das es je gegeben hat" (39).

Der Technik der Hypnopädie, der Schlafschule, liegt das Prinzip der „unterbewußten Überredung" zugrunde.[47] Die individuell- wie kollektiv-orientierte Prägung hat sich auf einem möglichst tiefen psychischen Niveau in der Weise zu vollziehen, daß ein wie selbstverständlich sich entfaltendes Verhalten der Menschen ein reibungsloses, ungestörtes Funktionieren garantiert.

Als wirksamster Weg für diese Manipulation bietet sich der Schlaf an. Denn im Schlaf ist das Kind ungeschützt und ohne Widerstand den Eingebungen des Weltstaates ausgesetzt. Man versetzt die Kinder in einen leichten Schlummer und beträufelt sie – wie mit „Tropfen flüssigen Siegelwachses" (39) – mit sich ständig wiederholenden, anschaulichen und unmittelbar einleuchtenden „Einflüsterungen", „bis schließlich der Geist des Kindes aus lauter solchen Einflüsterungen besteht und die Summe dieser Einflüsterungen den Geist des Kindes bildet.

Und nicht nur den des Kindes, auch des Erwachsenen – zeit seines Lebens" (39).

Der Schlaf wird vom Weltstaat vernutzt und verzweckt. Zugleich ist er eine Wundstelle, die versiegelt werden muß. Im Schlaf lösen sich die Profile des wachen Bewußtseins auf, verschwimmen die Konturen, unversöhnliche Gegensätze gehen ineinander über, geraten in Auseinandersetzung. Es ist der Raum des Nächtig-Unverfügbaren, der Verborgenheit, der Unfaßlichkeit. Begriffe und Gedanken verlieren ihre ein- und ausgrenzende Kraft. Die tag-hell-habbaren Dinge entziehen sich; das Aus- und Nebeneinander lösen sich auf. Jeder ist bei sich selbst und zugleich eingelassen in die weite Tiefe des Unbewußten. Aus ihm tauchen Fragen auf, brechen Wünsche auf, von denen man tagsüber nicht spricht; Bilder erwachen, die die Selbstgewißheit des wachen Ich nicht zulassen will. Es kommen Dimensionen zum Vorschein, die im Zustand des Wachseins mit-gelebt, aber in ihrem eigenen Gewicht und Anspruch verdeckt und verdrängt werden.

Ich kann mich in den Schlaf loslassen aus Verzweiflung, um den Tag in seiner Unerträglichkeit zu vergessen zu suchen, um mich in ihm zu vergraben in der Hoffnung, daß er wohltuendes Vergessen schenkt. Ich kann den Schlaf als den Bruder des Todes zu lieben beginnen, „weil er das endgültige Nichts, das ewige Verlöschen schon heute vorwegnimmt".[48]

Der Vertrauend-Schlafende dagegen überläßt sich gelöst dem Schlaf, verklammert das Morgen nicht mit dem Heute durch ruheloses Wachen, sondern vertraut, daß aus jeder Nacht ein Tag dem anderen den Neubeginn zuruft, Neues und Überraschendes möglich ist. Der Schlafend-Vertrauende entspannt sich in der Ruhe des Schlafes, erholt sich, kehrt ins eigene Wesen zurück, sammelt sich aus der Vielheit in die Einheit, weil er nicht nach dem Morgen süchtig ist, sondern der Verheißung als erfüllter Gegenwart vertraut.

Schlafen als Vertrauen heißt: ich kann mich selbst und die Dinge loslassen, ich muß sie nicht krampfhaft beherrschen; Schlafen heißt, darauf vertrauen, „daß der Morgen das Losgelassene wiederbringen wird, sicher reicher, schöner, als es verlassen worden ist".[49]

Vertrauend-schlafend heißt also: vergessen, loslassen, sich anvertrauen, geduldig überlassen, den Morgen nicht vorwegnehmen, die Zukunft erwarten können, Frei-Geben der eigenen Werke und der Welt der anderen. Ich muß mir die Zukunft nicht gewaltsam aneignen, denn da ich mich gewollt, bejaht, gerufen erfahre, kann ich es mir leisten, auf das Haben-Wollen zu verzichten.

Schlaf ist eine Form der kreativen Armut, die aufbricht aus der Erfahrung des Reichseins. Ich muß den Kern meines Lebens nicht durch fortwährende Arbeitsleistung rechtfertigen, das Fundament des Daseins nicht selbst unter die Füße schieben. Ich bin getragen. Deshalb kann ich es wagen, mich „gratis" – „von selbst" – aufzutun.

Dieses „Gratis" ist gefährlich. Deshalb wird auch der Schlaf durch Indoktrination vernutzt und versiegelt. Das Kind im Schlaf ist eine Tabula rasa. Die Nacht wird zum Tag gemacht, der Mensch wird zur Lernmaschine.

Lernen soll er „sittliche Bildung". Die Menschen sind in der sittlichen Prägung ein Stoff; stumm. Der sittliche Anspruch richtet sich nicht mehr an die Vernunft der Freiheit, sondern der kategorische Imperativ kommt aus dem „14. Stockwerk". Die Verhaltensnormierung umfaßt vor allem die Elementarkunde des Geschlechtslebens und die Anfangsgründe des Kastenbewußtseins.

Das Kastenwesen des Weltstaates ist der Garant des hierarchischen Gefüges und der Arbeitsteilung. Die Kastenprägung des Bewußtseins bewirkt die Identifizierung der Menschen mit sich selbst in ihrer Lebensrolle und mit dem gesellschaftlichen Gefüge als ganzem: ich bin ein Alpha, Beta, Gamma, Delta, Epsilon, und ich will nichts anderes sein. Es sind die Menschen, die „sich im Kastensystem bewegen wie der Fisch im Wasser, sich darin so ganz und gar zu Hause fühlen, daß sie weder ihrer selbst noch des angenehmen freundlichen Elements, worin sie leben, bewußt sind" (69).

Die Identität des einzelnen Menschen – angewiesen auf andere Menschen und abhängig von ihnen – ist verankert in den gesellschaftlichen Bindungen, ist angewiesen auf ein Maß an Bleiben, das nicht beliebig veränderbar ist. Diese Identität ermöglicht die Entfaltung der Gefühls- und Gemütsseite des Lebens. Die Kastenprägung des Bewußtseins schafft das für ein glückliches und beständiges Leben so notwendige Ich- und Wir-Bewußtsein.

Mit der Kastenprägung des Bewußtseins wurden sowohl das Rassen- wie auch das Klassenbewußtsein der Alten Welt und damit alle Formen einer partikularisierten Ich-Wir-Identität überwunden, die die Gesellschaften der Alten Welt in ihren emotional-gefühlsmäßigen Tiefenschichten spaltete und die Ursache für schwere Konflikte bildete.

Die „Biologisten" situierten die Ich-Wir-Identität am Ort des Zur-Welt-Kommens der Menschen, in ihrer unmittelbar-materiellen Geburtsherkunft. Aus dem „nasci", dem Geborenwerden, was von Geburt aus da ist, entsteht die Nation (Ehe und Familie, Stammesgemeinschaft, Volk).

Die Stamm-Nation wurde zum Vater-Land, meinem Erzeuger-Land, aus dessen Mutter-Erde ich hervorging und in deren Mutter-Schoß ich zurückkehre. Wir sind eins in der Mutter-Sprache – die Fremdsprachigen, das sind die anderen. Die Fremdheit wird bestimmt durch die nationale Grenze.

Das ist mein Ursprung, das ist meine Herkunft, das ist mein Anfang: ich bin nicht nur ein isoliertes Ich, sondern ein Ich=Wir:Wir=Ich. Dies ist der Ort meiner eigenen Identität, der Ort, an dem ich mir selbst gegeben bin mit anderen zusammen, die der gleichen Herkunft entstammen, im gleichen Daseinsraum beheimatet sind, ins gleiche Haus gehören.

Und insofern ist alles, was ich für die Stammes-Nation tue, eine Rückkehr zum eigenen Ursprung, eine Art Wieder-Geburt. Für den Ort meiner Geburt gebe ich mein Leben: für die Meinen, für das Blut: das, was in meinen Adern kreist. Der Tod ist eine Heimkehr zu den Ahnen, in die Erde, in der ich gründe, und das Blut, durch das ich lebe. Alle stammlich-nationalen Verhaltensweisen sind Formen einer Regeneration der jeweiligen Nation aus dem Anfang heraus, eine Rückkehr aus der Zerfallenheit in Raum und Zeit in die Einheit = Heimat, Ort des Geborenseins: hier bin ich daheim; hier begegnet einer dem anderen als er selbst. Eine Gemeinschaft der Lebenden und der Toten.

In der Stamm-Nation ist in Verschiedenartigkeit alles Leben enthalten: die ganze Alltäglichkeit, die Geschichte, gemeinsame Leiden und Freuden. In diesem Raum ereignen sich Geburt und Tod. Welt ist präsent: Heimat, Haus, Acker. Der Staat dagegen ist weltlos, eine Verwaltungsapparatur, eine Paß-Identität.

Die Positivität, die besondere Identität der eigenen Stamm-Nation, wird verstärkt durch die Absonderung aus allen Völkern, als Identitätsgewinn gegen die anderen. An der Größe und Macht der eigenen Nation habe ich teil. Meine Unvollendetheit und Leere wird angereichert durch die Integration in das stammlich-nationale Ganze. Der Sieg meiner Stammes-Nation (im Sport, im Konkurrenzkampf, im Krieg) ist auch mein Sieg.

Die „Kulturisten" behaupten, daß es vor allem die Macht- und Herrschaftsstrukturen sind, die die Menschen – in Klassen – spalteten. Die Verfügung über oder der Ausschluß von Machtmitteln und der Machtkontrolle spalte die Gesellschaft in ein Oben- und Unten-Gefüge und präge damit die Weltsicht, das Bewußtsein als Klassenbewußtsein, das Bewußtsein der Zugehörigkeit zu einer Klasse. So rief Karl Marx im Kommunistischen Manifest die Arbeiter auf: Proletarier aller Länder vereinigt Euch – gegen: die Bourgeoisie. Jede Klasse entfalte eine spezifische Bewußtseinslage in Abhebung, ja im Gegensatz zur gegnerischen Klasse. Wir, die Arbeiterklasse . . . ein Wir-Gefühl – eine kollektive Identität – bilde sich heraus.

Sowohl das Rassen- wie das Klassenbewußtsein schufen so etwas wie eine Gesinnungs-, Interessen-, ja Kampfgemeinschaft auf der Basis eines bestimmten Wert-, Normen- und Interessensystems. Während der Rassenkampf zur Vernichtung oder Unterwerfung der fremden Rasse tendierte, implizierte die Strategie des Klassenkampfes nicht nur die Beseitigung der gegnerischen Klassen, sondern kannte auch den Ausgleich über Kompromisse. In beiden Fällen war jedoch die Bindung innerhalb der eigenen Gruppe (Rasse oder Klasse) wichtiger als der Zusammenhalt der Gesellschaft im ganzen, nämlich der aller Rassen bzw. aller Klassen des Gesamtverbandes.

ÜBERLEBENSEINHEIT GEGEN ÜBERLEBENSEINHEIT

Welche Partikularität der Ich-Wir-Identität man immer auch beschwor, auf allen Stufen der menschheitlichen Integration entwickelte sich die Ich-Wir-Identität – wir folgen hier Norbert Elias – mitentscheidend über den Gebrauch von physischer Gewalt in den Beziehungen der Angehörigen einer Gruppe und in Beziehung zu den Nicht-Angehörigen. Die Gemeinsamkeit des Integrationstypus auf verschiedenen Stufen der Entwicklung basierte auf dem Zusammenschluß von Menschen zur gemeinsamen Verteidigung ihres Lebens im Binnenraum ihrer Gruppe und des Überlebens ihrer Gruppe gegen Angriffe von anderen Gruppen oder auch zum gemeinsamen Angriff auf andere Gruppen aus Gründen mannigfaltiger Art.

Auf jeder Stufe der gesellschaftlichen Entwicklung heben die Bindung und Integration von Menschen zu Verteidigungs- und Angriffseinheiten – die Überlebenseinheit – diesen Verband aus allen anderen heraus. Überlebenseinheit stand so gegen Überlebenseinheit.[50]

VON DER BEDEUTUNG DES KOLLEKTIVEN BEWUSSTSEINS

Jede Überlebenseinheit ist eine Prägestätte des Individuums. Der Selbstbehauptungs- und Überlebenswille des Kollektivs sichert sich durch strukturelle Gewalt selbst ab; und die einzelnen Menschen gewinnen ihre geistige Orientierung vornehmlich von den kollektiven Überzeugungen und Normen der Überlebenseinheit her. Die Tendenz, sich die herrschende Meinung anzueignen, ist umso größer, je deutlicher das Fehlen einer eigenen Orientierung und eines gesicherten eigenen Standpunktes erfahren wird.

Mitwelt und Umwelt bilden für den einzelnen Menschen eine Erkenntnis- und Erfahrungsgemeinschaft zu gegenseitiger Ergänzung und Bereicherung, aber auch zu negativ-manipulativer Beeinflussung. Eigenerkenntnis und Eigenerfahrung leben daher wesentlich aus der gesellschaftlichen Gesamterkenntnis und -erfahrung als dem geschichtlichen Produkt der Intersubjektivität und Kommunikation der Erkenntnis und Erfahrung aller. Das Bewußtsein der Menschen ist daher immer schon gesellschaftlich vermittelt. Das gesellschaftlich vorgegebene Grundmuster nennen wir das kollektive Bewußtsein. Dieses kollektive Bewußtsein ist so wirkmächtig, daß es oft die spontanen Bewußtseinsprozesse der Menschen prägt und bestimmt, was für wirklich (= wahr) gehalten wird. Der Grund für diese Anpassung an den gesellschaftlich vorgegebenen Orientierungsraster liegt vor allem darin, daß negative Formen der Bindung wesentlich leichter eingegangen werden als positive, in denen der einzelne in seiner Verantwortung, Eigenständigkeit und Freiheit herausgefordert ist.

Im Grund hat der Mensch immer Angst, aus dem Eingebundensein ins Kollektiv heraustreten zu müssen; er will im gesellschaftlichen Uterus eingefügt bleiben. Da das Heraustreten des einzelnen aus der Bindung des Kollektivs den „Tod" des Kollektivs, den Untergang der Überlebenseinheit bedeuten könnte, richtet sich der selbstische Lebenswille des Kollektivs gegen den „Außenseiter". Derjenige, der nicht gehorcht, wird gesellschaftlich nicht anerkannt, er wird vom „System" nicht akzeptiert, vor die

Mauern der Stadt gejagt, ein Gegenmensch, dessen Beziehungen zu anderen abreißen; er wird ein Fremder, er steht nicht mehr im Prozeß des Austausches, wird sprach-los und verstummt; der Mensch „stirbt" in Vereinzelung, Absonderung und Angst.

Die Angst vor der Entwurzelung, die Trennungsangst, die Angst vor einer sich selbst verantworteten Freiheit führten zu partikularen Identifikationsprozessen mit anderen – der Peer-Gruppe oder zu pervertierten Weisen des Eins-Seins mit anderen („wir, die Auserwählten, die Berufenen, die Vertreter der Wahrheit").

„Mit den Wölfen heulen", sich in das Kollektive „man denkt" und „man tut" zu flüchten oder zu schweigen, erscheinen als die treibende Kraft, die aus Furcht, die Anerkennung der Mitmenschen zu verlieren oder Nachteile in Kauf nehmen zu müssen, diesen Prozeß der Anpassung auslöste.

Jede Macht- und Herrschaftsgruppe hatte aus sich selbst die Intention, den Bewußtseinsprozeß der Menschen so zu steuern, daß die Menschen aus dem herrschenden Wert- und Normensystem jene Folgerungen ableiteten, die die Zielsetzungen der Machthaber nicht nur nicht bedrohten, sondern nach Möglichkeit mit ihnen übereinstimmten.

DIE NEUE WELT ALS PRÄGESTÄTTE DES BEWUSSTSEINS
•

Die Bewußtseinsprozesse der Bürger der Neuen Welt bis in ihre seelischen Tiefenschichten hinein zu erfassen, ist auch die Intention der Konstrukteure der Neuen Welt. Ziel war es vor allem, die in der Alten Welt so konfliktreichen, ja zerstörerischen Rivalitätsbeziehungen zwischen den einzelnen Klassen und Rassen, zwischen den einzelnen Überlebenseinheiten, durch das Kastengefüge und das Kastenbewußtsein in einem harmonischen Miteinander zu versöhnen.

DIE EINHEIT DER GEGEN-MENSCHEN   Das grundlegende Unterscheidungsmerkmal der Kasten ist das Intelligenzniveau. Ein Farbencode markiert einem ungeschriebenen Gesetz gleich die einzelnen Kasten, sodaß in ihrer Identifizierung auch kein Irrtum entstehen kann.
Das freie Verhalten der Kastenmitglieder wird zu einem Reiz-Reaktions-Muster herabgesetzt. Die Epsilons „sind zu dumm zum Lesen und Schreiben" (38). Ihr Können ist normiert. Aber gerade diese normierte Dummheit macht meinen Unterschied zu ihnen als Alpha oder Beta aus. „Außerdem tragen sie Schwarz, und das ist eine abscheuliche Farbe. Oh, wie froh bin ich, daß ich ein Beta bin" (38), das heißt, daß ich gerade nicht so bin wie die anderen. Die Gegenwart des anderen erfahre ich in negativer Andersheit, von mir ausgeschlossen. Ich bin unfähig, die Andersheit des anderen positiv (liebend, sein-lassend) zu bejahen. Für den anderen bin auch ich ein Nicht-Ich: der Ausgeschlossene andere.
„Alpha-Kinder tragen Grau. Sie arbeiten viel mehr als wir, weil sie so schrecklich klug sind. Oh, wie froh bin ich, daß ich ein Beta bin und nicht so viel arbeiten muß" (38f)! „Wärst du aber ein Epsilon, dann wärst du dank deiner Normung ebenso froh, kein Beta oder Alpha zu sein" (76). Die eigene Positivität wird vor dem Hintergrund negativer Andersheit erfahren: schrecklich klug, dumm. Jeder ist froh, nicht der andere zu sein.
Das jeweilige Ich wird stabilisiert durch die Negation des anderen. Und das normierende System koordiniert die Pluralität der Geprägten.

Die Einheit von Sollen und Wollen   Der Weltstaat konstruiert mit der Kastenprägung des Bewußtseins die Einheit von Freiheit, Wille und gesellschaftlichem Sein, und zwar dadurch, daß „der urteilende, begehrende, abwägende Verstand" identisch ist mit der Summe der Einflüsterungen des Weltstaates (39) und die sittliche Bildung so „unter keinen Umständen eine verstandesmäßige" (38) ist.

Denn der Verstand fragt immer noch: „Was soll ich tun?" Er kann sich irren oder die Entscheidung aussetzen. Die Entscheidung ist immer noch offen, sie kann so oder so ausfallen. Der begehrende Verstand ist der Willkür der subjektiven Begierde unterworfen; der urteilende Verstand setzt immer noch beim Ich als dem Maß des Urteilens an und ist so der Willkür und Laune des einzelnen ausgesetzt; und der abwägende Verstand kennt immer noch das Wagnis, das Risiko und das Leiden an der Entscheidung.

Der sittlich handelnde Mensch ist also derjenige, der im Sinne der Einflüsterungen des Weltstaates gleichsam automatisch moralisch handelt, dem das, was er sein soll, in Fleisch und Blut übergegangen ist. Die Kastenprägung des Bewußtseins ist damit die notwendige Ergänzung der sittlichen Bildung als Einheit von Glück und Tugend. Der Einheit von Glück und Tugend entspricht die Einheit von Sollen und Können. Der Einheit von Bewußtsein und „Einflüsterungen" des Weltstaates entspricht die Einheit von Sollen und Wollen: Mein Geist will, was er soll. Der urteilende, begehrende, abwägende Verstand i s t die „Einflüsterungen". Die Einheit von Subjekt (die Kastenmenschen) und Objekt (= die Einflüsterungen als die objektive Tugendlehre des Weltstaates) ist vollzogen. „Und alle diese Einflüsterungen sind *unsere* Einflüsterungen . . . Einflüsterungen des Staates" (39f): Der Mensch ist sein eigener Hypnotiseur, Objekt seiner Suggestionen geworden. Was aus ihm herauskommt, hat „er" (in der Form des „Staates") in sich hineingelegt. Dies ist die neue soziale Selbstkonstitution der Vernunft des Menschen, der sein Autor, Spieler und Souffleur geworden und doch völlig der Herrschaft des staatlichen Systems unterworfen ist, mit dem er sich identifiziert. Auch hier zeigt sich: die Menschen sind ihr eigener Herr und Knecht zugleich geworden. Die Weltaufsichtsräte als neue Programmierer, die die ethisch-sittlichen Regeln dem Bewußtsein der Menschen einprogrammieren, konstruieren somit das kollektive Bewußtsein des Gemeinwesens.

Die Ungleichheit der Gleichen

Mit dem Kastengefüge und der Kastenprägung des Bewußtseins heilt die Neue Welt auch einen Gegensatz, an dem die Alte Welt gescheitert ist: Gleichheit und Ungleichheit der Menschen für das gesellschaftliche Ganze und die einzelnen Menschen selbst fruchtbar zu machen. Das Beharren auf der Ungleichheit hatte die Spaltung der Gesellschaft in eine Reichtums- und eine Armutszone, Freiheit für wenige und Unfreiheit für die vielen zur Folge. Das Beharren auf der Gleichheit ließ sich am besten in der Form gleicher Unfreiheit für die meisten verwirklichen, tötete jede Kreativität und Spontaneität, tötete das Leben.

Soll dieser Gegensatz überwunden werden, ist die Verwirklichung der Gleichheit der Menschen in der Verschiedenheit ihrer Individualität und Personalität zu erreichen. Das je Eigene darf nicht übersprungen werden. Gleichheit darf nicht die personale Eigenständigkeit, die

Unvergleichlichkeit der Individuen auslöschen, sondern wird nur dort verwirklicht, wo Gleichheit und Verschiedenheit der Personen zugleich berücksichtigt werden.

Die Verwirklichung dieses Zieles setzt einen gesellschaftlichen Lernprozeß voraus, das Wagnis und Risiko einer konkreten Kooperation, in der jeder dem anderen das gleiche Recht so einräumt, daß jeder auch das Anderssein des anderen und damit auch die Unvergleichlichkeit des Rechts der Freiheit ernstnimmt.

Von dem Wagnis und Risiko einer solchen Kooperation und Kommunikation befreit die neue Welt die Menschen, indem sie die Einheit von Gleichheit und Ungleichheit durch das Kastengefüge und die Kastenprägung des Bewußtseins herstellt: Alle Menschen sind – „chemisch-physikalisch gleich" (75) – der Notwendigkeit des Systems unterworfen; alle Menschen sind – ungleich – in der Vielfalt der Kasten aufgehoben. Jeder ist durch Normung „er selbst". Alle haben dieses Verfügtwerden als ihr höchstes Glück lieben gelernt.

Das gilt zumindest für die Betas, Gammas, Deltas und Epsilons. Ob das auch für die Alphas gilt, ist die Frage. Denn Alphas sind „unabhängige Persönlichkeiten mit erstklassiger Abstammung und einer Normung, die ihnen, in gewissen Grenzen, gestattet, Willensfreiheit zu entfalten und Verantwortung auf sich zu nehmen" (193). Kann denn die Unterscheidung von den niedrigeren Kasten übersehen lassen, daß zwischen den Angehörigen der Alpha-Kaste, insbesondere zwischen den zehn Weltaufsichtsräten – sowohl von ihrer Arbeitssituation wie von ihren individuellen Bedürfnissen her –, ein Bedarf an Unterscheidung besteht, der durch die Unterscheidung von anderen Kasten doch nicht gedeckt ist?

Der Weltstaat bleibt verwundbar!

DIE VERRATENE ZÄRTLICHKEIT

„Keuschheit bedeutet Leidenschaft. Keuschheit bedeutet Neurasthenie. Und Leidenschaft und Neurasthenie bedeuten Unbeständigkeit. Unbeständigkeit aber bedeutet das Ende der Zivilisation ohne eine Menge angenehmer Lüste.“

[A. Huxley, Schöne neue Welt, S. 205]

EIN TRAUM IST IN ERFÜLLUNG GEGANGEN

Ein Traum zahlreicher Menschen der Alten Welt ist in der Neuen Welt in Erfüllung gegangen. Die sexuelle Revolution ist endlich angekommen. Die Sexualenergie folgenlos ausleben zu können, ist nicht nur freie Möglichkeit geworden, sondern zur Pflicht gemacht. Denn die sexuelle Triebabfuhr – so die Sexualphilosophie der Neuen Welt – ist durch ihre Luststiftung eine Grundvoraussetzung für ein lustbetontes, spannungsfreies, psychisch gesundes Leben.

Neben dem Tod ist die Sexualität der meist verhandelte, tabuisierte und beunruhigende Gegenstand. Mit ihrem Neonlicht leuchtet die Neue Welt in die dunklen Abgründe der Sexualität. Sie versteht ihre sexuelle Revolution als eine Befreiung der Menschen der Alten Welt aus sexueller Triebunterdrückung und Lustfeindlichkeit mit ihrer Angst, ihren Tabus, ihrer Zwangsmoral, ihrer Sphäre der Heimlichkeit und Verlogenheit. Die Verdrängung der Sexualität war verantwortlich für seelisches Leiden und Unfreiheit, neurotische Störungen und den „autoritären

Charakter" (= nach oben servil, nach unten rücksichtslos).

Die Normierung des Sexualtriebes versteht die Neue Welt aber auch als befreiende Einbindung der Sexualität in ein lustvoll-stabiles Normengefüge für all die Menschen der letzten Jahrzehnte der Alten Welt, die sich aus diesen Sexualzwängen mit ihren dunklen Feldern und ihren Seelenängsten mittels einer suchtartigen Sexualhektik zu befreien suchten. Der Boom des „Dirty sex", der Sex- und Pornoindustrie, des Sextourismus war das äußere Zeichen dieser Mühewaltung, der genitalen Lust zu ihrem Recht zu verhelfen.

Dieser Sexkult führte zu neuen Zwängen und Ängsten: zur Angst, über das gesellschaftlich erforderliche Maß an sexueller Potenz nicht zu verfügen; an Potenzschwäche zu erkranken: emanzipierte Sexualität mußte sich in sexueller Leistung ausweisen; Sexkult führte zur Angst der „Sexualhygiene": Wer kann sich welche Art von Sex leisten (Empfängnisverhütung; AIDS!)?; zur Angst, nicht der richtigen Schule (mit ihren Sexideologien und Sexexperten) zu folgen: Wieviel Sex muß – um gesundheitsbewußt zu leben – praktiziert werden? Welche Art von Sex tut gut und welche nicht? Wann und wieviel wovon? Welche Techniken müssen angewandt werden, um optimalen Sex zu erzielen und drohender Langeweile, einer Triebsättigung, zu begegnen?[51]

Eine verwirrende Fülle von Lehrmeinungen und medizinischen Ratschlägen sorgte für neue Unruhe und Ängste. Das alte Zwangssystem kehrte im Zwang des Ausprobierens und Auslotens von Liebestechniken und körperlicher Mechanik wieder. Durch die Reduzierung der Sexualität auf die Genitalfunktion wurde die verdrängte Leib- und Lustfeindlichkeit wieder nur im Raum des Ver-

drängtseins entbunden. Sie wurde gesteigert, damit aber
ihre Einseitigkeit, ihr Aspektcharakter verschärft, der
Status quo jedoch nicht überwunden.

Die Neue Welt befreit die Menschen aus dem Auf und Ab
von Tabuisierung und Enttabuisierung der Sexualität
durch Normierung. Jugendliche Sexualkraft, sexuelle
Potenz ist bis ins hohe Alter garantiert; die Bürger werden von Kindesbeinen an – mittels der Elementarschule
und Elementarkunde des Geschlechtslebens – durch erotische Spiele und Hypnopädie auf ein kreatives, sponta-
nes, spielerisches Sexualverhalten hin normiert.

Der fortwährende sexuelle Partnerwechsel, die Promiskuität ist verordnet, jeder ist in alle vermischt – „garantiert empfängnisfreier" Lustgewinn. „Unbeschränkte
Paarung" (194). Den Höhepunkt sexueller Lustproduk-
tion bildet die Orgie, die besonders in den Eintrachtsandachten gepflegt wird. Die Notwendigkeit einer stabilen
sexuellen Lustgewinnung erfordert den freien Zwang zur
Koitusleistung.

ZERSTÖRUNG DER ZÄRTLICHKEIT

Um Beständigkeit zu sichern, um dem Risiko und Wagnis
freier sexueller Beziehungen zu entgehen, muß die Sexualität in der Neuen Welt auf die Genitalfunktion reduziert
werden. Ich und Du sind nur in bestimmten Körperregio-
nen füreinander bedeutsam. Sexuelle Begegnung wird zu
einem isolierten Sich-Ausleben in gegenseitiger geistig-
seelischer Abwesenheit bei körperlicher Anwesenheit.
Der Geschlechtsleib von Mann und Frau, in dem sich die
konkrete Freiheit als Mann und Frau allseitig enthüllt,
wird durch das gesellschaftlich verordnete „Liebesspiel"
auf die Sexualorgane isoliert.

Zärtlichkeit, die aus dem Liebesspiel zweier Freiheiten in der Einheit von Nähe und Trennung wie von selbst aufbricht, ist mit der Reduzierung der Sexualität auf die eshafte Zone der Körperlichkeit ausgelöscht.

Das Wagnis der Zärtlichkeit lebt aus der gegenseitigen Zu-Neigung, ist ein erfreuend-reichendes (aktives) und ein einfach-empfangendes (rezeptives) Geschehen, ein gegenseitiges Sich-zum-blühen-Bringen als Mann und Frau in Reife und Frucht. Zärtlichkeit ist ein gegenseitiges Sichanvertrauen: freie Gegenwart füreinander in ihrem Selbstsein, ein Geschehen gegenseitiger Erkenntnis im Sinne wechselseitiger Bereicherung und Vervollkommnung.

Zärtlichkeit bedingt damit aber Dauer, Treue, Innigkeit, Verzicht, ein gegenseitiges Verantworten des Lebens, bedingt den Willen zur Gegenseitigkeit, zur Hingabe, zum Geschenk an den Partner.

Zärtlichkeit meint ein gegenseitig sich freigebendes Sein-Lassen, Jede/jeder hat ihre/seine Zeit, seine Geschichte und Erfahrung. Freisein meint auch Reifenkönnen, Wartenkönnen, dem anderen Zeit lassen, ihm Raum geben – dies alles im Gegensatz zur habenwollenden Begierde.

In einer solchen Atmosphäre der Zärtlichkeit wird der Mensch für den Menschen gegenwärtig, werden seine egoistischen Aggressionen abgebaut, wird nicht nur die genitale Erregung, sondern wird das ganze Sein des Menschen entspannt.

SCHAM UND KEUSCHHEIT ALS WEISEN DER EHRFURCHT VOR DEM LEBEN

Im Raum der Zärtlichkeit hat dann auch die Scham – im Gegensatz zur Prüderie – ihren unaufgebbaren Ort.

Denn in der Scham wird die Geschlechtlichkeit als Ausdrucksgestalt der liebenden Freiheit ernstgenommen: die Ehrfurcht vor dem Geheimnis der Freiheit des anderen. „Verhüllung" nicht als Ausdruck des sich Vorenthaltens, sondern als Bekundung der Verborgenheit des Innen, von dem das Außen lebt.

Das Geheimnis der Personen durchwaltet den ganzen Leib; der Kern, die Mitte des Menschen, ist in jedem Punkt verwundbar. Die Ehrfurcht vor dem konkreten Menschen – mit seinem Leib und seiner Seele, mit allen seinen Gefühlen –, das ist die Scham.

In der Neuen Welt ist auch jede Keuschheit verpönt. Denn „Keuschheit bedeutet Leidenschaft" (205). Der Genormte aber ist leidenschaftslos! Er „leidet" nicht, braucht sich nicht dem zu öffnen und auszusetzen, was Leiden schafft. Er *hat* alles.

Keuschheit meint ursprünglich Raum schaffen für das Dasein und Kommen des anderen. Keuschheit als Begierdelosigkeit: den anderen nicht zur Sache machen, da Begierde immer den Gegenstand voraussetzen muß, nachdem sie begehrt. Keuschheit meint Absage an alles Vernutzen und Verbrauchen. Der „keusche" Mensch gibt den anderen frei, erdrückt ihn nicht durch sich selbst: Ich will, daß du bist. Er nimmt ihn, wie er ist, ohne ihn im Status quo zu fixieren.

Keuschheit meint Verzicht auf Selbstverewigung. Absage an die absolute Selbstverfügung über das Leben in der Annahme des Todes: Man kann leidenschaftlich gern leben und doch auch liebend gerne sterben. Keuschheit als Absage an den linearen Fortschrittswahn jeder Art. Verzicht auf die Selbstvermehrung in den Kindern. Keine Selbstbestätigung in den Erben, in denen man das eigene Leben fortzuspinnen meint. Die Freiheit von heute nicht der Ruhe von morgen opfern: Verzicht auf die gesicherte Zukunft.

Für die Neue Welt aber gilt: „Keuschheit bedeutet Leidenschaft. Keuschheit bedeutet Neurasthenie. Und Leidenschaft und Neurasthenie bedeuten Unbeständigkeit. Unbeständigkeit aber bedeutet das Ende der Zivilisation. Keine dauerhafte Zivilisation ohne eine Menge angenehmer Lüste" (205).

Die Sexualität der Neuen Welt nur die Kehrseite der Alten

In der Alten Welt wurde die Sexualität verdrängt oder zum Sexkult hochstilisiert.

Das verordnete, manipulierte Liebesspiel der Schönen neuen Welt ist nur die Kehrseite dieser Verdrängung. Im Zustand des verdrängten Sexus in der Alten Welt war der Mensch auf das Tabuisierte, das Ausgeblendete, Negierte fixiert. Jetzt – in der Neuen Welt – ist der Mensch auf das Verdrängte in der Form der Genitalfunktion fixiert. Früher war er einer verschrobenen Moral unterworfen, jetzt dem Sollen der manipulierten Emanzipation – dem verfügten Glück. Deshalb ist das neue Plus nur die Kehrseite des alten Minus.

Das gilt auch für den Sexkult der Alten Welt mit seinem Suchtcharakter. Er blieb auf die es-hafte Zone des Körperlichen beschränkt und war nur eine Funktion der Selbstdurchsetzung und eine Ausbeutung des anderen. In der verbindlich-unverbindlichen Austauschbarkeit der Partner bleiben auch die sexuelle Trieberfüllung und Triebregulierung im Normengefüge der Neuen Welt der Außenseite der Sexualität verhaftet.

Geschlechtlichkeit wird in der Schönen neuen Welt nicht dem individuellen Reifungsprozeß überlassen, sondern die Neue Welt präpariert schon das Kind auf sein Erwachsensein hin. Im verordneten Liebesspiel kann nichts mehr reifen, wachsen, erwartet werden. Das Geschehen der Zärtlichkeit ist eliminiert.

DIE FASZINATION DER ORGIE

Menschliche Existenz ist immer auch sexuelle Existenz. Die ungeheure Faszination der Sexualität für den Menschen liegt im Erfaßtsein durch den Lebensstrom und das Eintauchen in diesen Lebensstrom. Es ist die genetische Dynamik der Fortpflanzung und damit der Kampf des Lebens gegen den Tod, die Macht der Selbstbehauptung des Lebens, es ist das Leben als eine kosmische Macht, Kraft und Energie, das dieser Faszination zugrundeliegt. „Ich bin Leben, das leben will, inmitten von Leben, das leben will" (A. Schweitzer).

In dieser Faszination wurzelt auch die Bedeutung des Orgasmus, speziell in der Weise der Orgie. Die Orgie bildet das Herzstück des Kanons der Lust- und Affektentladung in der Neuen Welt.

Der Orgasmus ist eine Weise des Transzendierens über mich selbst hinaus auf das Du hin ohne einen Rückbezug auf mich selbst: ein Außer-sich-Sein im Sinne der Ichgewinnung und des Ichverlusts.

Orgasmus ist eine Erfahrung der Einheit von Leben und Tod: Selbststeigerung im Sichvergessen, die Dialektik von Ichgewinnung und Ichverlust – beide in Einheit. Die höchste Potenz des Sichgewinnens im Dasein ist zugleich selbstvergessendes Sichverlieren – ein Untergehen im Lustrausch.

Der Orgasmus als Orgie ist zum einen ein Außer-sich-Sein, um mich im Vernutzen der anderen/des anderen

selbst zu gewinnen, zum anderen hat diese sexuelle Entäußerung auch etwas von der Liebesentäußerung an sich:
ein Sich-selbst-Vergessen, ein „Sterben" meiner selbst.
Die Liebe will sich ja hingeben; Liebe will Liebe schaffen;
„Er hielt an seiner Liebe nicht fest, sondern entäußerte
sich": die Liebe sucht nicht das Ihre. Darin liegt auch die
große Verführungskraft der sexuellen Lustgewinnung der
Orgie.

Der Orgasmus als Orgie ist die Suche des reinen Lustge-
winns: eine rauschhafte, emotionale Aufgipfelung, in
der der Mensch vom Gefühl her ganz zur Sprache
kommt. Er meint Ekstase: Ich bin nicht mehr in mir ein-
gesperrt; ich stehe in Beziehung, ich bin nicht mehr einsam, ich bin nicht mehr allein. Ich komme durch den anderen meiner selbst zu mir. Ich bin im anderen meiner
selbst bei mir, und der andere ist in mir bei sich selbst:
Jeder ist im anderen bei sich selbst: eine Weise der Einheit von Ich=Wir : Wir=Ich.

Der Orgasmus als Orgie ist so auch eine Weise der Ewigkeitserfahrung – das macht ihn auch so faszinierend. Er
ist Vollzug des „ewigen Lebens" (Ich=Wir : Wir=Ich) in
der Zeit. Einwohnen im anderen: eins sein. Das ist die
Aufhebung der Zeit. Das ist das Jetzt, das Nun. Keine
Vergangenheit, keine Zukunft: alles zieht sich zusammen
in ein Jetzt, ein Nun. Das ist eine Ewigkeitserfahrung auf
der psychophysischen Ebene. Alle Lust will tiefe, tiefe
Ewigkeit. Sie will bleiben, dauern – ein Transzendieren
von Raum und Zeit. Die reine Lust als eine Pseudo-Ewigkeit in der Zeit. Ich bin aus der Zeit heraus – und damit
alle Probleme dieser Zeit los: Ich bin mich selbst los; die
anderen, die mir lästig sind; ich bin alles los. Die Orgie als
die totale Problemlösung.

In diesem enthemmten Sinn kann ich Sexualität nur genießen, wenn ich das Bewußtsein des bevorstehenden Todes verdränge. Enthemmte Sexualität ist ein Mittel zum Zweck der orgiastischen Produktion von Pseudo-Ewigkeit: absolute Selbsterfüllung, Ekstase, über sich selbst hinaus, sich loslassen, eins werden mit dem anderen, All-Einheit, großes Vergessen, Rausch der Spontaneität, künstlich erzeugte Selbst-losigkeit.

Der Mensch lebt in der Sehnsucht nach Vollendung, nach dem Unendlichen – aber in zerbrechlichen Gefäßen. Das Streben nach dem Orgasmus als Orgie ist ein Streben nach Selbsterlösung – auf der Ebene der schlechten Unendlichkeit. Denn jeder Orgasmus kennt einen Anfang (Geburt) und ein Ende (Tod). Es ist eine fruchtlose Vergeblichkeit, im Orgasmus das Heil, die Erlösung zu suchen. In der Selbstauflösung in der Orgie sucht der Mensch nochmals monologisch sich selbst und fällt auf sich selbst zurück – gerade auch in der pseudosozialen Gestalt des Ineinandertauchens der Körper. „Und wenn sie ihre Leiber hingäben zur Zeugung der Kinder, hätten aber die Liebe nicht, so wären sie nichts."

Die Lustgewinnung in der Weise des Orgasmus als Orgie in den Eintrachtsandachten der Neuen Welt ist das Symbol der leeren Produktivität. Der Mensch will nicht mehr seinsmäßig wachsen in der Weise einer liebenden Selbstbejahung. Sexualität ist entartet in den Genuß einer leeren Produktivität. Das ist aber ein Todesphänomen. Die Lust der reinen Selbstwiederholung ist ohne Kraft, sich selber im Mehrsein qualitativ zu steigern, d. h. im ursprünglichen Sinn: Frucht zu bringen; sie ist eine Form von Hingabe und Außer-sich-Sein, die nicht fruchtet, ein Sterben des Samenkorns, ohne Frucht zu bringen. In allen Orgien ist immer eine tiefe Vereinsamung gegeben, weil sie ein völlig apersonales Geschehen ist: eine Mechanik wie der ökonomische Produktionsprozeß. Es ist der Rausch des Sichverlierens, ein Untergehen ohne Selbstmitteilung. Hingabe ohne Gabe. Tausend Mittel werden eingesetzt (biologische, psychologische Techniken), um diese Ekstasen zu erzeugen – das Phänomen der Produktion um der Produktion willen.

Ich will mich, dich und das Kind nicht verantworten: die reine Lust. Die Flucht vor mir, vor dir und dem Dritten – auch implizit vor der Welt. Das Leben will sich noch einmal „kosten", ohne sich selbst zu bejahen.

Das Leben ist sich selbst Ausbeutungsobjekt für die eigene Lust, ohne die Kraft zu haben, sich zu bejahen und anzuerkennen. Das Leben will etwas aus sich hervorbringen, über sich hinaus. Aber es will nicht über sich hinaus durch die Bejahung des Wachsens im Wesenhaften, im Sinne des Fruchtbringens, sondern rauschhaft, weil dies nichts kostet. Es peitscht sich auf in Ekstasen, in denen es ganz in sich gefangen bleibt. Es ist ein Scheinwachstum. Die ekstatische Sich-selbst-Gleichheit: ohne Frucht. Dies ist ein Todesphänomen, weil es sich leer in sich selbst wiederholt. Es ist ein Rauschmittel wie die Droge.

DIE PERVERSIONEN DER LIEBE

Hinter dieser Weise der Lustgewinnung steht eine tiefe Verzweiflung. Abgetrennt von der Liebe ist die Lustgewinnung Verzweiflung oder Langeweile: die Wiederkehr des immer Gleichen. Daher die Sucht nach Abwechslung. Das bringt dann auch die sexuellen Perversionen hervor. Alles muß immer raffinierter werden.

Die sexuellen Perversionen sind nur negativ rekapitulierte Liebesweisen. Wenn die sexuelle Liebe als das Geschen der Zärtlichkeit, als dieses Geschehen des gegenseitigen Sichanvertrauens (Nähe/Bejahung – Trennung/ Loslassen; Empfangen und Geben: Teilen) nicht gelebt wird, wird sie eben vollzogen in der Perversion der Liebe. Die pervertierte Wiederkehr der geleugneten Zärtlichkeit. Da die Liebe unendlich ist, ist auch das Feld der Perversion unendlich. In der Liebe vertraut sich ja einer dem anderen an. Wenn sich das nicht positiv vollzieht, dann eben negativ: statt gegenseitigem Sichanvertrauen das aggressive Inbesitznehmen (Sadismus) und das aggressive Sich-in-Besitznehmen-Lassen (Masochismus).

Lust verkoppelt sich mit Gewalt: das Sichaneignen des anderen oder der Wunsch, vom anderen angeeignet zu werden in der Begierde. Die Lustgewinnung um der Zerstörung meiner selbst oder des anderen willen. Lustgewinn auf der Basis der Gewalt, der Zerstörung des Menschseins des Menschen.

MACHT UND SEXUALITÄT

Jedes Gemeinwesen hat eine unterschwellige Angst vor der diffusen, virtuell gewalttätigen Macht der Sexualität, witterte und wittert die Gefahr einer ungezähmten oder allzu stark gezähmten Geschlechtlichkeit. Gleichzeitig stehen und standen Sexualgebote und -verbote immer im Zusammenhang mit spezifischen Herrschaftsverhältnissen.[52]

Macht im Sinne von Herrschaft, die nicht freigibt, die sich nicht als Dienst bewährt, bedarf immer verfügbarer Subjekte. Ein Subjekt ist in dem Maße verfügbar, wie es sich auf sachhaft-dingliche, es-hafte Daten, Registratur, eindeutige Definitionen reduzieren läßt. Je undurchschaubarer es ist, je weniger rational faßlich, d. h. aber von der Macht aus gesehen, je emotionaler, affektgeladener es ist, umso mehr entgleitet es der vom Machtsystem geforderten Durchsichtigkeit und Erkennbarkeit, desto unfaßlicher ist es.

Sexualität ist aber ihrer Struktur nach immer ekstatisch, emotional bestimmt. Sie tendiert auf Entgrenzung. Außerdem ist die Beziehungswirklichkeit im Bereich des Sexuellen und Erotischen für das System immer schwer faßlich; das Seelische entgleitet ihm. Darin lauert für das System die Gefahr einer durch Sexualität gegebenen irrationalen Verunsicherung.

Zur Kanalisierung der Sexualität bieten sich für das Machtsystem – vor allem – zwei Strategien an:

Sexualität wird verobjektiviert: nicht mehr Ausbau von Freiheit und Liebe, sondern bestimmter Liebestechniken und körperlicher Mechanik. Regulierung im Sinne überschaubarer Vermarktung und Kommerzialisierung: der Markt ist kalkulierbar.

Oder die Sexualität wird dosiert zum Zwecke der völligen Integration ins System. Die Macht will die Öffentlichkeit ihrer Subjekte zum Zwecke der Kontrollierbarkeit dessen, was sich abspielt. Die sexuelle Dimension ist aber eine private. Deshalb wird Sexualität zum Zwecke der Entprivatisierung der Subjekte stark reguliert. Je weniger Freiheitsspielraum im System gegeben ist, umso sicherer ist das System.

Ein geheimer Riß bedroht das ganze Abenteuer der Sexualität. Aus Angst vor ungehemmter Lust- und Affektentladung sexueller Triebenergien entwarf und entwirft jedes Machtsystem ein differenziertes Regelwerk, um Triebentfaltung und Triebbefriedigung zu kanalisieren – aus welchen Motiven auch immer.

Die sexuelle Liebe ist im Sinne des Geschehens von Zärtlichkeit etwas zutiefst Schönes. Sie spricht von der tief inneren Anziehung zum anderen und dem Wunsch nach innerlicher Intimität mit ihm, vom Wunsch, die Frucht dieser Liebe weiterzuschenken – einem Kind das Leben zu schenken.

Befriedet und positiv integriert kann die Sexualität nur in jenen stetigen Beziehungen werden, in denen wir das Gutsein des anderen wünschen, in den Gesten der Güte, des Wahren, des Schönen – der Zärtlichkeit. Die befriedete Sexualität bedarf deshalb auch einer Gemeinschaft, einer Mit- und Umwelt, die Sexualität im Sinne des Geschehens der Zärtlichkeit wertet. Sexualität als Suche nach Intimität und Bindung, als ein Wachsen der Beziehungsfähigkeit, ein Wachsen des gegenseitigen Sichanvertrauens.

Es ist daher auch unsinnig, gesellschaftliche Konflikte lösen zu wollen, indem man sie auf neurotisch-sexualisierte Akte reduziert und Einrichtungen für die Enthemmung der Sexualität schafft, die sich vor der Entspannung gewissermaßen nur aggressiv entladen zu können schien. Nicht durch diese manipulative Entäußerung bricht die Freiheit durch, wird der soziale Bezug konfliktfreier, sondern nur dadurch, daß die Menschen sich einlassen in den Raum der Zärtlichkeit als den Raum des sich gegenseitigen Anvertrauens und Überlassens, indem die Partner um ihrer selbst willen einander begegnen.

Aggressive Sexualität ist ja im Grunde nur das Spiegelbild der Angst vor der eigenen Leere, das Bedürfnis, geliebt zu werden, jemanden anzuziehen, um die eigene Leere auszufüllen und nicht isoliert zu bleiben: die Sehnsucht nach Vollendung, nach einem Heil- und Ganzsein, nach

Geborgenheit, nach Unendlichkeit. Da das sexuelle Geschehen den ganzen Menschen in seiner ganzen Tiefe ergreift, ist der Mensch in diesem Geschehen auch so tief verwundbar und verletzbar. Rasche, beliebige, vorübergehende sexuelle Beziehungen ohne jede Zärtlichkeit und Innerlichkeit, ohne Bindung und Treue verwunden und verletzen den Menschen, enttäuschen, vereinzeln und isolieren ihn immer tiefer. Die aggressive Sexualität ist deshalb auch – eben weil sie so tief verletzt und verwundet – mit einer diffusen Schuldhaftigkeit belastet.

Sexualität muß deshalb verantwortet werden. Verantwortet gegenüber mir selbst, gegenüber dem Nächsten, gegenüber dem Gemeinwesen.

DIE ZIVILRELIGION DER NEUEN WELT

„Nennen Sie es die Schuld der Zivilisation. Gott ist unvereinbar mit Maschinen, medizinischer Wissenschaft und allgemeinem Glück. Man muß wählen. Unsere Zivilisation hat Maschinen, Medizin und Glück gewählt. Darum muß ich diese Bücher in einem Stahlschrank verschlossen halten. Sie sind Schmutz und Schund. Die Leute wären empört, wenn –" Der Wilde unterbrach ihn. „Aber ist es denn nicht natürlich zu fühlen, daß es einen Gott gibt?"

[A. Huxley, Schöne neue Welt, S. 203]

GOTT – EIN KONSTRUKT DES MENSCHEN

Gott ist nichts anderes als der heile Spiegel der unheilen Welt einer bestimmten Epoche der Menschheit – unabhängig davon, ob er existiert oder nicht. „Höchstwahrscheinlich gibt es einen" (203). Das ist die Hauptaussage des Weltaufsichtsrates zur Gottesfrage. Er verweist auf die verschiedensten Bücher, die von Gott sprechen. Diese Bücher „handeln davon, wie Gott vor Hunderten von Jahren war, nicht, wie er heute ist" (201). „Gott ändert sich doch nicht", sagt der Wilde! „Aber die Menschheit" (201), antwortet der Weltaufsichtsrat.

Die Menschheit schafft sich je anders ihren Gott, ihr Gottesbild. Gott ist ein Gemächte der Menschen, ein Lückenbüßer, nichts anderes als die vorgestellte Kehrseite eines Grundmangels der Menschen.

Dieser Grundmangel äußert sich in der Grundangst des Ausgeliefertseins, des Unbehaustseins des Menschen in der Welt, in der Angst vor dem Morgen, in den Erfahrungen der Grundrisiken des Lebens: Tod, Gewalt, Hunger, Schuld, Leid, Einsamkeit, in einem ungestillten, unendlichen Bedürfnis.

Den Grundmangel menschlicher Existenz, sagt der Weltaufsichtsrat, haben wir beseitigt. Deshalb hat sich auch die Gottesfrage erledigt. Die Menschen schauten in „Gott" im Grunde nur den verjenseitigten Inbegriff ihres nicht-bejahten Lebens in der Weise der Schönen neuen Welt. Nachdem die Menschen mit der Konstruktion der Neuen Welt die totale Sinngebung wagten, ist Gott auch kein Thema mehr, „ist das religiöse Gefühl überflüssig" (203).

Für den Weltaufsichtsrat ist Gott eine Funktion des menschlichen Selbstverhältnisses und der Selbsteinschätzung irdischer Macht; er ändert sich mit den Menschen. Das Sein ist nur ein Reflex des Werdens.

Um seine Position zu begründen, zitiert er Kardinal Newman und Maine de Biran.[53]

„Wir gehören ebensowenig uns selbst, wie unsere Habe uns gehört. Wir haben uns nicht selber erschaffen" (201), sagt Kardinal Newman. „Wir sind nicht Herr über uns. Wir sind Gottes Eigentum. Liegt nicht eben darin unser Glück, die Sache so zu betrachten? Liegt Glück oder auch nur der leiseste Trost in der Annahme, daß wir uns gehören? Die Jungen und Erfolgreichen denken vielleicht so. Ihnen mag es als etwas Großes erscheinen, daß alles, wie sie glauben, nach ihrem Kopf geht; daß sie von niemand abhängen, daß sie es nicht nötig haben, an etwas, das sie nicht vor Augen haben, zu denken, und von dem lästigen Zwang befreit sind, immerdar die Bestätigung anderer einzuholen, immerdar zu beten und ihr Tun ständig mit dem Willen eines andern in Einklang bringen zu müssen. Allein mit der Zeit erkennen sie gleich allen Menschen, daß Unabhängigkeit nichts für Menschen ist, daß sie ein unnatürlicher Zustand ist, mit dem man eine Weile auskommt, daß sie uns aber nicht heil bis ans Ende geleitet . . ." (201f).

Solange man jung ist und erfolgreich, freut man sich noch an der Freiheit, ungebunden zu sein von einer „fremden Macht", von der Willkür eines fremden Willens, frei zu sein zu produktiver Selbstbestimmung, das Leben autonom entfalten und ausgestalten zu können, ohne es auf einen absoluten Verwalter ausrichten zu müssen.

Je älter man wird, desto mehr beginnt man an dieser Unabhängigkeit zu leiden, wird die Freiheit zur Last, die Hände bleiben leer, man erfährt den Grundmangel menschlicher Existenz: die Ohnmacht, die Schale der Freiheit selbst zu füllen. Man empfindet die Autonomie immer mehr als einen „unnatürlichen Zustand", d. h. man entdeckt die eigene Ohnmacht und Hilflosigkeit als ein Existential des menschlichen Daseins und sehnt sich nach einer Macht, die einem das Reich- und Vollendetsein überantwortet. Der Mensch entdeckt Gott. Diesem Gott ist es zugedacht, die leeren Hände zu füllen.

„Meine eigene Erfahrung hat mich überzeugt", so Maine de Biran, „daß das religiöse Gefühl . . . sich immer mehr entwickelt, je älter wir werden, und zwar weil die Leidenschaften sich beruhigen, weil Phantasie und Sinne weniger erregt und erregbar sind und dadurch unser Verstand weniger verworren arbeitet, von Phantasiebildern, Wünschen und Zerstreuungen, in denen er sich früher verlor, weniger verdunkelt wird. Und da tritt Gott wie hinter einer Wolke hervor. Unsere Seele fühlt und sieht den Urquell allen Lichts und wendet sich ihm zu, aus natürlichem Trieb und unvermeidlich, denn nun, da alles, was der Sinnenwelt Leben und Zauber verlieh, uns entgleitet, nun, da unser Dasein in der Welt der Erscheinungen nicht länger durch innere oder äußere Eindrücke gestützt ist, fühlen wir das Bedürfnis, uns an etwas Bleibendes zu lehnen, das uns niemals betrügt, – an eine Wirklichkeit, eine unbedingte, unvergängliche Wahrheit. Ja, unvermeidlich wenden wir uns zu Gott, denn das religiöse Gefühl ist seinem ganzen Wesen nach so rein, so köstlich für die Seele, die es erlebt, daß es uns für alle andern Verluste entschädigt" (202).

Gott ist also bloßer Ersatz, die Funktion, den Menschen vor dem Vergehen zu retten, ihm die Angst vor dem Tod zu nehmen, die Mängel des Alterns zu kompensieren. Gott kommt hervor als Sicherheits- und Trostvorgang für meine wachsenden Abhängigkeiten.

Der Weltaufsichtsrat vergleicht die Errungenschaften der Neuen Welt mit dem Gottesbild Newmans und Maine de Birans und kommt zum Schluß: „,Man kann von Gott nur unabhängig sein, solange man sich der Jugend und des Wohlergehens erfreut; Unabhängigkeit geleitet den Menschen nicht heil bis ans Ende.' Nun, und jetzt haben wir Jugend und Wohlergehen bis zum allerletzten Augenblick. Was folgt daraus? Offenbar, daß wir von Gott unabhängig sein können. ‚Das religiöse Gefühl entschädigt uns für alle Verluste.' Wir aber erleiden keine Verluste, für die wir entschädigt werden müßten; demnach ist das religiöse Gefühl überflüssig. Und wozu sollten wir einem Ersatz für jugendliche Triebe nachjagen, wenn der jugendliche Trieb nimmer aufhört? Einem Ersatz für Zerstreuungen, wenn wir uns bis ganz zuletzt an den alten

Narreteien erfreuen? Wozu brauchen wir Ruhe, wenn unser Geist und Körper weiter in Tatkraft schwelgen? Wozu Trost, wenn wir Soma haben? Wozu etwas Bleibendes, wenn es die Gesellschaftsordnung gibt?" (202f.)

Die Abwesenheit Gottes – ein Segen für die Menschheit

Gott offenbart sich – so der Weltaufsichtsrat – „verschiedenen Menschen auf verschiedene Weise". In der Alten Welt, „in den vormodernen Zeiten offenbart er sich als das Wesen, das in diesen Büchern beschrieben wird. Heute . . . durch Abwesenheit. Als gäbe es ihn nicht" (203).

Was den Menschen von diesem Gott her entgegentönt, das wurde vorweg von des Menschen eigenen Interessen und Vorstellungen diktiert. Das Gesetzbuch der Götter „ist letztlich von den Organisatoren der menschlichen Gesellschaft diktiert. Die Vorsehung läßt sich von den Menschen soufflieren" (204). Daran hat sich auch in der Neuen Welt nichts geändert.

Die Offenbarung Gottes in der Weise seiner Abwesenheit herzustellen, ist vor allem aus zwei Gründen eine Notwendigkeit: zum einen, um eine der grausamsten Ursachen für den Krieg zu beseitigen – die Religion; zum anderen aber, um Mensch und Gesellschaft von der Überforderung und dem ungestillten, unendlichen Bedürfnis zu befreien, das mit der Annahme eines Gottes verbunden ist.

Gott ist Gift für die Neue Welt. In der Neuen Welt gehört der Mensch dem Menschen; er ist keinem unbedingten Vorweg mehr ausgeliefert, er verdankt sein Dasein sich selbst. Die Sorge für das Heil der Menschen wird der Religion entzogen und der Politik anvertraut.

EINE WELT OHNE RELIGIONSKRIEGE Vor der Zeit des absoluten Willens der Menschen zu Selbst- und Weltbejahung, wie er in der gut-konstruierten Gesellschaft zum Ausdruck kommt, war die Existenz der meisten Menschen gespalten. Das Leben zerfiel für sie in zwei Hälften: in eine ohnmächtig-schwache, die sie sich selbst zurechneten, und in eine mächtig-starke, die sie als „Gott" anbeteten. Die verschiedenen Weltreligionen entstanden als Ausdruck und als Antwort auf diese Schizophrenie der Existenz. Jede Religion meinte, über das Ganze der Wahrheit in ihrer Fülle zu verfügen. Sie vertraten ihre Wahrheit mit unbedingtem Geltungsanspruch, erklärten die anderen nicht selten zu Feinden im Sinne von Un- oder Untermenschen. Um die Wahrheit – oft im Kleide der Herrschaft – zu rechtfertigen, wurde behauptet: Wir sind die Heilsgemeinde der Auserwählten, die Partei Gottes.

„Vor dem Neunjährigen Krieg gab es einen sogenannten Gott" (200) – als die absolute Vollendung von Wahrheit und Schönheit. Aber „was nützen Wahrheit oder Schönheit oder Wissen, wenn es ringsumher Milzbrandbomben hagelt"? (198)

„Gott offenbart sich verschiedenen Menschen auf verschiedene Weise", sagt der Weltaufsichtsrat. Die verschiedenen geschichtlichen Formen der Offenbarung wurden zum Maßstab der Präsenz des Unbedingten in der Welt gemacht: Wir sind die einzig legitime Macht des göttlichen Willens und erklären dadurch auch den heiligen Krieg. Immer wieder erschlugen sich die Menschen im Kampf um die wahre Offenbarung. Sie machten sich zum Herrn über Gott: Wir sehen Seine Geheimnisse ein. Wir wissen, was zu sein hat. Wir haben die Einsicht. Im übrigen steht alles in den heiligen Schriften. Deshalb kennen wir auch genau den göttlichen Willen. Weil die vertikale

Verbindung zu Gott exklusiv gedacht wurde, konnten die anderen nur mit „uns" sein, wenn sie sich mit „uns" und „unserer" Interpretation des Verhältnisses zu Gott identifizierten. Die politische Exekutive eines Staates vereinnahmte Gott und seinen heiligen Willen immer wieder für ihren Machtanspruch gegen die anderen. Der eine Gott ist identisch mit dem einen Staat. Wenn seine Ordnung eingehalten wird, dann ist uns der Himmel sicher. „Heutzutage gibt es keine Kriege mehr" (206).

GOTT – GIFT FÜR DIE NEUE WELT   Solange das Leben noch nicht die reife Form des menschlichen „Vollalters" in der Neuen Welt erreicht hatte, zerfiel es in eine ohnmächtig-irdische und eine mächtig-überirdische Seite. Dieser Bruch der Existenz provozierte innere und äußere Spannungen, Spaltungen, Unrast und Unruhe, ein unendliches Bedürfnis, einen Hunger nach Unendlichkeit, der die Beständigkeit des Friedens, die bleibende Eintracht, die Harmonie von Mensch zu Mensch verunsicherte. Daher der Entschluß der Neuen Welt, um des Glückes willen auf Transzendenz zu verzichten, sich auf die eigenen Füße und den eigenen, selbstgelegten Boden zu stellen, das „unendliche Bedürfnis" nicht mehr zu konditionieren, sondern die Eintracht der in sich geschlossenen Welt zu etablieren, in der vorweg jeder Hunger gestillt ist oder gestillt werden kann.

Gott wird ein Wesen, über das man genau Bescheid wissen kann, weil sich die Gottesfrage auf immanente Bedingungen der technisch-ökonomischen Organisation der Gesellschaft reduzieren läßt. Gott ist „abwesend", weil in der Neuen Welt auferstanden.

„Unterdessen hatte der Aufsichtsrat das Zimmer durchquert und öffnete nun einen Stahlschrank in der Wand zwischen den Bücherregalen. Die schwere Tür ging auf. Er rumorte im dunklen Inneren des Tresors und sagte dabei: ‚Dieses Thema hat mich schon immer sehr interessiert.‘ Dann zog er einen dicken schwarzen Band hervor. ‚Das, zum Beispiel, haben Sie wohl nie gelesen?‘ Der Wilde nahm das Buch. ‚Die Heilige Schrift, enthaltend die Bücher des Alten und Neuen Testaments‘, las er laut . . . ‚Ich habe noch eine Menge‘, fuhr Mustafa Mannesmann fort und setzte sich wieder. ‚Eine ganze Sammlung solcher alter Pornografien. Gott im Giftschrank und Ford auf den Regalen.‘ " (200).

Um des Glückes willen muß also „Gott im Giftschrank" eingeschlossen bleiben und „Ford auf den Regalen" exponiert werden.

Der gegenwärtige Gott liegt im toten Buchstaben, nur noch in den Büchern, verstaubt, vergessen, einer Alten Welt angehörend: versteinert, gegenwartslos. Gott im Tresor: der tote Schatz. Der Leichnam des Gottmenschen im Grab, vor das der Stein gewälzt ist.

Der Mensch ist fertig mit dem unverfügbaren Leben, immun gegen den Ganz-Anderen. Der Weltaufsichtsrat sagt: „Ich habe noch eine Menge": das Wort des Lebens als Quantum, in bloßer Buchstäblichkeit erstarrt: fruchtlos. Gott ist Gift für die geschlossene Einheit der Welt, ihre Einheitlichkeit: Er bringt Feuer und Schwert, bricht als der Ganz-Andere die geschlossene Endlichkeit auf. „Ich bin gekommen, um Feuer auf die Erde zu werfen. Wie froh wäre ich, es würde schon brennen" (Lk 12,49)! „Denkt nicht, ich sei gekommen, um Frieden auf die Erde zu bringen. Ich bin nicht gekommen, um Frieden zu bringen, sondern das Schwert" (Mt 10,34).

Überall, wo Jesus hinkommt, stiftet er ein „Durcheinander". In Gottes Liebesfeuer kann unmöglich alles beim alten bleiben. Alles hat sich zu läutern, zu reinigen, zu verwandeln. Deshalb ist die Voraussetzung für den Frieden, den die Liebe bringt, eine abgrundtiefe Auseinandersetzung. Das Wort Gottes ist wie ein zweischneidiges Schwert, das bis ins Mark dringt und scheidet, auseinanderlegt, öffnet. Es deckt alle falschen Anpassungen auf, Formen eines Scheinfriedens, verlogenes Einvernehmen, passives Kopfnicken, kritiklose, die Wahrheit und die Gerechtigkeit opfernde Zustimmung zu ungerechten Verhaltensweisen und Verhältnissen. Jesus fordert den Mut zum Konflikt, der allererst wahrhaftige Öffentlichkeit ermöglicht, in der einer den anderen als ihn selbst vor die Augen bekommt, „wahr"-nimmt. Die Liebe „zerstört" alles, was tot an uns ist, weil sie aufbricht, weil sie Freiheit fördert.

Jesus zerreißt die „Einheitlichkeit" der Blutsbande: „Wer den Willen Gottes erfüllt, der ist für mich Bruder, Schwester und Mutter" (Mk 3,35). In der Neuen Welt verwandelten sich die Blutsbande zu den künstlichen Verwandtschaftsbeziehungen des Systems.

Gott ist Gift für die „Gemeinschaftlichkeit": Jesus trennt die (somatische) Bindung des verklebten Menschen mit dem Menschen in der Neuen Welt, er trennt Vater vom Sohn, Mutter von der Tochter; er zerreißt alle Gesetzmäßigkeiten der Blutsbande – vernichtet den Gruppenegoismus des familiären Wir gegen die anderen: „Wer ist meine Mutter, wer sind meine Brüder?" (Mk 3,33). „Frau, was ist zwischen dir und mir?" (Joh 2). Jesu Lehre ist Gift für die Blutsbande der biologischen Fruchtbarkeit, der materiellen Selbstdurchsetzung, für dieses Sterilwerden in der zivilisierten Welt im Ausschalten von Vater- und Mutterschaft, der leiblichen Zeugung, der Auflösung der Beziehung zwischen Mutter und Kind.

Gott ist Gift für die „Beständigkeit" des geschlossenen Systems. Das System hat Angst vor dem unverfügbaren Advent Gottes. Er kommt wie der Dieb in der Nacht, überraschend, unvorhersehbar. Gottes Liebesanspruch fordert Verfügbarkeit.

Die Bibel ist für die Neue Welt „alte Pornografie". Der freigewordene Mensch schämt sich aller Entblößungen, Nacktheit, Preisgabe, schämt sich seiner Abhängigkeit von Gott und Mensch, aller Armut des Sichauslieferns. Er gehörte und verfügte nicht über sich selbst, war nicht seine eigene Möglichkeit, sondern Objekt der Macht eines anderen. Jetzt liegt er ungebrochen, direkt als sein eigener Gegenstand vor.

Die Gestalten von Vater und Mutter, Brüdern, Schwestern sind natürlich: daher noch Figuren der unfreien Herkunft des Menschen. Jetzt schämt sich der Zivilisierte der Schönen neuen Welt dieser Gestalten: einen leiblichen Vater, eine Mutter zu haben. Dies sind ekelerregende Vorstellungen: unsauber, „fleischlich", nicht hygienisch. Der Akt der Zeugung wird durch Brut- und Normmanipulation abgelöst, er weicht der technizistischen Selbstbestimmung. Das Verhältnis des Menschen zum Menschen wird „hygienisch".

Daher ist auch die Bibel, die vom Vater, Sohn, der Mutter Gottes spricht – einfach „Pornografie". Höhepunkt der Unzucht ist die leibliche Geburt Gottes.

Jesus dagegen überwindet die zweiwertige Logik von Rein und Unrein: den Horror vor den Aussätzigen, den Unreinen, den Fremden, den Zöllnern und Sündern, den Ausgegrenzten, den Heiden. „Nicht was von den Menschen von außen hervorkommt, macht ihn unrein, sondern was von innen kommt." Jesus stülpt das jüdische Reinigungsgebot um. Den Fragen: Warum waschen sich deine Jünger nicht die Hände vor dem Essen? Warum heilst du am Sabbat? hält Jesus entgegen: Warum soll Heilung am Sabbat ausgeschlossen sein: am Tag des Heils, der Ganzheit, des Friedens?

Deshalb muß Gott in den Giftschrank und Ford auf die Regale. „Dank Ford" – dem neuen Welterlöser, ab dessen Dasein die Zeit neu gezählt wird – geschieht all das, was die Menschen glücklich macht, „von Fords Willen". Auf den Regalen steht die neue Bibel – das Werk Fords.

DAS T-ZEICHEN ALS GRUNDSYMBOL DER SCHÖNEN NEUEN WELT

Das T-Zeichen ist das Grundsymbol der Schönen neuen Welt geworden – über dem Bauch geschlagen. Es ist Zeichen der Lustfülle der Neuen Welt. Die innerste Sinnmitte des Menschen ist der Bauch.

„. . . nach dem Zeitpunkt, zu dem Unser Herr Ford sein erstes T-Modell auf den Markt gebracht hat. Bei diesen Worten schlug der Direktor das Zeichen des T auf seinem Bauch, und voller Ehrfurcht taten die Studenten es ihm nach" (36f).

Der Christ macht das Kreuzzeichen über das Herz. Das Herz ist für ihn Symbol der einigenden Mitte des Menschen, der in Gott gründet. Das Herz ist im Gegensatz zum Bauch, der Welt des Verbrauchens und Vernutzens – das Grundsymbol der Liebe umsonst, des Gratis. Das Herz ist das Innige und Einigende, das uns sammelt aus aller Zerstreuung und Vielfalt in die Mitte unseres Wesens. Quelle des Lebens, die „mächtiger ist als alle Organisation und alle technisch organisierte Vernutzung des Menschen". Das Herz ist für den Christen der Ort, „an dem das Geheimnis des Menschen übergeht in das Geheimnis Gottes".[54] Das Kreuzzeichen ist das Grundsymbol dieser Liebe. Der Senkrechtbalken und der Querbalken symbolisieren die Einheit von Gottes- und Menschenliebe. Mein Leben soll gesiegelt sein durch den Gott der Liebe. In der Schönen neuen Welt dagegen sind „alle Kreuze geköpft und zu Ts gemacht" (59). Der Senkrechtbalken ist gekürzt, der Mensch in der Immanenz eingehaust. Gott ist abwesend. Jetzt wird seine Abwesenheit in den Fordtagsfeiern und Eintrachtsandachten gefeiert.

DIE PHARMAKOLOGISCH ORGANISIERTE EKSTASE: DIE EINTRACHTSANDACHT

Ein Segen ist es, daß Gott – „höchstwahrscheinlich gibt es ihn" (203) – sich dank Ford des Herrn und seiner Weltaufsichtsräte in der Neuen Welt durch Abwesenheit offenbart. Zum einen entfällt damit der Grund für die Menschen, sich im Namen Gottes zu bekriegen, Menschen zu opfern, Hexen zu verbrennen, Wissenschaft und Aufklärung zu bekämpfen, zum andern wird dadurch eine gefährliche Quelle der Leidenschaft, Unruhe und Spannung beseitigt.

Die Neue Welt lebt konstruiert verwirklicht, was in der christlichen Lehre mit der Himmelfahrt Christi geglaubt wurde. Das Weggehen Jesu aus der Welt zum Vater – so wurde gesagt – ist Ausdruck seiner Liebe zur Welt. Im Sich-Entziehen entläßt er die Welt in ihr Eigenes, gründet sie ein in ihre unableitbare Verantwortung. Von seiten der Jünger her bedeutet Christi Himmelfahrt das Ja, Jesus in seine Vollendung ziehen zu lassen, damit er gerade so der Bruder aller werden kann. Die Jünger lassen den Herrn mit Freude weggehen; denn es gibt keine größere Freude als die dreieine Liebe, die sie ihm gönnen, auch wenn sie so auf seine unmittelbare Anwesenheit verzichten müssen. Die Treue in der Jesus-Verlassenheit, die Annahme dieser Abwesenheit und Leere macht Raum für die Ankunft des Heiligen Geistes. Das Werk des Heiligen Geistes ist es, zu vereinen, was in Gegensätzen auseinandergebrochen ist.

Durch die Konstruktion der Abwesenheit Gottes in der Neuen Welt ist die Inkarnation ihres Geistes realisiert: das Reich Fords des Herrn, in dem alle ausstehende Vollendung, alles Unerfülltsein – „die Gegenwart des Endgültigen in der Weise der Vorläufigkeit"[55] – aufgehoben ist. „Leben in Fülle" ist im Reich Fords des Herrn Gegenwart geworden: Umwandlung der Alten Welt in die gut-konstruierte Heimat für alle Menschen. Eine anonym christliche Gesellschaft. „Alle Vorzüge des Christentums und des Alkohols, ohne die Nachteile" (60).

Die Gegenwart dieses Geistes der Neuen Welt – das konstruierte Ich=Wir : Wir=Ich – wird in den Eintrachtsandachten gefeiert: die Verkündigung der Abwesenheit Gottes und die Auferstehung Fords des Herrn, wodurch die Neue Welt zum „Leib" Fords des Herrn wird. Die Eintrachtsandacht schafft den Frieden eines Uterus. Hier ist es gut zu sein; die Einheit im Orgasmus und im Soma hebt alle Differenzen, Konflikte und jede Gewalt auf. Soma + Orgasmus ist das neue Grundsakrament – göttliche Wirklichkeit auf Erden.

Die Eintrachtsandacht ist die pharmakologisch organisierte Ekstase: das gemachte Außer-sich-Sein und Einswerden mit dem anderen. Sie trinken auf die Gegenwart der Eins in der Zwölf: ihre eigene Auflösung und Vollendung in ungeschiedener Einheit: einsatz- und wandlungslose Kommunion – jenseits des Schuldbekenntnisses. Die Wiedergeburt ins Leben als Gemeinschaft. Berauscht nicht durch die nüchterne Trunkenheit des Heiligen Geistes, sondern durch den Soma- und Orgasmusrausch. Zwölf Menschen sind bereit, eins zu werden, zu verschmelzen, ihre zwölf Einzeldasein an ein größeres Sein zu verlieren: Opfer – Wandlung – Kommunion. Der Eintrachtskreis schließt sich – Mann – Weib – Mann – ein endlos wechselnder Ring um den Tisch: Ort des Mahles, der Kommunion, der Ewigkeit.

Die Eintrachtshymne sucht den Unterleib heim, nicht das Herz. Geweihte Soma-Tabletten in der Mitte des Tisches – Brot. Eintrachtskelche: Erdbeereiscreme mit Soma-Wein. Soma ist nicht Frucht der Erde und der menschlichen Arbeit, sondern synthetisch hergestellt. Wandlung: nicht Ausdruck der liebenden, sich schenkenden Freiheit, sondern: jeder trinkt auf seine Auflösung, jenseits der Selbstlosigkeit schöpferischer Freiheit, ohne Drangabe in die eucharistische Ungeschütztheit. Tropfen im Gemeinschaftsquell: Keiner ist in dieser Auflösung allein er selbst. Ein apersonales Miteinander. Es wird auf das größere Sein getrunken, das aber nicht zum Durchbruch kommt, weil es keinen Einsatz fordert, sondern in einem gemachten Rausch aufquillt. Nicht Pneuma, das Jesus aushaucht als Wir der Liebe, in der jeder einzelne als er selbst gemeint ist, sondern Massentrost: Rausch im vergegenständlichten Wir: Wir=Ich–Ich=Wir: pharmakologisch erzeugte Welt der Seligkeit. Ich bin du und du bist ich – Pseudorhythmus der gegenseitigen Einverleibung, Gleichschritt und Gleichsein.

Soma und Orgasmus harmonisieren alles und alle – der Glücksersatz. Sie schenken Beständigkeit und Eintracht, auch wenn der Mensch mit sich selbst zerfallen ist. Soma und Orgasmus: ein Stückchen Ewigkeit.

Einer der großen Gelehrten der Alten Welt, Karl Marx, pflegte zu sagen: Religion ist Opium des Volkes. In der Neuen Welt sind Soma und Orgasmus zur Religion des Volkes geworden:[56] die frei und froh machende Religion ohne Gott. Der Hunger nach Unendlichkeit, das ungestillte unendliche Bedürfnis ist gestillt.

DIE OFFENBARUNG DES GÖTTLICHEN GOTTES

DIE FREIHEIT SUCHT DIE FREIHEIT   Der Mensch als endliches, unvollendetes Wesen – so sagte der Weltaufsichtsrat – hat die Tendenz, selbst Vollendung zu suchen. Aus der Gespaltenheit des Wirklichen, der Gebrochenheit menschlicher Freiheit, wuchert Gott hervor. Die gesamte Religionskritik des 19. und des angehenden 20. Jahrhunderts der Alten Welt (Feuerbach, Marx, Nietzsche, Freud) sieht den Glauben an Gott als eine solch phantastische Konstruktion des Menschen. Gott ist im Grunde das Menschsein in der Form nichtbejahten Lebens, abstrakte Vollendung, Reflex erfahrener Unvollendetheit. Der Mensch geht vor seinen eigenen, nicht gelebten Wesenskräften, vor seiner Ohnmacht und Leere in die Knie.

Nehmen wir aber einmal an, ein „göttlicher Gott" (Martin Heidegger) existierte, und nehmen wir an, es gäbe auch die umgekehrte Bewegung, daß der göttliche Gott „von sich her auf die Menschen eindränge, um sich zu entbergen, sich als ‚das' zu offenbaren, was er ‚ist': Wenn dies geschehen könnte, wie müßte es geschehen?"[57]

Der göttliche Gott könnte sich nur verhüllt offenbaren, wenn Freiheit und Liebe sowohl von seiten Gottes wie von seiten des Menschen möglich sein sollen.

Wenn der göttliche Gott sich seinem geschaffenen Wesen, dem Menschen, offenbaren will, dann kann dies nur verhüllt geschehen, wenn Freiheit und Liebe auf seiten des Menschen nicht erstickt werden sollen. Auf Liebe kann ich nur in Freiheit antworten. Liebe und Zwang sind unvereinbar. Ein unverhüllt sich offenbarender Gott würde den Menschen zu seiner Anerkennung zwingen. Göttliche Offenbarung ist eine Selbstmitteilung der Freiheit an die Freiheit.

Im Sichverbergen nimmt sich Gott zurück und schafft Raum für die menschliche Freiheit. Der Raum menschlicher Freiheit lebt von Gottes Sichverhüllen.

Dies ist ein Zug in der Menschwerdung der Liebe: das göttliche Sichverhüllen und Sichzurücknehmen in die Knechtsgestalt. Das Kreuz ist als das Maximum der Liebe des göttlichen Gottes das Maximum der Verhüllung. Nicht ein gekränktes Sichzurücknehmen ist das, sondern aus dieser Verhüllung strömt die Kraft des Freiseins des Menschen.

Aber – so müssen wir fragen – wie kann dieser freie Mensch den göttlichen Gott erfahren, wenn sich dieser Gott nur verhüllt offenbaren kann?

Wenn sich Gott offenbart, dann offenbart er sich diesem Menschen in dessen Unvollendetheit, Grenzen, Charakterzügen, Sündhaftigkeit. Wird so der Mensch mit seiner begrenzten Gestalt diesen sich ihm verhüllend offenbarenden Gott nicht in Bilder und Vorstellungen gießen, die ihm, dem Menschen, entsprechen? Kann der Mensch der Versuchung entgehen, diesen sich verhüllt offenbarenden Gott in falsche Absolutsetzungen, in Götzen, zu verwandeln? Zeigt nicht die Religionsgeschichte, wie die Menschen immer wieder dem Götzendienst verfielen, zu Tänzern um das Goldene Kalb wurden?

DIE LIEBE SUCHT DIE LIEBE   Wir werden den sich uns verhüllt offenbarenden Gott nur erfahren, wenn wir ihn suchen und uns ihm öffnen in Liebe umsonst – um seiner,
um Gottes selbst willen. „Wenn ihr mich mit ganzem Herzen sucht, dann werde ich mich von euch finden lassen"
(Jer 29,13).

Nicht kann es heißen: Ich öffne mich dir, ich suche dich,
weil du meinem Leben einen Sinn verleihst, weil du mich
von meinen Schwächen und Grenzen heilst, weil du meinen existentiellen Grundmangel beseitigst. Oder: Wenn
du mich aus meinem Leid befreist, wenn du mich aus meinem Elend herausholst, dann öffne ich mich dir! Ich würde diesen Gott nur unter Bedingungen suchen, aber nicht
un-bedingt, umsonst! Und ihn so gerade verfehlen!

Wenn ich Gottes bedürfte, wenn er mir notwendig wäre
im Sinne der Erfüllung eines Bedürfnisses, wenn ich ihn
bräuchte, damit ich durch ihn einen Mangel meiner
selbst, eine Sehnsucht, eine noch unerfüllte Offenheit er-
fülle, so wäre er für mich ein bloßes Mittel. Ich würde ihn
so als den absoluten, unbedingten, in sich ewig seligen
Sinn, als unendliche Wahrheit und Liebe verfehlen, ihn
unter die Maßstäbe meines begrenzten endlichen Daseins
zu bringen suchen; ich würde ihn als das unauslotbare
Geheimnis, das mich trägt, verdunkeln.

Gott ist mir unbedingt notwendig, aber als der Unbrauchbare, und daß er mir in dieser Weise notwendig ist, heißt:
Ich sehne mich von meinem tiefsten Grund her nach dieser Liebe umsonst. Daß ich umsonst liebe, daß ich hunge-
re nach dieser Liebe, das sind nur zwei Seiten ein- und
derselben Wahrheit. „Ich brauche dich, weil ich dich liebe"; nicht: „Ich liebe dich, weil ich dich brauche" (Erich
Fromm).

Liebe umsonst durch Liebe umsonst: Der Ort des Menschen ist die dreieinige Liebe.

Der Weltaufsichtsrat hat recht: Wir müssen uns entscheiden, von welchem „Ideal" wir ausgehen. „Als glücklicher, fleißiger, konsumierender Staatsbürger ist er (der Mensch) vollkommen. Freilich, wenn Sie von einem anderen Ideal ausgehen, können Sie natürlich behaupten, er sei erniedrigt. Aber Sie müssen bei bestimmten Voraussetzungen bleiben. Man kann nicht elektromagnetisches Golf nach den Regeln für Zentrifugalbrummball spielen" (204f).

AUF DEM WEG IN DIE SCHÖNE NEUE WELT?

Die Huxley-Gesellschaft – schon oder noch nicht?

Wozu Huxley?

Wozu diese auf die heutige Gesellschaft zugespitzte Lektüre Huxleys, wozu der Blick auf die heutige Gesellschaft mit den Augen einer literarischen Fiktion, in metaphorischen Bildern? Allen verblüffenden Ähnlichkeiten zum Trotz ist Huxleys Text eben nicht die faktengetreue Beschreibung der heutigen Gesellschaft. Nicht aus dem Vergnügen an überraschenden Analogien und erhellenden Übertreibungen ist diese Lektüre unternommen worden. Die Konfrontation mit den Grundstrukturen der Schönen neuen Welt in den ersten drei Abschnitten sollte unser Wahrnehmungs- und Unterscheidungsvermögen schärfen. Obwohl Huxleys Werk eine Kunstwelt ist, ist die Schöne neue Welt kein willkürliches Konstrukt, das mit unserer realen Welt nichts zu tun hat.

a) Tendenzen, die schon in die Schöne neue Welt weisen

Welche Tendenzen der heutigen Gesellschaft weisen in Richtung Schöne neue Welt? Wir brauchen nur den überraschenden Anspielungen und treffenden Übertreibungen, die in den bisherigen Abschnitten aus der Lektüre Huxleys hervortraten, zu folgen, um aufgrund der eigenen Lebenserfahrung die Verflechtungen und Tendenzen zu erkennen.

b) Die Krisis der Gesellschaft im Blick auf die Schöne neue Welt

Auch dort, wo die Gesellschaft unserer Tage zunächst wenig Ähnlichkeit mit der Schönen neuen Welt aufweist, kann uns der Blick auf die Huxley-Gesellschaft die Tendenzen der Gegenwart kritischer sehen lassen. Welche Vorgänge und Strukturen der heutigen Gesellschaft, auch wo sie nicht in die Schöne neue Welt schon eingetreten ist, können wir mit Hilfe von Huxleys Konzept besser verstehen?

c) Welche Sehnsüchte weisen in Richtung Schöne neue Welt?

Vielem Widerstreben zum Trotz wird die Schöne neue Welt insgeheim begehrt, ersehnt, herbeigeträumt.

d) Die Suche nach Alternativen zur Schönen neuen Welt

Die Vergegenwärtigung der Welt Huxleys soll den Boden bereiten für eine realitätsgemäßere Suche nach Alternativen zur heranschleichenden Schönen neuen Welt; Huxley hilft uns, klarer zu sehen. Wir haben die herrschenden Wege eingeschlagen, deshalb sind wir grundsätzlich auch imstande, sie zu ändern.

WAS IST DIE HUXLEY-GESELLSCHAFT?

Welche Vorgänge und Strukturen der heutigen Gesellschaft können wir mit Hilfe von Huxleys Konzept besser verstehen? Welche Tendenzen der heutigen Gesellschaft weisen am ehesten in Richtung Schöne neue Welt?
Dies führt zur Vorfrage: Was verstehe ich unter der Huxley-Gesellschaft?

WAS DIE HUXLEY-GESELLSCHAFT NICHT IST   Sie ist nicht eine durch ein allgemein anerkanntes Werte- und Normensystem geleitete Gesellschaft, ein Wert- und Normensystem, das wie selbstverständlich gilt, auf das man sich durch

„ethische Appelle" wirksam berufen kann, das der Gestaltung der gemeinsamen Welt ein gemeinsames Fundament verleiht. Sie ist auch nicht ein Ausgleich zwischen Interessen, womit eben Interessen zum zentralen Organisationspunkt der Gesellschaft und der Individuen werden. Und schließlich ist sie nicht ein Imperium modernen Typs, wie es Orwell gezeichnet hat, das zusammengehalten wird durch kollektiv-individuelle Gehirnwäsche, durch die Mobilisierung von Ängsten und durch die Gleichschaltung unter den Zwang eines tatsächlichen oder auch nur vorgespielten Kriegs gegen andere Imperien.

DIE HUXLEY-GESELLSCHAFT: EINE DOPPELSTÖCKIGE INSTRUMENTALISIERUNG   Ich verstehe unter der Huxley-Gesellschaft eine doppelstöckige Instrumentalisierung:

a) ein Sich-Ausliefern an die Welt der Mittel, Instrumente und Instrumentenpotentiale im individuellen und kollektiven Leben.

b) ein Absichern dieser Auslieferung an Mittel und Instrumente durch die Organisation der Gesellschaft.

Die Beschreibung dieser Instrumentalisierung in gebündelt-systematischer Weise soll einesteils von einem phänomenologischen Blickwinkel erfolgen, in der Beschreibung der „Außensicht" unserer Gesellschaft, zum anderen durch die Frage nach den inneren Wirkkräften, Steuerungsmechanismen und Strukturen, die uns die Außensicht und die Tendenzen in Richtung Schöne neue Welt besser verstehen lehren.

In der gegenwärtigen Gesellschaft werden in Strukturen und Verhaltensweisen die elementaren Anforderungen einer menschlichen Lebensweise, die sich Zukunft offen hält, gröblich verletzt.

Eine friedliche Gestaltung der gemeinsamen Welt, die die Welt als zu wahrenden Ort gemeinsamen Lebens respektiert, ist eine Welt gemeinsamer Freiheit, die auf freier Gegenseitigkeit beruht und auf der Basis von Verständigung über gegenseitige Erwartungen und Normen die Organisation der gemeinsamen Welt vollzieht.

Die Voraussetzung für eine solche friedliche Gestaltung der gemeinsamen Welt ist eine politische Kultur, die die Menschen befähigt, in einem System der kooperativen Verantwortung Spielregeln und Rahmenbedingungen für Märkte und Staatseingriffe festzulegen. Letztere sind unverzichtbare Instrumente, die aus einer Vielfalt von konfliktiv-kommunikativen Prozessen erwachsen, die in verwandelten und/oder neuen Institutionen auf das Gemeinwohl, das heißt auf einen möglichst gerechten Interessensausgleich hin gebündelt werden: Welcher Weltsicht und Wirklichkeitskonstruktion haben wir zu folgen, wenn wir die Souveränität über das zurückerlangen wollen, was sein soll, was wir uns wünschen und was nicht, wie wir leben wollen? Wie sollen Macht, Einkommen und Arbeit geteilt werden? Welche Prioritäten setzen wir – Bildung, Freizeit, Wohnen, Fortbewegung? Wieviel Fläche eines Landes verbauen wir, wieviel Fläche halten wir frei als Erholungs- und Ruhezone usw.?

Der Gesellschaftsprozeß ist immer weniger das Ergebnis eines kommunikativ-konfliktiven Prozesses als eine Auseinandersetzung darüber, wie Menschen leben wollen,

wer die Vorteile, wer die Nachteile von Entwicklungen genießen bzw. erleiden, welcher Ausgleich angestrebt werden soll. Der gegenwärtige Prozeß ist ein Prozeß der Entwicklung technischer und organisatorischer Elemente
zum Zwecke immer größerer Steigerung eben dieser Instrumente und Mittelpotentiale. Die Tendenz zur „Niemandsherrschaft" bzw. Selbststeuerung der gesellschaftlichen Prozesse ist unverkennbar.

Diese Sicht akzentuiert notwendigerweise die negative
Seite der gegenwärtigen Tendenzen. Sie liegt im Aufrük-
ken der Mittel zu Selbstzwecken, in der zunehmenden
Entmündigung der Menschen und ihrer Vereinzelung
und in der Tatsache, daß unsere Wirtschafts- und Lebensweise immer mehr Zerstörung, Risiken und Ungerechtigkeit bewirkt, d. h. immer mehr Ungleichheit gegenüber den erwirtschafteten Vorteilen, aber auch immer
mehr Ungleichheit gegenüber den erwirtschafteten Nach-
teilen, Schäden und Risiken.

Die positive Seite dieser Entwicklung liegt – zumindest
für die Industrieländer – in der geradezu unglaublichen
Reichtumsproduktion der letzten Jahrzehnte und in den
relativ stabilen demokratischen und sozialstaatlichen
Strukturen. Noch nie ist das Güter- und Dienstleistungs-
volumen so stark gewachsen wie in dieser Zeit. Dieser
Reichtum und die atemberaubende Entfaltung der technischen Mittel und Instrumente schufen einen „Zuwachs
an Freiheit im Sinne von Freiheit der Wahl zwischen alternativen Möglichkeiten des Handelns und von Verfügung über die Natur",[58] wie er noch nie in der Geschichte
gegeben war: ein Leben ohne Angst vor Hunger, eine sehr
gute medizinische Versorgung, Zugang zu einer Vielfalt
von Bildungsangeboten, eine relative Verläßlichkeit in
den Beziehungen zu anderen Menschen, ein Leben frei

vom traditionellen Arbeitszwang; die Möglichkeit, aus der Enge auszubrechen, nicht nur aus der geographischen Enge des Tals, sondern aus der oft unerträglichen Enge sozialer Zwänge und Beschränkungen.

Und doch werden auch wir, die wir in dieser Reichtumszone leben, dieses Reichtums und dieser Freiheit nicht froh. Wir erfahren: Je reicher die Welt wird an produzierten Gütern und Wahlmöglichkeiten, umso ärmer wird sie.

IM SCHLEICHENDEN ÜBERGANG ZUR HUXLEY-GESELLSCHAFT

Was ist das Spezifische der Auslieferung an Instrumentenpotentiale im Sinne der Schönen neuen Welt?

DIE AUSLIEFERUNG AN INSTRUMENTENPOTENTIALE

Die Expansion von Instrumenten jeglicher Art, das Ausliefern gegenüber dieser Expansion und ein Fasziniert-Mitmachen sind auffällige Züge sowohl der individuellen wie der kollektiven Lebensgestaltung unserer Zeit.

Die bisherigen Phasen dieses Mitmachens und Auslieferns gegenüber der Expansion von Instrumenten haben sich vor allem in Industrieprodukten und industriellen Entwicklungen kristallisiert: in der Ausdehnung der Energieanwendung, der chemischen Industrie und all dessen, was man als „Knopfdruckapparate" verschiedenster Art bezeichnen kann.

Die menschlichen Lebensäußerungen werden zunehmend in einen Regelkreis eingespannt, in dem sie auf eine hardware (= Apparate) fixiert werden, die mit einfachen Routinen zu bedienen sind, eben Knopfdruck, und auf eine dazugehörige psychische Konditionierung, die die Lebensäußerungen umgestaltet zu Bedürfnissen von der Art, daß sie den Kauf und Gebrauch solcher Hardware notwendig machen. Zum Beispiel Fast-Food: Appetit und Hunger werden zugeschnitten auf Fast-Food, also auf vorgefertigte, standardisierte Lebensmittel und Zubereitungsverfahren, die mit einfachen Routinen vom Konsumenten „endmontiert" werden. Musik rinnt auf Knopfdruck aus Apparaten; Information rieselt unaufhörlich aus Medien, aufgenommen wird sie portionsweise, verkürzt; statt sich in Eigenstudium und Gesprächen ein Bild zu machen, ist jede Portion auf Abruf konsumierbar.

Einerseits wird damit das Gefühl zunehmender Freiheit, freier Besonderheit und Individualität erreicht, weil ich selber, und zwar nach eigener Auswahl, aus einer großen Vielfalt von Angeboten endmontiere, andererseits ist das gesamte Angebot mit sämtlichen Variationen der Endmontage vorfabriziert: „Man tut gerne, was man tun muß" – der einzelne Mensch wird zum Fall eines allgemeinen.

Individualität und Freiheit werden eine Angelegenheit der Stoppuhrmessung und Mikrowaage: Nicht nur die Produktion, sondern auch der Konsument ist innerhalb dieses Regelkreises nur ein durch Messung kalkulierbares und beherrschbares Subsystem. Im Supermarkt findet die in Augenhöhe plazierte Ware ihren Käufer und damit ihren Konsumenten.

Die neueren Entwicklungen gehen über die alten industriezentrierten Tendenzen hinaus: Beschleunigung des Lebens durch Autos, Flugzeuge und sonstige Verkehrsmittel, wie auch Beschleunigung im Umsetzen jeglicher Instrumente, neuer Angebote an Instrumenten – es ist die Ökonomisierung des Wünschens und des Unbefriedigtseins.

Dieser neue Schub der Ökonomisierung des Wünschens und des Unbefriedigtseins geht einerseits in Richtung eines legalen, ja sogar selbstverständlich erwünschten Konsums jeglicher Waren, andererseits in Richtung eines großteils illegalen Drogenkonsums.

Für das moderne Subjekt gehört auch das Gefühl der Teilnahme und der Teilhabe zu seinem Glück. In der

Vor-Huxley-Gesellschaft ist Teilhabe – auch wenn sie sich immer mehr symbolisch als körperlich vollzog – verbunden mit komplizierten, zeitaufwendigen Begegnungen mit anderen Menschen in den jeweils durch Traditionen vorgegebenen Situationen. In unserer Gesellschaft – und hier nähert sie sich der Huxley-Gesellschaft – wird analog zur Umgestaltung von Lebensäußerungen in Instant-Produkte und zugehörige Instant-Bedürfnisse auch die Teilhabe in Richtung Instant-Partizipation umgestaltet. Der Einschaltknopf der audiovisuellen Netze bringt ohne Zeitaufwand, ohne Risiko menschlicher Begegnung und ohne die Tücken einer vielschichtigen Vermittlung das zeit-gleiche, das allerrealste Bild der Wirklichkeit. Daß Vermittlungen hier gegeben sind – die kalkulierte Auswahl des Inhalts etwa durch die Redaktion, vor allem durch Hinzumischen stimmungserzeugender Impulse zur Information –, wird kaum mehr wahrgenommen. Wenn wir abends müde nach Hause kommen, wird die Energiequelle der Gemeinsamkeit am ehesten über das Surrogat angezapft: Fernseher oder das Lesen der Bild-Zeitung.

Wir haben es mit einer vierstufigen „Kolonialisierung unserer Lebenswelt" (Jürgen Habermas) zu tun: des Raumes; der Zeit; des Wünschens und Träumens, und der Genetik.

a) Die Expansion im Raum: Auto, Fernreisen, Kolonisierung der Landschaft als Industriematerial, der schönen Landschaft um des Tourismus willen, Kolonisierung fremder Länder, Weltmarkt; der Kapitalprozeß in seiner räumlich extensiven Ausdehnung.

b) Die Expansion über die Zeit vollzog sich zunächst als Kontrolle über die Arbeitszeit; Extrembeispiel war und ist die Stechuhr. Immer mehr wird auch die arbeitsfreie Zeit kolonisiert, vor allem in der Form der Konsumarbeitszeit. Viele Menschen empfinden die notwendigen oder auch nur so erscheinenden Konsumbesorgungen, einschließlich der immer länger gewordenen Wegstrekken, als eine Hetze, nicht wesentlich verschieden von der Arbeitszeit. Schließlich werden auch die kurzen Zeitspannen als Medium der Konkurrenz einbezogen: die Beschleunigung der Kauf- und Verkaufsentscheidungen der Börse; oder in der Versorgung durch Luftfracht samt zentraler Lagerhaltung, die über den Wettbewerbserfolg entscheiden; oder in der Verkürzung der Angriffszeit der Waffensysteme.

c) Die Kolonisierung ergreift auch das Wünschen und Träumen, das Begehren, das Unbefriedigtsein, die Sehnsucht nach Abwechslung, Neuem, Überraschendem, nach Erfüllung. Alle Lebensäußerungen werden mehr und mehr davon bestimmt, diese Energien und Antriebe in ein Verhalten umzusetzen, das die unverwechselbare Besonderheit des jeweiligen Individuums für alle sichtbar hervortreten läßt: das richtige Firmenemblem auf dem T-shirt, die richtige Automarke, die richtigen Eßgewohnheiten und Redewendungen. Zugleich aber sind die Menschen, bewußt oder unbewußt, darauf angewiesen, zum Zweck der Wahl der richtigen Signale die Standards der Gruppe zu erreichen, deren Zugehörigkeit ihnen erst die Unverwechselbarkeit garantiert. Indem sie den Moden nachlaufen, speisen sie ihre seelischen Energien in die Wirtschaftsexpansion ein.

Während die älteren Expansionsschübe (über Raum und Zeit) an den umgesetzten Energie- und Stoffmengen (bei Eisenbahn, Großstadtarchitektur, Riesentanker) ablesbar sind, ist der jetzige Expansionsschub auch mit minimalen Energie- und Stoffdurchsätzen zu vereinen: die Expansionszweige mit den höchsten Expansionsraten sind der Konsum von Drogen, von audiovisuellen Mitteln sowie Informationsverarbeitung jeder Art; sie benötigen zur Wertschöpfung pro Wirkungseinheit unvergleichlich weniger an Energie und Stoffumsätzen als Autos und Riesentanker.

In den früheren Expansionsschüben ging es nie nur um die vordergründig gemessenen Resultate, also Raum- und Zeitbeherrschung, um Tonnen und Kilowattstunden. Vieles im wirtschaftlichen Alltag, auch der simple Erwerb von Waren, das Fahren des Autos und das Bewohnen der Hochhausbauten, beinhaltete psychische Vorgänge, Leistungen, eingeschlossen Phantasie und Traum, die immer auch das Material der Expansion und der Ausnutzung waren und sind.

Im neuen Expansionsschub sind Traum und Phantasie nahezu vom Stoff- und Energieumsatz unabhängig. Der Profit pro Kilogramm Silizium oder Kokain liegt um Größenordnungen über dem Profit aus der Tonne Kohle oder Weizen.

d) Die Instrumentalisierung der Genetik ist an der zunehmenden Kontrolle über die Selbsterneuerung der lebendigen Materie ablesbar. Alle Eigenschaften der Materie, außer den primitivsten wie Ausdehnung und Schwerkraft, werden industriell verfügbar. Materie kann mit geringem Energieeinsatz zur Selbstreproduktion in gewünschten Bahnen umfunktioniert werden. Bakterienstämme werden gezüchtet, die ohne weitere Kosten mehrere Typen von Müll „fressen" und zu unproblematischer Materie verwandeln. Im Ergebnis kann z. B. ein Regelkreis zwischen Verpackungserzeugung und Verpakkungsabfall, Bakterien und wiederverwertbarem Endprodukt der Bakterien als Ausgangsmaterial für Verpakkung in Funktion gesetzt werden.

Die jetzt begonnene Industrialisierungsphase kann beschrieben werden als ein Verwandeln der Welt, der Umwelt, der Zwischenwelt wie auch der Innenwelt – in den Spielraum von Services, von Dienstleistungen und Selbstbedienungen, die um den harten Kern von Industrieprodukten gruppiert sind. Wir entwikeln uns immer mehr zu einer „postindustriellen" Gesellschaft, also einer „Service-Gesellschaft", allerdings kristallisiert um industrielle Kerne. Die Huxley-Gesellschaft ist wesentlich eine „Service-Gesellschaft".

DIE WELT ALS MATERIAL DER MACHT-KONKURRENZ-BEZIEHUNGEN

STATT VERSTÄNDIGUNG BLOSSE VERDRÄNGUNGSKONKURRENZ Es ist offenkundig, daß wir heute gemeinsame Welt nicht auf der Basis einer Verständigung über gegenseitige Erwartungen und Normen organisieren, sondern vorrangig auf der Basis der Verdrängungskonkurrenz („Je weniger du bist, umso mehr bin ich") und einer Philosophie des Habens („Wenn ich dies und dann das und schließlich noch jenes habe . . . , dann werde ich endlich so leben können, wie es mir und meinem Leben entspricht."[59]). Welt wird zu Material im System von Macht-Konkurrenz und der Orientierung am Haben.

Unser herrschendes Wirtschafts- und Gesellschaftssystem basiert grundsätzlich auf den Macht-Konkurrenz-Beziehungen, gezähmt durch staatliche Eingriffe und durch Ausgleichsmechanismen der Verbände. Jeder ist vom anderen abhängig, und gleichzeitig herrscht Unsicherheit über die Handlungsweise dieser anderen. In einem solchen System sieht jeder den verläßlichsten Schutz der eigenen Sicherheit im Vertrauen in die eigene Macht. Die Festigung der Macht vollzieht sich über die Anhäufung von Mitteln (technologische Neuerungen, Steigerung der Unternehmensgröße, Rationalisierung, staatliche Subventionen, institutionelle Macht). Die begründete Vermutung, die anderen häufen Mittel an, um mich aus dem Wettbewerb zu verdrängen, veranlaßt auch mich – um ihnen zuvorzukommen –, Mittel anzuhäufen. Jeder nötigt den anderen zur weiteren Anhäufung von Mitteln; jeder will den Machtkampf nach Möglichkeit überlegen bestreiten und nicht untergehen.[60]

In diesen Macht-Konkurrenz-Beziehungen liegt auch die entscheidende Ursache für die Eigendynamik des technischen „Fortschritts". Sobald einer der Konkurrenten einen technologischen Durchbruch aufzuweisen hat, stellt sich in der bisherigen Betrachtungsweise gar nicht mehr die Frage, ob hier ein angemessenes Mittel vorliegt, sondern einzig und allein der Imperativ, diesen technischen Fortschritt einzuholen und im Wettlauf – vorausgreifend – den Konkurrenten zu überholen.

Die personal-kommunikativen Beziehungen laufen in einer Weise über „Mittel", daß der eigene Vorteil gesucht und die eigene Macht gesteigert werden muß – auf Kosten des anderen: des anderen Unternehmens oder der unterworfenen Natur. Einer ist für den anderen nur als Mittel – als Produzent oder als Konsument – bedeutsam. Macht und Geld werden zum Ziel. In diesem Konkurrenzsystem isolieren sich die Menschen gegeneinander.

Das Wirtschaftssystem basiert auf dem – oft sublimen – Kampf aller gegen alle, indem der Mächtigere versucht, den Schwächeren aus dem Feld zu schlagen, um für sich

Sondervorteile zu gewinnen. Um den Konkurrenzkampf zu bestehen, sind die einzelnen tendenziell – bei Strafe des Untergangs – gezwungen, ihre Entscheidungen dem Gewinn-, Macht- und Wachstumskalkül unterzuordnen. Was Mittel zum Zweck sein sollte und als solches sinnvoll wäre, nämlich Gewinn, Wachstum, Konsum, Wettbewerb, wird zum Selbstzweck, was aber Selbstzweck sein soll – die Menschen – wird Mittel zum Zweck.

SICHERHEIT DURCH HABEN   In den Macht-Konkurrenz-Zusammenhängen sind die einzelnen und Gruppen monadisch-isoliert miteinander verwoben. Ihr Kommunikationsfeld ist der ökonomische und politische Markt, der nach dem Gesetz von Angebot und Nachfrage funktioniert. Was sich diesem Gesetz von Angebot und Nachfrage unterwirft, gilt als vorhanden, als existent, was sich nicht „anbietet", um von außen her gebraucht, verwendet, eingeplant, gefragt zu werden, erscheint als nicht wirklich.

Um zur eigenen Wirklichkeit zu kommen, braucht der Anbieter Nachfrager. Das gleiche gilt für die Nachfragenden, die sich dadurch am Leben erhalten, daß ihnen Anbieter und Angebote begegnen. Ein Nachfragender, der nicht nachfragt, fällt aus dem System heraus. Das gleiche gilt für die Anbieter: Als Anbieter sehe ich nur meine Konkurrenten und die Nachfragenden. Ich sehe nur solche, die mich haben oder nicht haben wollen.

Das Angebot will ich an den „Mann" und die „Frau" bringen. Als Anbieter sehe ich in den Nachfragenden nur diejenigen, die mich brauchen. Er oder sie muß mir mein Angebot abnehmen können. Frage: Was zahlst du? – Das Ganze ist ein perfektes System des Habens.

Wenn wir unsere Welt im Sinne der Macht-Konkurrenz-Zusammenhänge organisieren, dann ist eine ganz wesentliche Komponente dieser Organisation das Eigeninteresse des Subjekts. Subjekt meint hier nicht ein einzelnes Individuum oder eine bestimmte Gruppe von Subjekten, sondern die Daseinsweise der Organisierenden des Macht-Konkurrenz-Systems. Sie begreifen sich nämlich – und werden in einem gewissen Sinne durch die Strukturen des Macht-Konkurrenz-Systems dazu gezwungen – als nichts anderes als ein Möglichkeitsreservoir der Profitmaximierung und der eigenen Perfektionierung. Insofern kann man sagen, daß das Macht-Konkurrenz-System als Maxime des Handelns die menschliche Wirklichkeit und das In-der-Welt-Sein auf bloße Instrumente, d. h. auf Mittel in allen Bereichen des Daseins reduziert. Die gegebene Wirklichkeit dient der Machtsteigerung, der Ausschaltung des Konkurrenten, und ist somit Werkzeug der Negation, d. h. sie steht prinzipiell im Dienst der Opferung anderer und der Opferung der Natur, nicht im Dienst der befreienden Bejahung, des qualitativen Wachstums befreiter Kommunikation, die ein Ort für die objektive Bejahung der Welt ist.

Wenn ich zum Zwecke der landwirtschaftlichen Produktionssteigerung in großem Maß chemische Mittel einsetze, dann hat das ökologische Schäden zur Folge (Erschöpfung des Bodens, Absterben von Pflanzen- und Tierarten, Luftverschmutzung, Nahrungsmittelvergiftung, Wasserverschlechterung, Waldsterben), deren Behebung wieder hohe Kosten verursacht. Diese Kosten können wieder nur durch Einsatz weiterer Mittel bereitgestellt werden, sodaß mit Notwendigkeit ein neuer Verbrauch der Weltwirklichkeit für Mittel zum Zwecke der Negation des Negativen sich ergibt. Das heißt: Die Ausbeutung der Welt für den Krieg des Macht-Konkurrenz-Systems steigert sich selbst. Die Ausbeutung zieht weitere Ausbeutung nach sich.

TECHNOPATHIE ALS ANTWORT AUF UNSERE UNFÄHIGKEIT ZU KONFLIKT UND KOMMUNIKATION

ALLE PROBLEME DER WELT GELTEN ALS TECHNISCHE PROBLEME Aufgrund unserer Unfähigkeit, Probleme und Interessenverschiedenheiten durch Kommunikation, Konflikte und Friedensschlüsse hindurch zu lösen, wird kommunikativ-konfliktives Handeln vorrangig durch den technokratischen Einsatz von Wissenschaft und Technik ersetzt. Spannungen, Interessenunterschiede, Konflikte des menschlichen Zusammenlebens werden zu technischen Problemen umfunktioniert, die durch den Einsatz wissenschaftlich-technischer Instrumente zu lösen sind.

Das in der Gesellschaft vorherrschende Wahrnehmungs- und Handlungsmuster ist gekennzeichnet durch Unterwerfung der Natur und eine Verdrängungskonkurrenz, im sozialen Bereich durch das Sieg-Niederlage-Spiel. Die rationale Wahl der modernen Ökonomie ist eine Wahl im Bereich der Instrumente, der Mittel, eine Wahl, in der Effizienz und Kostenverhältnisse verglichen werden. Es geht um eine Optimierung der Mittelkombination.

Die Fortschritte zu immer wirksameren technischen und organisatorischen Instrumenten werden in aller Regel mit der Absicht unternommen, eine höhere Produktivität zu erzielen, um damit die vorgefundenen Probleme zu lösen und Mangellagen zu verringern.

Tatsächlich sind diese Fortschritte zu höherer Produktivität zunehmend begleitet von steigender Destruktivität.

Je mehr im Fortschritt der Instrumente und Mittel und der mit ihnen erzeugten Machtpotentiale zusätzliche Probleme, Risken und Mangellagen auftreten, desto stärker wird der Antrieb, darauf mit noch weiter ausgreifenden Fortschritten in technisch-organisatorischen Instrumenten zu antworten. Diese Entwicklung begreift Erich Kitzmüller folgerichtig als einen „technopathischen Expansionismus".[61] Die Plutoniumwirtschaft wird zur Problemlösung für den tatsächlichen oder eingebildeten Energiemangel; die Gentechnologie wird zur Problemlösung für den Mangel an Lebens-Mitteln aller Art; den Frieden versuchen wir durch atomare, chemische und biologische Waffensysteme zu sichern; Psychopharmaka sollen unsere psychischen Probleme lösen.

Die chemische Industrie produziert giftige Abfallstoffe. Was ist mit ihnen zu tun? Die Lösung: Bau einer Deponie. Die Folge: Aus dem Abfallproblem wird ein Grundwasserproblem. Die Lösung: Die chemische Industrie produziert Reinigungszusätze für Trinkwasser, die Metallindustrie neue Reinigungsfilter. Wo das Trinkwasser durch diese Zusätze die Gesundheit der Menschen beeinträchtigt, produziert die pharmazeutische Industrie neue Medikamente. Schaffen die neuen Medikamente Nebenfolgen, wird ein ausgebautes Versorgungssystem errichtet – bis hin zur gentechnischen Problemlösung: einen Menschen zu züchten, der wenig oder gar nicht anfällig ist für diese chemisch-pharmazeutischen Substanzen.[62]

Die Sachen, technische Instrumente und Mittel aller Art, bekommen damit einen Quasi-Subjekt-Charakter. Sie sollen regeln, was wir über kommunikativ-konfliktive Prozesse nicht regeln können oder wollen. Die Sachen sind aber nur dingliche Objektivationen der Freiheit bzw. der Unfreiheit der Menschen, sie sind keine handelnden Subjekte, sondern Bedingungen des Handelns, die wieder das Handeln bestimmen.

Alle Wirklichkeit wird technizistisch aufgearbeitet: Die Probleme der Welt sind technischer Natur und deshalb auch „technisch" zu lösen. Die Kommunikationsprozesse verfallen immer mehr an die Perspektivität der technischen Rationalität. Die Notwendigkeit eines neuen Teilens wird als unnötig oder als undurchführbar verworfen, die wissenschaftlich-technische Weltaneignung habe mit Herrschaft und Macht nichts zu tun, sie sei ein neutraler Vorgang – so die Vertreter des herrschenden Paradigmas.

In Wirklichkeit provozieren unsere wissenschaftlich-technischen Großsysteme wie Verkehr (Auto, Flugzeug), atomare Technik, Information, der militärisch-industrielle Komplex eine Eigendynamik und erzwingen Anpassungen der sozialen und psychischen Infrastruktur, die immer weniger Raum für Alternativen, sondern nur die Unterwerfung unter die Eigendynamik dieser Systeme zulassen.

DIE JAGD NACH DEM JE-PERFEKTEREN   Das Macht-Konkurrenz-System provoziert eine Perfektionierung der Mittel unter dem Vorzeichen: immer schneller, immer besser, immer billiger. Die Perfektionierung der Mittel erfordert eine perfektere wissenschaftliche Technologie und umgekehrt.

Wissenschaft – Technik – Ökonomie sind ineinander verzahnt, bedingen einander. Industrielles Wachstum ist nur durch wissenschaftlich-technologische Erneuerungen zu erzielen, die wissenschaftlich-technologische Perfektionierung bedarf des quantitativen Wachstums, weil ansonsten die wissenschaftlich-technische Entwicklung nicht finanzierbar ist. Die Wissenschaft steht großteils im Dienst der Industrie und des Staates. Die Weltraum- und Verteidigungsforschung umfaßt von der Ökonomie bis zur Psychologie und Meeresbiologie beinahe die gesamte Wissenschaft.

Entscheidend ist der gesellschaftliche Kontext der Technik-Anwendung und Technik-Entwicklung – nicht etwa die technischen Fortschritte als solche. Es geht also nicht um eine Verachtung der Technik, um Maschinenstürmerei. Menschen sind – auch – instrumentelle Wesen; Werkzeug ist für jede Kultur notwendig und für die verschiedenen Kulturen kennzeichnend. Durch alle Epochen ist die verfeinerte Zweckmäßigkeit der Werkzeuge – sichtbar auch an ihrer Eleganz und Schönheit – bleibender Ausdruck gelingender Kultur. Die Perfektionierung ist darin Moment einer in den menschlichen Notwendigkeiten und der Freiheit vorgegebenen Zwecksetzung, nicht Selbstzweck.

Die Perfektionierung der Mittel als Moment einer Reduzierung des Lebens auf technische Lösungen steht in Wechselwirkung zu einer Art der Weltaneignung, die zu einer gewandelten Kultur der Bedürfnisse geführt hat; wir können sie als Dialektik von Konsumismus und Wegwerf- bzw. Abfallgesellschaft bestimmen.

Es wird darauf hin-produziert und konsumiert – zunehmend in der Perspektive, die Dinge, die man besitzt, gesteigert auszutauschen gegen immer perfektere.

Die Autos, Maschinen aller Art, Waffensysteme, Unterhaltungselektronik bis hin zu den Schiern, den Schischuhen und Schibindungen: alles muß immer je neuer und das heißt perfekter sein.

Die Produktion des Je-Perfekteren ist entscheidend angelegt in den Macht-Konkurrenz-Beziehungen. Um konkurrenzfähig zu bleiben, muß ich den Markt mit immer Neuem beliefern, immer neuere Technologien einsetzen. Tue ich es nicht, vollzieht der ökonomische Mechanismus sein Urteil über mich: Ich werde vom Markt verdrängt.

Eine weitere Ursache für Produktion und Konsum des Je-Perfekteren liegt in der immer stärker sich ausbreitenden Langeweile. Langeweile ist die Unfähigkeit, in der Gegenwart zu verweilen, nicht da-sein zu können, sie verlangt nach Zerstreuung, nach immer Neuem, sie produziert die Sucht nach Wechsel, nach Noch-nie-Dagewesenem; dadurch wird die Produktion des Neuen, des Immer-Perfekteren mit-angeheizt und möglich.

Der Trick dabei ist, daß viele Dinge, die produziert werden, kaum eine Basis für eine mögliche Verbesserung bilden. „Der Heizbrenner ist viel zu kompliziert, als daß man ihn reparieren könnte; wir brauchen einen neuen! Wo ist einer, der besser ist?" Der Besser-Perfektere ist dann noch komplizierter!

Das Perfektere ist nun das, was das Ersetzte zum „Nichts" erklärt: zum Abfall. Die Produktion des Je-Perfekteren produziert gleichzeitig immer mehr Abfall: besonders sichtbar an den Chemie-Halden, den Giftmüll-Deponien, den Plutonium-Halden, im Kohlendioxyd-Ausstoß.

Wir realisieren nicht, daß mit dem erzeugten Produkt etwas in die Welt kommt, das ich nicht dadurch schon los bin, daß ich es als Abfall erkläre.

Der Abfall entwickelt sich – bildlich gesprochen – immer mehr zu den Kriegsheeren der ausgebeuteten Natur. Sie schlägt zurück. Der Abfall wird zunehmend zur Wirklichkeit des Todes gegen das Leben.

Ein Hauptkriterium für Perfektion ist primär nicht größere Brauchbarkeit in einem sinnvollen Kontext von Lebensqualität, sondern Automatisierung. Je mehr Funktionen, die zunächst der Mensch im Gebrauch eines Dinges selbst ausführen mußte, von diesem Ding als Automat übernommen werden, als umso perfekter gilt es. Das Immer-Perfektere macht mehr und mehr menschliche Arbeit überflüssig. Der Produzent selbst wird immer mehr zum Abfall. Dies ist aber eine Tendenz zur Selbstabschaffung des Menschen.

Der Mensch spart sich ein durch die Maschine; immer weniger Menschen werden gebraucht; die überflüssigen werden in die Armuts- und Elendszone abgeschoben. Das Überflüssig- und Unbrauchbarwerden des Menschen wird dann als Fortschritt bezeichnet.

Wird hier dem Technik-Pessimismus, ja der Technik-Verachtung das Wort geredet? Muß ein Mehr an Gütern mehr Abfall bewirken? Muß Automatisierung zuletzt die Menschen überflüssig machen und abschieben? Muß also Technik im Dienst des Allmachtwahns stehen? Gewiß nicht! Es hängt von den Beziehungen zwischen den Menschen ab, wie Techniken entwickelt und eingesetzt werden –, ob sie dem Leben dienen oder es versklaven.

Wir müssen also untereinander Zwecke und Ziele vereinbaren, tun wir es nicht, nehmen wir die immer raschere Verdrängung des einen Produkts durch das Produkt, das sich im Verdrängungserfolg als das Perfektere ausgewiesen hat, als Zweck und Selbstzweck. Technik und Wirtschaft bleiben dem Sachzwang zur Verwandlung von Mensch und Welt in Abfall unterworfen.

TECHNOLOGIEN MIT TENDENZ ZUR SCHÖNEN NEUEN WELT Der Trend der modernen Zivilisation ist davon bestimmt, alle Wirklichkeit technisch in den Griff zu bekommen – auch das menschliche Leben selbst: Retortenproduktion des Menschen, künstliche Lebensbeendigung, künstliche Lebensverlängerung.[63] Durch pausenlose technische Verbesserungsunternehmen, ein Social-Engineering mit Hilfe aller Wissenschaften, geht es darum, ungebrochene Einheitlichkeit, akzeptable Gemeinschaftlichkeit (die nichts Fremdes zuläßt) und Vollständigkeit (die Pseudoganzheit des Scheinfriedens) auf Dauer sicher zu machen.

Dabei ist – wie schon erläutert – nicht die jeweilige Technik als solche, sondern die gesellschaftliche Formation im ganzen und in ihrer Fixierung auf technische Probleme und Lösungen das ausschlaggebende Moment für den schleichenden Übergang in die Schöne neue Welt.

Die Kolonisierung der Lebenswelt durch die wissenschaftlich-technisch-ökonomische Rationalität mit ihrer Tendenzstruktur zur Schönen neuen Welt soll an drei Technologietypen veranschaulicht werden.

1. COMPUTERANWENDUNGEN ALS KOMMUNIKATIONSVERENGUNG

Die Computertechnologien eignen sich dazu, nahezu alle menschlichen Tätigkeiten und Beziehungen in unerhörter Effizienz zu zerlegen und nach strategischen Absichten zu bearbeiten und zu verknüpfen. Eben dadurch – und sogar unabhängig von den jeweiligen strategischen Absichten und Interessen – erscheint an den so bearbeiteten menschlichen Tätigkeiten und Beziehungen nur die Qualität der Zerlegbarkeit und Verknüpfbarkeit als wesentlich.

In ihrem gesellschaftlichen Kontext ist die Computertechnologie im Grunde eine nach spezifischen Programmen strukturierte und dadurch partiell verselbständigte Rationalität, ein Modell der Verstandeswelt, der Welt der Mittel. Hier macht die alte Unterscheidung von Verstand und Vernunft Sinn: Vernunft ist das Vermögen zur Einsicht in die Wahrheit. Der Mensch ist fähig, nicht nur Faktisches zu registrieren, sondern aufgrund des Wissens um das Seinsollende das Bestehende der Kritik zu unterziehen. Wenn den Menschen die Einsicht in das, was wirklich sein soll, grundsätzlich verbaut wäre, könnten sie Entfremdungsstrukturen in der Gesellschaft nicht wahrnehmen, sie nicht kritisieren. Die Vernunft gibt den Blick frei auf die nicht entfremdete, „wirkliche Wirklichkeit" im Gegensatz zur tatsächlichen Wirklichkeit. Aufgrund dieser Einsicht kann ich dem Handeln Ziele setzen. Die bestehenden Strukturen sind auf diese Ziele hin zu verändern.

Der Verstand ist im Unterschied zur Vernunft das Vermögen, durch zweckrationale strategische Überlegungen Wege und Mittel zu benennen, um bestimmte Ziele zu erreichen – nicht abgespalten, sondern integriert in das Vermögen der Vernunft.

Solange die Rationalität der Computertechnologie eingewurzelt bleibt in die Tiefe der vernehmenden Vernunft, ist der rationale Diskurs der Computerwelt grundsätzlich in die Verantwortung der Freiheit gestellt, die in der Vernunft ihre Wurzeln hat. Sie bleibt also dem Anspruch der Wahrheit, dem Menschsein des Menschen, verpflichtet.

Was wir heute wahrnehmen, ist eine zunehmende Abkoppelung der Rationalität der Computerwelt von der Wahrnehmungstiefe der Vernunft. In den Raum der rationalen Welt der Computer geht nur das ein, was die Programmierer, diejenigen also, die die Macht haben, die Spielregeln zu fabrizieren, zulassen. Da in unserer Gesellschaft nur wenige Grenzziehungen und Normierungen in kommunikativ-konfliktiver Weise vorgegeben werden, vielmehr Entscheidungen häufig dem Selbstlauf der Apparate und Prozesse überlassen bleiben, kann es nicht verwundern, daß die Computer mit Programmen gespeist werden, die immer mehr dem Zweck der rational-technokratischen Beherrschung der Menschen und der Welt dienen.

Die Computerwelt – der Computer als Pseudodialog und Spielpartner – fördert die Anonymisierung und Vereinsamung. Die Bindung an eine durch und durch rationalisierte Welt steigert das Bedürfnis nach Grenzüberschreitung, aber nicht mehr im Sinne der Offenheit für das Geheimnis der Wahrheit, sondern für die Kehrseite dieser Rationalität: das Irrationale. Dadurch entstehen nicht zuletzt auf privater Ebene größte Risiken für das System, die wiederum nach einer fortschreitenden Rationalisierung rufen. „So weiß man von den Beschäftigten des großen französischen Computerunternehmens Compagnie Générale de l'Information, daß unter ihnen die Anhänger der obskuren Rosenkreuzersekte stärker vertreten sind als die Gewerkschaftsmitglieder.‟[64]

In dem Maße, wie diese schizophrene Trennung zwischen Vernunft und Verstand voranschreitet, wird der Boden für zentral organisierende Mächte – wie die in der Schönen neuen Welt – bereitet. Sie entwerfen Spielregeln für die Regelkreise, die den Weltstaat von innen her strukturieren: die Weltregierung als eine Herrschaft der Programmierer; sie legen diese Regelkreise den Bürgern der Neuen Welt nicht zwangsmäßig auf, sondern sichern gleichsam qualitative Spielräume der Happiness, die den

Schein der Einheit von Freiheit und Gesetz an sich haben. Die neuen Herrscher verbannen alles Schauen der Vernunft, jede ästhetische Wahrnehmung als „überflüssige" Denkakte auf „Inseln".

2. ARBEIT ALS ROBOTERBEDIENUNG Neben Computeranwendungen ist der Vormarsch von Robotern für die heraufkommende „technische Formation" der Gesellschaft kennzeichnend. Auch hier wäre ein technikfeindliches Vorurteil nicht hilfreich. Die meisten Abläufe, von denen unser Wohlergehen, ja unser Existieren abhängt, haben ja zum Glück den Charakter des Roboters, die von unserem Willen unabhängig funktionierenden Regelmechanismen von Kreislauf und Stoffwechsel. Es wäre nicht einzusehen, weshalb nicht auch die alltäglichen Geräte, aber auch Produktionsmittel ohne unsere ständige Kontrolle und Entscheidung funktionieren sollten. Niemand wird die Vorteile solcher Entlastung durchgehend und folgerichtig ablehnen wollen.

Doch hat der Vormarsch der Roboter im konkreten Kontext unserer gesellschaftlichen Strukturen zwiespältige Folgen.

Roboter sorgen dafür, daß „intelligente" Maschinen den Menschen immer mehr Arbeit abnehmen. Roboter und Mikroelektronik nehmen den Menschen vor allem auch die rationale Diskurs-Arbeit ab. Sie arbeiten selbständig, verrichten die Arbeit präziser, sind genauer, verläßlicher als der Mensch: Der Ermüdungskoeffizient bezieht sich nur auf das Material, keine psychischen Momente müssen einkalkuliert werden; Roboter freuen sich nicht, noch trauern sie, sie streiken nicht, hinterfragen nicht das System. So sind sie in jeder Hinsicht – produktionstechnisch wie für die gesellschaftlichen Konflikte – ein Stabili-

sierungsfaktor. In den Lebensbereichen und Wirtschafts-
sparten, die von der Roboterisierung bestimmt sind, sind
die Menschen schon dabei, sich in die Schöne neue Welt
einzugewöhnen: Entweder soll das Leben so weit es nur
geht an Roboter ausgeliefert werden, oder man muß sich
selber dem Roboter annähern.

Allerdings: Die Vorteile der Roboterisierung kommen
nicht allen zugute. In einer auf Arbeit fixierten Gesellschaft, in der eigenständiges und kooperatives Handeln
von vielen nur schwer erlernt werden kann, kommt mit
dem Robotereinsatz Verunsicherung unter die Menschen.
Viele Menschen, abgekoppelt und „freigesetzt" aus dem
Arbeitsprozeß, wissen mit ihrer Freizeit nichts mehr anzufangen. Andere Entäußerungsweisen der Freiheit als
jene, die ihnen durch den rationalen Arbeitsprozeß auf-
oktroyiert sind, haben sie nicht eingeübt. Es entsteht die
große Gefahr, daß sie passiv in sich versacken und aus
Ohnmacht und Entäußerungsunfähigkeit sich dadurch zu
befreien versuchen, daß sie sich von totalitären Instanzen
in Dienst nehmen lassen.

Oder aber sie flüchten in eine Rausch-, Schein- und Spiel-
welt, die hintergründig nochmals vom System organisiert
und dirigiert wird, oder – was durchaus auch denkbar ist
– beginnen in irrationaler Weise die Computerwelt, die
ihnen allmählich über den Kopf wächst und sie sukzessive
zu enteignen beginnt, zu zerstören! Kampf der Rationalität, Flucht in die Irrationalität, Schaffen von Subkultu-
ren: „Reservate" oder „Inseln" wie in der Schönen neuen
Welt.

Da der Mensch nicht gelernt hat, die Weisen seiner Arbeit
als Weisen seiner Selbstgestaltung zu vollziehen, weil er in
der Arbeit nicht als er selbst zur Sprache gekommen ist,
bleibt er nach dem Verlust seiner Arbeit sprachlos.

3. DAS BEISPIEL GENTECHNIK Die Gefahr der Gentechnologie besteht vor allem darin, daß das, was eine ursprüngliche ontologische Erfahrung als Wesen des Menschen erfaßt und gedeutet hatte, seinen seinsmäßigen Sinn und Zeichencharakter verliert und zu einem Programm zusammenschrumpft, das gegenständlich faßlich und als Schrift, Code, lesbar wird. Der Mensch als Mikrokosmos handbar im Muster des genetischen Programms, in dem jeweils jede Fähigkeit ihren besonderen Sitz und ihr Verhältnis zu anderen Fähigkeiten physikalisch lokalisierbar besitzt. Insofern kann man sagen, daß in der Gentechnologie, wenn sie verabsolutiert betrieben wird, der Mensch sich in der Gestalt rationaler Buchstäblichkeit entgegentritt und dem Wahn verfällt, sich selbst als durchgängig machbar vor Augen zu haben: durch Manipulation Erbkrankheiten ausschalten, Begabungen fördern, minderwertige Codes eliminieren oder auch in gewissem Umfang züchten zu können.

Jede Zelle meines Körpers hat dasselbe genetische Potential. Nach dem, was man naturwissenschaftlich weiß, ist es denkbar, daß dieses genetische Potential bestimmten anderen Zellen, deren Kern entfernt worden ist, eingepflanzt wird und dadurch miteinander identische Individuen hergestellt werden. Heute ist es noch nicht technisch, sondern nur denkbar möglich, z. B. 50 genau gleiche Individuen herzustellen. Wenn einer stirbt, ist dafür gesorgt, daß er in einem anderen Exemplar weiterlebt – nicht jedoch unter den gleichen geschichtlichen, sozialen und kulturellen Bedingungen, die nicht in derselben Weise wiederholbar sind. Die Gentechnologie wird so zur Herrschaft über Leben und Tod – im totalen Untergang der Einmaligkeit und Unvertauschbarkeit der Person. Die Menschheit hat nur das Interesse, sich fortzupflanzen unter dem Gesichtspunkt höchstmöglicher Steigerung ihres Daseinspotentials. Dies kann aufs Ganze gesehen mit technokratischen Rück-Kreuzungen verbunden sein: Züchtung von technischem Bedienungspersonal, Aufräumkommandos; Arbeitssklaven. Das Gesamtinteresse ist Perfektionierung, nämlich daß ein System geschaffen wird, in dem das größtmögliche Glück möglichst vieler Menschen realisiert ist. Die Gefahr ist nicht auszuschließen, daß nach einer Folge von Katastrophen eine Gruppe von Menschen das Heft mit der Absicht in die Hand nehmen wird, die Menschheit auch gen-manipulatorisch zu steuern. Machtinteressen verknüpfen sich mit Genmanipulation. Machtgremien entscheiden: Wir brauchen soundso viele kreative Musiker, soundso viele Arbeitssklaven. Es werden Menschen gezüchtet, die nur solche Bedürfnisse haben, die ihnen zugedacht sind, die in der Fabrik genormt eingesetzt werden können, die das System nicht stören, nicht denken sollen oder wollen, deren Seligkeit darin besteht, sich anzupassen. Diese Menschen verlangen nicht mehr, als sein zu dürfen, wozu sie gemacht worden sind. Alles ist von vornherein dirigiert.

Das Entscheidende in allem ist die Durchschaubarkeit, der Wahnsinn der Selbstdurchsichtigkeit des Menschen für sich selbst. Alles, was sich dieser Logifikation entzieht, wird verdammt, dazu gehören der Leib, die Materie und die Sinnlichkeit, die ganze Bildlichkeit des Menschen in seinem In-der-Welt-Sein. Dazu gehören das Überantwortetsein des Menschen als Kind an den Menschen in Gestalt von Vater und Mutter, seine Beheimatung im Raum der einmaligen, unvertauschbaren, unvergleichlichen Liebesverhältnisse, die für alle wissenschaftliche Rationalität in ihrer Einzigartigkeit und Unableitbarkeit undurchdringlich bleibt. Dazu gehört die ganze Geschichte, die der Mensch mitbringt: sie eröffnet ihm ein unvertauschbares Gedächtnis seiner Herkunft und bewahrt ihn davor, ein Null-Punkt ohne Vergangenheit zu sein, den die Brut-und Normzentrale der Schönen neuen Welt nach eigenem Belieben beschreiben und codieren kann. Dazu gehören vor allem auch die wesenhafte Spontaneität, das Von-Selbst, die Freiwilligkeit, der schöpferische Überfluß und das Tiefste, von dem all das abhängt, die Kraft des Menschen zum Umsonst, zum Gratis; der Mut, sein Sosein um seiner selbst willen absichtslos anzunehmen.

Die personale Freiheit ist tot. Der Mensch ist der Fall eines abstrakt Allgemeinen. Du bist in deine Möglichkeiten entlassen, aber in die Räume, die das System offenhält. Biologie wird zur Technik: was zugedeckt war, wird aufgedeckt. Im Grunde geschieht ja nichts anderes, als was immer schon geschehen ist, nur mit dem Unterschied, daß wir es geschehen machen bzw. lassen: Du warst ja immer schon massiv bestimmt durch das Erbgut, die Milieubedingungen. Diese Bestimmung wird jetzt organisiert. Was regt ihr euch also so auf?

In der Gentechnologie wird ein ungeheures Paradox sichtbar. Einerseits hat sich der Mensch aus der Schöpfungsordnung gelöst, der Schöpfer ist für ihn ein Phantasma seiner vormaligen Unfreiheit, aus der er sich in die eigene Verantwortung übernommen und emanzipiert hat. In der genetischen Selbstbestimmung ist der Gipfelpunkt dieser Selbstverfügung erreicht: der Mensch als Herr seines Daseins. Aber im Punkt seines höchsten Triumphes zeigt sich der Preis, den er bezahlt, um dies zu erreichen. Denn das Unternehmen „Gen-Technologie" birgt in sich die Gefahr, daß die Menschen sich selber in den Zustand

eines manipulierbaren Dinges versetzen, lesbar, durchschaut, in Teilen auswechselbar, verwerfbar, akzeptiert,
zugelassen, abgeschafft je nach Belieben. Diese technische Machbarkeit wäre die höchste Form einer Wirklichkeit, in der der Mensch sein eigener Herr und Knecht ist.
Die große Freiheit dessen, der sein eigener Schöpfer geworden ist, entpuppte sich als die Tyrannei des Menschen
über sich selbst, das heißt: Der Schein der Freiheit wird
erkauft durch die universelle Sklaverei. Der Höhepunkt
des Triumphes würde mit dem Untergang, ja der Abschaffung des Menschen zusammenfallen. Der höchste
Punkt seiner Macht wäre der tiefste Punkt seiner Degra-
dation. Dies wäre die letzte Krise des Menschen, ja der
Menschheit.

SACKGASSE TECHNOKRATIE   Die Steuerungslogik, die die Gesellschaft beherrscht, wird immer mehr die Technokratie. „Als Technokratie bezeichnen wir jenes System, in
dem das Zwecksetzen im öffentlichen Bereich überflüssig
wird, weil es ersetzt wird durch die Sachlogik der Mittel
selbst. Das Funktionieren des Systems der Mittel ist selbst
oberster Zweck. So bekommt man heute schon vom Mann
auf der Straße auf die Frage, ob er die Vermehrung von
Privatautos für wünschenswert halte, die Antwort, es
handle sich gar nicht darum, ob man sie für wünschenswert halte, man solle sich vielmehr vorstellen was geschä-
he, wenn die Autoindustrie rückläufig würde. Das würde
einen Zusammenbruch des Wirtschaftssystems zur Folge
haben. Die Frage der Wünschbarkeit wird demgegenüber
gar nicht mehr gestellt. Der Konsum ist längst zum Mittel
für die Produktion geworden.“[65]
Kaum irgendwo sonst ist der schleichende Übergang zur
Schönen neuen Welt so weit fortgeschritten wie in der

Tendenz, politische Verfahren der gesellschaftlichen Regelung durch Technokratie zu ersetzen. Diese Tendenz wird zweifach angetrieben. Zum einen ist sie Folge eines Ausweichmanövers, in dem Interessenten unterschiedlichster Stärke versuchen, sich den Mühen und Risken einer kommunikativ-konfliktiven Auseinandersetzung über die Wirtschafts- und Gesellschaftsordnung durch Technokratie zu entziehen.

Zum anderen wird auch durch internationale Entwicklungen – Marktverflechtungen, Kapitalkonzentrationen, weltweiter Austausch von Schad- und Giftstoffen – dem nationalen Staat immer mehr an Kontroll- und Steuerungsmöglichkeiten entzogen. Mit einem Wort: die Macht der in sich verzahnten Teilsysteme Wissenschaft, Technologie und Ökonomie bestimmt immer mehr den Ablauf der Ereignisse. Es fehlt der politische Rahmen, diese Prozesse zu steuern.[66]

ENTMÄCHTIGUNG DER SUBJEKTE   Technokratische Eingriffs- und Kompensationspolitik hat vor allem zur Folge, daß die Menschen zu verfügbaren Momenten herabgesetzt werden. Sie bindet die Menschen an Expertensysteme und Bürokratien, gibt sie aber nicht in die Eigenständigkeit und solidarische Verantwortung frei.

Die Macht der Technokratie läßt die Menschen alles Heil von Technik und Bürokratie erwarten, verstärkt ihre technokratische Mentalität, entmündigt, vereinzelt, isoliert sie – durch ein System vielfältiger Abhängigkeit – in einem Konkurrenzsystem gegeneinander. Einer ist für den anderen nur als Mittel (als Produzent oder Konsument) bedeutsam.

Die durch dieses technokratische System bedingte Abhängigkeit und damit Erpreßbarkeit der Menschen und die in ihrer zunehmenden Komplexität immer bedrohlicher erfahrene Welt verleitet auf der Suche nach Sicherung zur Flucht in neue Abhängigkeit. Man überantwortet sein Menschsein an unpersönliche technokratische Gebilde, man paßt sich dem „Man denkt" und „Man tut" an und/oder flieht in eine privatisierte Welt.

Wenn technokratische Machtpolitik die soziale Emanzipation der Menschen organisieren soll, dann zerstört sie zugleich die Wirklichkeit der Freiheit. Sie verkehrt die Freiheit in einen Inhalt der Macht, löscht sie so aus. In dem Maße, wie technokratische Machtdurchsetzung – wirtschaftlicher wie staatlicher Dirigismus – zum Prinzip erhoben wird, ist ein Paradigma für gesellschaftliches Handeln schon gegeben: der Kampf aller gegen alle. Und der Kreis schließt sich. Macht-Konkurrenz erzwingt zur Stabilisierung des Systems die technokratische Eingriffs- und Kompensationspolitik.

Die Folge ist eine progressive Entmachtung der Subjekte innerhalb des Macht-Konkurrenz-Systems, also derer, die diese Mittel zur gegenseitigen Überwältigung einsetzen. Sie werden immer mehr Knechte dieser Mittel.

DER RUF NACH EINER ZENTRALEN AUTORITÄT   Wie lange kann sich die beschriebene Schadensspirale fortsetzen? Schäden und Risiken sind ja nicht beliebig hinnehmbar. Wann wird die Situation eintreten, in der das Macht-Konkurrenz-System seine eigenen Daseinsbedingungen zerstört hat?

Wie weit ist die Eigendynamik der Mittel eine Mittelvermehrung zum Untergang? Wie weit wandeln die Mittel die Weichenstellung in die Katastrophe? Welchen Sinn hat eine Mittel-Produktion um ihrer selbst willen, die völlig ziellos ist? Alles Leben versinkt in Langeweile und

Gleichgültigkeit. Welche Bedeutung bekommt ein Mittel, wenn es kein Mittel mehr ist? Wenn es als Mittel eine selbstzweckliche Form annimmt? Dann bekommt es eine ganz andere „Qualität". Dann besteht die große Gefahr, daß in den verschiedenen Lebensbereichen Mittel eingesetzt werden, um ihre Mächtigkeit an den Tag zu bringen: Rüstungsmittel; genetische, pharmazeutische Mittel; Experimente an Menschen als Test meines Mittel-Potentials. Ich beweise mir und den anderen, daß ich ein solches Mittel-Potential besitze. An anderen wird die Macht des Mittels ausprobiert. Es muß dabei gar nicht um die Ausschaltung oder Vernichtung von Menschen gehen, sondern ihre Ausschaltung erfolgt als beiläufiges Ergebnis des Tests.

Ich spreche in dieser Weise dem Mittel ein Moment des Unbedingten zu. Das heißt, ich vergötze es! In den letzten Jahrzehnten waren Kriege – Vietnam-, Afghanistan-, Golfkrieg – willkommene Mittel, um Mittel zu testen. Was geschah in den psychiatrischen Anstalten der UdSSR? Was geschieht in den Kliniken westlicher Länder? 1989 erregten Menschenversuche Aufsehen, die in einer deutschen Universitäts-Nervenklinik vorgenommen wurden, um die Wirkung von „Glückspillen" zu testen, die bei Katastrophen oder kriegerischen Auseinandersetzungen Panikreaktionen der Bevölkerung verhindern sollen.[67]

Die Frage stellt sich: Wann führt eine zum Material mißbrauchte Welt schließlich den Ausbeuter-Menschen in den Zusammenbruch? Wie kann eine Welt von Dauer sein, die vorherrschend auf Verdrängung und Ausgrenzung anderer Menschen oder Gruppen, auf Opferung der Natur und der Mitgeschöpfe, auf Mißtrauen, Angst und Drohung aufbaut?

Um diese destruktive Entwicklung in den Griff zu bekommen, ergeht der Ruf nach einer zentralen Autorität. Es braucht Zentralinstanzen, die das Ganze regeln. Da eine Selbststeuerung der Bereiche durch die vorhin geschilderte Macht-Konkurrenz-Gesetzlichkeit mit ihren Konsequenzen unmöglich geworden ist, sollen Kompetenz-Instanzen die jeweils besonderen Bereiche des gesellschaftlichen Lebens verwalten und steuern. Am Horizont taucht die zentrale Autorität unter dem Vorzeichen Huxleys oder Orwells auf.

DIE ZWEIDRITTELGESELLSCHAFT DER REICHEN

Im Selbstbild erscheint die heutige Gesellschaft geprägt von einer selbstverständlichen Einheitlichkeit. Noch nie scheinen Kasten und Klassen so wenig die Gesellschaft gespalten zu haben wie heute. Zugleich ist die Gesellschaft tiefgreifend gespalten, nicht nur global in Nord und Süd, nicht nur zwischen Nationen und Ethnien. Entgegen dem Selbstbild einer fundamentalen Einheitlichkeit ist auch innerhalb der reichen Zone der Erde eine Zweidrittelgesellschaft im Entstehen.

Beide Tendenzen – obwohl sie als Gegensatz erscheinen – beinhalten einen schleichenden Übergang zur Huxley-Gesellschaft, sind Einübungen in die Schöne neue Welt, freilich in prekärer, ja katastrophenträchtiger Verknüpfung.

Was erzeugt das selbstverständliche Bewußtsein einer einheitsstiftenden Gleichheit? Was läßt die tatsächlichen, tiefen Spaltungen in den Untergrund des Bewußtseins absinken? Und woher kommt die Spaltung, wem nützt sie?

Die Komfortgesellschaft   Das Bewußtsein der Einheitlichkeit entsteht in der Ausrichtung auf die Komfortgesellschaft. Sie ist es, die wir im Grunde uns wünschen, dicht besetzt mit Reizen, „die das Leben angenehm und angefüllt machen . . . die Außensteuerung ist akzeptiert".[68] Das herrschende System der Bedürfnisse ist durch das bestehende Gesellschafts- und Wirtschaftssystem vermittelt. Sein primäres Ziel ist nicht die Bedarfsdeckung, sondern die Bedarfsweckung. Wo der Konsumbedarf nicht „gespürt" wird, hilft die Werbung nach, suggeriert sie Modernität oder ängstigt den Menschen bis in die Privatsphäre und den Urlaub hinein. Die Werbung erzeugt das Phänomen des künstlichen Hungers. Ihre Suggestivkraft basiert in der Aufdeckung dieses Hungers: „Du hast noch nicht, was du eigentlich möchtest." Dieses „Noch-Nicht" ist die Triebkraft, durch die das System sich entscheidend am Leben erhält.

Was die Wirtschaft mitentscheidend antreibt, sind die Schwächen und Laster der Menschen. Wer Werbung macht, weiß dies. Der Mensch ist ein verführbares Wesen. Diese Wahrheit nimmt die Werbung ernst. Die Werbung reizt das Begehren der Menschen. „Zwei Dinge, die du dir schon immer gewünscht hast: Geld und Macht" (aus einer Werbeanzeige). „Gib dich der puren Dekadenz hin" (Werbung für ein Parfum).

Menschliche Grundeigenschaften, die nicht zur Sonnenseite der psychischen Grundausstattung des Menschen zählen, werden so verstärkt. Diese Schwächen und Laster nehmen in dem Maße zu, wie die Erwerbsarbeit ebenso wie – in einer auf Erwerbsarbeit fixierten Gesellschaft – erwerbsloses Leben entfremdend, bedeutungslos, eindimensional erfahren wird. Lebenssicherung und

Lebenssteigerung sind die Triebkräfte sich ausweitender Massenbedürfnisse. Auf diesen Triebkräften baut die Werbestrategie auf. Das herrschende System muß Wünsche und Begierden mobilisieren und damit eine dauernde Unzufriedenheit und Unruhe erzeugen.

DIE IDEOLOGIEPRODUKTION DER KOMFORTGESELLSCHAFT Die Komfortgesellschaft erzeugt die Suggestion eines unaufhörlichen Konsums, einer scheinbar endlosen Verlängerung des Lebens, das sich sein Lebens-Mittel grenzenlos beschaffen zu können meint. Das Bewußtsein, daß Freiheit sozial zu verantworten ist, verkümmert. Da die Werbung dauernd dafür sorgt, daß allein Waren wahrgenommen werden, entsteht der Eindruck, die Konsumwelt sei die einzig wirkliche: die Ideologie der Komfortgesellschaft.

Diese Bewußtseinsstrategie der Werbung zeigt, was beim Umgang mit Waren geschieht: An die Stelle des Gebrauchs der Vernunft und der Verantwortung der Freiheit, konkret an die Stelle der eigenen Bedürfnisprüfung und der Prüfung des Gebrauchswertes der Güter, tritt jene Illusion, die die Ware als Verpackung umhüllt. Die Folge solcher Illusion ist, daß die „Logik des Kapitals" nicht bewußt wird. Die Ergebnisse des Produzierens (= die Ware) geben nicht zu erkennen, welche Logik ihre Produktion regiert hat und welche Tendenzen der gesellschaftlichen Entwicklung damit gegeben sind.

Es herrscht eine Freiheitsillusion bei uns Konsumenten vor: die Illusion, wenigstens beim Kaufakt souveränes Subjekt zu sein. Das Selbstverständnis nahezu aller gesellschaftlichen Gruppen ist von dieser Illusion geprägt. Die Eliten in Politik und Wirtschaft pflegen und propagieren diese Illusion. Ein Großteil der veröffentlichten

Meinung – Politikerreden und Äußerungen von seiten einflußreicher Wirtschaftskräfte – dient diesem Zweck. Natürlich suggeriert das uns auch die Werbung. Die Illusion besteht darin, daß wir nicht wahrhaben bzw. nicht wahrhaben wollen, wie wir als Konsumenten für die zerstörerischen Wirkungen unserer Produktion mitverantwortlich sind. Wir können wählen zwischen fertigen Sachen, denen wir ihre Geschichte nicht ansehen; wir wissen nicht und wollen zum Teil auch gar nicht wissen, welches Leid, welche Ungerechtigkeit, welche Zerstörungskosten in diesem Konsumartikel enthalten sind, der da in so glänzender, verführerischer Verpackung vor uns liegt.

Wir Konsumenten können oft auch nicht wissen, welche Zerstörungsgeschichte einem Produkt anhaftet, weil wir isoliert einkaufen und als isolierte einzelne dem geballten Wissen der Anbieter gegenüberstehen. Wir können als Nichtfachleute nicht wissen, wie schädlich ein Medikament ist, welche Gifte in einem Produkt enthalten sind, welches belastende Verkehrsaufkommen ein Produkt mitverursacht hat.

Oft ungewollt und unbedacht werden wir als Konsumenten zu Endmonteuren der Zerstörungsabläufe: ökologische Zerstörung, Ressourcenverbrauch, Zunahme der Sozialschäden wie Verdrängung der Menschen aus ihrer Existenz, krankmachendes Produzieren, ungerechtes Teilen von Macht, Erwerbsarbeit und Einkommen.

Am Fabrikstor ist nicht sicher, welche Folgen das Fahren des Autos für die Landschaft haben, was das Fahrzeug an Unfällen und Verkehrstoten verursachen wird, was es an Reparaturaufwendungen auslöst. Und doch fügt der Konsument mit allen anderen Verkehrsteilnehmern diese

Elemente in einer spezifischen Lebensform zusammen: der automobilisierten Gesellschaft.

Die Freiheitsillusion, die die Komfortgesellschaft produziert, macht verständlich, warum Wirklichkeiten nicht wahrgenommen werden oder zu kurz kommen, für die niemand oder nur eine Minderheit wirbt (alternativer Lebensstil, Selbstdisziplin, Einsatz für Gerechtigkeit, erfüllte Liebe, Meditation – Gebet).

Die Macht der Komfortgesellschaft offenbart die Macht derjenigen, die verkaufen, weil sie Geld verdienen wollen (und müssen), um ihre Markt-Macht-Position zu stärken. Sie übermächtigen andere, indem sie ihnen das Leben als habbare Ware vorstellen. Dadurch trüben sie das Bewußtsein, sodaß die Menschen nicht jene Fragen stellen, die sie zu sich selbst kommen ließen. Diese Machtgebilde stehen in einem geheimen Kampf gegen alles, was mit Vernunft, Einsicht, Wahrnehmung von Wirklichkeit und geschenktem Sinn zusammenhängt. Sie setzen auf das Wachstum der Ansprüche.

Die Selbstzwecklichkeit des Quantitativ-Materiellen verfestigt die überwiegend hedonistische Grundhaltung des Menschen: die negativen Formen des Genießen-, Besitzen- und Gelten-Wollens, die durch die Anspruchsinflation des „Immer-Mehr und Noch-Mehr" die geistig-geistliche Dimension ausblenden.

Darum wünschen dann die Menschen der Komfortgesellschaft selbst, daß sie sich nicht mehr auseinanderzusetzen brauchen und ihr Leben nicht in Frage gestellt wird. Sie haben Angst, ihr Leben in Selbst- und Mitverantwortung auf sich zu nehmen, und fliehen in die „Waren", in die Welt des privaten Konsums oder in die Scheinsicherung neuer Abhängigkeiten von geschlossenen Weltanschauungen, die dem Dasein Sinn versprechen.

ZWEIDRITTELGESELLSCHAFT: VORTEIL FÜR WEN? Im Widerspruch zur Ideologie der Komfortgesellschaft, die allen den gleichen Zugang zu Waren suggeriert und allen die gleiche Abhängigkeit von Waren auferlegt, ist die Gesellschaft zugleich auch tief gespalten. Was in den USA und Großbritannien früher und schärfer hervorgetreten ist, gilt inzwischen für alle Teile der reichen Zone der Erde. Diese andere Entwicklungslinie zum Huxley-Staat zeichnet sich heute in einer gesellschaftlichen Differenzierung ab, die durch die gesellschaftlichen Macht-Eliten geprägt ist. Dieses Kartell von Eliten, das alle Lager und politischen Richtungen umgreift, wird in den Führungs- und Planungskollektiven der Gesellschaft sichtbar.

Denken und Handeln dieses Kartells sind vom individuellen Nutzenkalkül bestimmt, einem planenden Überlegen auf der Basis des Zweck-Mittel-Denkens, wobei der Zweck darin besteht, die Selbstbehauptung des jeweiligen Teilsystems (Unternehmen, Staat) im Rahmen der Steuerungsmechanismen zu sichern. Es geht um die jeweilige Machtbehauptung mit technisch-instrumentellen Mitteln, wobei sogar allfällige ethische Überlegungen von dieser notwendigen Selbst- qua Machtbehauptung bestimmt werden. Dieses Kartell von Eliten ist aufgrund der gesellschaftlichen Steuerungsmechanismen – bei Strafe des Untergangs – gezwungen, nach dem relativ größten eigenen Vorteil zu streben.

Zu diesem relativ größten eigenen Vorteil zählt es auch – das ist das gemeinsame Interesse dieses Kartells –, die Steuerungslogik des kapitalistischen Systems funktionstüchtig zu erhalten. Dieses gemeinsame Interesse ist selbst Teil des planenden Überlegens im Rahmen des individuellen Nutzenkalküls.

Das Kartell der Eliten etabliert sich zum Verwalter gesellschaftlicher Wohlfahrt. Durch die Art dieser Verwaltung bildet sich immer mehr eine Zweidrittelgesellschaft heraus. Der Lebensstandard der Zweidrittel ist sichtlich abgehoben von dem des Restdrittels. Die „Besseren" beginnen gegenüber den „Schlechteren" eine eigene Gesellschaftssphäre zu bilden, die das Rest-Drittel als Randzone und Drohpotential bei sich hat: Wenn ihr nicht mitmacht, sinkt ihr auch in die Randzone ab. Und umgekehrt: Wenn ihr mitmacht, habt ihr ungeahnte Chancen für Machtzuwachs und Prosperität.

DIE SYMPTOMKURPOLITIK ALS OPFERUNGSPOLITIK   Diese Zweidrittelgesellschaft ist eine Verdrängungsgesellschaft, die das Elend eines Rests von Menschen braucht, um die übrigen Gruppen – systemgerecht – insbesondere zugunsten der Mächtigen und Privilegierten arbeiten zu lassen. Mächtige Gruppen nehmen für ihre Privilegien die Opferung sozialer Gruppen und – wie geistesabwesend – die Opferung der Natur in Kauf.[69]

Die Hauptursache für das Entstehen dieser Zweidrittelgesellschaft ist die herrschende Politik, die vornehmlich eine Politik der Symptomkur ist. Diese Politik versucht die sozialen und ökologischen Schäden so aufzufangen, daß das Gesamtsystem nicht zusammenbricht. Da das Steuerungssystem selbst mit seinem Herrschafts- und Verdrängungscharakter das Hauptübel ist, aber nicht angetastet werden darf oder kann, bleibt nur die Politik der Symptomkur übrig, die durch den produzierten Reichtum zugleich auch immer mehr Armut produziert und Opferungen nötig macht. Warum?

Die Produktion, die sich im Feld der Macht-Konkurrenz-Beziehungen vollzieht, beruht grundsätzlich auf der Basis der Verdrängung und Ausgrenzung von Menschen und der Ausbeutung der Natur. Die sozialen und ökologischen Folgeschäden versucht man mit Hilfe einer Politik der Symptomkur zu mildern. Da diese Politik der Symptomkur nicht die Ursachen behebt, vollzieht sie sich wieder auf der maßgebenden Basis der Macht-Konkurrenz-Struktur. Da die Ursachen nicht behoben werden, steigen die Kosten der Reparaturen. Es entsteht eine immer größere Kluft zwischen den Zerstörungskräften und den Eingriffsmöglichkeiten bzw. Restaurationskräften. Die Mittel für die Symptomkur werden geringer, sodaß, wenn das System aufrecht erhalten werden soll, wachsende Opferungen sich als notwendig erweisen.

Hiezu kommt, daß bei vielen Menschen die biophysische und geistige Vitalität nicht ausreicht, um in diesem „Leistungskampf" aller gegen alle zu bestehen. Dies trifft auch für den Bildungssektor zu: Vielen fehlt die Kraft und die Fähigkeit zum Umlernen. Sie bleiben auf der Strecke.

Die Schwächeren werden gegeneinander ausgespielt und spielen sich selbst gegeneinander aus. Das Angriffsziel der Schwachen richtet sich vornehmlich gegen die jeweils noch Schwächeren. Sie gehen gegen die Arbeitslosen und Gastarbeiter und Flüchtlinge los. Das zeigte unter anderem auch der Aufruhr in Los Angeles 1992 sehr deutlich. Dieser Prozeß der Spaltung und Splitterung führt zur Stärkung des Kartells der Eliten und der Wohlstandsbürger, er führt zur verschärften Rivalität der Schwächeren untereinander und dadurch zu einer zunehmenden Atomisierung der Menschen der Unterklasse.

Das „QUALITATIVE" WACHSTUM DER ZWEIDRITTELGESELLSCHAFT

Gegenwärtig scheint die Zweidrittelgesellschaft an eine Weggabelung zu gelangen: Entweder werden die Konflikte verschärft oder die Spaltungen stabilisiert.

Zwei Momente drängen in Richtung einer stabilisierteren Spaltung. Zum einen stößt die Wirtschaftsexpansion stets von neuem an physische und soziale Grenzen; die Überausbeutung von Ressourcen, die Vermehrung von Abfall und die schwerwiegenden Erschütterungen ökologischer Gleichgewichte erschweren die fortgesetzte Expansion, bremsen sie periodisch ab, ja drohen sie unmöglich zu machen. Darauf versuchen die Eliten mit einer Umsteuerung zu antworten, die den Ressourcenverbrauch und die Abfall- und Schadensproduktion rationalisieren und beherrschbar machen soll – mit Vorliebe „qualitatives Wachstum" genannt.

Zum anderen kommt die aus dem Funktionieren des Wirtschaftssystems erzwungene Rationalisierung der Expansion auch den Interessen von Eliten zugute.

Eine Voraussetzung, um die Zweidrittelgesellschaft funktionsgerecht halten zu können, liegt darin, das Wachstum nicht mehr ausschließlich linear sich ausbreiten zu lassen.

Hat sich einmal eine demokratische Mehrheit der „Besseren" etabliert, dann sucht dieses System von selbst nach seiner eigenen Beständigkeit in der Unterscheidung gegenüber dem unteren Drittel. Wäre aber der lineare Fortschritt das einzige Wachstumssprinzip der Zweidrittelzone, dann bestünde die große Gefahr, daß als Antwort auf wachsende Schäden zunehmende Opferungen nötig werden, sodaß immer größere Teile der privilegierten Zweidrittel nicht Schritt halten können und in die Eindrittelsphäre absinken, das heißt, daß der Zweidrittelbereich allmählich seinen Mehrheitsstatus verliert. Dadurch würden die Eliten die Möglichkeit einbüßen, sich durch die Beherrschung der Mehrheit gegen eine Minderheit zu etablieren.

Deshalb liegt ein nur minimales Wachstum im großen Interesse der Eliten, da sie die Illusion der Herrschaft der Mehrheit brauchen, um das System und sich selbst am Leben zu halten. Dem kommen die neuen Rationalisierungsnotwendigkeiten (effizientere Ressourcennutzung, Recycling und verlangsamte Umweltzerstörung) entgegen, die eine zyklische, möglichst in sich beruhigte, nur minimale Steigerung als Optimum nahelegen.

Die Zweidrittelgesellschaft wird, um ihre eigene Identität wahren zu können, in das Gleichgewicht einer bestimmten Zufriedenheit gebracht werden müssen; die Erwartungen dürfen nicht mehr über bestimmte Grenzen hinausschießen.

Ein schwieriges Problem für die Machteliten wird es sein, im Zweidrittelbereich Spaltungen innerhalb der von ihnen regulierten demokratischen Mehrheit zu verhindern. Hier gilt die Maxime: das größte Glück der größten Zahl. Während im Horizont der neuzeitlich-linearen Progressivität die Potenzierung dieses Glücks fast ausschließlich auf der Ebene des quantitativen Immer-mehr-Habens, also der Besitzsteigerung, realisiert wurde (wodurch das gesellschaftliche System im Kampf aller gegen alle großen Gefährdungen ausgesetzt war), so wird innerhalb der Zweidrittelgesellschaft der Kampf aller gegen alle dadurch gemildert und verschoben, daß die Macht-Eliten für die Herstellung des Glücks immer weniger Mittel brauchen. Der Opferzoll, der mit der quantitativen Steigerung von Glück verbunden ist, kann sinken, genauer: Er wird von der „äußeren" auf die „innere" Natur abgewälzt.

Es kann ja schließlich niemand noch mehr gewinnen als Ganz-glücklich-Sein, ob er nun mehr oder weniger hat. Dieses Weniger-Haben – also eine insgeheim auch gesteuerte und eingeplante Armut – wird der große Kunstgriff der sozialen Manipulation. Hier liegt auch ein entscheidender Grund, warum in der Zweidrittelgesellschaft zwar bestimmte Formen des Drogenkonsums nach außen hin verurteilt und bekämpft werden, nach innen aber die Harmonie durch physiologisch-psychische Drogen, und seien sie audiovisueller Art, gesucht wird. Dadurch zeichnen sich Ansätze ab, die schon sehr deutlich auf die Strukturen der Schönen neuen Welt hinweisen.

INTERNATIONALE UND GLOBALE TENDENZEN IN DIE HUXLEY-GESELLSCHAFT

WELT-EINHEITSZIVILISATION ODER WELTSTAAT?   Unsere heutige Gesellschaft ist sicherlich kein Weltstaat. Darin ähnelt sie am wenigsten der Schönen neuen Welt. Die Vielfalt der Staaten, ihre Rivalitäten, Blockbildungen und zumeist höchst asymmetrischen Beziehungen sind eher als Chaos oder als mehr oder minder offener Krieg zu verstehen denn als Vorstufe zum Weltstaat. Die Staatenwelt ist eher in der Latenzphase eines kommenden Weltbürgerkriegs. Dieser könnte auch den Umschwung in den Weltstaat der Schönen neuen Welt herbeiführen.

Gewiß sind im gegenwärtigen Staatenchaos Tendenzen zur weltweiten Vereinheitlichung in Richtung der Schönen neuen Welt sichtbar, deutlicher in den substaatlichen Bereichen, doch auch in der Funktionsweise der Staaten selbst.

Jeder Staat ist heute in vielfacher Weise integriert in das System der Weltgesellschaft. Er bestimmt zum einen das

Schicksal dieser Weltgesellschaft mit, zum andern ist er abhängig von den Wechselwirkungen weltweiter Tendenzen, von einem funktionierenden Weltmarkt und einem weltweiten Finanz- und Währungssystem, von den Wechselwirkungen und dem Spiel von Kräften, die durch eigenmächtige Entscheidungen eines Einzelstaates nicht gesteuert werden können. Jeder Einzelstaat ist immer mehr in die Dynamik des internationalen und transnationalen Kraftfeldes der Weltgesellschaft eingebunden.

Die zunehmende Arbeitsteilung und Vernetzung der Handlungszusammenhänge im Binnenraum der Gesellschaft wie weltweit führen dazu, daß diese Handlungszusammenhänge technologisch-technisch und bürokratisch-institutionell immer mehr durchorganisiert werden müssen, soll der weltweite Gesellschaftszusammenhang nicht in sich zusammenbrechen. In diesen Prozessen setzen sich – immer anonymer – massive Macht- und Profitinteressen durch, und dies auf Kosten von Menschen, Mitgeschöpfen und der Natur. Diese a-personalen, a-sozialen Verflechtungsprozesse stiften Handlungszusammenhänge, die die Subjekte immer mehr zu Objekten dieser Prozesse machen.

Die Dynamik dieser Weltgesellschaft verweist auf Entwicklungslinien, die das Heraufkommen einer Weltgesellschaft bzw. eines Weltstaates im Sinne Huxleys nicht unwahrscheinlich erscheinen lassen:

Die Kräftefelder der Weltgesellschaft, von denen alle Staaten der Welt immer abhängiger werden – Finanz- und Währungssystem, weltweite Umweltzerstörung, Informations- und Kommunikationssysteme – versetzen die gesamte Menschheit zunehmend in eine Gleichzeitigkeit, die auf die Differenz der Kulturen keine Rücksicht mehr nimmt: Eine Welteinheitszivilisation ist im Entstehen.[70]

Trotz des Gegendrucks nationalstaatlicher Identitätsgewinnung in einigen Regionen der Erde wird ein heute schon sichtbarer zwischenstaatlicher Konkurrenzdruck (Sicherheitserwägungen, Größe des Binnenmarktes, wissenschaftlich-soziales Kapital) dazu führen, daß sich immer mehr Staaten zu postnationalen, ja kontinentalstaatlichen Überlebenseinheiten zusammenschließen. Es zeichnet sich ein mächtiger Integrationsschub in Richtung eine Menschheit ab.[71]

Die Technik der Kabel- und Satellitensysteme ermöglicht es, die ganze Erde mit einem einzigen Informationssystem (oder einer zentral gesteuerten Vielfalt) zu überziehen. Jeden Abend trifft sich die Welt am Dorfplatz des Fernsehens und tauscht die von vier oder fünf großen Nachrichtenagenturen ausgewählten Tagesereignisse aus.[72] Es ist technisch möglich geworden, „Bewußtseinsinhalte und Informationen gleichzeitig über die Erde zu verbreiten. Sie erzeugen eine virtuelle Omnipräsenz der gleichen Nachrichten und Ideologien, der gleichen Leitbilder und emotionalen Klischees, der gleichen suggestiven Stereotypien in allen Teilen der Erde".[73]

Zum ersten Mal in der Menschheitsgeschichte setzt sich global ein Weltbild durch, für das nicht zuletzt die weltweit vernetzte Scientific community verantwortlich zeichnet. Die auf diesem naturwissenschaftlichen Weltbild aufbauenden und es vermittelnden Technologien führen zu weltweit vergleichbaren Ergebnissen – sei es in der Produktion von Haushalts- und medizinischen Geräten oder von Waffensystemen. Dieses naturwissenschaftliche Weltbild wird weltweit in den Universitäts- und Schulsystemen vermittelt. Kein Staat der Welt kann sich diesen Zwängen entziehen.[74]

Die Macht des Teilsystems Wissenschaft – Technik – Ökonomie prägt auch immer mehr das Wert- und Normensystem der einzelnen Staaten, welche Weltanschauung und
Ideologie sie offiziell auch immer vertreten mögen. Durch
die Macht dieses Teilsystems verlieren spezifische Weltanschauungen und Normengefüge immer mehr an Bedeutung. Es ist nicht das Wert- und Normensystem einer
Weltanschauung, das die politischen, ökonomischen und
kulturellen Strukturen prägt, sondern die Macht dieses
Teilsystems.

Eine Welteinheitszivilisation entsteht nicht zuletzt durch
die Vereinheitlichung der Lebensmuster, die durch die
Faszination und Globalisierung des westlichen Lebensstils verursacht ist.

Englisch setzt sich zunehmend als die Welt-Einheitsspra-
che durch.

Das weltweit vernetzte System Wissenschaft – Technik –
Ökonomie produziert die technisch-organisatorischen Instrumente, die die Beherrschung einer Weltgesellschaft
bzw. eines Weltstaates im Sinne Huxley als realistisch erscheinen lassen.

Die Gefahren und Zerstörungen, die die großtechnischen
Systeme (Atom, Chemie, Genetik) und die Reichtumsproduktion weltweit hervorrufen, erzwingen zentrale und ge-
waltintensivere Lösungen.[75]

Die Menschen selbst werden zunehmend zu Objekten dieser national und weltweit sich vollziehenden technokratischen Eingriffs- und Kompensationspolitik.

Die Menschen unterwerfen sich denen, die ihnen einen
psycho-physischen Glückszustand garantieren.

a) Weltweite Kooperation des Kartells der Eliten

Trotz der logischen Stringenz einer solchen Sicht der Dynamik hin zu einem Weltstaat, ist es – wenigstens für die nächste Zukunft – wahrscheinlicher, daß es dem weltweit vernetzten Kartell der Eliten mit Hilfe der besprochenen Herrschafts- und Opferungstechniken der Zweidrittel- bzw. Eindrittelgesellschaft gelingt, eine relativ störungsfreie Weltordnung zu erhalten. Im weltweiten Kontext bezeichnen die „Zentren" im Norden wie im Süden das eine Drittel die Reichtumszone, und die „Peripherien", die Zweidrittel, die Armutszone.

Die Macht des weltweit vernetzten Teilsystems Wissenschaft – Technik – Ökonomie ist sichtbar in den transnationalen interdependenten Herrschaftszentren der Technokratie: den Direktionsetagen, Konstruktionsbüros und Laboratorien der multinationalen bzw. transnationalen Konzerne, Großbanken, der militärisch-industriellen Komplexe und internationalen Organisationen wie der Weltbank.

Wie es im Interesse des Kartells der Eliten liegt, eine sie begünstigende Ordnung auf national- bzw. zwischenstaatlicher Ebene aufrecht zu erhalten, so liegt es auch in ihrem Interesse, eine sie privilegierende Weltordnung vor einem Zusammenbruch zu bewahren. Die Organisations- und Geldeliten der jeweiligen Zentren kooperieren auf Kosten der Peripherien.

Was im Binnenraum des Staates die Staatsgewalt ist, ist im weltweiten politischen System die Abschreckung der „Pax Americana" (die USA mit ihren jeweiligen Verbündeten) und im ökonomischen System der Weltmarkt, der durch die Großkonzerne und Großbanken dominiert wird.

Ein solcher globaler „dynamischer" Gleichgewichtszustand ist durchaus vereinbar mit massiven lokalen und regionalen Krisen und Katastrophen. Solche lassen im globalen System der Selbststeuerung neue Konstellationen aufgrund der Selbstkorrektur des Systems entstehen. Gerade das Verfolgen von Macht und Profit schließt Interaktionsformen wie Kompromiß, Kooperation und Hilfe ausdrücklich mit ein.

b) Schleichende Apokalypse

Das weltweit vernetzte System steuert sich nach dem Modell einer „qualitativ" begrenzten Expansion. Alles dreht sich um Macht- und Profitmaximierung. Das sich selbststeuernde System entwickelt einen „Frieden in sich selbst", der auf Opferungen massiven Ausmaßes aufgebaut ist.

In dieser Weise entstünde kein Huxley-Weltstaat, sondern eine Huxley-Gesellschaft, die sich gleichsam schleichend als Folge einer Politik des kleineren Übels bzw. der Symptomkur den Weg bahnt – analog zur Ausrottung der Indianer in Amerika, die nicht bewußt geplant, aber in der Mentalität und in den Mechanismen der Eroberung des Landes angelegt war.

Hans Jonas spricht von der Gefahr einer „schleichenden Apokalypse": Die Gefahr für die Menschheit liegt nicht in einer plötzlichen gegenseitigen Vernichtung, sondern sie beschleicht uns unversehens – „in den besten, friedlichsten und unschuldigsten Unternehmungen, Gewohnheiten, Stilen des Handelns, die wir uns im Erfolgsrausch der letzten Generationen angeeignet haben".[76] Ebenso sieht Norbert Kostede die Krise nicht als plötzliche Sintflut oder als definitives Tschernobyl über die Menschheit kommen. „Die milliardenfachen kleinen Umweltsünden des Alltags übertreffen in ihren Auswirkungen die großen Skandale und spektakulären Katastrophen bei weitem – doch für die schleichende Zerstörung des Planeten fehlt die allgemeine Aufmerksamkeit."[77]

Unter diesen Vorzeichen entwickelt sich die Huxley-Gesellschaft zu einem transnationalen Weltkastensystem,[78] in dem die Reichtumszonen dieser Welt sich als die Kernzonen der Schönen neuen Welt herauskristallisieren; ihre Verwalter und Insassen bilden die Alpha-Plus- bis Beta-Minusmenschen, die Armutszonen setzen sich aus Epsilon- und Deltamenschen zusammen; die Bewohner der Elendszonen machen das „Reservat" aus, das dem Zentrum als Drohbild und Disziplinierungsinstrument für die eigene Machtstabilisierung dient. Die Bewohner der Elendszonen sehen in den Kernzonen der Schönen neuen Welt – analog zur Figur der Filine im Roman – das Reich Gottes auf Erden.

STRUKTURTENDENZEN IN RICHTUNG SCHÖNE NEUE WELT

Kein Weltstaat, aber doch eine Welteinheitszivilisation ist im Entstehen, einheitlich in den bestimmenden Orientierungen – als Technopathie und als Komfortgesellschaft – und zugleich tief gespalten – im Nord-Süd-Konflikt, aber auch als Zweidrittelgesellschaft im reichen Norden. Es ist also noch nicht die Schöne neue Welt, doch bestehen bereits Strukturtendenzen, die in ihre Richtung weisen:

a) Anfänglich entsteht ein Kastensystem – sichtbar insbesondere in den technokratischen Eliten als der Alpha-Plus- und Alpha-Minuskaste.

b) Unter welchen gesellschaftlichen Verhältnissen auch immer, die Menschen sind geneigt, Glückseligkeit auf möglichst kurzen Wegen in der Form eines psycho-physischen Glückszustands anzuzielen. Die Macht-Eliten stützen diese Neigung.

In der Sprache Horst Baiers: „Der soziale Eudämonismus, der die Massen wohlfahrtsstaatlich mit Glücksverheißungen lenkbar gemacht hatte, kippt vollends um in einen sozialen Hedonismus mit daseinsfürsorglich erzeugten Lusterwartungen und daseinsvorsorglich vorgehaltenen Befriedigungschancen. Der Sozialstaat kennt keine Metaphysik, . . . sondern allein die Psychophysik der Macht- und Lustmechanik. Das ist die Herrschaftsräson seiner politischen Klasse und die Gefolgschaftsgesinnung seiner sozialen Klientel."[79]

c) Durch Drogen aller Art entsteht ein einheitlicher Glückszustand, an dem alle partizipieren können, da er vom Besitzstandskampf der Macht-Konkurrenz und der Prestige-Auseinandersetzung freier ist, d. h. nur mehr den Menschen als Menschen für sich genommen anzielt: Wenn einer glücklich ist, dann ist es ihm gleich, unter welchen Bedingungen er es ist. Und ob einer in Ketten ganz frei oder aller Ketten ledig ist, ist hinsichtlich des allen offenstehenden möglichen Glückszustandes letztlich gleichgültig.

d) Es bildet sich eine zyklische Struktur der Zweidrittelgesellschaft in Selbstgenügsamkeit heraus.

e) Es nimmt das Bewußtsein breiter Schichten der Bevölkerung zu, gesellschaftliche Notwendigkeiten als Formen der eigenen Freiheit zu wählen. So glauben Menschen, sich am Arbeitsmarkt frei zu bewegen. Während doch die

Notwendigkeit, sich um angebotene Arbeits- und Einkommensmöglichkeiten zu streiten, von außen – vom Markt – vorgegeben ist.

f) Spielt sich die Zweidrittelgesellschaft in diesem Gleichgewichtszustand psychisch-physischer Glückseligkeit – für eine gewisse Zeit wenigstens – ein, dann wird sich das Kartell der Eliten auch immer weniger „durchsetzen" müssen. Sich durchsetzen müßte es sich nur gegenüber und angesichts von Widerständen: Aber wer soll jemandem, der für das Glück der Menschen sorgt, Widerstand entgegensetzen, außer er entschließt sich, unglücklich zu sein, und wer sollte sich schon dazu entschließen?

In all dem wird innerhalb der ansatzweise schon verwirklichten Huxley-Gesellschaft auch der Huxley-Staat schon vorbereitet.

Noch nicht die Huxley-Gesellschaft, aber die Krise zur Schönen neuen Welt

Die Krise vor dem Umkippen in die Huxley-Gesellschaft

In vielen Zügen ist der schleichende Übergang in die Schöne neue Welt überall in der Gesellschaft sichtbar; dem sind wir im vorigen Kapitel nachgegangen. Doch in ebenso auffälligen Zügen ist unsere Gegenwart von der Schönen neuen Welt weit entfernt. Wie paßt das zusammen? Auffällig sind die Ähnlichkeiten in den Lebensbereichen, die wir als „zivile Gesellschaft" bezeichnen. Es ist die von den Bürgern unmittelbar erfahrene Lebenswelt – im Unterschied zu der von der staatlichen Organisation und Durchdringung erfaßten Gesellschaft. Bei Huxley fällt auf, daß diese Unterscheidung nicht spürbar wird. Es gibt keine Zonen, die Nicht-Staat sind. Der Weltstaat wird überall, vor allem auch in der „zivilen Gesellschaft" wirksam, indem er die Unterscheidung gegenstandslos macht.

Die Huxley-Gesellschaft ist im wesentlichen eine „Service-Gesellschaft", in der der Staat ein einziger, eben der Weltstaat ist, allmächtig und zugleich fast unsichtbar. Dagegen ist heute die Gesellschaft nach dem Muster des technopathischen Expansionismus strukturiert; aber ein Weltstaat ist diese Gesellschaft nicht.

In der Schönen neuen Welt erscheinen Gesellschaft und Staat gleichsam in eins verschmolzen – zum Weltstaat unter den Weltaufsichtsräten. In der Schönen neuen Welt wird kein expliziter Herrschaftsapparat sichtbar, werden die Spielregeln oder Verhaltensprogramme als selbstverständlich und immer schon vorgegeben hingenommen, sodaß die Frage der Legitimität nicht mehr auftauchen kann; auch die Frage der Rivalität zwischen denen, die die Spielregeln einpassen, ergänzen, modernisieren, die die Programme des Verhaltens im Universalstaat anpassen müssen, wird nicht zum Problem.

Unsere universalisierte Expansionsgesellschaft ist dagegen mit dem Fehlen verbindlicher Spielregeln und Programme geplagt, vom Schwund der Legitimität all der Instanzen, die früher als Staat oder sonst als Normenverwalter Spielregeln und Programme vorgegeben haben, ist gezeichnet von der Rivalität zwischen alten und neuen politischen Programmachern.

Der Zustand dieser – jedenfalls vom Modell her – universalisierten einen Weltgesellschaft ähnelt heute, da die Welt durch den Zusammenbruch des Sowjetimperiums nicht mehr verläßlich durch Feindschaft organisiert ist, eher, wie noch zu zeigen sein wird, einem beginnenden Weltbürgerkrieg als dem befriedeten Weltstaat.

Dazu kommt das Auftauchen neuer Fundamentalismen, die auch für beruhigte Kernzonen, die am ehesten einer Huxley-Gesellschaft ähneln könnten, eine äußere Differenz und Feindschaft begründen.

Während in Huxleys Schöner neuer Welt der Rand entschärft und unproblematisch erscheint, ist heute die instrumentalisierte Expansionsgesellschaft weit davon entfernt, mit ihren äußeren und inneren Rändern zurechtzukommen. In der Schönen neuen Welt ist der äußere Rand durch abgekapselte exotische Bezirke – „Reservate" – stillgelegt, der innere Rand jedoch entweder durch biologische Manipulation beseitigt oder auf kontrollierte, in das System bruchlos integrierte Tätigkeiten abgelenkt: den Konsum von Soma und die Wahrnehmung von Exoten oder aber auf „Inseln" abgeschoben.

Dagegen hat die heutige expansionistische Weltgesellschaft kein Drogenmonopol, sie hat auch noch nicht verläßlich den inneren Rand – also die Differenz von artikulationsfähigen sozialen Gruppen und von einzelnen – unter Kontrolle gebracht. Insoweit bleibt neben Huxley Orwell aktuell.

Im Bereich der staatlichen Dimension sind wir ohne Zweifel noch sehr weit weg von diesem spannungslosen Weltstaat, in dem die Weltaufsichtsräte frei von Rivalität das Geschick der Bürger bestimmen.

Bezeichnenderweise treten in allen Bereichen der Gesellschaft – gerade auch wegen der Tendenzen, die wir als schleichenden Übergang zur Schönen neuen Welt beschreiben können – schwerwiegende Krisen in der Steuerung der gesellschaftlichen Prozesse auf. In Verbindung mit den schleichenden Einübungen von Verhaltensweisen der Huxley-Gesellschaft machen diese Krisen ein Umkippen in die Schöne neue Welt wahrscheinlich.

Solche Krisen türmen sich in all den Bereichen auf, in denen die schleichenden Übergänge zur Schönen neuen Welt den Bedarf nach dem Weltstaat huxleyscher Prägung erzeugen.

DIE KRISE DER TECHNOPATHIE

DIE UNSTABILITÄT DER VERDRÄNGUNGSKONKURRENZ Eine auf Verdrängungskonkurrenz aufbauende Gesellschaft muß instabil sein. Wenn nicht eine politische Kultur den Rahmen und die Verfahren vorgibt, wie wir uns über Normen, Fakteneinschätzungen und Strategien verständigen, hängt die Gesellschaft auf Bestehen und Gedeihen allein von den Leistungen ab, die in der Verdrängungskonkurrenz erforderlich und erfolgreich sind.

Die Gesellschaft der Verdränger ist zu ihrer Selbstbewahrung darauf angewiesen, eben jene Leistungen zu forcieren, die sowohl die einzelnen Wettbewerber hinreichend motivieren als auch die Organisation der technischen Problemlösung an die unendliche Aufgabe der Expansion von Instrumentenpotentialen anpassen.

Offenkundig ist die Gesellschaft des heute herrschenden Typs vor beiden Herausforderungen in eine schwere Krise geraten. Aus dieser Krise wird nur eine tiefgreifende Veränderung herausführen können. Das technopathische Konkurrenzsystem birgt in sich diese Verwandlungskraft nicht. Eine mögliche Verwandlung der Konkurrenzgesellschaft, die wahrscheinlichste, ist ihre Ersetzung durch die Huxley-Gesellschaft. In ihr wäre die Konkurrenz in das „friedliche" Miteinander der genetisch und hypnopädagogisch stabilisierten Kasten aufgelöst.

ILLUSIONÄRES HABEN   Die Individuen in ihrer Rolle als Verdränger, als Marktpartei oder Marktopfer sind unter den herrschenden Rahmenbedingungen allein durch das Versprechen motivierbar, als Belohnung Dinge und Service „haben" zu können. Das Haben soll Genuß und Sicherheit garantieren.

Die systemgemäße Belohnung wird jedoch zweifach fraglich. Zum einen findet die Jagd nach dem Haben nie ein Ende; der nächste Markttag kommt bestimmt. Auf allen Stufen des Jagderfolgs, auch bei den spektakulär Profitierenden, mehren sich Anzeichen von Überdruß, Unbefriedigtsein, Erschöpfung. Der Kurzschluß zwischen Begehr und Gewähr, den die Huxley-Gesellschaft leistet, kann als die erlösende Antwort erscheinen.

Zum anderen läßt die allgemeine Jagd nach Haben Menschen in immer größerer Zahl in die Zonen von Nichtteilhabe und Elend abstürzen; es entsteht die Zweidrittelgesellschaft. Sie zu stabilisieren, d. h. die Mehrheit auf die Interessenlage der profitierenden Eliten festzulegen und zugleich bei den Abgedrängten keinen störenden Widerstand aufkommen zu lassen, ist eine Manipulationsaufgabe, vor der die Gesellschaften zunehmend in Schwierigkeit kommen. Huxleys Weltstaat löst diese Aufgabe – in seiner unpolitischen technizistischen Manier. Davor aber würde wohl – wie in Huxleys Roman vorausgesetzt – ein Bürgerkrieg, der Weltbürgerkrieg zu bestehen sein.

REDUKTION AUF TECHNIK VERLANGT ANGEPASSTE MENSCHEN
Das Programm, dem sich die Eliten gegenwärtig verschrieben haben und das die Gesellschaftsprozesse bestimmt, ist die Reduktion aller Probleme auf technische Lösungen, auf die Optimierung von Mittelkombinationen. Dieses Programm funktioniert in den verschiedenen Bereichen der Gesellschaft, solange es nur um die Behebung begrenzter Mangellagen geht, etwa durch verbesserte Produktions- und Marketing-Techniken, im Straßen- und Kraftwerksbau oder in der militärischen Aufrüstung als Methode der Sicherheitspolitik. Immer häufiger aber werden dabei Schwellen erreicht, an denen die Methode entweder aufgegeben oder aber radikalisiert werden müßte.

Das Dilemma konkret: Entweder wird der Straßen- und Krankenhausbau nun doch nach nicht-technischen kulturell-politischen Normen überprüft, oder das Programm der Reduktion auf technische Verfahren wird noch weiter ausgedehnt und radikalisiert: Die Menschen werden an die Straßen und Krankenhäuser, an Straßenbau- und Kraftwerksindustrie angepaßt. Die hinreichende Anpassung der Menschen an die Erfordernisse einer generellen technischen Problemlösung wäre jene des Huxley-Staats.

DAS ELEND DER TECHNOKRATEN Mehr und mehr wird die Technokratie zur Steuerungslogik der Gesellschaft erhoben. Über Entwicklung und Einsatz von Technologien gibt es kaum parlamentarische Abstimmungen. Auf die Durchsetzungsmacht des technologischen Wandels antwortet der Staat mit einer Politik der nachträglichen Grenzziehung und der Schadensminimierung im Sinne der Symptomkur. Epochale Grundentscheidungen wie im Bereich der Gentechnologie, die zu einer Revolutionierung unserer Lebenswelt führen, werden an Parlament und Regierung vorbei umgesetzt.[80]

Immer weniger sind wir in der Lage, die ökologischen, ökonomischen und technischen Prozesse zu steuern. Das gibt nicht nur den sozial und ökologisch sensiblen Menschen zu besonderer Sorge Anlaß, sondern zunehmend auch Teilen der Eliten.

Der Ausweg Technokratie erweist sich mehrfach als Sackgasse. Zum einen expandieren in wichtigen Bereichen die Schäden schneller als die technokratisch organisierten und erwirtschafteten Nutzen. Zum anderen stoßen die Expansionsvorhaben der Technokraten auf das euphemistisch „Akzeptanzproblem" genannte Widerstreben von Betroffenen oder verantwortungsvoll Einmischungswilligen. Dazu kommt die Erfahrung einer umfassenden Leistungsschwäche der Technokratie, besonders in periodischen Einbrüchen der Wirtschaftsexpansion.

Das „Elend der Technokraten" läßt eine künftige Weggabelung absehen, an der entweder eine politisch-kulturelle Innovation die Technokratie ablöst oder aber Technokratie als Weltstaat vom Huxley-Typ die Krise erledigt.

Die Schwäche einer nicht genetisch abgesicherten Autorität

Kann die begonnene oder zumindest sich abzeichnende Krise auch anders als durch das Umkippen in Huxleys Weltstaat enden? Eine der heute wieder favorisierten Alternativen wird als Ruf nach der durchsetzungskräftigen zentralen Autorität hörbar.

Da eine Selbststeuerung der Bereiche durch die vorhin geschilderte Macht-Konkurrenz-Gesetzlichkeit mit ihren Konsequenzen unmöglich geworden ist, sollen unangefochtene Kompetenz-Instanzen die jeweils besonderen Bereiche des gesellschaftlichen Lebens verwalten und steuern.

Woher aber soll die unanfechtbare Autorität kommen? Wie soll sie sich durchsetzen? Gegen welche Interessenlagen? Reicht dazu Überredung? Bedarf es der Gewalt?

Die Versuchung liegt nahe, die ersehnte Autorität durch Genetik sowie über chemische und informationstechnische Manipulationen aufzurichten und abzusichern. Am Horizont taucht die zentrale Autorität unter dem Vorzeichen Orwells und/oder Huxleys auf.

Die Orientierungskrise

Was den Umsturz unserer Gesellschaftsordnungen in den Staat der Schönen neuen Welt zu einer wahrscheinlichen Perspektive werden läßt, ist nicht allein die Krise der Strukturen und Institutionen. Es kommt eine Krise der Orientierung hinzu.

Ethische Welterklärungen im luftleeren Raum

Das Teilsystem Wissenschaft – Technik – Ökonomie hat in der Ausbreitung der Konkurrenzgesellschaft nicht allein in ihren Sachbereichen, sondern auch in den Bildern und

Deutungen der Welt Macht gewonnen. Dadurch verlieren nicht-technizistische Welterklärungen und Lebensdeutungen und die sich aus ihnen ableitenden Wert- und Normensysteme immer mehr an Bedeutung. Weltanschauliche Auseinandersetzung bewegt sich an der Oberfläche. Sie hat nicht die Kraft, die Grundmechanik des Systems anzutasten. Denken und Handeln bleiben an eine strategische Rationalität gebunden, die vom Teilsystem Wissenschaft – Technik – Ökonomie bestimmt wird. Ethische Imperative werden zur Funktion eines Handelns nach dem relativen Vorteil.

Alle Schäden, Risiken und Krisen, die sich als Folge der Selbststeuerung des Systems einstellen, werden vom System mittels der Logik des kleineren Übels bzw. der Symptomkur zu korrigieren versucht, damit das System nicht zusammenbricht. Die Logik des kleineren Übels ist nur ein Moment der monologischen Selbstkorrektur des sich selbst steuernden Systems. Sie besteht darin, durch zusätzliche Mittel und Instrumente die Schäden zu reparieren und zu kompensieren: durch Sozialwaren (Sozialfürsorge); Öko-Waren (Filter, neue Medikamente); Technikwaren (neue chemische Substanzen, Gentechnik); Sicherheitswaren (neue Gesetze, mehr Polizisten, Gefängnisse).

Der „weltanschauliche" Streit zwischen den beiden Richtungen der Technokraten – den „Marktmodernisierern" und den „Staatskonservatoren" – entzündet sich allein an der Frage, wie die reparierend-kompensierende Politik – die Politik des kleineren Übels bzw. der Symptomkur – organisiert werden soll: über die großen Unternehmen oder über die Staatsbürokratie.

Beiden technokratischen Varianten ist eines gemeinsam: die schädlichen Folgewirkungen des Produktions- und

Konsumtionsprozesses werden nicht zur Chance, die Übel an der Wurzel zu bekämpfen, sondern bilden nur den Anlaß, zusätzliche Produktions- und bürokratische Organisationsleistungen zu erbringen.[81]

VERWIRRENDE VIELFALT VON SINN- UND ORIENTIERUNGSANGEBOTEN

Zur Bewältigung der wachsenden Komplexität differenziert sich die moderne Gesellschaft immer mehr zu einem Verbund von zahlreichen Teilsystemen (Wirtschaft, Politik, Wissenschaft, Religion), die eigenständige und oft hochdifferenzierte Funktionsmuster ausbilden und zum Teil widersprechende Sinn- und Orientierungszusammenhänge produzieren.

Das hochkomplexe, die Gesellschaft zentral steuernde Teilsystem Wissenschaft/Technik/Ökonomie kann nur dann funktionieren, wenn es durch eine Reihe von Zusatzsystemen (Ehe/Familie, Religion, Freizeitindustrie, soziale Dienste und Einrichtungen: Psychotherapeuten, Betreuungs- und Beratungszentren) gestützt wird, die die gröbsten von ihm produzierten Mißstände abbauen helfen.

Die dem herrschenden System immanente Politik des kleineren Übels bzw. der Symptomkur hat also zur Folge, daß immer mehr Subsysteme geschaffen werden müssen, um mit den produzierten Mangellagen und Schäden fertigzuwerden und die Bürger zu entlasten.

Teil-, Sub- und Zusatzsysteme entwickeln einander widersprechende Partikularideologien und spalten die Lebenswelt in verschiedenste Sinn- und Orientierungswelten, Wert- und Normengefüge. Die Menschen sind Bürger dieser verschiedenen Sinn- und Orientierungswelten und werden in ihnen und von ihnen herumgewirbelt.

So agiert dann ein Manager in der Welt der Familie als besorgter Familienvater, der für Treue, Genügsamkeit und Gemeinsinn eintritt, in der Welt der Wirtschaft als harter Vertreter der Vernichtungs- und Verdrängungskonkurrenz, des Status- und Karrierewettbewerbs, in der Welt der Freizeit als einer, der sich vom Prestige-Konsum leiten läßt, in der Welt der Kirche als einer, der fasziniert der Bergpredigt Jesu Christi lauscht.

PRIVATE WELTERKLÄRUNGEN Pluralismus ist an sich etwas Positives: ein Wettbewerb ethisch verankerter Welterklärungen, der zu tieferer Auseinandersetzung mit Sinnfragen anregt. Was sich aber zeigt, ist eher eine Beliebigkeit von Privatideologien. Solch persönliche Überlebens- oder Untergangstheorien lassen sich an typisierten Standpunkten karikieren.

Das Weltbild der technokratischen Berufsoptimisten

Es wird schon gutgehen. Wir werden es schaffen, weil wir Mittel und Instrumente erfinden werden, um mögliche Defizienzen und Fehler im System zu korrigieren. Und wenn natürliche Ressourcen nicht zur Verfügung stehen, werden wir diese Mittel durch wissenschaftliche Forschungen künstlich entwerfen. Alles ist herstellbar. Das „Deus-ex-machina-Modell": die „Liebe Gottes" wird's schon richten.

Das Weltbild der letzten Marxisten

Der totalen Wiederherstellung des Menschen muß seine totale Entmenschlichung vorangehen, sagte Marx. Das Böse als dialektische Bedingung für eine absolut optimistische Sicht. Je mehr es bergab geht, umso steiler geht es bergauf. Der Karfreitag als dialektischer Gegensatz zum Ostersonntag. Der Enthusiasmus ist eingeplant. Proletarier aller Länder vereinigt euch! Das Reich der Freiheit naht!

Das Weltbild der zynischen Machthaber

Die Menschen sind an sich korrupt, unfähig. Wie die Geschichte zeigt, enden ihre Initiativen in Ziel- und Planlosigkeit. Es ist unsere Pflicht und Schuldigkeit und auch unser Recht, die Menschen in einer positiven Weise zu bestimmen. Sie sind böse, aber wir werden ihnen mittels Manipulation eine „Natur" vermitteln, aufgrund derer dann doch noch eine positive Effizienz erreichbar ist. Die Menschen sollen doch dankbar sein, daß wir ihnen etwas geben, was sie aus sich nicht vermögen.

Das Weltbild der Beherrschten

Wir sind unfähig, aus eigener Initiative etwas zu verändern. Die Mächtigen lassen uns keine Chance. Wir sind zu ungebildet. Daher der den Herrschenden zugerechnete Optimismus: Sie werden es schon können; oder: Führer befiehl, wir folgen dir.

Das Weltbild der liberalen Kapitalisten

Von der Gemeinschaft kann ich nichts erwarten, daher muß ich alles durch meinen Einsatz regeln. Leistung ist alles! Ich werde es im Macht-Konkurrenz-Kampf schon schaffen. Entweder unter dem Vorzeichen, daß ich besser bin als der andere und ihn so verdränge oder in der Hoffnung, daß er versagt, es schlechter macht als ich. Im übrigen ist das technisch-quantitative Wachstum voranzutreiben. Damit wächst die Qualität der Politik und ihre Effizienz.

Das Weltbild der Hedonisten

Kauf den Augenblick auf; genieß doch das Überangebot an Genußgütern! Genießt möglichst viel! Und wenn euer Leben keine positive Qualität und Verheißung in sich trägt, dann stellt den Daseinsgenuß technisch her. Im Extremfall im Rausch – pharmakologisch-medikamentös produziert.

Das Weltbild der Naturoptimisten

Zurück zu guter Luft, zu reinem Wasser, zu nichtgespritzten Nahrungsmitteln. Schaltet die Technik aus; lernt von den Indianern. Taucht in das vegetativ Wesende der Natur unter; das Ökosystem reguliert alles, es birgt schon den ganzen Code der möglichen Selbsterlösung in sich.

Das Weltbild der Apostel des Todes

Der Weltverlauf hat zur Genüge bewiesen: der Mensch ist ein Untier. Das Wagnis Mensch ist gescheitert. Dieses Untier hat Waffen hervorgebracht, die es ihm ermöglichen, sich selbst abzuschaffen. Wir benötigen nur noch etwas Geduld. Diese Waffen werden dem Experiment Mensch bald ein Ende machen.

Solche Partikularideologien, Sinn- und Orientierungswelten sind nicht nur für die zunehmende Orientierungsunsicherheit und Desorientierung der Bürger mitverantwortlich, sie erschweren bzw. verhindern auch, daß sich für das gesamte Gemeinwesen ein gemeinsames Fundament tragender Werte („ein neues Paradigma") herausbildet.

Die Erfahrung, daß sich die bisherigen gesellschaftlichen Glaubenssysteme als Trugsysteme erwiesen haben, führte zur Entzauberung, zum Zusammenbruch der großen gesellschaftlichen Orientierungssysteme. Wir stehen im Westen wie im Osten, im Norden wie im Süden vor einer Orientierungskrise.

PLURALISMUS OHNE TRAGENDE WERTE   Der Amerikaner Robert Bellah untersuchte mit anderen Soziologen das Wert- und Normensystem der weißen mittelständischen Bürger der USA. Die Veröffentlichung dieser Studie unter dem Titel „Habits of the heart" (1986) wurde ein Bestseller.[82] Als dominierende Werte orteten sie: Erfolg in der beruflichen Karriere und Glück in den persönlichen Beziehungen. – Müßte nicht noch die Sorge um die „Gesundheit" als hohes Gut hinzugefügt werden? „Vielleicht ist sie sogar das höchste Gut, weil sie die Grundlage für alle Lebensziele in einer säkularisierten Welt geworden ist, die keine Werte mehr außerhalb ihrer Reichwerte kennt."[83] Ethische, religiöse, politische, das Gemeinwesen betreffende Werte sind diesen beiden individuellen Werten völlig untergeordnet.

Diese Soziologen beschreiben die USA als eine Gesellschaft zunehmender Vereinzelung sowie Kommunikations- und Konfliktunfähigkeit. Besorgt fragen sie sich, wie ein weltanschaulich freier Staat mit einer pluralistischen Gesellschaft angesichts der inneren divergierenden Kräfte auf Dauer Bestand haben kann, wenn er nicht auf einem System tragender Werte beruht, das der Gestaltung der Welt ein gemeinsames Fundament verleiht.

Ein demokratisches Staatsgebilde ist langfristig nur lebensfähig, wenn die Staatsbürger über ihre unterschiedlichen Meinungen und Interessen hinaus in einigen fundamentalen Werten und Überzeugungen übereinstimmen. In den letzten 40 Jahren wurden die westlichen Demokratien in ihrer Struktur vom Gegensatz zu den autoritären kommunistischen Staaten des Ostens geprägt. Der Zusammenhalt der plural-demokratischen Gesellschaften des Westens verdankte sich entscheidend der Verteidigung der politischen Freiheit gegen die Unfreiheit im Osten. Dieses „gegen" prägte unsere Demokratien und gab ihnen eine gewisse Bindekraft.

Der Zusammenbruch des Sowjetimperiums, der Verlust des Feindes, auch die zaghaften Demokratisierungs- und Pluralisierungsprozesse im Osten stellen die westlichen Demokratien vor neue Probleme. Sie können in Zukunft nicht mehr vom Gegensatz zum Osten zehren, sondern sind viel mehr als früher auf die innere Einigkeit angewiesen. Die Frage nach der inneren Bindekraft stellt sich also verschärft.

Die Wahrnehmung der bisherigen gesellschaftlichen Glaubenssysteme als Täuschungssysteme und die Vielfalt der in sich widersprüchlichen Normangebote der pluralen Gesellschaft führen dazu, daß das gesamte Normengefüge hinterfragt wird, ja jedes Wert- und Normensystem tendenziell als fremdbestimmend und ideologisch zurückgewiesen wird. Hinter ihm stehen Machtinteressen, die ihre partikularen Interessen als allgemeine Werte ausgeben.

Fremdbestimmend erfahren wir diese Normen, weil sie unsere Freiheit einklagen, ein bestimmtes Handeln oder Verhalten zu erzwingen suchen. In vielen Fällen haben sich zudem Normangebote und Normdurchsetzungsverfahren als falsch oder irrig erwiesen. Diese Erfahrung verstärkt die Skepsis.

Die plurale Gesellschaft klammert deshalb letzte weltanschauliche Gemeinsamkeiten aus und erklärt sie zur Privatsache. Kein Normvorschlag kann sich darum halten.

Er wird sofort hinterfragt – und auch zersetzt. Die gesellschaftliche Gruppe, die den Rückzug des Autos fordert, läßt wieder eine gesellschaftliche Gruppe entstehen, die das Gegenteil fordert. Es bildet sich eine Autofahrerpartei.

SEKUNDÄRE UNMÜNDIGKEIT   Die innere Konsequenz der Zersetzung jedes Normengefüges ist: „Mein Wohlbefinden" wird zum grundlegenden Wert. Ist es nicht da, muß ich es künstlich herstellen. Dazu verhilft mir eine Vielfalt von Drogen. Was also übrigbleibt, ist der Rückzug auf das Lustprinzip: Lustsuche, Unlustvermeidung.
Diese Entwicklung führt zu einer „sekundären Unmündigkeit" (J. B. Metz) der Menschen. Die zunehmende „primäre Unmündigkeit" der Menschen ist bedingt durch den Selbstlauf und die Mechanik unserer Gesellschaftsstrukturen, aber auch durch Herrschafts- und Bürokratiezwänge. Die „sekundäre Unmündigkeit" erwächst aus dem Konsumismus und einer Narkotisierung durch Drogen aller Art; durch sie wird der „schleichende, sanfte Tod des Menschen" nicht mehr als Bedrohung und Gewalt, sondern „als Vergnügen und Zerstreuung" erlebt.[84] Dieser Prozeß hin zu einer kollektiven Entmündigung des Menschen wird durch die herrschende Werbe- und Medienindustrie verstärkt. Die sekundäre Unmündigkeit ist deshalb als die größere Gefahr anzusehen, weil der sekundär Unmündige an seiner Entfremdung, die die Wurzeln seines Menschseins bedroht, gar nicht mehr leidet. Die Merkmale dieses sekundär unmündigen Menschen sind ein resignativer, voyeurhafter Umgang mit den Krisen, gesellschaftlicher Fatalismus, privatistisches Nischendenken, Verantwortung abschiebende Entschuldigungsstrategien.[85]

DIE KRISE DER ARBEIT ALS ORIENTIERUNG DES LEBENS Für viele ist die Erwerbsarbeit der Ausweg aus der Orientierungskrise. Sie hat für sie Erlösungsfunktion. Erwerbsarbeit verschafft mir erstens das notwendige Geld, um einen bestimmten Lebensstil pflegen zu können. Deshalb unterwerfe ich mich ihren Zwängen. Die Fremdbestimmung, die Anpassung an vorgegebene Normen und Autoritäten, vermitteln mir zudem eine stabilisierende Zeitstruktur und eine gewisse Selbstdisziplin. Der Arbeitsprozeß wird zu einer Art Droge.

Zweitens wird der Arbeitsprozeß zu einer Form der Ich-Gewinnung. Ich tauche in etwas anderes ein und werde mich, meine Probleme, meine Schwierigkeiten los: Die hergestellte Selbstvergessenheit, eine Art technisch vermittelte Selbstlosigkeit.

Drittens komme ich durch den Arbeitsprozeß mit anderen zusammen. Was uns zusammenhält, ist ein technisch-ökonomisches Zwischen, das materielle Medium des technischen Weltwerkes. Es ist ein Zwischen, in das jede/jeder ihre/seine Arbeit investiert, sodaß im Produkt die Wir-Gestalt anschaulich wird. Immerfort muß an der Herstellung dieser Synthese, den Produkten, gearbeitet werden. Sie stiften ein diffuses Gefühl der Zusammengehörigkeit: „corporate identity".

Viertens eröffnet der Arbeitsprozeß einen Prozeß der Auskehr im Sinne einer angenehmen Verfremdung meines Lebens. Der Exodus in die Arbeit reichert mein Leben durch Mittel aller Art an. Ich kehre zu mir zurück und bringe in meine vier Wände diese Mittel mit. Sie drängen Langeweile zurück, vermitteln Zerstreuung und werden zum Ersatz für die Konfrontation mit mir selbst und meinem Leben.

Was auch immer die Orientierung auf Arbeit geleistet haben mag oder leistet, sie geht für eine immer größere Zahl von Menschen ins Leere. Für Millionen Arbeitslose fehlt sinnstiftende Arbeit. Aber auch für eine wachsende Zahl von Arbeitsplatzinhabern ist in einer auf Verdrängungskonkurrenz ausgerichteten Gesellschaft, deren Interesse eher dem Spekulanten als dem Arbeiter gilt, die Orientierung auf Arbeit kraftlos geworden.

SYNTHESE VON HEDONISMUS UND RIGORISMUS   Was heute in unseren Breiten als Weltbild vorherrscht, ist ein individualistischer Liberalismus. Die plurale Struktur der Gesellschaft kreiert ein Klima des Laissez-faire. Dieses Laissez-faire-Prinzip ist aber aufgrund der herrschenden Komplexität der gesellschaftlichen Strukturen nicht mehr auszuleben. Ich erfahre mein Leben zunehmend als verwaltet, meinen Freiheitsspielraum eingeengt. Das ist unerträglich.

Es muß darum ein Organisationsprinzip gefunden werden, unter welchem ein Maximum an Laissez-faire möglich und zugleich sichergestellt ist, daß sich ihm jeder unterwerfen muß.

Dieses Organisationsprinzip ist der Staat als Organisationsform der Lustgesellschaft. An ihn delegiere ich, was ich suche: ein Maximum an Lust zu organisieren, auch wenn ich partiell auf Lust verzichten muß. Denn: es gibt Notwendigkeiten, die dir ein Maximum an Lust verschaffen, wenn du dich ihnen unterwirfst. Also sind die Menschen glücklicher, wenn sie sich diesen Institutionen unterwerfen, und weniger glücklich, wenn sie sich ihnen entziehen. Es entsteht die künstliche Synthese von Hedonismus und Rigorismus: Lustprinzip und totale Kontrolle. Wie es bei Huxley heißt: Sie lieben „ihre Sklaverei als ihr höchstes Glück".

DIE KOMMUNIKATIONSINDUSTRIE Nach dem Kommunikationstheoretiker Neil Postmann gilt als Grundannahme des gesamten Fernsehens als Teil der Kommunikationsindustrie: es hat zu unserer Unterhaltung und unserem Vergnügen zu geschehen. Die Nachrichtensendungen bilden keine Ausnahme. Sie sind ein „Rahmen für Entertainment und nicht für Bildung, Nachdenken oder Besinnung".[86]

„Man sollte meinen, daß einige Minuten, angefüllt mit Mord und Unheil, Stoff genug für einen Monat schlafloser Nächte bieten."[87] Es wird uns jedoch instinktiv vermittelt, wir brauchen die „Nachrichten" nicht ernst zu nehmen, sie sind „sozusagen nur zum Vergnügen da".[88] Es ist das Medium, das diese Richtung vorgibt. Ob wir fernsehen oder nicht, hängt entscheidend von der Wirkungsweise der Bilder ab.

Das amerikanische Fernsehen ist „ein Genuß für's Auge, ein wundervolles Schauspiel, das an jedem Sendetag Tausende von Bildern verströmt. Die durchschnittliche Länge einer Kameraeinstellung in den Sendungen der größten Fernsehgesellschaften beträgt nur 3,5 Sekunden, so daß das Auge nie zur Ruhe kommt, stets etwas Neues zu sehen bekommt. Außerdem bietet das Fernsehen den Zuschauern eine Vielfalt von Themen, stellt minimale Anforderungen an das Auffassungsvermögen und will vor allem Gefühle wecken und befriedigen".[89]

„Der Export von US-Fernsehsendungen liegt bei 100.000 bis 200.000 Stunden, die sich gleichmäßig auf Lateinamerika, Asien und Europa verteilen. Im Laufe der Jahre sind Sendungen wie . . . Dallas- und Denver-Clan in Eng-

land, Japan, Israel und Norwegen genauso populär geworden wie in Omaha, Nebraska."[90]

In dem Maße, wie Menschen nicht gelernt haben, in
einem frei-aktiven Sinn auf die Gestaltung der ihr Leben
bestimmenden Faktoren einzuwirken, sind Traurigkeit
und Zerstreutheit die Grundhaltung. Da aber traurige,
zerstreute Menschen nicht selber Informationen nach ihrer Wichtigkeit für das eigene Handeln aussortieren können, entwickeln sie das Bedürfnis, passiv eine im Infor-
mationsbrei mitgelieferte Sinngebung, die das endlose
Aufeinanderfolgen von stets gleich-gültigen Informations-
partikeln strukturiert, zu empfangen.

Diesem Wunsch entsprechend, soll die veröffentlichte
Meinung jenes aktive Leben simulieren, das diese Menschen praktisch nicht erfahren. Von den Medien wird
eine Kompensation für die Nicht-Aktivität und die Be-
deutungslosigkeit des eigenen Lebens begehrt. Diesem Begehren kommen die Medien durch eine Informationsge-
bung nach, die Action und Bedeutsamkeit in kürzelhafter
Übersteigerung konsumierbar machen. Zu diesem Zweck
müssen die Informationen selektiert und wertend aufge-
laden, die Wirklichkeit nach jenen Emotionen verfälscht
werden, die Spannung erzeugen: Crime, Sex and Gossip –
das Erfolgsrezept der Massenmedien.

Das Mitleid mit dem verirrten Kätzchen kompensiert das
praktisch nicht erlebbare Mitfühlen mit den gedemütig-
ten Menschen in fernen Ländern wie mit den Armen vor
der eigenen Haustür. Der Wechsel und die Aufbauschung
von Ereignissen zu Sensationen folgen diesem Erfolgsrezept ebenso wie die Unterdrückung all jener Neuigkeiten,
die sich nicht als Sensationen eignen. Die zu recherchie-
rende Geschichte wird nach der Schlagzeile aufgebaut,
und die Tatsachen werden, wenn nötig, nachträglich an-

gepaßt. Für diese Art Desinformation sind nicht zuletzt die Medienkonsumenten selbst mitverantwortlich.

Alle ökonomischen und anderen Machtinteressen, die sich der Medien bedienen oder in Medien schon verkörpert sind, sind darauf angewiesen, das weitverbreitete „Bedürfnis" nach Sinngebung durch Sensation ebenfalls zu bedienen. Indem sie dies leisten, sichern sie sich durch Ausnützung der allgemeinen Desinformation auch die Chance zu gezielter interessenbedingter Beeinflussung.

In diesem zweistufigen System der Desinformation wird für alle Machtgruppen, auch besonders für die politischen Akteure, die systematische Wirklichkeitsverfälschung eines zugleich sensationellen und gleichgültigen Weltbildes zur Grundlage der Medienarbeit.

„Wenn ein Volk sich von Trivialitäten ablenken läßt, wenn das kulturelle Leben neu bestimmt wird als eine endlose Reihe von Unterhaltungsveranstaltungen, als gigantischer Amüsierbetrieb, wenn der öffentliche Diskurs zum unterschiedslosen Geplapper wird, kurz, wenn aus Bürgern Zuschauer werden und ihre öffentlichen Angelegenheiten zur Varieté-Nummer herunterkommen, dann ist die Nation in Gefahr – das Absterben der Kultur wird zur realen Bedrohung."[91]

Wer hatte 1905 voraussehen können, „daß uns das Automobil einmal vorschreiben würde, wie wir unsere gesellschaftlichen Beziehungen . . . einzurichten haben. Daß es uns im Umgang mit den Wäldern und unseren Städten zum Umdenken veranlassen würde? Daß es neue Formen des Ausdrucks unserer individuellen Identität und unseres sozialen Status hervorbringen würde?" „Das öffentliche Bewußtsein will noch nicht wahrhaben, daß Technik Ideologie ist."[92]

„Wer verkennt, daß eine neue Technik ein ganzes Programm des sozialen Wandels in sich birgt, wer behauptet, die Technik sei ‚neutral‘, wer annimmt, die Technik sei stets ein Freund der Kultur, der ist zu dieser vorgerückten Stunde nichts als töricht."[93] Noch ist die Synthese von Rigorismus und Hedonismus, von Staat und Lustgesellschaft nicht verwirklicht. Wir amüsieren uns vielleicht nicht gerade zu Tode, aber doch in eine unhaltbare Spannung hinein. Fühlen und Denken der Menschen werden immer mehr zum Produkt einer nach eigenen Interessen die Rekonstruktion der Ereignisse und Bilder betreibenden Kommunikationsindustrie. So entsteht eine künstliche Welt, die mit anderen Fakten unserer Staatenwelt und unserer Gesellschaft nichts mehr gemein hat. Die Orientierung auf eine Synthese von Staat und Lustgesellschaft ist in der Bilderwelt eingeübt; als Ergebnis könnte sie vollends zur Realität der Schönen neuen Welt werden.

Neil Postmann kommt in seinem Welt-Bestseller zum Schluß: „Amerika hat das Fernsehzeitalter eingeläutet und damit der Welt den Ausblick in eine Zukunft im Zeichen Huxleys eröffnet, wie man ihn klarer und anschaulicher nicht finden wird."[94]

VOR DER HUXLEY-GESELLSCHAFT: DER WELTBÜRGERKRIEG

AUF DEM WEG IN DEN WELTBÜRGERKRIEG? Wir befinden uns in einer im Rahmen der Geschichte der Menschheit unvergleichbaren, weil noch nie dagewesenen Krise. Wir sind mit der Möglichkeit und Gefahr eines kollektiven Todes von Teilen der Menschheit, ja der Menschheit selbst konfrontiert. Die Menschheit ist fähig geworden, ihrer Existenz ein Ende zu setzen. Die Gefährdung der Menschheit hat viele Aspekte:

1. Die mögliche Vernichtung der Welt oder großer Teile der Welt durch einen Krieg als Folge des Wettrüstens – durch die Entwicklung nuklearer, chemischer und bakteriologischer Waffensysteme, zunehmend auch in Ländern der Dritten Welt. Gegen die heutige Euphorie über die Auflösung des Ost-West-Gegensatzes ist festzuhalten: Bisher sind nur das Tempo der Hochrüstung und die Zusammensetzung der Drohpotentiale verändert worden. Trotz der begonnenen Verschrottung eines Teils der Massenvernichtungswaffen der ehemaligen Sowjetunion und auch der USA wird die Rüstung in Richtung gezielter Vernichtungsschläge in begrenzteren Konflikten verfeinert und mit hohem Aufwand noch effizienter gemacht. „Die Technologie-Hochrüstung wird ungebrochen fortgesetzt . . . Kaum eine Neuentwicklung, die sich nicht in kurzer Zeit weltweit verbreitet.“[95]

2. Die zunehmende Zerstörung der Ökosphäre, insbesondere aufgrund der Produktions- und Konsummaschinerie der Industrieländer, des ökonomischen Expansionismus, aber auch aufgrund der Bevölkerungsexplosion.

3. Die Gefahr eines Hungertodes wachsender Teile der Menschheit. Die Explosion des Elends wird sichtbar in den sich in immer kürzeren Rhythmen wiederholenden Hungerkatastrophen in Ländern der Dritten Welt, sichtbar aber auch in der Zunahme sozialer Armut immer breiterer Schichten in den reichen Ländern des Nordens.

4. Die Gefahr, die von den großtechnischen Systemen ausgeht: Atom, Chemie, Genetik, Information. Diese wissenschaftlich-technischen Machtpotentiale verschärfen

die Reichweite und das Risiko des Aneignungs- und Bemächtigungsdrangs menschlichen Handelns.

5. Die Gefahr eines inneren schleichenden Todes der Menschen durch Sinnkrise, Vereinzelung, Überforderung, eines Todes, der immer mehr die seelischen Grundlagen unserer Gesellschaft berührt. Eine wachsende Zahl von Menschen versetzt sich durch Drogen aller Art in einen künstlichen Seelenzustand. Wir stehen vor der Gefahr einer partiell narkotisierten Gesellschaft.[96]

Alle diese und andere Entwicklungen, die unser Leben bedrohen, sind untereinander vernetzt. Dies macht sie besonders gefährlich.

Die Länder der Dritten Welt ahmen immer mehr unser Wirtschafts- und Lebensmodell nach bzw. werden in gewissem Sinn durch die Mechanismen des Weltmarktes auch dazu gezwungen – Mechanismen, die die Bevorzugten bevorzugen und die Mächtigen mächtiger machen.

Wenn wir schon im Norden mit unseren 500 bis 600 Millionen Menschen an ökologische Grenzen stoßen, welche Fragen werden sich zunehmend für die Belastbarkeit unseres Planeten stellen, wenn wir diese Fragen aus der Perspektive der Weltbevölkerung sehen – im Weltmaßstab also – unter der Rücksicht von fünf Milliarden Menschen heute, sieben Milliarden morgen und zehn Milliarden übermorgen?

Die wachsende Erdbevölkerung möchte nicht nur essen, sondern sinnvoll tätig sein, menschengerecht wohnen, sich bilden, medizinisch versorgt werden. All dies ist nur durch eine massive Steigerung auch des quantitativen Wachstums in diesen Ländern möglich.

Wenn dies wahr ist, welche Konsequenzen ergeben sich dann für die Wirtschafts- und Lebensweise insbesondere der reichen Industrieländer und damit für eine Politik, die die Grenzen der Belastbarkeit unseres Planeten mitbedenkt?

Wenn der Wohlstand der reichen Industrieländer weltweit verallgemeinert werden soll, dann bedeutet dies Zuwachsraten der Vernutzung von Landschaft, Rohstoffen, Energie, die im strengen Sinn des Wortes bestenfalls für eine halbe Generation möglich sind.

Die 6 Prozent der Weltbevölkerung in den USA beanspruchen mehr als ein Viertel des Weltenergieverbrauchs oder 2,3 mal soviel wie alle Entwicklungsländer zusammen inklusive der Ölländer (UNCTAD 1983). 1980 verbrauchten die Industrieländer, das sind 26 Prozent der Erdbevölkerung, vier Fünftel der Reichtümer der Erde (Weltbank 1982).

Die Frage lautet also: Gestehen wir dem Rest der Erdbevölkerung, den 74 Prozent menschenwürdige Lebensbedingungen zu? Wenn ja, dann hat dies aber einen Umbau der ökonomischen und politischen Strukturen der Industrieländer zur Folge. Ein solcher Umbau würde überdies nicht zu einer Minderung, sondern zu einer Erhöhung unserer Lebensqualität führen.

Wenn es zu diesem Umbau nicht kommt, wenn wir also unseren Lebensstandard und unsere Ansprüche weiter im bisherigen Stil pflegen und ausbauen wollen, dann geht dies nur, wenn wir die Länder der Dritten Welt mit Gewalt daran hindern, diese unsere Wirtschafts- und Lebensweise nachzuahmen.

Wenn wir sie nicht mit Gewalt hindern, dann hat das zur Konsequenz, den quantitativen Wachstumsprozessen weltweit freien Lauf zu lassen. Im Sog des wissenschaftlich-technischen und industriellen Wachstums vollzieht sich dann eine Vielfalt von unkontrollierten Wachstumsprozessen: Wachstum der Weltbevölkerung, Wachstum der Zerstörungsgewalt der Waffen, Wachstum der Umweltzerstörung, Wachstum des Rohstoff- und Energieverbrauchs, Wachstum der Müllhalden und der Abfalldeponien, Wachstum der Gefährdung durch großtechnische Systeme: Atom, Genetik, Chemie, Information, Wachstum der Ballungsräume, Wachstum der psychischen Belastungen: Drogen, Kriminalität.[97] Ein solches Laufenlassen der quantitativen Wachstumsprozesse auf weltweiter Ebene würde mit mathematischer Gewißheit zum Ruin der biologischen Grundlagen der Menschheit führen, zu einer Zerstörung der Ökosphäre.

Wenn wir aber mit Gewalt versuchen, die 74 Prozent daran zu hindern, sich menschenwürdige und menschengerechte Lebensbedingungen zu schaffen, dann werden diese Länder unsere Gewalt mit Gegengewalt beantworten.

Es gehört nicht viel Phantasie dazu, uns auszumalen, daß unserer Weltgesellschaft – sollte sich an den gegenwärtigen ökonomischen und politischen Strukturen nichts Entscheidendes ändern – schwere Krisen und Konflikte bevorstehen. Es ist nicht ausgeschlossen, daß sich diese Krisen und Konflikte, Hungersnöte, Bürgerkriege, anarchische Slums in einem Weltbürgerkrieg entladen, in einem Kampf ums pure Überleben auf Weltebene. Fruchtbares Land und ausreichende saubere Wasserreserven werden immer kostbarer. Wann wird es im Kampf um die letzten Ressourcen zu Umweltkriegen kommen? Wie kann verhindert werden, daß sich in Zukunft der Terrorismus atomarer oder chemischer Waffensysteme bedient? Wie soll ein Terroranschlag auf ein Atomkraftwerk verhindert werden? Die Zahl der Staaten, die über chemische und atomare Waffensysteme verfügen, steigt. Gibt es eine Garantie dafür, daß diese Waffensysteme regional nicht zum Einsatz kommen? Peter Drucker kommt zum Schluß: „Selbst bei erfolgreicher Durchführung könnte SDI die Vereinigten Staaten nicht vor einem Angriff mit Nuklearwaffen, die mit der Paketpost ausgeliefert werden, schützen. Ein winzigkleines Paket, das an ein Postfach im Empire State Building adressiert ist, würde, ob es von einer ausländischen Regierung oder einem Terroristen abgeschickt ist, bei einer durch Fernsteuerung ausgelösten Detonation in der Stadt New York größeren Schaden anrichten als der Abwurf der Atombomben auf Hiroshima und Nagasaki im Jahre 1945. Noch einfacher wäre es, auf ähnlichen Wegen – bei denen jegliche Entdeckung oder Schutzmaßnahmen scheitern würden – biologische oder chemische Waffen mit massiver Zerstörungskraft hereinzuschmuggeln. Das Monopol des Staates auf ‚Verteidigung‘ ist gebrochen worden."[98]

Aus den Zonen des Hungers und einer zerstörten Umwelt kann sich eine neue Völkerwanderung in Bewegung setzen. Millionen Flüchtlinge werden sich auf die Suche nach einer neuen Bleibe machen. Wer wird sie aufnehmen? Werden sie sich zurückweisen lassen?

Was ich hier mit einigen Strichen andeutete, ist kein Horrorgemälde! Ein Weltbild, eine Politik, die sich diesem Ernst der Wirklichkeit nicht stellt, kann keinen Anspruch darauf erheben, für ethisch verantwortbar befunden zu werden.

DIE „SOZIALE FALLE" – AUCH INTERNATIONAL   Welche Antworten auf die Drohungen eines möglichen Weltbürgerkriegs werden uns angeboten? Üblicherweise werden der Wunsch und die Forderung wiederholt, die seit Generationen diese Debatte beherrschen – und immer vergeblich geblieben sind. Die Staaten als souveräne Rechtsgebilde sollen durch Kooperation die Gefahr abwenden: sei es als weltweite Kooperation durch eine wirksamere Organisation der UNO, sei es regional in festen und dauerhaften Verbänden oder lose und von Fall zu Fall. Solches Wünschen und Fordern haben aber immer die Bedingungen verkannt, unter denen die Staaten funktionieren.

Unser Gesellschaftssystem funktioniert (national und weltweit) tendenziell auf der Basis eines partikularen Nutzenkalküls der Akteure, der einzelnen Gesellschaftssubjekte in den Unternehmen, Verbänden, Parteien und Staaten. Dieses partikulare Nutzenkalkül läßt sich folgendermaßen umschreiben: Jedes Gesellschaftssubjekt ist sich zuerst Selbstzweck, es sieht die anderen Gesellschaftssubjekte, das Allgemeininteresse (national wie weltweit), den Staat und die Natur, als Mittel zum Zweck für sich und gibt den Interessen der anderen Gesellschaftssubjekte, dem Allgemeininteresse und der Natur, nur soweit Raum, wie sie zur Verwirklichung der eigenen optimalen Chancen nützlich sind.

Dieses partikulare Nutzenkalkül ist durch die herrschenden gesellschaftlichen Steuerungsmechanismen bedingt, durch Weltmarkt, Binnenmarkt, national-staatliche Eingriffe bzw. Rahmenbedingungen und die herrschende Erfahrungs- und Wahrnehmungsfähigkeit. Die gesellschaftlichen Steuerungsmechanismen zwingen die Akteure bei Strafe des Untergangs, im Sinne des partikularen Nutzenkalküls zu handeln.

Dieses Denken und Handeln auf der Basis des partikularen Nutzenkalküls führt in eine „soziale Falle". Dies sei an der Grundspannung zwischen Nutzenkalkül und Gemeinwohl illustriert – als Beispiel diene die Beziehung der einzelnen Nationalstaaten zum gemeinsamen Gut der natürlichen Lebensgrundlagen, der Ökosphäre.[99]

Die Ökosphäre ist unser gemeinsames Gut. Jeder Staat hat das Recht, sie zu nutzen. Doch ist einsichtig, daß die Nutzung bzw. Ausbeutung der Ökosphäre nicht mit beliebigen Mitteln und nicht unbegrenzt geschehen kann, weil sie sonst übernutzt und zerstört werden würde.

Das kalkulierte Selbstinteresse im Sinne des partikularen Nutzenkalküls wird sich in folgenden Überlegungen äußern: Wenn ein Nationalstaat die Ökosphäre mehr nutzt als zuvor, wird der Nutzen beinahe vollständig ihm zufallen. Der dabei entstehende Schaden teilt sich auf alle Staaten auf, auf ihn selbst fällt nur ein geringer Anteil. Er kann also nur gewinnen, wenn er die Ökosphäre übernutzt. Wenn alle so handeln, führt dieses Handeln langfristig aber dazu, daß die Ökosphäre zerstört wird. Dies widerspricht wiederum den eigenen Interessen eines Nationalstaats.

In vielen Fällen kann ein Staat gar nicht anders, als die Übernutzung bzw. Ausbeutung der Ökosphäre weiter fortsetzen; tut er es nicht, würden die notwendig entstehenden höheren Kosten zu Wettbewerbsnachteilen und damit zum Ausscheiden von Teilen seiner Industrie aus der Konkurrenz am Weltmarkt führen. Viele Staaten werden mangels Sanktionen eine Übernutzung anstreben, um über Kostenvorteile ein Ökodumping, also Wettbewerbsvorteile für ihre Industrie zu erzielen.

Nehmen wir an, ein Staat hätte die Absicht, „altruistisch" zu handeln. Er verzichtet bewußt darauf, die Ökosphäre zu übernutzen. Dieser Staat müßte bewußt Nachteile in Kauf nehmen, könnte aber durch sein Handeln die zunehmende Zerstörung der Ökosphäre nicht nur nicht verhindern, er würde durch sein Ausscheiden zumindest die kurzfristigen Vorteile der übrigen Staaten vergrößern. Durch seinen individuellen Verzicht schadet er sich selbst und nützt nur den Partikularinteressen der anderen, nicht aber dem Gemeinwohl. Wie immer der einzelne Staat sich auch entscheidet, er verfällt dem ausweglosen Dilemma der „sozialen Falle": Sein Verhalten schadet dem weltweiten Gemeinwohl. Mit anderen Worten: Das Handeln nach dem partikularen Nutzenkalkül wird nur dann gemeinwohlgerechte Wirkungen erzielen, wenn in einem deutlich andersgearteten Verfahren Normen vereinbart und in Kraft gesetzt werden, die dem partikularen Nutzenkalkül einen Rahmen geben.

DAS MACHT-SICHERHEITSDILEMMA   Die Sicherheitspolitik der einzelnen Staaten ist davon geprägt, daß sie sich in einem quasi-offenen Raum abspielt, in dem die Interessen der durch die USA jeweils zusammengeführten Staatenkoalition den Schiedsrichter bzw. die Polizei abgibt. Die einzelnen Staaten sind nach wie vor in einem „Selbsthilfe-System" gefangen, in dem sie sich wechselseitig die Notwendigkeit der eigenen Sicherheitsanstrengungen bestätigen.[100] Einen Ausweg aus dem Macht- und Sicherheitsdilemma kann allein ein kontinentalstaatliches bzw. weltweit vernetztes System der kooperativen Sicherheit bieten.

Trotz der Tendenz, die Funktion der effizienten Überlebenseinheit von der Ebene der Nationalstaaten auf die post-nationalen Staatenverbände und durch die wachsende Einschaltung der UNO auf die der Menschheit zu verlagern,[101] ist evident, daß sich die einzelnen Staaten bzw. Staatenverbände solange als „Überlebenseinheiten" behaupten werden, solange kein weltweites System der kooperativen Sicherheit verläßlich funktioniert.

Die Folgen: nicht nur eine Verfeinerung, sondern eine Ausweitung auch atomarer Waffensysteme auf immer mehr Staaten; Gefahr, daß Kernwaffen regional eingesetzt werden und eine Kettenreaktion auslösen; Gefahr, daß Terroristen und Stadt-Guerillas eines Tages auch über Kernwaffen verfügen werden. „Neu ist die verhängnisvolle List der Geschichte, daß jede heute verkaufte Höchstleistungswaffe und Waffenfabrikationsanlage morgen den Verkäufer selbst gefährdet. Waffen fordern ihren Einsatz! Elektronisch gesteuerte Waffensysteme in den Händen von Regierungen, Militärs, Diktatoren und religiösen Fanatikern, deren Problem- und Konfliktmentalität steinzeitliche Krisenbewältigungsmechanismen nicht überschritten hat, sind angesichts dieser Erfahrung ein hohes Risiko."[102] „Diese Entwicklung vollzieht sich umso schneller, je kleiner die waffentechnischen Systeme werden. Diese Tendenz moderner Waffensysteme macht Ort und Zeitpunkt ihres Einsatzes in zunehmendem Maße unkalkulierbar."[103]

VON DER NOTWENDIGKEIT EINER ZENTRALEN WELTAUTORITÄT
Jeder Staat handelt in diesen weltweiten Interdependenzstrukturen aufgrund der aufgezeigten Mechanismen der „sozialen Falle" und des Macht-Sicherheits-Dilemmas – und er kann unter den herrschenden Bedingungen gar nicht anders. Der hochdifferenzierten Arbeitsteilung und Vernetzung der Handlungszusammenhänge entspricht im Hinblick auf die Frage: Wer verantwortet die Schäden und die Krisen? „eine allgemeine Komplizenschaft und dieser eine allgemeine Verantwortungslosigkeit".[104]
Wir stehen deshalb vor den Folgen einer Verselbständigung des Denkens und Handelns auf der Basis des partikularen Nutzenkalküls, das die gesamte Menschheit zu

einem „Todeskandidaten auf Abruf" macht. Der durch diese Rationalität entstehende strukturelle Zwang führt in vielfacher Hinsicht zu unvorhersehbaren und ungewollten Nebenfolgen. Die wissenschaftlich-technische Entwicklung ist immer mehr durch eine „Niemandssteuerung" (Weltgesellschaft als steuerloses System) gekennzeichnet, und diese produziert nicht nur revolutionäre Umwälzungen, sondern setzt auch immer mehr Explosivkräfte frei.[105]

Unsere Weltgesellschaft ist eine Weltklassengesellschaft auf der Basis von Territorialstaaten. Die gegenwärtige politische Ordnung der Welt ist eine Staatenordnung – symbolisiert in den Vereinten Nationen – ohne eine für alle Nationen verbindliche Rechtsordnung. Wie soll eine innere verbindliche Ordnung unserer Weltgesellschaft aussehen? Wenn die Welthungersnot überwunden, die Umweltzerstörung gestoppt, der Frieden gesichert werden soll, müssen Aufgaben bewältigt werden, denen souveräne Territorialstaaten und auch die UNO nicht gewachsen sind.[106] Das übergeordnete Weltinteresse verlangt eine neue Weltpolitik und eine neue Weltwirtschaft. Nur eine zentrale Weltautorität, die mit der nötigen Durchsetzungsmacht ausgestattet ist, kann ein humanes Überleben der Menschheit sichern.

In dieser Einsicht und logischen Forderung ist der Ausweg aus der Krise der Staatenwelt vorgezeichnet. In welchem staatlichen Zusammenhang und mit welchem gesellschaftlichen Charakter die global-zentrale Autorität sich herausbildet, dies kann in geradezu entgegengesetzte Richtungen führen:

Entweder es kommt zu einer weltweiten kooperativen Organisation der Verantwortung, zu einem weltweiten Verständigungsprozeß über die Grundzüge einer föderativen

Weltautorität. Oder es kommt zu solcher kooperativer Verantwortung nicht, dann überläßt die Menschheit den Weltprozeß – gebremst und abgefedert durch Teil- und Regionalabkommen – seiner Eigendynamik. In diesem Fall gehört nicht viel Phantasie dazu, sich auszumalen, daß die Staatenwelt durch Konflikte und Krisen hindurch auf einen Weltbürgerkrieg zusteuern kann.

DIE WAHRSCHEINLICHSTE KRISENLÖSUNG: EIN UMSCHLAG IN DEN WELTSTAAT DER HUXLEY-GESELLSCHAFT In einem solchen Weltbürgerkrieg sieht Huxley die Entstehungsbedingungen für den Weltstaat der Schönen neuen Welt gegeben. „Der Neunjährige Krieg, der große Wirtschaftszusammenbruch. Es gab nur die Wahl zwischen Weltaufsicht und Vernichtung" (55). Soll ein partieller kollektiver Tod der Menschheit verhindert, soll den Krisen und Leiden der Menschheit ein Ende bereitet werden, ist der neue Weltstaat als Überlebenseinheit zu schaffen.

Sollte das System der Weltgesellschaft aufgrund seiner Eigendynamik in große Katastrophen (wie regionaler Atomkrieg, biologische Verseuchung, chemische Vergiftung, ökologisch partielle Zusammenbrüche, globale Wirtschaftskrise, soziale Psychosen) führen, dann werden Teilsysteme zugrunde gehen und infolge der dem System immanenten Selbstkorrektur andere Teilsysteme auf einer neuen Ebene weiterexistieren.

Auf Katastrophen würde das selbststeuernde globale System durch systemgemäße Selbstkorrekturen antworten, durch zusätzliche technokratische Eingriffe und Kompensationen unter dem Leitgedanken: „So etwas darf nie mehr vorkommen – die Rationalität der Planung muß gesteigert werden." Es entsteht eine weitere Perfektionierung des Systems der Selbststeuerung, die eines Tages diesen Weltstaat hervorbringen kann.

Der Weltstaat der Schönen neuen Welt – wie auch sein Gegenstück: die kooperative Weltordnung – entsteht aus der Erfahrung und Einsicht, daß es so wie bisher nicht weitergehen kann. Das Chaos, die Katastrophen werden zu groß. Freiwillig geschieht nichts, keine Umkehr der Menschen. Daher entsteht eine Weltordnung als imperiale Herrschaftsordnung: der technokratische Dezisionismus im Sinne Huxleys oder Orwells. Die Weltinstanz ist hier gedacht als Gegen-Welt, die die Welt braucht, um in dieser Welt überleben zu können. Sie lebt aus einem „Gegen", nicht aus einem „Für".

Gegen diese Herrschaftsordnung kann sich niemand mehr vernünftigerweise wehren, weil sie auf der Einsicht basiert, daß es nur so geht. Es gibt keine andere Möglichkeit mehr – es taucht eine Art von „Lebens"-Notwendigkeit auf, die unumgehbar ist. Dabei trägt dieser totalitäre Weltstaat der Schönen neuen Welt einer gewissen Pluralität und damit den ökologischen und kulturellen Ungleichheiten der verschiedenen Regionen der Erde Rechnung.

Die Weltaufsichtsräte übernehmen den technokratischen Automatismus der vorausgegangenen Epoche und führen ihn in einer universalen Selbstorganisation auf rationaler Basis weiter.

Der „Vorteil" der Huxleyschen Lösung: Es gibt scheinbar keine verantwortlichen Handlungsträger oder Operatoren mehr. Das System funktioniert aus sich selbst heraus in der bestmöglichen Weise. Also unterdrückt keiner den anderen mehr. In Wirklichkeit üben die Operatoren unter dem Schein der völligen Selbststeuerung des Systems ihre Macht aus, die darin besteht, die Menschen zu lehren, die Notwendigkeit des so funktionierenden Systems als ihr höchstes Glück lieben zu lernen. Es entsteht eine „verwobene Hierarchie"; Herrschaft im höchsten Grad, nur mit dem Unterschied zu früher, daß diese Herrschaft die Kunst beherrscht, nicht zu „herrschen": die Menschen haben gelernt, zu begreifen, daß ihnen das größte Glück widerfährt.

Die Sehnsucht nach der Schönen neuen Welt

Wonach sehnen sich die Menschen? Sie möchten sich glücklich fühlen; eine Arbeit tun, die sie befriedigt; das Wohlbefinden sollte nicht gestört werden; die Aufgaben, die zu tun sich als notwendig erweisen, sollen ohne Bürde, ja als „Geschenk" erfahren werden; Zwang, der auf sie ausgeübt wird, wollen sie als Förderung der Freiheit interpretieren können.

Die Menschen haben so die Tendenz, sich jedem zu unterwerfen, der sie glücklich macht. Die Schöne neue Welt schenkt Frieden, Brot und Glück. Wir haben eine unheimliche Sehnsucht nach einem Verfügt- und Gebraucht-Werden, nach fremdbestimmenden Sinn-Geländern, von denen wir uns leiten lassen können – Ersatz für verlorene Sinngebung und entschwundene Daseinsordnung. Wir delegieren die Last unserer Verantwortung und Freiheit allzu gerne an das System der Schönen neuen Welt. Die Erfahrung des Lebens als bedrückende Last, ja Überforderung läßt uns dieses System immer weniger als einen Alptraum, sondern als eine Oase des Lebens erscheinen.

Das ist die These Huxleys: Unter welchen gesellschaftlichen Verhältnissen auch immer – die Menschen haben die Tendenz, als ihr eigenes Ziel einen psycho-physischen Glückszustand zu wählen. Und das Ziel der Machteliten ist es, das Dasein im Gesellschaftssystem möglichst intensiv mit Glückszuständen zu verknüpfen.

Das Streben nach Selbsterhaltung und Ich-Steigerung – ein „instinktiver Kompass"

Individuelles Nutzenkalkül als primärer Orientierungsmassstab   Was die Menschen bewegt, was ihre Gedanken und Gefühle, ihr Verhalten in allen Lebenslagen bestimmt, sind zunächst nicht gesellschaftliche Probleme, sondern – gleichsam instinktiv – die Fragen der Selbsterhaltung und der Ich-Steigerung im Sinne des Überlebens und Strebens nach einem optimalen Lebensgenuß. Ängste, Sorgen, Wünsche und Erwartungen sind von diesem individuellen Nutzenkalkül bestimmt. Die Aufmerksamkeit ist von dem absorbiert, was die Menschen erstreben oder wovor sie zurückschrecken, was sie suchen oder was sie fliehen. Geleitet ist diese Wahrnehmung und Welterfahrung von diesem Grundinstinkt der Selbsterhaltung und Ich-Steigerung – damit von Sicherheit, Schmerz- und Leidfreiheit, Lustsuche und Unlustvermeidung, von Macht/Erfolg/Anerkennung, Geld und Sex.

Dieses Interesse an Selbsterhaltung und Ich-Steigerung prägt auch das Interesse an Gemeinschaft und Gesellschaft: an der Peer-Gruppe, an jenen Menschen, an denen ich mich messe, von denen ich befürchte, sie könnten mich aus ihrer Gemeinschaft ausstoßen; das Interesse am Kollektiv, in das wir eingebunden sind, denn: ohne Sicherheit des Kollektivs keine Sicherheit für mich.

Die Allgegenwart der Angst   Überzeugend hat Karl Georg Zinn die Allgegenwart der Angst, die durch die Macht-Konkurrenz-Beziehungen ausgelöst wird, analysiert. Sie ergibt sich aus dem Funktionsmechanismus des kapitalistischen Wirtschaftssystems, in dem die ständige Bedrohung der ökonomischen Existenz des Individuums angelegt ist. „Die Gesamtwirtschaft mag prosperieren, das Sozialprodukt mehr oder weniger kontinuierlich wachsen und die Stabilität des Systems somit gewährleistet sein; dennoch sieht sich der einzelne ständig vom ökonomischen Mißerfolg bedroht. Das Marktsystem zerschneidet im Prinzip die soziale Bindung des Individuums an die Gesellschaft. Schutz, Geborgenheit, Anerkennung werden nur über den ökonomischen Erfolg zugewiesen; und mit dem ökonomischen Fehlschlag wird auch die soziale Existenz vernichtet. Eine Gesellschaft, die des ökonomischen Wachstums wegen den Menschen sozialer Isolation preisgibt und ihn in seinen wesentlichen Lebensäußerungen auf die Verfolgung des ökonomischen Interesses drückt, zugleich aber den Erfolg der ökonomisch gerichteten Anstrengungen mit extremen Unsicherheiten belastet, wird zu einer Gesellschaft der Angst."[107]

Auf dem heutigen Produktions- und Verteilungsniveau der kapitalistischen Gesellschaft stellt sich die ökonomische Angst nicht mehr als Angst vor dem Hunger dar, „sondern hat die subtilere Form der Angst vor der ‚sozialen Armut‘, dem ökonomischen Abstieg und den damit verbundenen sozialen Beziehungsverlusten angenommen; ökonomische Schwäche stigmatisiert".[108]

Weil Angst allgegenwärtig ist, reagiert der Mensch um des psychischen Überlebens willen mit der Unterdrückung der Angst. Angst wird zum tabuisierten Phänomen; Angst einzugestehen heißt, Schwäche zeigen; und dies ist tödlich in einem System der Leistungskonkurrenz.

Die logische Konsequenz angsterzeugender Verhältnisse ist bei der Masse der Bevölkerung die tägliche Sorge um Arbeit und Lohn, bei den Kapitalverfügern vor der Konkurrenz und der damit verbundene Zwang, die eigene Position zu stärken und auszubauen.

DER KAMPF UMS DASEIN   Arbeitsplatzverlust, Lebensquali-
tätseinbußen – Krisen, die uns bedrohen, lassen uns die
Gruppe suchen, die uns vor diesen Krisen bewahrt und
Sicherheit verspricht – gegen Gruppen, die diese Sicherheit bedrohen. Selbstbewahrung und Selbstbehauptung
organisieren sich zumeist in rücksichtsloser Abkapselung
oder in Feindschaft gegen andere.

Im Kampf ums Dasein setzen sich die Vital-Mächtigeren
gegen die Vital-Schwächeren durch. Macht- und Rivalitätsbeziehungen bestimmen darum alle Bereiche unseres
Lebens. Konkurrieren ein besserer und ein schlechterer
Arbeitnehmer um einen Arbeitsplatz, so wird der bessere
sich durchsetzen. Konkurrieren ein behindertes und ein
weniger behindertes Kind um Lebenschancen, dann wird
das weniger behinderte Kind gewinnen. Konkurrieren die
alten Menschen mit den jungen um ein glückliches Leben,
so werden die jungen sich durchsetzen.

In den Ländern der Dritten Welt wird die Mehrheit der
Menschen durch die pure Not zu einem Kampf um Selbsterhaltung und Selbstbehauptung gezwungen: die physische Not von Menschen, die um ihr Existenzminimum
kämpfen müssen, und die unendliche Kette von seelischen und moralischen Nöten; das Existenzminimum an
Nahrung, an Wohnraum, an Bildung, an Gesundheits-
pflege, an sozialer Sicherheit, das ihnen verweigert wird.
– Vom Blickwinkel der Großstadtslums her gesehen wirkt
die Schöne neue Welt wie ein faszinierendes Paradies.

Der Kampf ums Dasein hat zur Folge, daß sich das Selbst
der Menschen, das ja auf die tätige Gemeinsamkeit mit
anderen angewiesen ist, nicht entfalten kann. Dieses Verfehlen der Selbstentfaltung führt zu einem immer größeren Bedarf an feindlicher Selbstbehauptung – zur Selbst-
Sucht. In allem, was wir denken und tun, suchen wir uns

selbst, konzentrieren wir uns auf uns selbst, um aus eigener Kraft Identität zu gewinnen. Je weniger dies gelingt, umso mehr verfallen wir der Ich-Sucht, die als Folge andere Süchte hervorbringt. Selbsterhaltung und Ich-Steigerung ist Streben nach Sicherheit. Dies läßt sich auch an zwei Grundinteressen ablesen, die die Politik der letzten Jahrzehnte beherrschten: das Interesse an Wirtschaftswachstum und das Interesse an militärischer Rüstung.[109] In beiden Fällen ist die Motivation ein Streben nach Sicherheit sowohl der Individuen wie der kollektiven Einheiten.

DIE DESTABILISIERENDE WIRKUNG DES HERRSCHENDEN SICHERHEITSSTREBENS Unser Instinkt zur Selbsterhaltung ist heute in weiten Kreisen durchaus aufgeklärt. Wir alle haben nur eine Chance, human zu überleben, wenn wir fähig werden, auf der Basis einer gemeinsamen Freiheit, einer solidarischen Weltkultur die ökonomischen und politischen Probleme zu organisieren. Dieser aufgeklärte Instinkt zur Selbsterhaltung gerät aber immer wieder in Widerspruch mit dem faktischen Instinkt zur Selbsterhaltung, der auf partikulare Herrschaftssysteme vertraut, die gegen andere partikulare Herrschaftssysteme organisiert werden müssen.[110]

Die Notwendigkeit eines globalen solidarischen Handelns auf der Basis regional-kultureller Eigenständigkeit wird zwar abstrakt erkannt, faktisch aber konzentrieren sich die Energien in allen Teilen der Welt auf Kämpfe, die den Widerspruch des Selbsterhaltungstriebs auf die Spitze treiben. Unser aufgeklärter Selbsterhaltungstrieb sagt uns klar, daß wir uns in Zukunft nur in dem Maße selbst erhalten und nicht selbst zerstören, wie wir global solidarisch denken und handeln lernen.[111]

Wie bringen wir also Stabilität in die destabilisierende Wucht dieser sich wechselseitig hochschaukelnden Tendenzen? Wie brechen wir jene organisatorischen Verkrustungen und verfestigten Rollen auf, mit deren Hilfe die drohenden Instabilitäten abgehalten werden sollen? Die große Gefahr besteht darin, daß wir auf diese Herausforderungen mit Mitteln antworten, die uns in eine Welt führen, wie sie Huxley beschrieben hat.

DIE VERWUNDBARKEIT DES MENSCHEN

Der Mensch ist ein verwundbares Wesen. Das instinktive Suchen der Menschen nach Selbsterhaltung und Ich-Steigerung liegt in dieser Verwundbarkeit begründet. Die beiden tiefsten Wundstellen sind Gewordensein und Sterblichkeit, Geburt und Tod. Sie begleiten den Menschen in jedem Moment seines Daseins und erinnern ihn daran: Ich habe mein Leben nicht im Griff. Ich erfahre mich ausgeliefert und abhängig von Mächten, die ich nicht beherrsche, über die ich nicht verfüge. Mein Leben ist dem Unverfügbaren ausgeliefert, der Angst und dem Leiden: Angst als Erfahrung der vielfachen Bedrohung des Lebens, Leiden als Erfahrung der Brüchigkeit und Unvollendetheit des Daseins, ja der Sinnlosigkeit.

Die primäre, instinktive Reaktion des Menschen darauf ist: Ich muß mich gegen Angst und Leiden schützen, durch Mittel aller Art meine Unverwundbarkeit herstellen.

Unsere gesamte Zivilisation ist der Versuch, Unverwundbarkeit, Angst- und Schmerzfreiheit zu produzieren – von der medizinisch-pharmazeutischen Technik über die

Rüstungsindustrie bis hin zum Versuch der Gentechnologie, den unverwundbaren, möglichst perfekt funktionierenden Menschen zu produzieren.

Das Streben, unverwundbar zu sein, läßt den Menschen Nester suchen und Nester bauen, Überlebenseinheiten, Gruppen verschiedenster Art, künstliche Heimaten schaffen, um von anderen umgeben unverwundbarer zu sein. Zudem müssen alle Zonen des Lebens immer durchschaubarer und berechenbarer werden. Selbstbehauptung und Ich-Steigerung erwachsen auch aus der Erkenntnis der Unmöglichkeit, sich selbst durch menschliche, endliche Mittel zu vollenden. Die tiefste Verwundbarkeit des Menschen ist diese Anerkenntnis seiner Unvollendbarkeit. Und deshalb nochmals der Versuch, sich selbst in den Griff zu bekommen – bis hin zu Wissensdrogen, um durch sie den eigentlichen metaphysischen Hunger zu betäuben.

Im Zusammenhang dieses Strebens der Menschen nach Unverwundbarkeit wird die Bedeutung von AIDS offenbar, ohne damit einer willkommenen Rechtfertigung und Schadenfreude jener Moralisten und Tugendlehrer zu folgen, die Nietzsche mit Recht so erbarmungslos kritisiert hat. In der konkret erfahrbaren Abhängigkeit des Menschen vom Unverfügbaren als einer Kontingenzerfahrung offenbart sich nämlich die Verwundung durch das Unableitbare, Nicht-Beherrschbare. Dies gilt für das gesamte Dasein des Menschen, wird aber so virulent und so akut in einer Welt, die alles auf Machbarkeit setzt. Die Ohnmacht des Todes wird erfahrbar: Dagegen kann ich mich nicht sichern, dagegen kann ich mich – gegenwärtig jedenfalls – nicht immunisieren.

Je unverwundbarer der Mensch werden will, umso mehr liefert er sich der Vergiftung vieler Seuchen aus: der Drogen-Seuche, der Profit-Seuche, der Rüstungs-Seuche, der Konsum-Seuche, der Natur-Verseuchung. Diese Seuchen schwächen den Menschen, brechen in sein Dasein ein, lösen seine Selbstbehauptung immer mehr auf. Das Schreckliche daran ist, daß diese Verseuchungen gerade aus dem Sicherungssystem resultieren. In dem Maße, wie nämlich die Menschen mit den jetzt eingeführten und gebräuchlichen Mitteln versuchen, sich gegen ihre Verwundbarkeit zu wehren, erzeugen sie fortwährend gerade das, was sie abwehren wollen. Das Festhalten am Leben im Sinne der Selbstbehauptung und des Sichdurchsetzens in allen Dimensionen des Daseins ist selbst Ausdruck der Lebenszerstörung, weil sich der wissenschaftlich-technisch-industriell inszenierte Kampf für das sogenannte Leben selber nur um den Preis einer zunehmenden Zerstörung vollzieht. Es gibt eine Weise, das Leben gegen seine Verwundbarkeit zu behaupten, die in ihren Konsequenzen identisch ist mit seiner Zerstörung. Diese Wahrheit wird heute gesellschaftlich und individuell offenbar, gerade auch im Hin- und Hergerissensein der Menschen zwischen Widerstand und Verzweiflung.

Wer aber heilt die Menschen von ihrem Wahn, mit technisch-industriellen Mitteln Unverwundbarkeit produzieren zu wollen? Die Huxley-Gesellschaft! In dieser Gesellschaft widerspricht nichts meinen Harmonisierungstendenzen. Niemand und nichts stört meine eigenen Kreise. Ich muß mich niemandem gegenüber verantworten. Ich habe keine Verpflichtung. Ich bin ich – heil und ganz. Nur um den Preis der Freiheit kann der Mensch sich selbst als begrenztes, brüchiges, leidendes Wesen erlösen.

DIE POLITIK ALS GLÜCKSSTIFTERIN   Was wir heute erleben, ist eine zunehmende Wandlung des Sozialstaates zum Versorgungsstaat. Der Sozialstaat ist vor allem als Bemühen konzipiert, den Opfern unserer individualistischen Gesellschaftsordnung Hilfe zu leisten. Soziale Schäden zu reparieren, krisenfeste soziale Sicherung in allen Lebensphasen zu garantieren und Lebenschancen zu mehren – dies führte jedoch zum staatlichen Dirigismus im Kleide des Versorgungsstaates. Durch das wohlfahrtsstaatliche Programm sichert sich der Staat die Massenloyalität. Das Sicherheitsstreben der Bevölkerung schwankt zwischen Freiheitsdrang und Selbstsicherungszwang. Die Mehrheit der Bevölkerung legitimiert die Verteilungsmacht der politischen Klasse, solange ihre Existenzsicherung und Daseinsvorsorge garantiert sind. Große Teile der Bevölkerung gewähren diese Legitimierung nicht nur aufgrund des Interessenegoismus und des Wunsches nach Expansion der Versorgungsansprüche, sondern um des nackten Überlebens willen – in Konkurrenz mit anderen Bevölkerungsgruppen um knappe Mittel.

Die Macht, die der Versorgungsstaat besitzt, erzeugt auf Seite der Versorgungsempfänger die Gegenmacht in Gestalt grenzenlos wachsender, ungestillter Bedürfnisse, denen gegenüber sich der Staat schuldig weiß. Friedrich Tenbruck hat schon vor Jahren zu Recht auf den Trend verwiesen, daß man von der Politik die direkte Erfüllung seiner Wünsche und Bedürfnisse, die Glückserfüllung erwartet.[112]

Die Politik wird ständig mit Ansprüchen und Forderungen gesellschaftlicher Gruppen und Verbände überschwemmt. Und doch: „Trotz aller Verbesserungen will sich keine echte Befriedigung einstellen . . . Jede Reform wird zum bloßen Vorläufer der nächsten Reform, und hinter jedem Übel, das dem Glück im Wege stand, taucht bloß das nächste Übel auf, das nun erneut dem Glück im Wege steht."[113]

Hinter den Forderungen und Erwartungen an die Politik verbergen sich das enttäuschte Erfüllungsglück und die Hoffnung auf eine fortlaufende Glückserfüllung und Glückssteigerung, die immer neue Ansprüche aus sich gebiert. Es entsteht eine politische Erfüllungsphilosophie. Das Glück wird „zu einem einklagbaren Anspruch, zu einer Forderung, die gegen die Gesellschaft und die Politik erhoben wird. Und umgekehrt wird das Unglück zum Verschulden der Gesellschaft".[114]

Die Politik wird zur Glücksstifterin, zur Sinn- und Existenzgeberin, der Staat wird zum messianistischen Heilsbringer gemacht.

Der Moralisierung der Politik entspricht der Verlust persönlicher ethischer Verantwortung. Menschliches Glück verwandelt sich in ein Paket von Gütern, welches die Politik frei Haus liefern kann und soll; Glück erhält den Charakter einer einklagbaren Ware.

Was Tenbruck nicht erwähnt, ist das Faktum, daß die politische Klasse diesen Anspruchskampf selbst stützt. Auf die Macht und das Interesse der Verteilereliten an diesem Anspruchskampf hat Horst Baier in vielen Arbeiten aufmerksam gemacht. Die politische Klasse sichert sich durch ihre Verteilungspolitik ihre Machtinteressen und die Loyalität der Massen für das Gesamtsystem. Der Interessenkampf zwischen den Parteien und Verbänden ist ein Kampf um möglichst große Bevölkerungsanteile mit den Mitteln der Zu- und Umverteilung von Lebens- und Versorgungschancen für ihre Massenklientel.[115]

Das Wechselverhältnis zwischen politischer Klasse und gesellschaftlichen Großgruppen erweist sich durch den Zusammenhang von Sicherungs- und Glücksangebot und -erwartung als ein gegenseitiges Abhängigkeitsverhältnis, das einem Zirkelzwang gleichkommt. „Die Menschen suchen Schutz vor den Gefahren des Lebens in organisierten Gemeinschaften und nehmen geforderte Unterwerfung eher hin als das Risiko der Freiheit, also der Un-Sicherheit. Das gilt umsomehr, als die Bewohner der hochindustrialisierten Staaten in wachsender Furcht leben, ihre Wohlfahrt in Gestalt verläßlicher Daseinsvorsorge zu verlieren."[116]

Dieser Zirkelzwang zwischen angebotener Existenzsicherung und abgeforderter Legitimierung hat zur Konsequenz, daß besonders die existenzverunsicherten und abhängigen Bevölkerungskreise die quantitative Wirtschaftspolitik mit ihren sozialen und ökologischen Folgewirkungen legitimieren. Sie legitimieren damit einen Mechanismus, der sie zunehmend zu „Opfern" macht.

In dem Maße, wie dieser aufgezeigte Trend stimmt und wir unser Glücksversprechen und unsere Glückserfüllung an die Politik und ihre Verwalter delegieren, provozieren wir das Kommen der Schönen neuen Welt.

So bedeutsam und unabdingbar verläßliche gesellschaftliche Rahmenbedingungen für ein sinnerfülltes Dasein sind, so evident ist es auch, daß Glück nicht gesellschaftlich-politisch herstellbar ist. Sinnerfüllende Lebensbewältigung und Daseinsführung bleiben rückgebunden an das persönliche Ethos des einzelnen, sie sind „eine Art Kunst" und bleiben unüberholbare Aufgabe personaler Verantwortung. Sinnerfülltes Dasein vollzieht sich im gemeinsamen Aufbau einer gemeinsamen Welt. Darin erfahren die Menschen ihren ursprünglichen Sinnauftrag. Als innere Aufgabe ihres gemeinschaftlichen Existierens haben die Menschen die gemeinsame Welt schöpferisch hervorzubringen.

DELEGATION DER EIGENVERANTWORTUNG   Leben die Menschen hingegen eingepaßt in die skizzierten Bedingungen des herrschenden technisch-ökonomischen Pseudomessianismus, so werden sie ihrer selbst und ihrer Möglichkeiten kaum mehr gewahr.

Abgesehen von aller berechtigten Arbeitsteilung delegieren sie dann ihr Leben selbst immer mehr an die Einrichtungen der technisch-industriellen Gesellschaft: die Gesundheit an das Gesundheitssystem und die pharmazeutische Industrie; das Erkennen an den Apparat von Wissenschaft und Forschung durch Experten; die Erlösung an Psychotherapeuten und Gurus aller Art; das Glück an die Glücksmacher der „Schönen neuen Welt".

Die Selbstmächtigkeit und Verantwortung des Lebens wird den Institutionen überantwortet; für das, was der Mensch selbst zu tun und zu verantworten hätte, wird keine Verantwortung übernommen. Dieser Prozeß der Substitution des Lebens und der Eigenaktivität führt zu einer „Prothesenexistenz". Der Mensch delegiert Verantwortung an „Prothesen", die für ihn sein und tun sollen, was er selbst nicht sein und tun will. So läßt er Prothesen, „Sachen" – technisch-industrielle Macht, totes Vermögen in Gestalt des Geldes, Waffen – „für" sozial-verantwortete Freiheit, interpersonelle Auseinandersetzung, liebenden Kampf „stehen".

Am Schluß bleibt ein gemachter und verwalteter Mensch übrig, der mit sich selbst nichts mehr anzufangen weiß.

Solche Lebensunfähigkeit und Flucht aus der Verantwortung sind das eigentliche Kriterium der Dekadenz – der Untergang schöpferischer Kultur.

AUF DER SUCHE NACH DEM SCHMERZ- UND LEIDFREIEN GLÜCK

LEBENSZIEL: DAS ALLSEITIG HARMONISIERTE „FEELING" Vor allem junge Menschen empfinden, daß ihre psychischen Energien durch die strukturelle Gewalt der Lebensbedingungen absorbiert werden: Sinn-Orientierungskrise, Überforderungssyndrom, Leistungszwänge aller Art, Erfahrung des Überflüssigseins durch Arbeitslosigkeit. Im Gegenzug entsteht die Tendenz, die Lebenszeit dafür zu benutzen, der Fremdbestimmung der Lebens- und Arbeitswelt zu entrinnen und zu einem allseitig harmonisierten „Feeling" zu gelangen. Dies wird in verschiedenen Stimmungslagen angezielt:

a) Passives Versinken in inaktiver Entspannung; Abschotten gegenüber Umweltreizen und Aufforderungen (= Haschisch), Pseudo-Gelassenheit, Pseudo-Abgeschiedenheit.

b) Ausbrechen aus der delierienhaften Gleichgültigkeit der monotonen Arbeits- und Lebenswelt in den Zustand einer Pseudo-Wachheit und Übersensibilität gesammelter Gespanntheit, die das Gefühl eines völligen Selbstbesitzes, der Herrschaft über das eigene Leben, die Fähigkeit, mit Problemen fertigzuwerden und eine Art durchsichtiger Präsenz und Bereitschaft für Neues suggeriert (= Kokain): Scheindasein: Ich bin ganz da.

c) Delierienhafter Rausch einer ins Uferlose ausbrechenden raum- und zeittranszendierenden Gestimmtheit

(= Heroin): Pseudo-Transzendenz, Ich-Auflösung, Einheit mit allen Wesen, Einssein, All-Feeling.

d) Zersprengen der Repressionen der Arbeits- und Lebenswelt durch explosionsartiges Sich-Austoben (= Diskotheken): die manipulierte Selbstverschwendung, Sich-Verlieren, Mitschwingen mit einem von außen auferlegten Rhythmus aus Unfähigkeit, die eigene Daseinsweise zu entdecken.

e) Flucht aus Informationszwängen der Arbeits- und Lebenswelt und dem Öffentlichkeitsurteil in eine vom Ich her bestimmte verfügbare Welt, in der mir nur das entgegenkommt, was ich hören und sehen will. Monologisieren des im Arbeits- und Lebensprozeß unter Fremdherrschaft stehenden Ich, das sich in seiner Welt verschließt. Die gemachte Einsamkeit, eine Art von neuer Klausur, die aber nicht freimacht für die Erfahrung je neuer und tiefer Weltdimension, sondern den Menschen in sich selbst verschließt; eine hergestellte Umwelt, in der nur jenes andere zugelassen wird, das ich als mir entsprechend erkenne. Der Mensch reguliert hier monologisch selbst das Zwischen von Ich und Welt im Binnenraum seines Ich=Ich: die Walk-man-Kultur.

Alle fünf Fluchtphänomene sind Wege auf der Suche nach Glück. Das Glück besteht in einem schmerz- und leidlosen psychisch-physischen Gleichgewicht in der Befriedigung der Bedürfnisse. Jeder, der solches verspricht, wird als der Erlöser und Heilbringer akzeptiert. Er befriedigt Bedürfnisse, ohne diese selbst als Bedürfnisse zum Verschwinden zu bringen, denn dadurch wäre das Glücksgefühl selbst aufgelöst. Andererseits aber darf das Bedürfnis als solches nicht über längere Zeit unbefriedigt gelassen werden; eine zu große Distanz zwischen

Begehr und Gewähr muß vermieden werden, ansonsten wäre dadurch die Glücksharmonie irritiert. Das höchste Glücksgefühl vermittelt derjenige, der eine ausgewogene Differenz von Reichtum und Mangel in allen Dimensionen des Daseins herzustellen imstande ist.

ENTWICKLUNGSLINIEN IN EINE GLÜCKMAXIMIERENDE ZIVILISATION

An zahlreichen Phänomenen lassen sich heute Entwicklungslinien hin zu einer solchen glückmaximierenden Zivilisation, die ein möglichst ungebrochen lustvolles, bequemes, schmerz- und leidfreies Leben garantiert, nachweisen. Einige seien genannt:

Im Bereich der Pharmakologie: Schlafmittel; Aufputschmittel; Beruhigungs-, Wachheits-, Entspannungsmittel; soziale Integrationsmittel; Antidepressiva. „Soma" in vielfältiger Weise. Die Pharma-Werbung preist ihre Psycho-Pillen als reinste Wundermittel an: „Sonnenbrille für die Seele"; „Pillen gegen die Traurigkeit"; „Aufwind für die Psyche"; „Schlafmittel Ihrer Träume"; „Stimmungsaufheller" mit leichter Antriebsförderung. Nebenwirkungen sind der Pharma-Werbung meistens „keine bekannt". Der Biologe Charles Cantor verweist darauf, daß etwa die Hälfte der 100.000 menschlichen Gene den Bauplan für Substanzen enthält, die im Gehirn wirksam sind. „Einige beeinflussen Stimmung und Gefühle. Ich erwarte, daß es uns gelingen wird, daraus Medikamente zu entwickeln, die weit besser auf Zustände wie Unglücklichsein, Depressionen, Angst oder Streß einwirken als heutige Substanzen. Ich denke, daß Stoffe zu begrüßen wären, die das Leben in der modernen Gesellschaft angenehm gestalten. Die völlig harmlos sind und die einen in gute Laune versetzen, auch wenn man gerade mitten in einer überfüllten U-Bahn steckt."[117]

Im Bereich der Freizeitgesellschaft: das System der Animation: Spielhöhlen („Lotto-Gesellschaften und Spielbanken melden neue Rekord-Einnahmen. Das Glücksspiel breitet sich aus wie eine Seuche" – so der „Spiegel" in einer Titelgeschichte 1988), Computerspiele, Diskotheken. Die Freizeit wird immer mehr nach Freizeit-Mustern und Freizeit-Typen gestaltet: Der Abenteurer-Typ, der Kunst-Typ, der Schiffsreise- und Gesellschafts-Typ, der Aussteiger-Typ, der Angeber-Typ ... – Phänomene der Berechenbarkeit des Menschen: alles soll immer durchschaubarer, dadurch berechenbarer und scheinbar sicherer werden.

Abtreibung als Kavaliersdelikt: Der Mensch hat in sich selbst nicht mehr Raum für den anderen. Die Abtreibungspille RU-486 ist eine „wahrlich elegante medizinische Lösung" (Hoechst-Abteilungsleiter Robert G. Geursen). Viele Frauen beschreiben das Erlebnis des pharmazeutischen Schwangerschaftsabbruchs „weniger traumatisch", „sanft", „fast natürlich". „Deshalb glauben wir", erklärt die Gynäkologin Aubény, „daß RU-486 auch ethisch ein Schritt vorwärts ist." Zudem kostet die Pille nur 4 Francs.[118] Robert Spaemann situiert zu Recht die Frage der Abtreibung im Rahmen der Zweidrittelgesellschaft. „Die Freigabe der Abtreibung . . . macht die Gesellschaft zu einem Closed shop, bei dem der Eintritt abhängig ist von der Zustimmung derjenigen, die schon darinnen sind. Das ist aber ein totalitäres Mißverständnis der Gesellschaft."[119]

Tendenz zur Euthanasie: Ich bin der Herr meines Lebens; ich habe einen Anspruch auf Leidlosigkeit. Die Alten und Behinderten sind lästig, verlangen Einsatz von mir, binden mich, erfordern Opfer, haben eine bestimmte Lebenserfahrung – eigene Horizonte: sie nötigen uns ihre Einsichten auf; sie erinnern mich an mein eigenes Altwerden; sie verschließen meine eigenen Horizonte; sie kosten Geld. Vielleicht werden die jungen Menschen in Zukunft zu den Alten sagen: „Wir bestrafen euch, weil ihr uns diese Welt hinterlassen habt." Euthanasie als ein Straf- und Exekutionsprozeß. Wir stellen die Therapie ein. „Wenn ein Mensch schmerzlos getötet wird, kann man ja nicht sagen, ihm sei ein Übel zugefügt worden. Es wurde vielmehr gerade das Subjekt beseitigt, für welches etwas ein Übel sein kann. So beseitigt die Euthanasie das Subjekt des Schmerzes, um den Schmerz aus der Welt zu schaffen."[120]

DAS ZWISCHENREICH TECHNISCHER KOMMUNIKATION

Wir leben in einer Gesellschaft, in der die primären Qualitäten der Selbst- und Welterfahrung zunehmend verdeckt werden, weil die Menschen sich praktisch eine Welt der sekundären Natur schaffen. Es ist dies eine durch technische Instrumente und organisatorisch-bürokratische Strukturen vermittelte Welt, in der der unmittelbare Bezug zur Natur und zum Mitmenschen immer mehr durch von außen verordnete Gesichtspunkte wie Effizienz, Profit, Leistungszwänge aller Art vermittelt ist.

Es ist eine Erfahrung von Heimatlosigkeit, die dieser sekundären Welt entstammt. Sie wirft die Menschen auf sich selbst zurück, vereinzelt sie, macht sie einsam und beziehungslos.

Als Ersatz für erfüllende, unmittelbar menschliche Beziehungen schaffen sich Menschen ein Zwischenreich technischer Kommunikation vornehmlich durch Medien – elektronisch vernetzt (fernseh-video-verkabelt; Computerspielautomaten-Hallen; Glücksspiel-Kulturen à la Las

Vegas, Diskotheken-Räume, Peep-Shows, Massensport-Ereignisse, Musik-, Tanz-, Drogen-, Sex-Parties aller Art).

Dieses Zwischenreich ist nicht in unmittelbar menschlicher Kommunikation begründet, sondern schiebt sich in der Gestalt telematischer Instanzen zwischen die Subjekte. Die Menschen verlieren so immer mehr die Fähigkeit authentischer Selbstmitteilung und kommunizieren miteinander nur noch auf a priorischen, ihrer eigenen Entscheidungsfähigkeit entzogenen Bahnen. Dadurch werden sie mitten in diesem Kommunikationsprozeß des Zwischenreichs gerade voneinander abgeschieden und isoliert. Keiner ist als er selbst beim anderen, sondern sie sind einander in einer Weise präsent, die ihnen durch verdinglichte Kommunikationsinstanzen mehr oder weniger aufgezwungen wird.

Hieraus ergibt sich eine für eine totalitäre Manipulation im Sinne der Schönen neuen Welt wichtige Voraussetzung. Durch die Intensivierung des Informationsnetzes als verdinglichtes Zwischenreich streben die gegeneinander isolierten Individuen nach Gemeinsamkeit, nach Kommunikation und Information, die ihnen prompt immer differenzierter geliefert werden.

Je einsamer die Individuen sind, umso mehr werden sie nach der Gewähr von Kommunikation verlangen, sich der Herrschaftsstruktur des Zwischenreichs ausliefern. Dies hat aber untergründig wieder zur Folge, daß sie nur noch mehr voneinander getrennt werden, wodurch sich für die herrschenden Mächte eine höchst erwünschte Spirale von Pseudoselbständigkeit und Pseudokommunikation ergibt. Dieser Zustand vermittelt die Illusion der Selbständigkeit mit der totalen Abhängigkeit, wie sie für die Schöne neue Welt kennzeichnend ist.

Eine weitere große Gefahr der Informationstechnologien, die der Schönen neuen Welt entgegenkommt, ist eine zur Sache gemachte, die primäre Wirklichkeit ersetzende Sprache. Wir sind heute vielfach soweit, daß wir das mitgeteilte Informationsmaterial für die Wirklichkeit selbst nehmen. Sprache als Information – differenziert und spezialisiert nach Kompetenzbereichen – steht für Wirklichkeit und ihre Erfahrung. „Die Pilger zum Drehort der ‚Schwarzwaldklinik' haben längst die Zahl der religiös motivierten Wallfahrer überrundet . . . Wieso erhält der Fernsehprofessor aus der ‚Schwarzwaldklinik' tagtäglich Briefe mit der Bitte um ärztlichen Rat?"[121] Mit solchem Wahrnehmungsverlust – dieser zunehmenden Identifizierung der natürlichen Lebenswelt mit der künstlich reproduzierten Welt der Informationstechnologien – entfällt jede Möglichkeit der kritischen Überprüfbarkeit der Sprache. Im Maße der immer komplexer werdenden Welt werden wir immer unfähiger, auf die Wirklichkeit zu hören, kritisch zwischen Medienwelt und Wirklichkeit zu unterscheiden und selbst uns ein Urteil zu bilden. In diesem Wahrnehmungsverlust liegt die Empfänglichkeit für Suggestion. Welche Wirklichkeitserfahrung hat der Mensch heute, der das Werbefernsehen sieht, der die Massenzeitungen, die Massenillustrierten liest? Ganze Weltbilder und Weltanschauungen werden hier geformt – und können geformt werden.

Vom Todesdrang in unserem Leben

Viele der Zerstörungsvorgänge lassen sich rekonstruieren als Folge des Macht-Konkurrenz- und Macht-Gegenmacht-Mechanismus, als Interessensverfolgung zwecks Überlebens und Machtsteigerung. Da aber die Zerstörungen sich heute gegen jedermann richten, genügen diese Erklärungen nicht mehr.

Der relative Vorteil, der durch den eigenen Zerstörungsanteil erzielbar ist, wird durch die global vernetzte Zerstörung als solche immer mehr zunichte gemacht. Es geschieht in diesem Prozeß implizit eine gegen die ursprüngliche Intention gerichtete Steigerung und Ausweitung der Zerstörung, die der einzelne vernünftigerweise nicht wollen kann, wenn er nicht gegen sein vorgängiges Interesse handeln will. Es fehlt der Blick für die globale Vernetzung der Zerstörungsanteile und deren unabsehbare Multiplikation. Eine Art soziale Lähmung verhindert an diesem Punkt ein notwendiges Umdenken. Durch die Art und Weise, wie der einzelne handelt, stellt er gerade seine eigene Profitmaximierung in Frage. Man befindet sich in einem rasenden Zug auf einem Geleise, das jede mögliche Weichenstellung von vornherein ausschließt. Obwohl der Zug dem Abgrund zurast, genießt man die Tatsache, daß er überhaupt fährt und man in dieser Geschwindigkeit vorankommt.

„Zerstörung" verleiht im „Kampf ums Dasein" also keinen Vorteil mehr, sondern schlägt durch eine Gefährdung der Biosphäre auf den zurück, der sie vollzieht. Wenn die Zerstörung der Lebenswelt in niemandes Interesse liegen kann, wie ist dann unser Mit-Handeln gegen das fundamentale Überlebensinteresse zu erklären?

Liegt die Antwort auf diese Frage vielleicht darin, daß wir unser Leben – vielleicht insgeheim – doch von einem Todesdrang bestimmt sein lassen? Verdrängen wir den Lebensdrang? Suchen wir den Tod als die Verlaufsform eines Lebens, das sich entspannen möchte, um in die „Ruhe" einzugehen?

Der Todesdrang kann sich in vielen Gesichtern äußern:

Die Prediger des Todes:
Wir haben es bald hinter uns; das Leben ist nicht wert, daß es gelebt wird. Das Leben ist nur eine Last.

Die fatalistische Passivität:
Das ganze Leben ist durch den Tod beherrscht. Es ist uns gleich-gültig, was unsere Kinder morgen an Energie, an Rohstoffen haben werden, ob die Erde vergiftet ist. Wenn all dies allenfalls eintreten sollte, dann werden wir schon tot sein. Dieses „dann" bedeutet: dann sterben andere, nicht wir.

Der destruktive Zynismus:
Gerade recht geschieht es; die Zerstörung ist in meinem Interesse, solange ich daraus Profit ziehe. Und wenn es „aus" ist, dann ist es eben aus: Ich muß ohnehin sterben.

Die Lebenslüge der Produzenten des Todes:
Wir rüsten doch nur, um euch den Frieden zu erhalten; wir investieren ja nur und mühen uns ab, um euch mit Arbeitsplätzen und Waren zu versorgen.

Der kurzfristig aufgepeitschte Hedonismus:
Ich hole heute alles an Lustvoll-Möglichem aus diesem Leben für mich heraus: Jetzt geht es mir gut; morgen bin ich tot.

Die Unfähigkeit zum Gutheißen, zum Erspüren des Gut-seins der Wirklichkeit. Die träge Apathie: Teilnahmslosigkeit, Stumpfsinn.

Das Mißtrauen gegenüber Gott und seiner Schöpfung: sich Gottes Güte nicht gönnen; sich nicht darauf einlassen wollen, daß Gott gut ist.

Zusammenfassend ist also zu fragen: Wie weit werden wir bestimmt von Apathie und Selbstzerstörungen einer Gesellschaft, die ihre Menschlichkeit immer mehr einbüßt, von der Sehnsucht nach einem kollektiven Tod? Der kollektive Tod als die totale Problemlösung: wenn nur endlich alles vorüber wäre; alles bin ich dann los! Mich selbst; die anderen, die mir lästig sind – alle Probleme.

DER WELTSTAAT – EIN PRODUKT DER ICH-MACHT DES MENSCHEN

In einer Art gesellschaftlicher Schizophrenie zerplatzt das noch labile Gleichgewicht von Mensch und Gesellschaft. Die Gesellschaft entgleitet sich immer mehr. Sie ist an ihrer eigenen Selbstverfügung gescheitert. Dies macht es ihr im Gegensatz zu früheren Katastrophen auch zunehmend schwerer, sich human zu reorganisieren.

Die Menschen liefern sich zunehmend passiv einem immanenten Verfügtwerden aus, und zwar in einem totalitären und globalen Sinn. Sie wollen trotz der drohenden Katastrophe ihre Ich-Macht nicht aufgeben, sondern nur deren Zustandsform verändern. Während diese zuvor aktiv-aggressiv war, sich in der Form progressiver Ich-Durchsetzung vollzogen hat, wird sie jetzt ersetzt durch ein passives Über-sich-verfügen-Lassen durch eine universelle Zentralinstanz. An diese Zentralinstanz delegiert das Ich seine katastrophal gescheiterte Macht, um sich dadurch gewissermaßen von außerhalb seiner selbst her noch einmal selbst zu ergreifen und sich so in seiner Herrschaft über die Welt zu behaupten.

Der gescheiterte Versuch der Herstellung einer Einheit von Ich und Welt durch die aggressive Macht des „Ich" wird nun in anderer Weise rekapituliert. Das Ich leistet nun in passiver Weise, was es zuvor nicht aktiv zu leisten vermochte. Indem es sich von außen erfassen, ergreifen, disponieren und regulieren läßt, scheint es jene Gemeinschaftlichkeit und Einheit und Sicherung zu gewinnen, die es zuvor in aktiver Weise nicht gewinnen konnte. Der Mensch versucht, mangelnden Dienst und Einsatz dadurch zu ersetzen, daß er sich selbst durch Machtinstanzen „vitalisieren" läßt. Deshalb erzeugt er über sich auch solche Machtinstanzen zum Zwecke des Sich-selbst-Erpressens. Erpreßbarkeit in diesem Sinne liegt in einem passiven Verhalten begründet, das sich einer Selbstausbeutung verdankt, die an andere Instanzen delegiert wird: die Herr-Knecht-Beziehung mit umgekehrten Vorzeichen.

Die Chance einer Metanoia, eines Denkens und Handelns aus einem neuen Paradigma, ist vertan, die Möglichkeit eines gemeinsamen Handelns aus gemeinsamer Freiheit ersetzt durch die universelle Sklaverei, durch die sich das in seiner aggressiven Macht gescheiterte Ich quasi in einer über es verfügenden Zentralinstanz „ausruht".

Da der Weltstaat ein universelles Wir-Ich der totalitären Vermittlung von allem mit jedem und jedem mit allem ist, scheint dadurch der universelle Friede endlich erreicht zu sein. Jeder empfängt, wessen er bedarf, sodaß die Notwendigkeit der Manipulation mit der höchsten Freiheit zusammenzufallen scheint.

DIE SCHÖNE NEUE WELT ALS OASE DES LEBENS

Immer mehr Menschen erfahren die Wirklichkeit des Daseins in Welt und Geschichte, das eigene Leben und das der Mitmenschen, als eine bedrückende Last. Sie fühlen sich den Anforderungen, die das Leben an sie stellt, immer weniger gewachsen. Sie erfahren sich als überfordert

– als brüchig, konflikt- und kommunikationsschwach, verstrickt in den Selbstbehauptungs- und Überlebenskampf mit anderen, als entgemeinschaftet, vereinzelt, sich selbst aufgebürdet, zweifelnd am Daseinssinn, als unentrinnbar und aussichtslos dem Gang der Dinge ausgeliefert.

So entsteht die Sehnsucht nach einem Atemraum, in dem sie gelassen, frei und froh, um ihrer selbst willen verweilen, aus sich heraus leben, bei sich daheim sein und wirken können.

Die sanfte Diktatur der Schönen neuen Welt wird so immer weniger als ein Alptraum, sondern eher als Erlösung und Befreiung, als Ausweg aus den Leiden und Kämpfen des eigenen Lebens erfahren, ein Ausweg, der nicht direkt, sondern indirekt gegangen wird. In einer endlos sich ausbreitenden Wüste erscheint am Horizont die Schöne neue Welt als Oase des Lebens.

Orwell und/oder Huxley

George Orwell hat Aldous Huxley seinen Roman „1984"
zugeschickt. In seinem Antwort- und Dankschreiben an
Orwell stellt Huxley unter anderem fest: „Ich glaube, daß
innerhalb der nächsten Generation die Herrscher der
Welt erkennen werden, daß Kinderkonditionierung und
Narkose-Hypnose wirkungsvollere Mittel der Machtausübung sind als Knüppel und Kerker und daß sich Macht-
hunger ebenso gut stillen läßt, wenn man den Menschen
suggeriert, ihre Knechtschaft zu lieben, wie wenn man sie
mit Stiefel und Peitsche zum Gehorsam zwingt. Mit anderen Worten, ich habe das Gefühl, daß der Alptraum
‚1984' zwangsläufig in den Alptraum von einer Welt
übergehen wird, die mehr meinen Vorstellungen in ‚Brave New World' entspricht."[122]
Orwell scheint Huxley auf diesen Brief nicht geantwortet
zu haben. Er hat aber an anderer Stelle zu Huxleys Roman Stellung genommen. Dort heißt es: „Es wird nicht
klar, warum die Gesellschaft in dieser ausgetüftelten
Weise organisiert sein kann, wie es beschrieben wird. Das
Ziel (der führenden Gruppe) ist nicht wirtschaftliche
Ausbeutung, und auch der Wunsch, zu imponieren und
zu herrschen, scheint ebenfalls kein Motiv zu sein. Da
gibt es keinen Machthunger, keinen Sadismus, keinen
Zwang irgendwelcher Art. Die an der Spitze haben kein
starkes Motiv, an der Spitze zu bleiben. Und obgleich jedermann glücklich ist in einem leeren Sinn, ist Leben
witzlos geworden, sodaß es schwierig ist zu glauben, daß
eine solche Gesellschaft von Dauer sein kann."[123]

Huxleys offene Seiten

Es fällt auf, daß Huxleys Konstrukt der Schönen neuen Welt zwei fragwürdige, offene Seiten hat, an denen eher Orwell weiterführt.

DIE ANGST   Die Huxley-Zukunft wird das Problem aufwerfen, wie mit Ängsten, die nicht durch die legalen Drogen bearbeitbar sind, umgegangen wird. Seit jeher sind auch andere Verarbeitungsformen von Ängsten aktiv. Die wirksamste Form ist die Feinderklärung – der Zusammenschluß der Massen unter einem Führer. Wird sie nicht zu Soma in Konkurrenz treten? Die Masse – und in der Masse die Liebe zu einem Führer – sistiert meine Angst. Angst ist eine alle Wirklichkeit durchdringende, totalitäre Grundkraft. Die Angst überflutet alles. Was aus der Angst helfen kann, ist die Gleichschaltung. Sie ersetzt das Chaos durch die Ordnung.

Was stiftet aber Ordnung? Ordnung steht in erster Linie im Zusammenklang mit anderen, aber auch in einer Gerichtetheit des Zusammenklangs. Sie ergibt sich aus der Identifikation mit dem Führer. Er liebt mich in der Weise, daß ich gewissermaßen „er" bin. Und da er mich liebt, kann ich mit mir selbst in Frieden leben. Der Gleichklang mit anderen und die Gerichtetheit des Zusammenklangs verwandeln die Angst in den Impuls einer Masse, die sich in dieser Gerichtetheit auf den Führer hin machtvoll erfährt.

Alle Rivalität wird nach außen verlegt – die Feinde meines Führers sind auch meine Feinde. Die Angst, die zur Rivalität führt, führt wie durch ein Wunder zu diesem Gleichklang. Der Friede kommt durch den äußeren Feind.

DIE MACHT- UND HERRSCHAFTSFRAGE   Weiters erzeugt das System auf dem Weg in Richtung Huxley-Gesellschaft ständig ein „Außen", das noch nicht nach „Huxley" funktioniert, sondern außerhalb bleibt. „Utopien" unterschlagen immer den Weg, der zu einem „utopischen" Zustand führt.

a) Herrschaft auf dem Weg in die Huxley-Gesellschaft

Dieses Außen hat einen doppelten Charakter. Zum einen kommt es im Inneren des Systems zu einer Ausstoßung. Das Instrumentarium, das im Sinne der Zweidrittelgesellschaft angewandt wird und in hohem Maße systemstabilisierend wirkt, produziert Opfer, bringt Randgruppen, innere Feindschaften hervor.

Zweitens setzt sich das „äußere" Außen aus den zwei Dritteln der Menschheit zusammen, die nicht in die Prosperitätszone einbezogen sind, bei denen das System noch nicht funktioniert, nicht weil man es nicht wollte, sondern weil die Eintrittsbedingungen (kaufkräftige Nachfrage, technologisches Niveau) noch nicht gegeben sind. Diese Kontinente im Sinne der Huxley-Gesellschaft völlig durchzuorganisieren, ist, ohne daß ein spürbarer Ansatz in diesen Ländern selbst gegeben ist, unmöglich. Medien genügen nicht. Sie bleiben draußen. Sie sind weder eigenständig, noch integriert. Solange dieser äußere Rand da ist, können nicht die Methoden wirken wie im Binnenraum. Wegen der potentiellen „äußeren Feinde" werden Polizei und Militär benötigt.

Das „innere" Außen, der Binnenraum, produziert Opfer, also Unruheherde; das „äußere" Außen kennt konkurrierende Weltmächte, unbotmäßige Kolonialvölker, Terrorgruppen.

b) Herrschaft im Huxley-Staat

Die Herrschaft wird im Modell des Huxley-Staates fast unsichtbar, und insofern ist sie nur die konsequente Fortsetzung der Moderne. Aber sie verschwindet nicht. Sowohl die Normfestlegung – wer ist Alpha, welches Quantum von Soma wird ausgegeben –, wie auch die hierarchisierte Verwaltung machen Herrschaft nötig.

Die Ökonomie der Huxley-Gesellschaft ist eine Gleichgewichtsökonomie. Es ist der Versuch, Störungen durch äußere und individuelle Instrumente auszuschalten. Die Steuerung wird weder dem Markt, noch dem Staat überlassen, sondern entscheidend ins Innere verlagert. Das grundlegende Steuerungsinstrument ist die verinnerlichte Bedürfnisstruktur. Auch die Ökonomie des Huxley-Staates wird eingerichtet – sie folgt Normen, die herrschafts = fremdbestimmt sind.

Wohl wird versucht, Herrschaft durch Soma und genetische Manipulation möglichst unkenntlich zu machen, wie auch die ökonomische Steuerung, die entscheidend eine Nachfragesteuerung ist, weitgehend mit der Wunscherfüllung zusammenfallen zu lassen, damit herrschaftliche Steuerung als solche nicht mehr empfunden wird. Sie ist aber nicht völlig unsichtbar zu machen: Das System bleibt verwundbar.

ORWELL IST DIE ANTWORT NICHT

Ich glaube nicht, daß Orwell nützlich ist zum Verstehen unserer Gegenwart. Zum einen, weil der Antagonismus von fünf Reichen ein Szenarium zeichnet, das nach dem Sieg des US-amerikanischen Imperiums und der Marktwirtschaft nicht auf der Tagesordnung steht. Orwells Konstrukt ist ein Gedanke aus der ersten Hälfte des

20. Jahrhunderts und nicht aus dem Ende dieses Jahrhunderts.

Zum anderen: Die gewaltsame Manipulation des Denkens – nicht nur seine Verfälschung – als Kern des Systems ist vorübergehend auch nicht aktuell. Sie ist nicht so wirksam wie andere Methoden. Sie erzeugt zuviel Widerstand und schwächt zu sehr das System, das es anwendet. Ein globales Terrorsystem ist – aller Wahrscheinlichkeit nach – gar nicht durchsetzbar.

Orwell sieht nicht – in der Hauptsache jedenfalls nicht – die Tendenzen im Übergang zum nächsten Jahrhundert. Die gespaltene Gesellschaft wird durch Huxley und Orwell bestimmt sein. Wo Prosperität ist, dort erkennt sich die Phantasie in Huxley wieder, wo Mangel und Elend ist, in Orwell.

Das Verhältnis der beiden Zonen zueinander ist schwer verstehbar: Inmitten der Prosperität gibt es die Zone des Mangels und der Unterdrückung. Wie wird sich die Einebnung herrschaftsstörender Differenzen vollziehen? Huxley – die Zufügung von Lust – ist das Gegenteil des Wahrheitsministeriums Orwells. „Soma" ist das Versprechen der gleichsam objektiven herrschaftsfreien Auflösung von Differenzen. Orwell – die Zufügung von Schmerz – ist die zur Selbstverständlichkeit gewordene Manipulation von Differenzen.

Die Tendenz scheint dahin zu gehen, die „Wilden" allüberall nach Möglichkeit nicht durch polizeiliche Herrschaft, sondern durch Waren, Sex, Drogen aller Art zu bändigen. Die Huxley-Phantasie wird jedoch dementiert werden durch die Wirklichkeit; sie ist immer auch bestimmt durch die Welt Orwells.

Beide Welten – die Welt Huxleys und die Orwells – sind innengeleitet und außengelenkt. Sie erwachsen aus der Innenseite von uns Menschen. Huxley spiegelt unsere infantilen Verschmelzungsträume wider; wir können uns von unserer Kindheitsphase schwer trennen, von dieser Sehnsucht nach „Soma", der Sehnsucht nach der Sofort-Befriedigung all unserer Begierden und unserer Sehnsucht nach der Welt des „Wilden", die das Ganz-Andere, den Kontrast, das je größere Glück in unser Leben hereinbringt. „Orwell" ist die Welt der Ängste in uns – die Angst vor dem Chaos, dem Manipuliert- und Zerstörtwerden, dem Tod – Ängste, die unsere abgrundtiefe Verwundbarkeit zum Ausdruck bringen.

Neil Postman kommt in seiner Studie über die Fernsehgesellschaft der USA zum Schluß: „Orwells Prophezeiungen haben für Amerika kaum Bedeutung, diejenigen Huxleys freilich sind nahe daran, Wirklichkeit zu werden . . . Eine Orwell-Welt ist viel leichter zu erkennen als eine Huxley-Welt, und es ist auch leichter, sich ihr zu widersetzen. Unser gesamter kultureller Lebenszusammenhang hat uns darauf vorbereitet, ein Gefängnis als solches zu erkennen und Widerstand zu leisten, wenn seine Mauern uns einzuschließen drohen . . . Aber was ist, wenn keine Angst- und Schmerzensschreie zu hören sind? Wer ist bereit, sich gegen den Ansturm der Zerstreuungen aufzulehnen? Bei wem führen wir Klage – wann? und in welchem Tonfall? –, wenn sich der ernsthafte Diskurs in Gekicher auflöst? Welche Gegenmittel soll man einer Kultur verschreiben, die vom Gelächter aufgezehrt wird?"[124]

Die beiden Phantasien – Huxley und Orwell – können nur in einer gespaltenen Weltsicht und Welt nebeneinander wirken. Beide Welten wird es wohl in absehbarer Zeit noch geben. Die Frage wird sein, wo die eine und wo die andere Welt funktional ist.

KONTUREN EINER ANDEREN NEUEN WELT

Mut zum Widerstand

Der positive Anfang liegt inmitten der Entfremdungen

Welche Antwort können wir auf die beschriebenen weltweiten Zerstörungstendenzen, auf die Gefahr der Heraufkunft der Schönen neuen Welt oder der Welt Orwells geben? Kann es überhaupt angesichts eines Befunds, der nichts beschönigt und unvermeidlich ängstigt, ja entmutigen könnte, realistische Antworten geben? Muß nicht jede einzelne Reform als hilfloser Versuch gegenüber übermächtigen, die Zivilisation im ganzen bestimmenden Strukturen erscheinen?

Die ungeschönte Analyse hat auch den Zweck, die Hinfälligkeit und Zweckwidrigkeit gewisser Antworten aufzuzeigen. Hinfällig und zweckwidrig sind sämtliche Maßnahmen und Planungen, die nur auf Symptombehandlung abzielen. Verhehlen wir es nicht: Ein Großteil der jetzt propagierten und umstrittenen Politiken muß diesem Verdacht anheimfallen.

Es ist üblich geworden, die Einsicht in die Tatsache der ablaufenden oder schon vorprogrammierten Katastrophen als Pessimismus auszulegen und sich gegen das „Katastrophengerede" zu verwahren. Das heißt, die Lage gründlich zu verkennen. In den individuellen Lebensgeschichten wie in der Evolution der Arten, in den mikrophysikalischen Vorgängen wie in der menschlichen Geschichte sind Katastrophen Wendepunkte einer Entwicklung, notwendige Herausforderung für Überleben und Verwandlung. In der Medizin bedeutet Krise Gefahr einer Verschlechterung mit der Chance einer Besserung und Heilung.

In diesem Sinn wäre es töricht, die Augen vor der Tatsache der weltweiten Katastrophentendenzen zu verschließen. Je weniger wir vor ihrem Ernst flüchten, je mehr wir uns entschließen zu widerstehen, desto realitätsgerechter können unsere Antworten ausfallen. Nur eine von den herkömmlichen Politiken entschieden abweichende Antwort kann realistisch sein, nur solche Antworten – Strukturreformen statt Symptombehandlung – können ermutigen. Das ist die Schlußfolgerung unserer Analyse.

Es gibt eine neue Welt – völlig verschieden von Huxleys Schöner neuer Welt –, die möglich und anstrebbar ist. Es ist der Sinn dieses Abschnitts, die Grundzüge des Paradigmas dieser neuen Welt zu entwerfen. Ein Paradigma beschreibt die jeweilige Weltsicht und Wirklichkeitskonstruktion, das wie selbstverständlich vorausgesetzte Orientierungs-, Wert- und Normensystem, das alles Wahrnehmen, Urteilen und Handeln sowie die Problemlösungsverfahren, die der jeweiligen Weltsicht entsprechen, bestimmt.

Wo aber ist dieser positive Ansatz einer neuen Welt zu finden, wenn es unrealistisch ist, sie außerhalb des sich selbst steuernden Systems zu suchen?

Es entsteht das Dilemma, sich entweder mit der bestehenden System-Komplexität abfinden zu müssen oder eine anarchistische Revolution zu erträumen, die alle selbstregulierenden Systeme sprengt, weil der einzige Ansatz für eine Überwindung unmenschlicher Ordnungen nur im Chaos liegen kann. Der Mensch kommt in die große Versuchung, alle seine Hoffnung aus dem Nichts zu schöpfen, das er als seinen Verbündeten hypostasiert, um quasi freie Hand zu bekommen gegenüber den Systemen. Die Hoffnung, die in dieser scheinbar ausweglosen Situation auftaucht, ist das Vertrauen in die Wahrheit sowie die Erfahrung, daß der Irrtum, die Lüge und das Böse nur möglich sind, weil es umgekehrt Wahrheit und Liebe gibt; die Erzeugung der Unwahrheit aus der Unwahrheit ist unmöglich, die Dämonie der Un-Wahrheit lebt aus der Verneinung, der Perversion, aus dem Töten der Wahrheit. Deshalb kann es keinen Komplex sich selbst steuernder Systeme geben, der nicht in der Verkehrung transparent wäre auf das System gemeinsamer Freiheit von Ich-Du-Wir mitten in den politischen, technischen, wissenschaftlichen, ökonomischen sich selbst steuernden Systemen.

Die neue Welt, die wir suchen, ist kein „utopisches Gegenmodell", keine Konstruktion einer heilen Welt. Das „utopische Gegenmodell" setzt entfremdete und heile Welt einander gegenüber, sieht die realen Zustände als durch und durch entfremdet; sie sind daher abzuschaffen, die „Welt" ist zu opfern. Dieses Konzept der Heilbringer enthüllt sich als ein Macht-Modell. Alles endet wieder in einem technizistischen Modell des Machens.

Der positive Anfang liegt in der entfremdeten Wirklichkeit. Er setzt in dem Vertrauen an eine je größere, wirkliche Wirklichkeit mitten in der Entfremdung an und lebt nicht primär vom theoretischen Wissen, sondern von Grunderfahrungen wirklicher Wirklichkeit her, von einer ethischen Intuition im sinnlich-konkreten Sinn. Ein Feind-Feind-Verhältnis kann ich nur deswegen wahrnehmen, weil ihm die Grunderfahrung des Freund-Freund-Verhältnisses vorangeht. Aufgrund dieser Grunderfahrungen vertraue ich darauf, daß mir mitten in der Entfremdung ein positiv Daseiendes entgegenkommt, daß mitten in den Entfremdungsstrukturen ein positiver Anfang gegenwärtig ist. Die neue Welt, die wir suchen, ist damit nicht „rein utopisch", sondern existiert in einem unverborgen-verborgenen Grundentwurf. Unsere Aufgabe ist eine kreativ-entbergende: Sie bringt das, was sein soll, ans Licht, nicht im Sinne einer Norm, sondern als etwas, das als verborgen-unverborgene Wirklichkeit mitten in der Entfremdung schon präsent ist.

Ich verlasse mich auf schon vorgegebene Elemente, die einen Freiraum für ein erneuertes Handeln schaffen. Ich akzeptiere die schon bestehenden Bedingungen, ohne mich mit ihnen abzufinden. Die Entfremdungsstruktur wird nicht beschönigt. Die Überwindung des Bösen geschieht aber auch nicht mit den Mitteln des Bösen, sondern in einem Grundvertrauen, das glaubt, daß das Böse grundsätzlich schon gebrochen ist.

DIE ANDERE NEUE WELT IST DEM TREND ABGERUNGEN

Robert Spaemann hat recht: Alles Humane in der Welt ist dem Trend abgerungen.[125] Was von selbst sich durchsetzt, ist die Tendenz zur Selbstzerstörung unserer Zivilisation. Wenn man die Dinge laufen läßt, setzt sich allemal das Recht der Stärkeren, der Vital-Mächtigeren durch; wenn man die Trends sich selbst überläßt, wirkt der Automatismus unserer Zivilisation in Richtung Schöne neue Welt oder Orwell. Den positiven Anfang wagen, heißt also: sich diesen Trends widersetzen, Widerstand leisten.

Für viele ist der herrschende Trend, quantitatives Wachstum und technischer „Fortschritt", nicht mehr optimistische Steigerung im Sog eines Fortschrittsideals, nicht Zynismus und Anmaßung der Macht, das herrschende System zur Wirklichkeit schlechthin zu erklären, sondern der zweifelnde, betäubte Fatalismus des

Weiter-machen-Müssens: Es geht nicht anders! Als läge auf dem ganzen ein unabwendbarer Zwang, den man nur um den Preis gesellschaftlicher und ökonomischer Katastrophen durchbrechen könnte. „Es ist so; man kann nichts dagegen tun!" Mit dieser Sicht ist nicht selten ein kurzfristiger Hedonismus verbunden: „Jetzt geht es uns gut; morgen sind wir tot!" Oder ein unchristlicher Scheinfriede, der nicht Widerstand leisten will: Wenn ich nur meine Ruhe habe; wenn ich nur leben kann, wie ich will; wenn nur alles um mich herum und in mir funktioniert – gesellschaftlich, politisch, ökonomisch. Oder eine hedonistische Friedenssehnsucht: leben wollen, aber sich nicht fragen wozu? Überleben wollen, aber sich nicht fragen wofür? Einen solchen Frieden bekämpft Jesus: „Ich bin nicht gekommen, Frieden zu bringen . . ."

Der Zwang, entfremdenden Strukturen ausgesetzt zu sein, spiegelt in der Außenwelt wider, was sich in der Innenwelt der Menschen abspielt: ihr Sichverweigern gegenüber der Wandlung, die Absage an die Umkehr, die Weigerung, Widerstand zu leisten.

Ein qualitativer Wandel gesellschaftlicher Strukturen kann sich nur aus einer fortwährenden Bekehrung und einer erhöhten Widerstandskraft der Menschen ergeben, wobei der qualitative Umschlag zweiseitig zu geschehen hat: Das Sichverändern der Menschen muß mit dem Verändern der gesellschaftlichen Verhältnisse zusammengehen.

Wenn ich will, daß sich in dieser Welt etwas zum Positiven hin verändert, dann geschieht dies nur, wenn ich mich mit anderen verbünde – in kommunikativer Gegenseitigkeit: Ich kann in meiner Wahrnehmungs- und Handlungsfähigkeit, in meiner Lebensfreude und in meinem Lebensmut nur wachsen, wenn ich Hilfe annehme und zugleich anderen helfe.

Wir müssen in Gruppen, sozialen Netzen und Bewegungen lernen, daß nur durch ein gemeinsames Handeln ein gemeinsames Werk gelingen kann. Die Menschen müssen entdecken lernen, daß sie nicht nur Mängelwesen sind, sondern gleichermaßen Fähigkeitswesen.

Von der Notwendigkeit eines gesellschaftlichen Lernens

Wenn die Menschen an Veränderung denken, meinen sie meist individuelle Veränderungen, ein Lernen, das paradigmatisch individuelles Lernen ist: Gewissensbildung, Umweltlernen. Sicher ist jedes Lernen auch individuelles Lernen.

Angenommen, das Lernziel heißt lebensfreundlich wirtschaften. In der herrschenden Vorstellung von Lernen wird die Lernaufgabe dann so präzisiert: Lerne als Konsument so mit den Konsumgütern umgehen, daß sie möglichst lebensfreundlich wirken; oder noch zuvor: Lerne so auf dem Markt nachzufragen, daß möglichst lebensfreundliche Güter auf dem Markt angeboten werden! Das Lernziel für den Manager lautet: Vermarkte solche Waren, die lebensfreundlich sind.

Für beide Lernsubjekte wird sich herausstellen, daß der Erfolg zum größten Teil von Faktoren abhängt, die außerhalb ihrer Lernmöglichkeit liegen, Rahmenbedingungen und Daten, über die sie als einzelne nicht verfügen, die sie als einzelne nicht ändern können.

Das Lernen des Konsumenten ist beschränkt durch das Angebot, das Lernen des Managers beschränkt durch die Spielregeln des jeweiligen Marktes. Die Schlußfolgerung für beide wird das Abbrechen des Lernprozesses und die

Verlagerung der Verantwortung nach außen sein. Schuld und Verantwortung werden beispielsweise den Politikern zugeschoben, den Gesetzen, den Konkurrenten oder am leichtesten den Mitmenschen, die als Konsumenten und Manager versagen.

Gehen wir vom individuellen zum gesellschaftlichen Lernen über, dann lautet die Lernaufgabe für Konsumenten wie Manager ähnlich, verschieden nur durch ihre unterschiedliche Macht. Laß uns gemeinsam die Faktoren aufdecken (den Markt und mit eingeschlossen die Unternehmungen, die lebensfeindliche Waren auf den Markt bringen) und wer auf welche Weise diese Faktoren ändern kann! Zum Beispiel könnte dies eine gesellschaftliche Bewegung der Verweigerung und ein Experiment mit weniger lebensfeindlichen Gütern leisten, eine bewußte Benachteiligung von Anbietern lebensfeindlicher Güter. Darum: Laß uns eine Konsumentenbewegung ins Leben rufen!

Im Ergebnis werden die Lernvorgänge auf das in der jeweiligen Lebenssituation Mögliche beschränkt, sie beziehen aber immer die Rahmenbedingungen und Daten des individuellen Handelns ein. Verflechtungszusammenhänge und die Forderung nach Zuständigkeit können so präzisiert werden.

Schuld an der Lebenszerstörung eines Produkts tragen zugleich Manager, die die Herstellungsverfahren und damit den Inhalt des Produkts als Geschäftsgeheimnis verwalten, die Politiker, die unter dem Titel von Eigentum und Unternehmerfreiheit diese Art von Geschäftsgeheimnissen legalisieren, und die Konsumenten, die sich auf ihre Konsumentenexistenz zurückziehen, statt sich als Unternehmensmitverantwortliche und als politisch Verantwortliche einzumischen.

ES GIBT KEINEN TRICK!

Wir müssen vor allem lernen, Konflikte nicht länger zu verdrängen, sondern durch ihre rechtsstaatliche und gewaltfreie Austragung und neue Friedensschlüsse hindurch aufeinander zuzugehen. In einer Zeit wie der unseren ist der offene und öffentliche Gegensatz zu den Verschweigern, Beschönigern und Profiteuren von Armut, Verelendung, Betrug und Zerstörung, und zwar aller Blöcke, Lager und Parteien, unumgehbar.

Politisches Handeln muß die Wahrnehmungs- und Handlungsfähigkeit der Menschen vertiefen und die Menschen als Subjekte der Veränderung in ihre Freiheit und Verantwortung für die notwendigen Strukturveränderungen einsetzen.

Es gibt keinen Trick! Eine gesellschaftliche Zukunft kommt weder durch Gesetz noch durch ein kirchliches Rundschreiben, noch durch irgend einen Kniff, noch von selbst. Sie erwächst allein aus der erhöhten Widerstands- und Erneuerungskraft der Menschen.

DAS NEUE PARADIGMA

KOMMUNIKATION ALS AUSWEG

KOMMUNIKATION VOR TECHNIK   Der Prozeß des gesellschaftlichen Werdens wird begründet durch die Dialektik des
Anerkennungs- und des Arbeitsprozesses; er gründet –
unruhig – auf den sich wechselseitig bedingenden Beziehungen von „Mensch und Mensch" und „Mensch und Natur". Es gilt heute, nicht nur den Unterschied zwischen
Anerkennungsprozeß (dem menschlichen Miteinander-
Umgehen) und Arbeitsprozeß (dem ökonomisch-techni-
schen Machen), sondern auch den unbedingten Vorrang
des Anerkennungs- vor dem Arbeitsprozeß zu betonen.
Alles ökonomisch-technische Machen ist nur in dem Maße
menschlich, wie es eingefügt ist in den Lebensvollzug
eines kommunikativen Geschehens, eines Ringens um gerechten Interessenausgleich, um Frieden und Bewahrung
der Schöpfung.
So gibt erst die innere Überwindung der Macht-Konkurrenz-Beziehungen den Blick für eine Welt frei, die nicht
als Macht-Objekt angesehen wird. Eine ihr entsprechende Technik ist möglich. Der Mensch kann sie sich aber
nur leisten, wenn sie sich im Raum einer kommunikativen
Freiheit vollzieht, in dem die Opferung von Menschen
und die Ausbeutung der Natur nicht mehr notwendig
sind, das heißt, wenn es zu Kommunikations- und Kooperationsbeziehungen kommt, aufgrund derer die Technik
eine schöpferische Dienstfunktion im Sinne der qualitativen Steigerung des Lebens gewinnt.
Diese Weltsicht fordert ein gewandeltes Verhältnis zur
Natur, in der der Mensch in eine ökologische Partner-

schaft tritt. Nicht deshalb, weil er ihre Wirklichkeit für seine Eigeninteressen einplant (Natur als Material des Machens), sondern weil die Natur selbst eine anthropologische Dimension enthüllt: Als der materiell-sinnlichen Andersheit des Menschen steht mit der Natur das Schicksal des Menschen selbst auf dem Spiel. Und wie der Mensch seiner selbst nur gegenwärtig wird, wenn er sich um seiner selbst willen bejaht, das heißt im Licht der unverzweckbaren Wahrheit erkennt, so nimmt er auch die Natur nur wahr, indem er sie letztlich um ihrer selbst willen bejaht, das heißt in allem Brauchen und Gebrauchen mit Respekt vor der Objektivität geschenkter Wirklichkeit – jenem Gratis, das die Schöne neue Welt so sehr meidet.

KOMMUNIKATIVE STEUERUNG DER GESELLSCHAFTLICHEN PROZESSE
Das System der technischen Mittel hat sich gegenüber Mensch und Gesellschaft deshalb verselbständigt, weil Menschen, Gruppen und Staaten dem gesellschaftlichen System und seiner Eigengesetzlichkeit vereinzelt und deshalb ohnmächtig gegenüberstehen, von ihm in unterschiedlichem Grad abhängig sind und es in dieser Abhängigkeit zu bedienen haben.[126] „Um aus Dienern des technischen Systems zu dessen Gestaltern und Lenkern zu werden, müssen sich die isolierten Individuen zusammenschließen, um als Vereinigte rational darüber zu beraten und zu entschließen, wie sie leben, arbeiten und sich zueinander verhalten wollen."[127]
Mit anderen Worten: Soll ein Ausweg aus der Eigendynamik der Mittel und dem Beziehungssystem gegnerisch, ja feindlich konkurrierender Menschen, Gruppen und Staaten gefunden werden, dann sind die Macht-Konkurrenz-Beziehungen durch ein Gefüge von Kommunikati-

ons- und Kooperationsbeziehungen zu ersetzen. Nicht ein anderes Mischsystem von Markt und Staat (von der Entfremdung des Staates in die Entfremdung des Marktes – die „rechte" Variante; von der Entfremdung des Marktes in die Entfremdung des Staates – die „linke" Variante), sondern nur eine Neuorganisation der Gesellschaft auf der Basis einer kommunikativen Steuerung der gesellschaftlichen Prozesse ermöglicht einen Einstieg in eine neue Entwicklungslogik unserer Gesellschaft. In der Freisetzung von Kommunikation – durch die Überwindung der herrschenden Normenmacht – in der Frage: Wie ist vernünftige und allseitige Verständigung möglich? – besteht das Grundproblem der heutigen Gesellschaft. Gewiß, Kommunikation beinhaltet alle Beziehungen zwischen Menschen einer Gesellschaft, ja alle Beziehungen in jedem beliebigen System. Aber was für die Gestaltung des menschlichen Lebens entscheidend ist, ist ein bestimmter Typus von Kommunikation, eine Kommunikation, die nicht von den äußerlichen Momenten der Systemabläufe bestimmt ist, sondern sich in einen Dialog einfügt, aus dem verbindliche Muster des Wahrnehmens und Bewertens, des Nicht-Handelns und des Handelns hervorgehen.

Unsere Situation ist die eines Paradigmenwechsels. Einige der alten Selbstverständlichkeiten – zentrale Verwaltungswirtschaft, aber auch der Versorgungsstaat – haben ihre Bannkraft verloren; andere – wie die Marktsteuerung – sind in ein eigentümliches Zwielicht geraten. Wärend einerseits die Folgen einer ungezügelten Marktwirtschaft allenthalben zu erkennen sind und Marktwirtschaft nicht mehr selbstverständlich als das Paradigma schlechthin dienen kann, wird sie andererseits – wegen des Zusammenbruchs des Sowjetimperiums als ihrer scheinbaren Alternative – doch als Leitnorm festgehalten.

Der neue Zusammenhang des Wirtschaftens entsteht aus einer Kommunikation über das Ausgrenzen aus der Kommunikation (Abschieben von Menschen in die Armuts- und Elendszone, Opferung von Mitgeschöpfen, Opferung der Natur). Die Orte der Ausgrenzungen und Opferungen werden fortschreitend bewußt gemacht und Konflikte darüber entfacht. Die einzelnen Kampfplätze werden miteinander in Beziehung gesetzt, sowohl in der Breite (von der Situation der einzelnen, einer Region bis hin zur Weltwirtschaft) wie auch in der Tiefe (von den leichter entdeckbaren Ausgrenzungen, etwa in der Energiepolitik als Folge des Monopols der Bereitsteller, einer Einkommenspolitik zu Lasten von Randgruppen bis zu den tieferschneidenden Ausgrenzungen besonders der Frauen und zur wie selbstverständlich hingenommenen weltwirtschaftlichen Ausgrenzung ganzer Kontinente).

Kommunikation als Zielbild heißt also: Konflikt und Friedensschluß auf der Basis eines neuen, gerechteren Teilens.[128]

Kommunikatives Wirtschaften beschwört nicht Kommunikation als einen Fetisch. Die Verwandlung des Lebens in totale Kommunikation wäre schrecklich und ist zum Glück Illusion. Kommunikation heißt immer auch Umgang mit Momenten der Nicht-Kommunikation, mit Störungen, Verengungen oder absichtlich gewollten Beschränkungen der Kommunikation. Freiheit erfahren wir oft gerade in dem Umstand, daß wir vom Zwang zu beengenden Kommunikationspflichten entlastet sind. So besteht die städtische Freiheit darin, daß sie den frei gewählten Wechsel zwischen Orten vertrauter Kommunikation oder der Anonymität möglich macht. Staatliche Eingriffe beschränken menschliche Kommunikation und können doch Freiheitserfahrung und einen beträchtlichen Freiheitsraum erschließen. Märkte sind nicht nur Orte ausgewählter Kommunikation, sondern auch eine nützliche Beschränkung von Kommunikation. Soweit Märkte in ihrer Begrenzung funktionieren, sind Maße, Preissignale, Vertragstypen und Kontrollen standardisiert und bedürfen normalerweise keiner Erörterung; eine nützliche Entlastung.

Von grundlegender Bedeutung ist, daß die Steuerungs- und Koordinationselemente „Markt" und „Eingriffstaat" nicht als „Prinzipien" verstanden werden, aus denen die gesellschaftlichen Prozesse entspringen, sondern als Instrumente, die durch entsprechende Rahmenbedingungen einen wichtigen, unverzichtbaren Dienst leisten.

Zusammenfassend ist festzuhalten: solange die Menschen als Subjekte nicht die Kraft und den Willen haben, durch positive Kommunikationsleistungen die Logik des herrschenden Systems aufzubrechen, bleibt das System innerhalb der Grenzen des kleineren Übels bzw. der Symptomkuren gefangen. Es variiert nur in einem Mehr oder Weniger und verurteilt sich selbst zur Stagnation bzw. einer zunehmenden Selbstzerstörung.

Wie aber finden wir die Kraft, in Akten gemeinsamen Handelns einen positiven Schritt über die herrschende Logik hinaus zu tun?

GRUNDERFAHRUNG DES FREISEINS

VON DER WELT DES UM-ZU ZUR WELT DES FREISEINS   In unserer Gesellschaft zählt, was gezählt werden, dem Kosten-Nutzen-Kalkül unterworfen werden kann. Die Wirklichkeit steht unter dem Gesetz der Herrschaft des „Um-Zu":

Alles ist definiert und bestimmt durch seine Verzweck-barkeit und Brauchbarkeit: die Wirtschaft für die Poli-tik, die Politik für die Wirtschaft, das geistige Leben für die Potenzierung der Wirtschaft, die Ethik zur System-stabilisierung, die Sinnfrage zum Zwecke der Bedürfnis-befriedigung, die Religion zur Kontingenzbewältigung. Alles steht unter dem Gesetz einer funktionalen Relativie-rung, ist verzweckt und verbraucht. Alles ist verwerk-zeuglicht: die Vernunft, die Beziehung der Menschen zu-einander, die Beziehung der Menschen zur Natur. Mit anderen Worten: Alles ist Mittel, der Mensch selbst und die Gesellschaft als Ganze; einer ist des anderen Mittel: Herr und Knecht zugleich.

Was sich innerhalb dieses Systems nicht erfassen läßt, wird als Wirklichkeit ausgeblendet, es wird ihm „öffent-lich" die Anerkennung versagt. Die Leistungsgesellschaft spaltet die Menschen in allen gesellschaftlichen Bereichen (Schule, Sport, Arbeit) in „Erfolgreiche" und „Versa-ger"; sie führt – hervorgerufen durch die permanente und tödliche Angst, das Leistungssoll nicht zu schaffen – zur Gier nach Anerkennung, zur Rivalität, zu Macht-Konkurrenz-Beziehungen, zu dem oft gnadenlosen gegen-seitigen Richten, bis zur Grundhaltung der Unwahr-haftigkeit, ja der Lüge und Heuchelei, fühlt jeder sich doch „gezwungen", immer besser zu scheinen als zu sein. Entscheidend ist der Erfolg. So wird der Schüler redu-ziert auf seine Noten, der Lehrer auf seine Unterrichts-funktion, der Wissenschaftler auf seine Veröffentlichun-gen, der Arbeiter auf seine Arbeitskraft, die Sportlerin auf ihre Rekordleistung, der Universitätsprofessor auf seine Karriere, der Mensch auf sein Geld.

Der Mensch bewertet sich selbst nach dem Maßstab des herrschenden Wertsystems: „Du bist wert, was du leistest." Auf die Frage: „Wer bist du?" antwortet der Mensch mit dem Vorzeigen einer Leistung, mit der er sich identifiziert. Er verweist auf seinen Beruf, seine Leistung, seinen Kapitalzuwachs. Er antwortet mit dem Verweis auf etwas anderes, als er selbst ist, und verfehlt sich daher als derjenige, der er ist. Er versucht, die Anerkennung von anderen durch Leistung zu erzwingen. „Wenn ich dies nicht tue, bin ich nichts." Das Sein wird mit dem Haben verwechselt. Unter diesem Gesetz des „Um-Zu" scheint heute alles Geschehen zu stehen.

Rettung kommt aber nur von etwas, das nicht Mittel ist. Wir suchen eine Wirklichkeit, die nicht verfügar ist im Sinne des „Um-Zu". Es geht um einen Durchbruch aus der faktischen Realität des Bestehenden, einer auf bloße Tatsachen und ihrer naturwissenschaftlich-technischen Interpretation reduzierten Welt auf die Welt als Freisein. Diese Welt als Freisein enthüllt sich uns in der Grunderfahrung des Festes. Ein Fest ist die Feier des Freiseins: jede/jeder ist um ihrer/seiner selbst willen da und angenommen, ohne Bedingungen. Das Fest ist der Ort, wo ich als „der ich bin" angenommen, mich annehmen, bejahen und da sein kann. Das Fest ist der Ort, wo ich und du, wo wir zusammen aus der Freude und Gelassenheit eines unbedingten Vertrauens leben, wo ich mit Freunden in der Gemeinschaft eines „Daseins umsonst" verweilen kann. Das Wir schließt nicht aus, sondern ist un-bedingt offen. Das Fest ist Ausdruck des Friedens, eine freie Ordnung, in der einer für den anderen sorgend da ist, ohne ihn zu bevormunden. Das Fest ist ein Ort, wo ich mitten im Geflecht der Zwecke mich mir selbst und dem anderen frei zuwende, wo ich absichts-los, umsonst, ohne den Zwang des Warum, den Sog des Wozu, die Geleise des Wenn-Dann, frei sein, weilen kann, wo ich mir nicht alles selbst erleisten muß. Ich darf um meiner selbst willen leben, ohne durch fortwährendes Entsprechen-Müssen und nie endende Angleichungen untertan zu sein.

Das Fest als die Feier des Freiseins entbirgt unsere Wirklichkeit ähnlich wie die Sonne, die an einem herrlichen Morgen aufgeht: das entbergende Licht, das die Schönheit der Wirklichkeit – befreit aus dem Zwang der Zwecke – enthüllt, Menschen und Dinge frei-gibt, in ihr Eigenes treten läßt.

Die Grunderfahrung des Freiseins läßt die Wirklichkeit im Licht der unverzweckbaren Wahrheit erkennen: Die Wirklichkeit ist um ihrer selbst willen zu bejahen, in allem Gebrauchen und Verbrauchen ist sie in der Tiefe ihrer Nicht-Verzweckbarkeit offen. Diese Grunderfahrung erschließt Sinn: das freie Atmen fern aller Zwänge der Rivalität und des Prestiges, die gegenseitige befreiende Bejahung.

WIRKLICHKEIT ALS GABE   Die Grunderfahrung der Wirklichkeit des Freiseins ist ein Ansatz von Meta-Physik im gewandelten Sinn. Die Physik des Bestehenden wird überschritten in eine tiefere Wirklichkeit, die des Freiseins, die im faktisch Bestehenden gegenwärtig, aber nicht mit ihm identisch ist. Diese Erfahrung kann nicht aus Idealen oder utopischen Entwürfen oder einem postulatorischen Denken stammen, sondern enthüllt sich im Einlassen auf die Grunderfahrung des Freiseins. Es geht um ein neues Sehen, ein neues Gespür, eine Wandlung des Hörens, Vernehmens und Antwortens, eine neue Weise der Verantwortung: der Mensch ist durch die Welt Angesprochener, die Welt meint ihn. Verantwortung ist die freie Übernahme der Welt als Gabe in der Gestalt der Botschaft: die Welt als die den Menschen anvertraute.

Eine neue Empfänglichkeit, ein neues Hören, eine neue Rezeptivität ist einzuüben, in der nicht nur der Mensch der Maßgebende ist, sondern auch die Maß-Gabe der Welt ernstgenommen wird.

Aus einer Meditation der Wirklichkeit als Gabe heraus ergibt sich ein Verhältnis der Naturwissenschaft zur Welt, das nicht nur ein rational diskursives, analytisches Verhältnis ist, sondern ein gestalthaftes Verhältnis, nicht gegen die Rationalität, sondern in einer Weise, die in einem freien Sinn gebunden ist. Es müßte eine Art kontemplatives Denken in den Naturwissenschaften aufbrechen. Die Reflexionsarbeit müßte einen Akzent der meditativen Ruhe gewinnen; dies würde zu einer neuen distanzierten Ordnung der wissenschaftlichen Forschung führen.

FÜR EINE REHABILITIERUNG DER VERNUNFT   Der Mensch ist Objekt vieler Wissenschaften geworden, die oft nicht mehr zu wissen scheinen, daß sie es mit dem Menschen zu tun haben. Psychologie und Medizin als Wissenschaften ohne die Seele des Menschen. Soziologie und Ökonomie als Wissenschaften ohne konkrete Menschen: keine Subjekte mehr, sondern nur selbstreferentielle Systeme. „Was hilft es uns da schon, wenn man uns versichert, dieser ‚Tod des Menschen‘ sei nur ‚rein epistemologisch‘ gemeint, gewissermaßen ‚rein wissenschaftstheoretisch‘? Was hilft uns das in einer Welt, in der gerade die Wissenschaften auf dem Weg über die Technik ganz praktisch werden und so nicht nur beschreiben, sondern auch definieren, was wirklich ist?“[129]

Reine Ratio ist ein Todesinstrument: sie zerteilt, zertrennt und stellt zusammen, reduziert auf Teile und „macht“ sogenannte Ganzheiten, die keine sind. Die Ratio für sich genommen fängt immer mit dem Nein an, vor dem anderen steht immer das Wort „nicht": Nicht-Ich. Ihr Zerteilen steht nicht im Dienst des Mitvollziehens, der sich mitteilenden Ganzheit, sondern sie zerteilt ohne Rücksicht auf die Ganzheit. Ein Forschungszweig teilt sich in zehn andere auf und führt dazu, daß keiner mehr den anderen versteht. Die einzelnen Segmente sind nicht mehr in eine lebendige Einheit von Kommunikation und Gespräch eingebunden.

Durch die Durchrationalisierung des gesamten Lebens durch Scientismus und Technizismus ist alles Individuell-Personale und Eigenartige eine Störung und wird nach Möglichkeit ausgeschaltet. Der Mensch wird so – gleichsam automatisch – zu einer gleichheitlichen Größe wie alles andere. Man kann den Menschen aber nicht beliebig analysieren, in Teile zerlegen und dann wieder zusammensetzen, ohne ihn zu zerstören. Es gilt, die Wirklichkeit des Menschen als Ganzes wahrzunehmen, zu schauen und zu erblicken.

In aller Arbeit in Wissenschaft und Technik geht es um die Rehabilitierung der Vernunft gegenüber dem Verstand. Vernünftiges Wahrnehmen ist die Fähigkeit, die Welt in geschwisterlichem Zusammenhang als Ganzheit wahrzunehmen.

Die Vernunft fängt mit einem Ja an, mit der Zustimmung zur Wirklichkeit als Gabe. Sie ist geistige Ver-Nehmungs-Kraft. „Vernunft ist das Organ des Gemeinsamen."[130]

In dem Maße, wie die Ratio aus dem Raum der Vernunft lebt, ist sie eine Erkenntnis der Liebe. Es geht nicht darum, daß die Welt in einem schlechten Sinn unangetastet bleibt, sondern wie sich das Zugehen auf die Wirklichkeit positiv oder negativ vollzieht, ob ich liebend auf sie zugehe oder nur, um sie anzueignen, sie zu zerstören.

VON DER SPRACHE DES MISSTRAUENS ZUR SPRACHE DES VERTRAUENS

„Die Welt ist eine Welt des Kampfes aller gegen alle." Die „Wirklichkeit" spricht dafür. Was aber die Maßstäbe und Beurteilungskriterien dessen, was diese Realität heißt, übersteigt, erscheint als unwirklich. Das ist in der Ökonomie so, das ist in der Abschreckungsstrategie der Staaten so. Dieses Verhältnis Mensch – Wirklichkeit geht aus von einer Beziehungskonstellation des enttäuschten Vertrauens. Wer weiß schon, was ihm da entgegenkommt, wenn er sich dem anderen gegenüber öffnet? Offenheit ist Schutzlosigkeit. An sich bleibt die Welt stumm. Sie hat dem Menschen nichts zu sagen, doch er sieht in dem, was in Mensch und Ding auftaucht, nur eine Bedrohung.

Menschen, Dinge, Staaten sind Funktionen der Selbstsicherung. Wenn ich den anderen deshalb akzeptiere, weil ich andernfalls sterben müßte, dann heißt das, ihn bejahen aufgrund der Rettung des Ich vor seinem Tod.

Heute geht uns auf, daß das Ich selbst von der Verneinung des anderen betroffen ist. Die Atombombe, die Tendenz zur Selbstauslöschung der Menschheit macht das offenbar. Im Nein zum anderen vernichte ich mich selbst.

Aber auf Dauer können Mensch und Menschheit nicht aus Mißtrauen und Angst leben. Wenn ich dich deshalb nicht zerstöre, weil ich Angst habe, selbst zerstört zu werden, dann bejahe ich dich nicht an dir selbst, sondern bloß im Blick auf mich und meinen Vorteil. Dadurch wächst die Spaltung und Trennung zwischen uns – gerade dort, wo wir uns „vertragen". Deshalb bereiten Mißtrauen und Angst nicht den Frieden, sondern die totale Explosion, die globale Dis-Soziation vor.

Die Frage also, die sich erhebt: Gibt es eine Andersheit in den einzelnen Bereichen des Daseins, die nicht primär dadurch gekennzeichnet ist, ein „Objekt" zu sein (= ein Vor-

Wurf, Gegen-Entwurf, Anklage, Beschuldigung, reiner Anspruch), ein Objekt, das mich angreift, so, daß mein Verhältnis ihm gegenüber nur Verteidigung, Gegenangriff, also ein Nein zum Nein sein kann? Machen wir nicht auch tagtäglich die Erfahrung der Wirklichkeit als Gabe, der positiven Andersheit, die uns bereichert und mit Freude erfüllt? Enthüllt sich dies nicht in der einfachsten Phänomenologie des Daseins? In den Dingen: den Blumen, den Sternen, der Landschaft, einem Sonnenaufgang, in Geräten, in Kunstwerken, im Essen, im Klima, in den Werkstoffen? Aber auch in den genuin mitmenschlichen Erfahrungen der sozialen Welt: dem Phänomen der Freundschaft, des Verzeihens, des Verzichtens, des Einsatzes füreinander, des Leidens, der Solidarität, des Festes? Dinge und Menschen meinen den Menschen. Das Dasein, die Wirklichkeit, ist nicht Nein, sondern Ja.

Die Offenheit gegenüber der Wirklichkeit als Geschenk entbirgt eine Sprache des Vertrauens, die den anderen nicht als Gegner oder Feind, sondern als positiv Anderen voraussetzt. Im Medium der negativen Andersheit kommt es zur Kooperation nur im Sinne eines Kompromisses aus Eigeninteresse. Im Medium der positiven Andersheit, des Vertrauens entfaltet sich eine Freund-Freund-Beziehung. „Niemand kann jedermanns Freund sein. Und doch sind Personen, denen mein Respekt und meine uninteressierte Hilfe zu gelten haben, anders in meinen Willen aufgenommen, wenn ich sie als Freunde von Freunden denke. Ich weiß, daß in Beziehungen von solcher Art auch mein eigenes sittliches Leben vertieft ist. Zugleich aber, wiewohl unabhängig von allen Beziehungen, die ich wirklich eingegangen bin, sind mir Menschen unter einer solchen Beschreibung Personen in einem reicher bestimmten Sinn, der auch meinen Respekt vor ihnen und somit das Motiv meines Handelns in ihrem Sinne insofern vertieft, als sie tiefer in meinem eigenen sittlichen Leben verankert sind."[131]

Die Wirklichkeit als Gabe läßt uns auch Knappheit positiv erfahren. „Knappheit . . . läßt uns erst die Kostbarkeit des Wirklichen zu Bewußtsein kommen. Kostbarkeit aber ist die Weise, wie seine Wirklichkeit erscheint: als ‚Herrlichkeit‘. Unsittlichkeit läßt sich beschreiben als die Haltung dessen, dem nichts kostbar ist."[132] Mit Kostbarkeit umgehen heißt immer auch: Die Dinge schonen. Dem Schonen entspringt die „Fürsorge".

AUF DEM WEG IN DAS FREISEIN   Mit dem Vernehmen der Wirklichkeit als Gabe sterben auch die Konsumexistenz, die Gier, die Begierde, der Leistungswahn, der Macht- und Geltungshunger, der Besitz- und Aneignungsdrang. Darin liegt der eigentliche Konsumverzicht. Der Mensch kann die Wirklichkeit wieder er-warten. Die Wirklichkeit als die nur ausstehende Wirklichkeit bringt nur Verzweiflung. Wirklichkeit ist in diesem tiefsten Sinne geprägt von der Gestalt der Zu-Kunft: Sie kommt mir zu. Dann ist so etwas möglich wie Geduld, die die Unfähigkeit des Aufschubs der Trieberfüllung überwindet. Gelingt dies nicht, schließt der Mensch Begehr und Gewähr kurz. Wird die Triebspannung nicht befriedigt, flüchtet der Mensch in Rauschzustände, in Ideologien und Utopien. Der Mensch, der das Leben als Gabe empfangen kann, sieht die Wirklichkeit nicht mehr als materielles Lebens-Mittel, das er sich aggressiv erleisten muß. Der Mensch ist gelassen gegenüber der gewaltsamen Übersetzung des Morgen in das Heute, weil er schon empfangen hat, weil er bejaht ist, weil er dieses unbedingte Ja erfahren hat.

Er ist nicht mehr ein Knecht seiner Mittel, seiner Projektionen, seiner utopischen Entwürfe. Er kann auf etwas verzichten, weil er sich nicht mehr in einem abschließenden Sinne um sich selbst zu kümmern braucht. Er besitzt die Fähigkeit, von sich wegzukommen, frei in die Zukunft zu gehen in einem ungeteilten Einsatz und sich die Kraft seiner Arbeit geben zu lassen.

Wenn die Welt als Gabe vernommen wird, bricht ein neuer Mut auf zum Mehr-Sein anstatt zum Mehr-Haben. Die Wirklichkeit als Gabe verwandelt sich in die Faszination einer Gebundenheit des Menschen ins Sein: das Unbrauchbare, das Gratis, das Nicht-Verzweckte, das nicht der Kategorie der Profitmaximierung und der steigenden Bilanzen Unterwerfbare, eben in all das, das nicht ableitbar ist auf verfügbare Bedingungen, sondern um seiner selbst willen und um des anderen willen sich frei schenkt.

Die Grunderfahrung des Freiseins schenkt dem Menschen eine Distanz zu dieser Macht der Brauchbarkeit, dem Kosten-Nutzen-Kalkül. Der Mut zum Umsonst ist der Durchbruch ins Personale, zur personalen, kommunikativen Freiheit.

Es ist der Mut zum Ärgernis des Unbrauchbarseins, nicht in das System zu passen, der Mut zum Anderssein, zum Nicht-Angepaßtsein, zum Ausbrechen aus dem Mitläufertum. Der Mensch riskiert etwas, ohne etwas für sich davon zu haben.

Diese Revolution erwächst aus dem Gratis der Wirklichkeit. Der Mut zur Liebe des Unbrauchbaren: zu dem, was nicht wissenschaftlich einpaßbar ist, zu Weisen des menschlichen Handelns, die sich nicht rentieren. Der Mut zu den Menschen, die unbrauchbar sind: den Krüppeln, den Lahmen, den Unangepaßten. Anruf einer Liebe, die nicht einpaßbar ist durch Gegen- und Rückgabe. Da geschieht etwas um seiner selbst willen.

Wenn dieser Mut zum Umsonst durchbricht, wagt der Mensch wieder das Leben: mit der Arbeiterin in der Fabrik, mit dem Schüler in der Schule, mit dem Beamten im Staat. Der Mensch wagt den Menschen wieder in allen gesellschaftlichen Bereichen.

Es geht um eine neue Lebensqualität nicht nur im ökologischen Sinne, sondern um Lebensqualität des Menschen als Person, der menschlichen Gemeinschaft, der menschlichen Gesellschaft. Lebensqualität nicht als Humanismus abstrakter Menschlichkeit, sondern des positiven Menschseins. Lebensqualität des einzelnen: des Hörens, des Denkens; des Umgangs miteinander; des Verhältnisses zu sich selber, zu den Dingen, zur Natur.

Die Wirklichkeit als Gabe ist ablesbar und erfahrbar dort, wo sie gelebt wird. Alles Reden und Eröffnen von Zukunftsperspektiven hat nur einen Sinn, wenn es gedeckt ist von der Lebenswirklichkeit selber. Den Mut zur Wirklichkeit als Gabe kann man im Grunde nur von Menschen lernen, in deren Leben diese Struktur der Welt transparent geworden ist.

ETHISCH LEBEN MEINT TEILEN

TEILEN HEISST: GESCHWISTERLICH LEBEN   Die Wahrheit der Grunderfahrung des Freiseins, die Wirklichkeit als Gabe und die Kostbarkeit des Daseins in seiner „Knappheit", manifestiert sich leibhaftig-gesellschaftlich dort, wo das Leben als Teilen gelebt wird. Teilen ist das praktische Ernstnehmen der Wahrheit, daß das Dasein Gabe, Geschenk ist. „Umsonst habt ihr empfangen, so gebt umsonst" (Mt 10,8): Es geht darum zu leben, was wir empfangen haben. Leben in seinem tiefsten Sinn meint teilen: Teilen von Freud und Leid, von Stärken und Schwächen, Teilen von Macht, Arbeit und Einkommen. Teilen ist das dankbare Ergreifen der Wirklichkeit als Gabe in der Einheit von Nehmen und Geben. Wer sich bemüht, gerecht und in Liebe zu teilen, der verringert nicht, sondern vermehrt. Dadurch ist eine falsche Opfermystik überwunden, die denkt: Das ist mein Besitz; aber ich habe die sittliche Verpflichtung, von meinem Besitz etwas zu opfern. Wenn ich so vom personalen Hintergrund des Gebens und Nehmens absehe und mich auf das reine Aufteilen der Güter beschränke, erfahre ich tatsächlich das Teilen als eine Minderung des Daseins. Die Wahrheit aber ist: Ich lebe die Wirklichkeit als Gabe in dem Maße, wie ich teile.

Die Ethik des Teilens kann auch als eine Ethik der Geschwisterlichkeit bezeichnet werden: Ihr alle seid Brüder und Schwestern. Niemand soll sich „Vater" nennen, das heißt, keiner soll sich gegenüber dem anderen den Ursprung anmaßen. Wir sind füreinander Ursprung in dem Maße, wie wir miteinander geschwisterlich von der Wirklichkeit als Gabe Zeugnis geben. Das Wahrnehmen und Vollziehen der Wirklichkeit als Gabe ist die Manifestation der geschwisterlichen Gesellschaft. In einem analogen Sinn ist ein Gespür für Geschwisterlichkeit aller Kreatur – der Menschen, der Tiere und Pflanzen – zu gewinnen.

Ein Teilen im Sinne des Anspruchs einer jeden einzelnen und alle miteinbeziehenden Geschwisterlichkeit meint die Verantwortung eines jeden Menschen für eine Lebens-Gemeinschaft, in der jedem Menschen Verantwortung und Mitentscheidung eingeräumt werden.

Teilen meint teilhaben lassen in allen gesellschaftlichen Dimensionen, besonders in jenen, in denen die Menschen mitgestaltend und mitverantwortend tätig sein können. Teilen meint nicht nur das Teilen von Sachen, sondern Teilen als geteilte Verantwortung: den anderen als Freiheit in der Bestimmung zulassen, daß er sich in dem gemeinsamen Werk zur Sprache bringen kann. Teilen auch der geistigen, nicht nur der materiellen Güter. Teilen meint gerechte Herrschaft – gegenseitiger frei-gebender Dienst als Wohlergehen des Nächsten, seiner Reife, seinem Wachsen, seiner Vollendung.

Die Wirklichkeit als Gabe zu leben bedeutet, die Güter gut zu gebrauchen. Der rechte Gebrauch der Güter kann gerade darin bestehen, daß man die Kraft hat, sich von ihnen zu lösen, ja auf sie zu verzichten. Sie zu haben, als hätte man sie nicht. Der gute Gebrauch der Güter als eine Grund-Form des Lebens der Wirklichkeit als Gabe besteht aber auch darin, daß wir uns diese Güter in einer großen Freude gönnen können, daß wir das Beschenktsein in uns zulassen.

Nicht-Teilen führt notwendig zur Opferung. Opferung heißt: Ich schalte aus, zerstöre, um dadurch etwas „Positives" für mich zu gewinnen. Den anderen und das andere schließe ich um meiner selbst willen aus = nicht-teilen. Ich teile nicht, weil ich sonst nicht genug habe. Außerdem ist mein Hunger sehr groß; ich möchte noch mehr haben, als ich habe.

Die Logik, die die gegenwärtige wissenschaftlich-technische Zivilisation beherrscht, setzt nicht auf Teilen, sondern auf Macht-Konkurrenz, auf Sieg und Niederlage. Wir werden unsere Verantwortung in unserer Zivilisation erst entdecken, wenn wir aus innerster Überzeugung und mit ganzer Kraft für eine Welt kämpfen, deren Logik das Ethos des Teilens ist.

PRIMÄRE SOZIALSYSTEME UND SOZIALE BEWEGUNGEN ALS WEG ZU EINER GESCHWISTERLICHEN GESELLSCHAFT Der Einsatz zum Aufbau einer geschwisterlichen Gesellschaft aus der Wahrnehmung der Wirklichkeit als Gabe wird nur in dem Maße gelingen, wie Menschen den Mut haben, sich in primären Sozialsystemen (soziale Netzwerke, Werkstätten für eine selbstverantwortliche Lebensgestaltung; am Evangelium sich orientierende Gemeinden) – in intensiverer oder extensiverer Weise – zusammenzufinden, um ein Leben aus dem Ethos des Teilens zu leben.

Ein Engagement in diesen primären Sozialsystemen gibt den Raum frei, in dem ein Leben als Einheit von Freiheit und Selbstverpflichtung, ein befreiendes normativ-ethisches Fundament, dauerhafte zwischenmenschliche Beziehungen und stabile Bezugskreise wachsen können.

Solche Felder neuer Gemeinschaftsformen bilden den Lebens- und Lernraum, in dem die Subjektmüdigkeit des Menschen überwunden, die Subjektwerdung insbesondere auch der Kleinen, Schwachen und Armen möglich werden und eine Kultur der Anerkennung des Andersseins der anderen wachsen kann: eine Kultur der „aktiven Toleranz", die gerade im Hinblick auf das Zusammenwachsen der Menschen in ihrer ethisch-kulturell-religiösen Vielfalt von besonderer Bedeutung ist.[133]

Der Aufbau und Ausbau der primären Sozialsysteme vergrößern die Verfügung der Menschen über ihren Lebensraum, ihr Tätigkeitsfeld in Familie, Nachbarschaft und sozialen Netzen und befähigen sie dadurch zur Mitwirkung an den Strukturentscheidungen in den gesellschaftlichen Großräumen.

Diese primären Sozialsysteme weisen damit auch einen Weg aus dem Zirkelzwang eines Abhängigkeit und Erpreßbarkeit der Menschen bedingenden Systems mit seiner Zentralisierungstendenz und der wachsenden Vereinzelung und Isolierung der Menschen. Die Sphäre technokratisch organisierter Zentralinstanzen und atomisierter gesellschaftlicher Bereich sind nur zwei Seiten ein und desselben Entfremdungsphänomens. Die primären Sozialsysteme sind nicht die „geometrische Mitte" der beiden Bereiche – Zentralinstanzen und atomisierte Sphäre –, sondern sie sind kraft ihrer gesellschaftlichen Verfaßtheit durch kommunikative Freiheit von eigener, authentischer Qualität, die aufgrund ihrer eigenen Handlungsfelder und ihrer Vernetzung zu sozialen Bewegungen in der Lage sind, die beiden anderen Bereiche – unter Berücksichtigung ihrer je eigenen Strukturgesetzlichkeit – zu humanisieren.

Das Leben in den primären Sozialsystemen leitet die Suche nach Alternativen ein, die uns aus der herrschenden Wirtschafts- und Lebensweise herausführen. Welcher Weltsicht und Wirklichkeitskonstruktion haben wir zu folgen, wenn wir die Souveränität über das zurückerlangen wollen, was sein soll: Was wir uns wünschen und was nicht, wie wir leben wollen? Wie gelangen wir – auf der Basis einer gewandelten Kultur der menschlichen Bedürfnisse – zu einem neuen Wohlstandsmodell, zu einem kreativen, einfachen Lebensstil, zu einer neuen Weise der Weltaneignung, die es uns ermöglicht, die Dialektik von Konsumismus und Wegwerf- und Abfallgesellschaft zu durchbrechen?

Am Beispiel sozialer Netze läßt sich zeigen, wie staatliche Eingriffspolitik, Stärkung individuellen und sozialen Engagements und die Übernahme individuellen Lebensrisikos sich gegenseitig stützen und ergänzen können. Zum einen können durch solidarische Selbsttätigkeit in den sozialen Netzen die kostspieligen und isolierenden Momente des Sozialstaats eingedämmt werden, zum anderen leistet das allgemeine soziale Sicherungssystem notwendige Dienste im Sinne einer subsidiären Hilfe für die sozialen Netze. Die Menschen werden durch diese Netze nicht zur passiven Hinnahme sozialer Dienste des Versorgungsstaats verurteilt, sondern erhalten die Chance, zusammen mit anderen produktive schöpferische Zukunftsaufgaben in die Hand zu nehmen. Menschen als mündige Bürger einer Demokratie ernst zu nehmen heißt, sie aufzufordern, selbstkritisch und selbstverantwortlich an der Vermeidung eigen- und fremdverursachter Schäden und Kosten mitzuwirken.

Zur Gewinnung gemeinsamer Inhalte sind gesellschaftliche Bewegungen wie die Arbeiter-, Frauen-, Friedens- und Ökologiebewegung zu stärken, um durch sie eine Gemeinsamkeit der Freiheit zu initiieren, die eine gesamtgesellschaftliche Dynamik entfaltet und alle öffentlichen Lebensbereiche erfaßt.

Die zukunftschaffende gesellschaftspolitische Vision besteht in der Erwartung, daß in und aus dem Kern der primären Sozialsysteme eine politische Kultur erwächst, die die Menschen befähigt, in einem System der kooperativen Verantwortung Spielregeln und Rahmenbedingungen für Märkte und Staatseingriffe festzulegen.

Die primären Sozialsysteme müssen zum bestimmenden, die Teilsysteme Ökonomie und Politik steuernden Teilsystem aus- und aufgebaut werden.

Wandlung hin zu einer wachsenden politikfähigen Mündigkeit der Bürger und zu freieren, gerechten Gesellschaftsstrukturen verlangt nicht nur kritische Distanz zu den gegebenen Entfremdungsverhältnissen, sondern Einmischung und Mitgestaltung der Menschen. Damit ein fundamental demokratischer Mitbestimmungs- und Entscheidungsprozeß dieser Art in Gang kommt, ist es von Bedeutung, daß die Menschen die Verantwortung für das Wirtschaftsgeschehen nicht länger auf Experten, Interessenverbände und Inhaber wirtschaftlicher Macht abschieben, sondern mehr und mehr erkennen, daß die Wirtschaft ebenso ihre Sache ist wie die demokratische Mitwirkung im Staat.

Einmischen, aufzeigen, was ist, notfalls Widerstand leisten, mitgestalten: ein solches demokratisches Ringen ist der Weg zu einem Leben größerer Freiheit und Gerechtigkeit.

Wenn es die Aufgabe der Politik ist, die strukturellen Bedingungen zu schaffen, die sinnerfülltes, unverzwecktes Dasein ermöglichen, die die Menschen in ihrer Freiheit wachsen und immer fähiger werden lassen, die Imperative von Lebensqualität in einer Kommunikationsgemeinschaft selbst zu bestimmen, dann muß dieses Ziel auch in den Mitteln der Politik sichtbar werden. Wo immer dies sinnvoll möglich ist, müssen Engagement, Beteiligung, Phantasie und Aktivität an der Basis gefördert werden.

Das Sicheinmischen der Menschen in diese ihre eigenen Angelegenheiten ist sehr oft die Gewähr für eine sachgerechtere Politik, für eine erhöhte Wirksamkeit politischer Maßnahmen und einen rationaleren Einsatz finanzieller Mittel, vor allem aber Gewähr dafür, daß die aus einem solchen demokratischen Ringen hervorgegangenen Normen auch von den Menschen mitgetragen und mitverantwortet werden. Erst dieses Miteinander-Ringen und -Streiten um einen möglichst gerechten Interessenausgleich schafft ein gemeinschaftsgemäßes Verhalten und den so notwendigen Gemeinsinn als Basis jeder solidarischen politischen Kultur.

Wenn wir die Zerstörung von Menschengruppen durch Menschengruppen eindämmen wollen, dann müssen wir auch die Verflechtungsprozesse und Verflechtungszwänge enträtseln, die unser persönliches und unser gesellschaftliches Leben bestimmen, und sie unbehindert durch die eigenen Wünsche und Ängste zu betrachten lernen.[134]

Angewandt auf die Makro-Strukturen heißt das: Wenn wir den lebens- und sinnzerstörenden Prozessen – national und weltweit – Einhalt gebieten wollen, dann ist *eine* unabdingbare Voraussetzung, daß es uns gelingt, Rahmenbedingungen, Spielregeln und Weichenstellungen politisch-institutionell durchzusetzen, die es den in vielfältigen Abhängigkeiten agierenden Menschen, Unternehmen und Staaten ermöglichen, aus den Zwängen der „sozialen Falle" und dem „Macht-Sicherheits-Dilemma" auszubrechen und eine kooperative Organisation der Verantwortung aufzubauen.

Im herrschenden System sind die einzelnen Selbstbehauptungssysteme für sich oft gar nicht in der Lage, anders zu handeln als im Sinne des Partikularinteresses, ja in vielen Fällen sind sie dazu sogar moralisch verpflichtet: Bei Wirtschaftsverhandlungen haben die Politiker die Interessen ihres Staates, die Unternehmer die Interessen ihrer Firma, die Gewerkschaftsführer die Interessen ihrer Arbeitnehmer zu vertreten. Dieses Einstehen für die Interessen des je eigenen Selbstbehauptungssystems muß in vielen Fällen auch als eine Weise der Verantwortung anerkannt und darf nicht als „egoistisch" abqualifiziert werden. Denn sie sind ja nicht allein und direkt verantwortlich zu machen für die Dynamik und die

Qualität von Prozessen, deren Objekte sie auch sind.[135] „Wollen können, daß die Maxime des eigenen Handelns zur Maxime einer allgemeinen Gesetzgebung werde, genügt nicht, wenn dieses Wollen sich zur Ohnmacht verurteilt sieht. Einen Umweg um einen Rasen zu machen, um ihn zu schonen, ist sinnlos, wenn täglich Tausende darübergehen."[136] Das Handeln nach dem partikularen Nutzenkalkül wird nur dann gemeinwohlgerechte Wirkungen erzielen, wenn in einem deutlich anders gearteten Verfahren Normen vereinbart und in Kraft gesetzt werden, die dem partikularen Nutzenkalkül einen Rahmen geben. Entscheidend ist also, daß es nicht bei diesem Handeln im Sinne des individuellen Nutzenkalküls bleibt. Die einzelnen Selbstbehauptungssysteme werden vielmehr eine verantwortliche Kooperation ohne parasitären Vorbehalt anstreben.[137] Es bedarf also einer kooperativen Organisation der Verantwortung. Die einzelnen Selbstbehauptungssysteme vereinbaren Rahmenbedingungen, die eine Logik individuellen und kollektiven Handelns begründen, welche auf das Wohl des gemeinsamen Guts ausgerichtet ist. Egoistisch und deshalb zu bekämpfen ist ein Selbstbehauptungssystem dann, wenn es sich weigert, sich auf diese kooperative Rationalität einzulassen.

Eine kooperative Organisation der Verantwortung beinhaltet dem Anspruch nach eine allseitige Verständigung über die Unterschiede der Interessen und Wertungen zwischen Menschen, die durch die gemeinsam festgelegten und gelebten Normen zur Einheit finden.

Die Methoden und Institutionen einer mehr kooperativkommunikativen Steuerung garantieren allerdings aus sich weder Gerechtigkeit noch Freiheit; dies vermag keine Institution und kein Verfahren. Immer wird der Entscheidungs- und Aktionsspielraum von einzelnen, Gruppen und Staaten eingeengt, immer werden verschiedene Interessen bevorzugt und benachteiligt. Aber indem diese neuen Verfahren und Institutionen darauf angelegt sind, keinerlei Herrschaftspositionen – weder von Unternehmungen noch von Verbänden, noch von Staaten – außerhalb der auf gemeinsame Wahrnehmungsmuster und Normen gerichteten Kommunikation zu belassen, kann dieser Typ der Steuerung zur Chance größerer Freiheit für alle werden.

Ob es auf diesem Planeten in Zukunft noch Geschichte als Gestaltung aus humaner Freiheit geben wird, wird davon abhängen, wie weit es gelingt, den Übergang von der Moral des strategischen Interesses auf der Basis des partikularen Nutzenkalküls zu einer Ethik solidarischer Verantwortung in nationalem und weltweitem Maßstab zu verwirklichen.

Neue, alternative Strukturen und Institutionen im Sinne dieser Ethik solidarischer Verantwortung müßten in und aus einem öko-sozialen Umbau der gegenwärtigen Strukturen und Institutionen hervorgehen.[138] Instrumente eines solchen Umbaus könnten sein: eine wirksame Organisation der Konsumenten, eine Technologieopposition, eine öko-soziale Steuerreform, Aufbau sozialer Netzwerke, dezentrale Märkte, ein Grundeinkommen, transnationale soziale Bewegungen (Ökologie- und Friedensbewegung), Aufbau einer „Weltrepublik frei verbündeter Staaten".[139]

LEBEN UND TOD LEGE ICH
EUCH VOR

VON DER NOTWENDIGKEIT EINER GRUNDENTSCHEIDUNG

In der Krise des technischen Zeitalters geht es um Leben und Tod der Menschheit. „Es gibt keinen Automatismus unserer Instinktmechanismen, der die Gattung Mensch daran hindern könnte, sich selbst den Untergang zu bereiten"[140] – buchstäblich oder in der Weise der Selbstabschaffung des Menschen durch die Heraufkunft der Schönen neuen Welt.

Der Ernstfall fordert eine Grundentscheidung. Sie thematisiert die Wirklichkeit von Grund auf. Erst ein solcher Akt sammelt die Existenz aus ihrer Zerstreutheit ins Unentschiedene, Beliebige und Gleichgültige zu einem verantworteten Denken und Handeln.

Aus welcher Quelle soll der Mensch Sinn gewinnen und Sinn spenden? Aus dem Willen zur Macht (als Herr) oder aus dem Willen zur Unterwerfung (als Knecht) oder aus dem vertrauenden Einstimmen in das Dasein aus dem Beschenktsein, lebend aus der Wirklichkeit als Gabe?

Auf welche Wirklichkeit setzen wir? Wem oder worauf vertrauen wir? Die Grundentscheidung – so sagen uns das Alte und das Neue Testament – fällt nicht zwischen dem Glauben an Gott und dem Nicht-Glauben, sondern zwischen „Gott und dem Mammon" (Mt 6,24): der Liebe umsonst und dem Götzendienst.[141]

In dem Maße, wie wir nicht der Liebe umsonst, dem Ethos des Teilens Raum geben, orientieren wir uns notwendig an den Gesetzen der Machtbehauptung, setzen wir Endliches absolut, schaffen wir uns Götter, denen wir

uns und die uns unterwerfen. Wir orientieren uns an
Brot und Geld allein, es beansprucht uns der Macht- und
Geltungsdrang, die vergötzte Triebwelt, die Scheinwelt
reiner Sinnlichkeit, unser Leben ist verfangen in einer vi-
talen Daseinsbehauptung, der Selbsttäuschung und
Scheinhelle vordergründiger Daseinsinteressen. Die Götzen „verheißen geheimnisvolle, süße, große Dinge. Dafür
aber fordern sie Anbetung".[142]
Auf diese Wahrheit, die wir allzu gerne verdrängen, verweisen uns die heiligen Schriften: Die Götter-Götzen, die
ihr euch schafft und denen ihr euer Leben unterwerft,
sind nicht neutral, sie zerstören euch.[143] Deshalb sind wir
vor die Entscheidung gestellt: „Leben und Tod lege ich
euch vor, Segen und Fluch. Wähle das Leben, damit du
lebst, du und deine Nachkommen" (Deut 30,19).

KOLLEKTIVER TOD ALS AUSDRUCK DER VERDRÄNGUNG DES PERSÖNLICHEN TODES

Welche Gestalt wir dem Leben und dem Tod geben, daran entscheiden sich Leben und Tod. Was ist der Lebenssinn, was ist der Sinn des Todes? Der Tod konfrontiert
uns mit dem Abgrund des Nichts. Tod meint die Unvollendbarkeit des Menschen, ja seinen Widerspruch. Alles
Bestimmen und Verfügen des Menschen findet im Tod
sein Ende. Dies bedeutet Auflösung jeder Selbstbehauptung des Menschen, jeder Macht-Gestalt. Tod bedeutet
Nicht-Sein.
Der Tod fordert den Menschen zur äußersten Entscheidung heraus. Der Tod verlangt von uns, daß wir darüber
befinden, ob wir „umsonst" (in Liebe) leben und sterben
wollen oder ein sich selbst behauptendes Leben wählen:
die Machtbehauptung.[144]

Der Tod konfrontiert mich mit der Wirklichkeit als Gabe, mit dem Mir-geschenkt-Sein. Wenn ich darin nicht einwillige, dann ist mir der Tod unerträglich, weil es mir unerträglich ist, daß mir alles genommen wird, auch ich mir selber.

In dem Maße, in dem ich den Tod verdränge, muß ich das Leben aggressiv zum Kapital des eigenen Ich machen, muß ich auf Selbstbehauptung und Selbstaneignung des Lebens setzen: in der Mehrung meiner Macht gegen andere und/oder in der Unterwerfung unter die Macht anderer, um mein Leben dadurch zu retten. Selbstbehauptung als Selbstaneignung des Lebens zielt also auf die Ausschließung der anderen und/oder auf die Aneignung der anderen, der Mitmenschen, und des anderen, der Natur.

Im gesellschaftlichen Gefüge führt diese gegenseitige Selbstbehauptung zu den Rivalitäts- und Macht-Konkurrenz-Beziehungen – zwischen einzelnen, Gruppen und Staaten.

Diese Macht-Konkurrenz-Beziehungen lösen den gesteigerten Mitteleinsatz aus. Ich oder wir behaupten uns in diesem Macht-Konkurrenzkampf umso besser, je wirksamer unsere Mittel sind.

Das technisch-wissenschaftliche Mittelsystem entfaltet jedoch seine eigene Dynamik – gleichsam unabhängig von uns selbst. Der ingang gebrachte Prozeß vollzieht sich relativ unabhängig vom Gestaltungswillen einzelner, von Gruppen oder Staaten. Dies ist eine der Ursachen für das Mitläufersyndrom: Wenn ich aussteige, ändert sich nichts; nur die anderen erhöhen ihre Macht-Anteile oder Profitraten.

Das Streben des Menschen nach je größerer technischer Perfektion bedeutet letztlich, daß der Mensch Gott, das absolut Perfekte, in der Welt hervorbringen will – die Menschheit als technisch-wissenschaftliche Gottesgebärerin in Perversion.

Durch Instrumentensysteme wie die Gentechnologie nimmt der Mensch die Schöpfung, die Evolution, immer mehr in die eigene Verantwortung. Er versucht, einen Menschen nach seinem Maß, nach seinem Bild zu schaffen. Der Mensch wird Herr seines Daseins und sein eigener Schöpfer.

Die enorme Steigerung der technischen Macht verdeckt das Sichaufbäumen gegen den Tod. Es ist ein sich dem Tod Widersetzen, doch nicht mit den Mitteln des sich verdankenden Lebens.

Angesichts der Möglichkeit eines kollektiven Todes ist die Menschheit wie nie zuvor Herrin ihres eigenen Schicksals geworden. Diese Möglichkeit ist Ausdruck einer ungeheuren Macht der Menschen über sich selbst und die Natur. Mit dieser Machtbehauptung („ihr werdet wie Gott", Gen 3,5) produziert die Menschheit zugleich ihren Untergang („wirst du sterben", Gen 2,17). Die Selbstbehauptung des Menschen ist der Ausdruck der Macht, diese Schöpfung ins Nichts zu befördern und in letzter Auflehnung zu zeigen, daß ich ebenso mächtig bin wie Gott, der dies geschaffen hat – um den Preis der Selbstzerstörung.

Weil wir nicht fähig sind zu teilen, werden wir gestorben. Die sich dem Teilen verschließende Menschheit ist ein Leib zum Tod, der nicht durch Teilen „zerbricht", sondern aufgrund von Leblosigkeit zerfällt. Wir müssen darum anders leben und sterben lernen, weil sonst die Lebenssicherung sich mit Mitteln vollzieht, die auf die qualitätslose Lebenserhaltung bzw. auf die Selbstauslöschung der Menschheit ausgerichtet sind. Wir alle werden gestorben, weil das Leben, das an sich festhält (nicht sterben will), sich das Sichverlieren des Lebens (den Tod) von außen als Verhängnis zuzieht.

Wo ich aber den Tod positiv annehme, verwandle ich diesen Tod in Leben. Ich kämpfe gegen jeden Opferungs- und Ausgrenzungsmechanismus, der Menschen oder Gruppen der Armuts- und Elendszone überantwortet. Menschliches Leben ist Lebens-Gemeinschaft des Menschen mit dem Menschen. Leben ist aktive Mitgestaltung aller an der Lebens-Gemeinschaft – bis der Tod uns scheidet.[145]

Der Tod konfrontiert mich mit der Wirklichkeit als Gabe, mit dem Mir-geschenkt = gegeben-Sein. Und wenn ich darin einwillige, dann habe ich immer schon positiv in den Tod eingewilligt. Diese positive Einwilligung in den Tod ist identisch mit der schöpferischen Annahme meiner selbst, in der ich mich zugleich halten und loslassen kann. Der Tod relativiert meine ideologisch fixierten Interessen in ihrer Ausschließlichkeit. In der positiven Annahme des Todes stirbt meine Begierde nach aggressivem Lebensgewinn, aber auch die Begierde und Suche nach schlechter Aufopferung.

Der positiv angenommene Tod setzt mich frei, ich nehme mich als Geschenk des Daseins an und vertraue mir als einem von Gott Bejahten, sodaß ich mich nicht mehr ausschließlich um mich selbst kümmern muß. Ich werde frei auch für die Zukunft der anderen.

Dies bedeutet den Durchbruch zu einer letzten Verantwortung. Der positiv angenommene Tod befreit mich dazu, für den anderen da zu sein, gerade in dem Maße, wie er mich dazu befreit, mich selbst anzunehmen. Er ermöglicht mir, den anderen freizugeben und durch freisetzende Trennung hindurch zu bejahen. Der Tod entdeckt mir so, daß die Grenzen meines Daseins nicht Einschränkungen meiner Freiheit, sondern Ermöglichungen meiner Freiheit sind, die Abbrüche des Lebens Orte der Hoffnung und der Verheißung.

WELCHES LEBEN? WELCHER TOD?

Wenn wir nicht wegen Hungers, Kriegs, Zerstörung der Umwelt sterben, nicht dahinvegetieren oder einfach nur „überleben" wollen, dann müssen wir für Bedingungen und Voraussetzungen eintreten, die ein erfülltes Leben in Friede und Gerechtigkeit für alle Menschen möglich machen.

Ähnelt nicht die Schöne neue Welt einem solch erfüllten Leben? Bietet sie nicht alles, was die Menschen glücklich macht? Die Menschen der Schönen neuen Welt wissen gar nicht mehr, was sie sich wünschen sollen. Sie haben ja alles. Einem, der sich wohl und glücklich fühlt, zu sagen, daß ein solches Leben der Tod ist – dies ist die Herausforderung des Christentums im dritten Jahrtausend.

Die Schöne neue Welt bietet alles – nur eines nicht: die Liebe umsonst. Das ist der entscheidende Punkt in der Auseinandersetzung mit der Schönen neuen Welt.

Wer würde schon das Böse meiden, wenn der Gedanke an das Böse verbunden wäre mit einem Glücksgefühl, ohne Irritation durch ein schlechtes Gewissen, ohne innere Grenzerfahrung wie ungute Gefühle; auch ohne äußere Grenzen: Störung des Lebens der anderen, gesellschaftliches Außenseitertum, Vergehen gegen gesellschaftliche Normen?

Wenn du „dies" wählst, geht es dir gut, bist du zufrieden, fühlst du dich wohl, kommst mit deinen Nachbarn gut aus, wirst du mit Problemen, die auftauchen, gut fertig. Wenn du „dies" nicht tust, kriegst du Ärger, stehst du mit dir und anderen in Widerstreit, wirst du zum Außenseiter, mußt du viel leiden. – Nun wähle!

Wer würde das Böse dennoch nicht tun allein aus der Erkenntnis: Es ist böse, oder: Es ist nicht Liebe? Wer würde lieben, wenn Liebe auch mit einer Schmerz- und Leiderfahrung verbunden wäre?

Von der Sinnlosigkeit und dem Sinn des Leids

Ob es gelingt, die Tendenzen zur Schönen neuen Welt innerlich zu überwinden, entscheidet sich grund-legend an der Frage, wie wir mit dem Schmerz und dem Leid umgehen.

Leiden darf nie Zweck und nie Mittel sein. Gleichzeitig stellt sich die Frage: Kann Leben durch Leiden wachsen, oder ist Leiden nur Verneinung des Lebens? Kann ein Leid, das mich schicksalhaft trifft, die Quelle meines Lebens freilegen, oder verwundet, ja zerstört es mich nur? Kann ich durch Annahme meines Angenageltseins in meiner Freiheit fruchtbar werden, kann Leben daraus fließen? Kann Leiden fruchtbar werden für je größere Freiheit? Kann Leiden die Geburt der Liebe sein?

Es gibt Methoden und Techniken der Leidvermeidung und Leidensabwehr – ein Narkotisieren durch Ersatzbefriedigungen, durch Psychopharmaka –, die das Glück nicht vermehren.[146] Eine ganz auf Leidvermeidung fixierte Haltung kann zur Leidbewältigung unfähig machen und so das Leiden nur vertiefen.[147]

Eine Ausschaltung von Leid und Schmerz um jeden Preis schlägt um in Verlust von Leben. Das technische In-den-Griff-Nehmen alles Lebens tötet uns selbst. Das dramatische Wagnis kreativer-liebender Freiheit wird ausgelöscht.

Es gibt ein Leid, das aus einem unschöpferischen Sichan-passen erwächst, das nicht den Mut hat, dem anderen durch konkreten Widerstand zu zeigen, was nicht sein soll. Der Aufstand gegen die Ursachen des Leidens ist ein Ernstnehmen der Freiheit gegen Unrecht und gegen fatalistische Reaktionen, ist liebender Kampf als Treue zur Wahrheit.

Leid ist Folge zerbrochener Liebe. Der Sinn des Lebens besteht darin, daß der Mensch in diese Welt hineingeboren wird, um aus dem Umsonst der Liebe zu handeln. Der Sinn des Lebens ist jene Freiheit, die alles unbedingt und umsonst tut. Das unfruchtbare Leiden ist das lieblose Leben. In Liebe ausgetragenes Leiden ist fruchtbares Leiden. Fruchtbares Leiden ist schöpferisches Mit-Leiden und Mit-Fühlen.

Es gibt dieses falsche Leiden, das aus dem Versuch erwächst, alles auszublenden, was uns herausfordert. Wir sehnen uns nach einer Wandlung außerhalb unserer selbst.

Leiden kann auch durch die Qual der Selbstherstellung erwachsen. Ich muß alles selbst machen. Ich fliehe aus Verzweiflung in ein schon „gelebtes Leben", an dem ich – aus Angst vor den Umbrüchen des Lebens – werdelos festhalte.

Je selbstbezogener das Leben der Menschen wird, je mehr es sich in sich selbst verschließt, umso mehr Leiden produziert es. Die Freiheit ist nur sie selbst im Maße ihres Sichverschenkens.

Es gibt eine Weise, das Leben zu behaupten, die identisch ist mit seiner Zerstörung. Das Festhalten am Leben im Sinne der Machtbehauptung ist selbst ein Ausdruck der Lebenszerstörung. Der ganze technisch-industriell inszenierte Kampf für das Leben vollzieht sich um den Preis der Selbstzerstörung.

In der Schönen neuen Welt löscht die Eliminierung des Leids jede Möglichkeit, durch das Leiden mit den Folgen des eigenen Handelns konfrontiert zu werden. Die Menschheit immunisiert sich gegen einen Wandel, gegen eine Umkehr. Das Leiden wird im Modus der Lustvollzüge stumm und zeigt die Zerstörung der Freiheit nicht mehr an.

Dadurch, daß das Böse (Gewalt und Lüge) Leiden verursacht, arbeitet das Böse an seiner eigenen ständigen Entlarvung. „Leiden zerstört die Lüge, das Böse sei nicht böse.“[148] Unter dieser Rücksicht ist Leiden Rettung des Menschen. Es verhindert die definitive Herrschaft von Gewalt und Lüge. „Solange keiner unter dem Bösen leidet, ändert sich nichts.“[149]

Leiden, das durch Machtbehauptung der Menschen verursacht wird, ist nichts anderes als Manifestation dessen, wohin der Mensch durch sein Handeln gekommen ist. Die Wahrheit über den Menschen kommt ans Licht. Wer er ist, wo er steht, was über ihn hereinbricht. Will die Wahrheit Wahrheit bleiben, dann muß sich die Wahl des Bösen als erfahrbares Leid in der Welt offenbaren. Sie bedarf der Aufhebung durch das Leid, weil sie sonst zur Wahrheit werden würde.

Leiden ist Folge der Freiheit des Menschen angesichts der Grundentscheidung, vor die er sich gestellt sieht: „Leben und Tod lege ich euch vor.“ Durch die Wirklichkeit des Leids, dieser „Wahrheit“, wird der Mensch mit seiner eigenen Wirklichkeit konfrontiert.

Die Schmerz- und Leidfreiheit der Schönen neuen Welt macht offenbar, daß es eine „pseudo-schöpferische“ Bekämpfung von Leid und Schmerz gibt, die nicht nur zum

Tod der Selbstlosigkeit schöpferischer Freiheit, sondern zur Auslöschung jeder Freiheit führt.

Soll die Schöne neue Welt nicht Raum gewinnen, dann braucht es einen neuen Umgang mit Schmerz und Leid. Wenn wir unfähig sind zu Schmerz und Leid, sind wir auch unfähig zu Freude und Fest. Ist eine Kultur fähig, den Menschen als ein verwundbares, begrenztes, unvollendetes, leidendes Wesen zu akzeptieren? Ist sie fähig, Hilfe bei der Sinnfindung des Sinnlosen, des Leidens,[150] ein Mit-Fühlen, ein Mit-Empfinden, ein Mit-Leiden, ein Sich-mit-Freuen Wirklichkeit werden zu lassen?[151] Ist es möglich, eine Bewältigung des Leids ins Werk zu setzen, die auch die schöpferische, erlösende Energie des Leidens freisetzt? Sind die Leiden der Umbrüche des Lebens als ein Wachsen in Reife und Tiefe des Menschseins, als Neugeborenwerden erfahrbar? Ist Leiden als Weg zur Läuterung erfahrbar, eine Läuterung, die freimacht von Illusionen, Ängsten und Machtbehauptungen, die befreit zu einem vertrauenden Einsatz unseres Lebens?

Am tiefsten leiden wir wohl unter den eigenen Schwächen, Brüchigkeiten und Grenzen, an der Ohnmacht gegenüber unseren inneren seelischen Zwängen und Mechanismen, an der vom Überlebenskampf und der Machtbehauptung herkommenden Minderung und Zerstörung anderen Lebens. „Die größte Not kommt mir nicht aus dem, was mir geschieht, sondern aus dem, was ich bin" – sagt Romano Guardini treffend – „und sie wird immer größer, je länger das Leben weitergeht. In der Kindheit ist sie noch verborgen, in der Jugend wird sie durch die Hoffnung des jungen Lebens überschwungen, und später gibt das Gefühl werdender Reife die Zuversicht, die Dinge gingen voran. Dann aber beginnt die Unzulänglichkeit deutlich zu werden. Die Erinnerung an die gefaßten und nicht vollbrachten Entschlüsse setzt sich fest. Das Kümmerliche und Häßliche im eigenen Wesen dringt ins Bewußtsein. Die Tatsache, daß ich dieser bin, nur dieser und nie ein Anderer sein kann, richtet sich unausweichlich auf. Das Gefühl, in mir selbst eingeschlossen zu sein, verläßt mich nicht mehr. Unter aller Energie des Auftretens und Unternehmens, in allen Zerstreuungen des Tages, melden sich die Angst, der Überdruß und die Skepsis . . . Das ist die wahre Not."[152]

Das Leiden an den eigenen Schwächen würde sich in dem Maße in Kraft und Freiheit verwandeln, wie wir es in einem Raum des Mitseins und Mitgetragenwerdens miteinander teilen. Es gilt, Freundeskreise, Gruppen, Gemeinden aufzubauen, in denen in einer Sphäre der Kommunikation von Freiheit zu Freiheit, einem Gewebe menschlichen Mit-Fühlens, Mit-Leidens und Mit-Verantwortens dieses Leid ans Licht gebracht und ausgetragen werden kann. In dem Maße, wie es uns gelingt, eine solche Atmosphäre des Freiseins zu schaffen, erfahren die Menschen ihre Schwächen nicht mehr als Bedrohung, lernen sie, sich selbst zu bejahen, ihre Fähigkeiten zu entdecken und – was am wichtigsten ist – sich ihres Lebens zu freuen.

Erst dieses psychisch befreite Subjekt ist dann auch in der Lage, als ethisch-politisches Subjekt zu leben und zu wirken.

VON DER GEWALTFREIEN LIEBE

Die Frage des Umgehens mit Schmerz und Leid – die Frage, für welches Leben, für welchen Tod ich mich entscheide – ist aufs engste verknüpft mit der Frage nach dem Umgang mit der Gewalt.

Wenn das Gute ein Mehr-Sein, eine qualitative Selbstüberbietung von Leben anzielt, dann muß es auch „zerstören", was nicht sein soll. Das will uns helfen, daß wir
uns nicht im Status quo einrichten, sondern über ihn hinaus in das noch nicht Dagewesene aufbrechen. So bleiben
die Möglichkeiten unserer Existenz nicht nur reflektierte
Möglichkeiten, sondern werden wirklich. Das Gute „zerstört", weil es bejaht, weil es „aufbricht"; es „zerstört"
um des je größeren Lebens willen.

Entscheidend ist, daß wir nicht vom Konflikt ausgehen,
sondern von der Liebe, von einem Ja, einem „Für", von
der Geschwisterlichkeit, vom Frieden, der Gerechtigkeit,
der Freude, der Eintracht. Dafür wird gekämpft. Jesus
geht niemals vom Konflikt aus, sein Ausgangspunkt ist
das Überwältigtsein von der Freude. An diesem Ausgangspunkt ist niemand ausgeschlossen: „für" das Leben
der Welt. Die Aussendungsrede sagt: Euer erstes Wort
soll sein: „Der Friede sei mit euch" (Mt 10,12) – und das
heißt: Gott liebt dich! Ich fange nicht mit einem Nein zum
Unmenschen an, sondern mit einem Ja zum Menschen.
Hieraus folgt das Nein zu allem, was unmenschlich ist, ein
Nein zur Zerstörung von Gottes Schöpfung.

Die gewaltfreie Liebe ist eine Liebe, die im eigenen Herzen beginnt: als eine Entfeindung des Gegners und Feindes. Die gewaltfreie Liebe ist kein Mittel gegen den Feind,
sondern die Daseinsweise der Liebe um ihrer selbst willen. Der andere ist nicht primär Gegner oder Feind, sondern Mensch, Geschöpf, nicht ein Gegen-Mensch, sondern Mit-Mensch.

Liebe handelt gewaltfrei, ob ein anderer „dagegen" ist
oder nicht, sie ist nicht re-aktiv bezüglich möglicher Op-
ponenten. Die Form, in der sich die gewaltfreie Liebe im
äußersten vollzieht, ist der Akt des liebenden Zugehens

auf den Feind, des Sterbens für ihn. Die Gewaltfreiheit ist gelebte Einheit von Leben und Tod.

Was gewaltfreie Liebe meint, wird sehr deutlich in der Bergpredigt Jesu. Damals konnte ein römischer Besatzungssoldat einen Juden zwingen, einen Lastträgerdienst von einer Meile zu leisten. „Und wenn einer dich nötigen sollte, eine Meile des Weges mit ihm zu gehen, dann geh zwei mit ihm" (Mt 5,41).

Indem ich die Last des anderen mittrage, enthüllt sich in mir selbst das Geheimnis meines eigenen Getragenseins: Die Last ist leicht, mein Joch ist sanft. Es bleibt Joch, und doch werde ich selbst aufgerichtet: zur Gegenwart der Freiheit befreit.

Kein Mensch wird von sich aus die Last des Lebens eines anderen Menschen mittragen, von sich aus in Liebe den anderen „noch eine Meile" auf seinem Lebensweg begleiten. Doch kraft der Gegenwart der Gott-menschlichen Liebe in mir ist das möglich und wirklich. Alle Versuche außerhalb dieser Quelle enden in masochistischer Selbstquälerei und moralischem Sichrechtfertigen. Nur in Gottes Liebe kann ich mit dem anderen gehen, geschieht gemeinsamer Weg in Freiheit – im Getragensein.

Ich gehe mit dir eine zweite Meile, weil ich dir die Erfahrung Jesu schenken möchte, die mir selbst geschenkt wurde: Liebe umsonst, der Freude wegen. Leben ist Dank für diese Freude.

Was gewaltfreie Konfliktaustragung ist, kann sehr klar und deutlich am Leben Jesu und seinem Geschick abgelesen werden. Jesus steht nicht als Diplomat zwischen den Menschen, sondern bezieht bewußt Position. Überall, wo er hinkommt, bäumen sich die „Mächte und Gewalten" auf. Der faule Friede wird durch Jesus gestört, er deckt alle falschen Anpassungen auf, kritiklose, die Wahrheit und die Gerechtigkeit opfernde Zustimmung zu bestimmten Verhaltensweisen und Verhältnissen. Jesu Dienst für die Sache der Gottesherrschaft bringt ihn in einen Konflikt auf Leben und Tod.

Die vorrangige Option für die Gewaltfreiheit ist die Option für einen gerechten Kampf. Sie ist der Ort eines dramatischen Ringens: des Menschen mit dem Menschen, des Menschen mit der Natur. Es ist ein Kampf gegen Unterdrückung und apathische Indifferenz.

In diesem Kampf sage ich nicht: „Ich bin anders als du und schließe dich aus." Sondern ich sage: „Dieser Kampf ist dasjenige, was du mit mir zusammen tun solltest, es aber nicht tust." Und indem ich es tue, tue ich es nicht gegen dich, dich ausschließend, sondern stellvertretend für dich, und sage dir dadurch: „Das bist du auch selbst. Das ist jedenfalls der Kampf, wie ihn Jesus gekämpft hat – aus Liebe ein Kampf auf Leben und Tod."

DER RUF IN DIE GRUNDENTSCHEIDUNG

DIE BOTSCHAFT EINER „GROSSEN FREUDE"   Jesu Botschaft ist die Kunde von einer „großen Freude" (Lk 2,10): Gott ist gegenwärtig, er erweist sich als der gute Hirt, der den verlorenen Schafen nachgeht, der die Menschen frei und deshalb froh macht, dessen Allmacht sich in seiner gewaltfreien Liebe offenbart, der die Freiheit des Menschen bis in die letzten Impulse des Denkens und Fühlens respektiert, dessen Allmacht gerade darin besteht, daß er sich in den Verblendungszusammenhang der Geschichte einläßt bis an den Galgen, der seine Sonne über Guten und Bösen aufgehen läßt, dessen Allmacht sich nicht vor der eigenen Ohnmacht fürchtet.[153] Gottes eigenes Wesen ist es – im Sinne der Ethik der Bergpredigt, die Jesus verkündet – für andere da zu sein.[154]

Jesus nachfolgen heißt: am Leben und am Tod Jesu selbst teilhaben: jetzt und ganz, um mit ihm und durch ihn das Reich Gottes aufzubauen, das da ist das Reich des Teilens, der Freiheit, des Friedens, der Gerechtigkeit und der Freude.

DAS UMSONST DER LIEBE Jesus, der Bergprediger, sagt nicht: „Ich schaffe den Hunger und das Leiden ab, ich verteile das Land neu; ich entmachte die Mächtigen", sondern er preist die selig, die die Liebe umsonst leben. „Umsonst habt ihr empfangen, so gebet umsonst" (Mt 10,8).

Die sich von Jesus Macht, Geld, Gesundheit, Reichtum erwarten, werden radikal enttäuscht, sie verlassen ihn. Ich bin dir begegnet: Ich habe gedacht, ich werde gesund; ich werde nie mehr hungrig sein; ich werde befreit sein von allem Schmerz und allem Leid. Jesus, wo ist in dir ein Kontrast zu dem, was ohnehin schon in der Welt an Elend ist? Herr, es geht doch, bei Gott ist alles möglich, du kannst alles, wir haben es ja gesehen: Lazarus kam aus dem Grab, Brot hast du verteilt, der Lahme konnte gehen. Du kannst es doch, warum tust du es nicht, warum handelst du nicht so an mir? Zeige deine Göttlichkeit neben der Ohnmacht; zerreiße die Liebeseinheit von Leben und Tod, beweise, daß du der Herr bist; überwinde den Hunger durch deine unendliche, reiche Macht; bekunde, daß du frei bist zum Leiden, Herr über dein Tun, Herr über Leben und Tod.[155] „Wenn du Gottes Sohn bist, dann steige vom Kreuz herab" . . . nur für einen Augenblick – wenn du „dann" nach „dieser ‚Pause' stirbst, so wissen wir, daß du Macht hast, der Messias bist. Lege nur für ein paar Minuten deine Ohnmacht ab!"[156] Du mußt zeigen, wer du bist! Ändere etwas, damit wir sehen, daß es sich lohnt, dir nachzufolgen. Gib uns ein Zeichen! Tue ein Wunder, damit wir sehen können! Wo ist deine Vollmacht?

„Diesem Geschlecht wird kein Zeichen gegeben. Nur das Zeichen des Jona" (Mt 12,39). Dieses Zeichen besagt: Die Liebe liebt unbedingt. Jesus ist diese Liebe. Wenn ich ihn erkenne, erkenne ich den Weg. Jesus ist kein Zeichen. Er ist die Wirklichkeit selbst.

Die Antwort Jesu ist: „Wenn du umsonst geliebt hättest, hättest du mich erkannt." Wir werden nicht nach unseren Werken – abgelöst von der Liebe – beurteilt, sondern inwieweit wir das, was wir getan haben, an den Geringsten um Christi willen getan haben. Das heißt: umsonst. Das Erstaunen ist auf beiden Seiten – bei „Gerechten" wie bei „Ungerechten" – groß: Es ist um das Umsonst der Liebe gegangen, nicht darum, dieses oder jenes zu leisten, sondern Gott in den Menschen, den Schöpfer in seiner Schöpfung zu lieben.

Jesus – das ist die Liebe umsonst, wie sie uns Menschen geschichtlich in Fleisch und Blut begegnet. Mit Ehrfurcht und Entschiedenheit tritt er auf, läßt sein, gibt frei, sehnt sich nach dem „Umsonst". Daß die Liebe von selbst kommt, daß Gottes Liebe durch Gott-menschliche, durch Gott-weltliche Liebe beantwortet wird, das geschieht in Jesus Christus.

Von Anfang an wehrt darum Jesus alles ab, was dem Entstehen eines politischen Messianismus Vorschub leisten könnte. So weist er die Versuchung zurück, sich mit politisch-materiellen Mitteln der Macht Verfügungsgewalt über Menschen anzueignen (Lk 4,1–13); er verbietet den Dämonen und Geheilten, ihre Erkenntnis seines Messias-

Seins öffentlich zu verkünden (Lk 4,41; Mt 9,30); er zieht sich aus der Öffentlichkeit zurück, wenn die Gefahr übermächtig wird, ihn zum König einer Schönen neuen Welt zu proklamieren (Joh 6,15). „Ihr sucht mich . . . , weil ihr von den Broten gegessen habt und satt geworden seid" (Joh 6,26). Jesus tut dies in dem Wissen, daß jeder innerweltliche Messianismus nur zur Götzenherrschaft führt. Er ist der immer vergebliche Versuch, das Unbedingte mit den Mitteln des Bedingten – vor allem der Gewalt – zu erzeugen. Die ganze Geschichte ist der irrsinnige Versuch, die Liebe zu produzieren mit den Mitteln der Nicht-Liebe, den Menschen zu retten durch das Opfern von Menschen.

Denen, die sich vertrauend in seine Nachfolge einlassen, gibt Jesus „Macht" (Lk 9,1). Eine Macht, die größer ist als die „Mächte und Gewalten" dieser Welt. Es ist die Macht der gewaltfreien Liebe, die schöpferische Macht des Vertrauens. Sie besiegt alle „Mächte und Gewalten" dieser Welt. Es ist die Macht Jesu: die Macht in der Ohnmacht, die aus Liebe das Leiden und den Tod nicht scheut.

DIE ÜBERWINDUNG DES LEIDS   Jesus lehrt uns zu tun, was er selbst gelebt hat: Leid zu bekämpfen (Wir werden am Ende der Zeiten danach gerichtet werden, was wir getan haben, um Leid zu mildern: „Was ihr dem Geringsten meiner Brüder getan habt . . .") und Leid in Freiheit auszutragen („Wer mein Jünger sein will, der nehme sein Kreuz auf sich und folge mir nach.")[157]

Das Leiden in Freiheit auszutragen, ist nicht zuletzt die Konsequenz der Leidensbekämpfung. Das freie Austragen des Leidens kann eine schöpferische Energie freisetzen, die Totes und Zerstörendes in Leben verwandelt.

Jesu Dienst für die Sache der Gottesherrschaft bringt ihn in einen Konflikt auf Leben und Tod. Jesus zieht sich Leid und Kreuz gerade durch seinen gewaltfreien Kampf gegen die „Mächte und Gewalten" seiner Zeit zu, „Mächte und Gewalten", die Leid und Tod verbreiten.

Jesus antwortet auf die Gewalt mit gewaltfreier Liebe, er leidet sie aus in einem unbedingten Ja zu den Menschen. Der Kreuzestod Jesu ist die Wirklichkeit der Bergpredigt: „Er wurde geschmäht, schmähte aber nicht; er litt, drohte aber nicht" (1 Petr 2,23). Jesus widersteht in der aktiven Passion der Liebe jeder Form von Gewalt so, daß dieser Widerstand nicht nochmals mit den Mitteln der Gewalt ausgetragen wird. Dadurch überwindet er das Nein zur Liebe, die Gottlosigkeit der Welt mitten in ihrem Zentrum, von innen her. Gewaltfrei steht er mitten in dem, was ihn tötet. Und weil sein Tod nichts anderes ist als die Sprache des Lebens, überwindet er den Tod im Tod selbst. Dies ist der Preis für die Wahrheit, daß die „Entfremdung nur in der Entfremdung" besiegt werden kann. Dies ist die Macht seines Widerstands, die Macht der restlos und unumkehrbar in die Machtlosigkeit hinein entäußerten Macht Gottes.

Das Schicksal, das der unschuldig als Verbrecher am Kreuz Sterbende erleidet, ist nicht etwas, das ihn nur von außen her trifft. Die Liebe selbst läßt es in Freiheit geschehen, um zu zeigen, was sie ist. Mitten in der Ohnmacht des Gebundenseins ist sie radikal frei gegenüber dem, was an ihr geschieht.

Jesus ging den Weg der Feindesliebe und Gewaltfreiheit nicht bloß aus Ohnmacht; es stand ihm eine Alternative offen. Dies wird ersichtlich an dem Wort an Petrus, der sich der Verhaftung mit Gewalt entgegenstellen will: „Da sagte Jesus zu ihm: Steck dein Schwert in die Scheide;

denn alle, die zum Schwert greifen, werden durch das Schwert umkommen. Oder glaubst du nicht, mein Vater würde mir sogleich mehr als 12 Legionen Engel schicken, wenn ich ihn darum bitte?" (Mt 26,52f.).

Das Nicht-Wollen der Finsternis war keine Bedingung für das Handeln oder Nicht-Handeln Gottes, keine Grenze, die die Liebe auf sich zurückgeworfen hätte. Sie ist in die Nacht der Ohnmacht hinein gestorben: „Jetzt kommt die Stunde der Finsternis." Jene Stunde erleidet die Liebe nicht passiv, sondern aktiv. Daß sie sie aktiv-liebend erleidet, ist das Gericht über die Welt.

Produktives Leiden ist die Kraft, das Negative zu verwandeln in je größere Freiheit. Das ist der Aufgang der Erlösung und Befreiung inmitten der Nacht: der Weih-Nacht und der Oster-Nacht.

Jesu Kreuz, die Ermordung Mahatma Gandhis, M. L. Kings, Erzbischof Romeros verweisen uns auf die Wahrheit, daß das Gute Leiden verursachen kann. „Das Kreuz ist das Zeichen – die Wirklichkeit dessen, der sich aus Liebe ans Kreuz treiben läßt. Jesu Kreuz war die Folge seiner Art zu lieben. Das Kreuz war Strafe derer, die Jesus, der mit Liebe ansteckte und Unruhe stiftete, nicht mehr ertragen konnten."[158]

Das, was Jesus lehrte, war der Sinn, das Gute schlechthin:[159] das Reich Gottes auf Erden, das Leben als Fülle, das Leben als Fest. „Und genau damit scheitert er. Das Leiden, das er erfährt, ist das Leiden am Scheitern des absoluten Sinnes."[160]

Dabei macht Jesus klar: Das Leiden kann weder Ziel noch Mittel sein. „Das Leiden Jesu wird ausdrücklich beschrieben als ein solches, das gegen seinen Willen geschieht. Zur Leidensgeschichte gehört die Bitte: ‚Laß diesen Kelch an mir vorübergehen!'."[161]

Da die andere Neue Welt mit dem Schmerz der Bekehrung verbunden ist, zieht der Mensch die schmerzlose Hochstimmung der Bekehrung vor. Wir verfallen immer wieder dem Wahn, die Welt der anderen ändern zu wollen, ohne uns selbst ändern zu müssen. Wird der Mensch auch in Zukunft die Beseligung der Liebe umsonst als ein Unglück interpretieren und jene, die ihn und die Welt so lieben, als Lebenszerstörer, Gewalttäter und Menschenfeinde verfolgen? Der Aufenthalt Jesu in Gerasa (Mk 5, 1–20) zeigt, daß die Menschen scheinbar ohne ihn glücklicher wären. Die Einwohner von Gerasa bitten Jesus wegzugehen: „Verschone uns; du brichst den Scheinfrieden auf, durch dich kommen ungeahnte Trennungen in die Welt, Abgründe tun sich auf." Die Begegnung mit der Liebe umsonst scheint die Menschen todunglücklich zu machen.

Unsere Versuchung ist: Wir wollen ums Kreuz der gewaltfreien Liebe durch den technizistischen Einsatz von Mitteln, durch technische und soziale Manipulation herumkommen. Wir möchten uns die Liebe in ihrem Umsonst ersparen. Die Liebe überwindet das Leid dadurch, daß sie ihm von innen her einen Sinn gibt. „Kreuz" als gewaltfreie Liebe ist daher unendlich mehr als „verhindertes Leben" (Nietzsche), als eine Grenze, an der man scheitert. Der gewaltfrei Liebende nimmt das Leiden an – als Macht in der Ohnmacht, die ihm Gott geschenkt hat, um das Leiden zu überwinden.

Christlicher Glaube ist der Glaube, daß alles Leiden aufgehoben wird in Freude.[162] Jesus preist in der Bergpredigt die Trauernden selig: „Denn sie werden getröstet werden!" Am Ende des Neuen Testaments im Buch der Offenbarung heißt es: „Dann sah ich einen neuen Himmel und eine neue Erde; . . . ich sah die Heilige Stadt, das

neue Jerusalem, von Gott her aus dem Himmel herab-
kommen; . . . da hörte ich eine laute Stimme vom Thron
her rufen: Seht, die Wohnung Gottes unter den Menschen! Er wird in ihrer Mitte wohnen, und sie werden
sein Volk sein; und er, Gott, wird bei ihnen sein. Er wird
alle Tränen von ihren Augen abwischen: der Tod wird
nicht mehr sein, keine Trauer, keine Klage, keine Mühsal. Denn was früher war, ist vergangen" (Off 21,1-4).

LASST DIE TOTEN IHRE TOTEN BEGRABEN

Jesu Ruf in die Nachfolge ist ein Aufruf zur Lebenswen-
de, der Ruf in eine heilige Entschiedenheit. Dieser Ruf in
die Nachfolge verdichtet sich in dem Wort (bei Lk 9,60):
„Laß die Toten ihre Toten begraben; du aber geh und
verkünde das Reich Gottes."
Tot sind für Jesus alle die Menschen, die in Angst und
Sorge um sich selbst an sich selbst festhalten; die in ihrem
Besitz- und Aneignungsdrang sich selbst und andere versklaven, die sich vergötzenden Trieben unterwerfen; tot
sind für Jesus alle Menschen, die um Machtansprüche rivalisieren, um sich einen Namen zu machen und so als
verbindliche Instanz von den vielen anerkannt zu werden; tot sind die Menschen, die alle Beziehungen auf die
Beziehung zu sich selbst reduzieren, die sich darauf konzentrieren, ihr eigenes Leben zu retten.
Jesus nachfolgen heißt den Mut haben, diese toten Menschen, die wir auch sind, sterben zu lassen. In dem Maße,
wie wir das Wagnis eingehen, als diese toten Menschen
zugrundezugehen, erfahren wir den tragenden Grund
unseres Daseins – Gott selbst. Leben aus Gott heißt: einstimmen in das Grundvertrauen in Gott, in die Übergabe
unseres Lebens an Gott in freie Verfügbarkeit – zur Sen-

dung für Mensch und Welt. Vertrauen heißt für Jesus: sich auf Gott verlassen; sich Gottes gewiß sein; die Demut zu haben, den Dienst Gottes an uns in einem unbedingten Vertrauen anzunehmen.

Wenn dieser Gott Jesu Christi uns bittet, ihn selbst in unser Leben aufzunehmen, dann nicht deshalb, um uns unserer Freiheit zu enteignen, sondern um uns davor zu bewahren, den Weg der Selbsterlösung zu gehen, diesen Weg der Machtbehauptung als Selbstaneignung des Lebens – diesen Weg, der uns in den Tod führt.

Die Wahrheit des Wortes „Sucht zuerst das Reich Gottes" und „Ohne mich könnt ihr nichts tun" befreit den Menschen sowohl aus dem Herr-Sein wie auch aus dem Knecht-Sein. Nur dort, wo der Mensch bereit ist, zu empfangen und seine Existenz zu verdanken, wird er frei von dem Zwang, in Selbstdurchsetzung sich zum Herrn des Lebens zu machen.

Als „Herr" ist er gezwungen, sich immer neu vor aller Welt zu beweisen, seine Leistung dauernd zu rechtfertigen, ist er zum unsinnigen Versuch verdammt, das nicht empfangene Sein gewaltsam an sich zu reißen: Er lebt von der Schwäche derer, über die er mächtig ist, zur Not geht er auch über Leichen. Gier um Anerkennung, Rivalität in verschiedensten Formen von Macht-Konkurrenz-Beziehungen, gnadenloses gegenseitiges Richten sind Grundhaltungen, die aus diesem Aus-sich-selbst-sein-Wollen fließen.

Der „Knecht" dagegen ist der Mensch, der das ihm überantwortete Leben deshalb nicht verdankt, weil er sein Selbstsein nicht riskiert und seine Freiheit nicht verantwortet, keine Initiativen entwickelt, um etwas zu verändern; aus Angst vor Eigenverantwortung ordnet er sich einem Gesetz, der Fremdbestimmung unter, wird dadurch unfähig, schöpferisch für den anderen da zu sein. Er blendet alles aus, was ihn aus sich selbst herausfordert. Es ist die Position, die in die bergenden Mächte von Sicherheit und Ordnung flieht, die für Hierarchie und Schichtung eintritt und sich nach festgefügten Strukturen und elitärer Führung sehnt.

Während der „Herr" in Gott einen Rivalen sieht, der ihn zu Unabhängigkeit, Unfreiheit und Knechtschaft verdammt, sieht der „Knecht" in Gott den Hierarchen, von dem statt Freude, Freiheit und Liebe eine Gesellschaftsordnung kommt, die ihm das Joch der Pflicht auferlegt.

Ich kann nicht frei sein, wenn ich mein Leben Gott verdanke – so wird gesagt. Aber so erfahre ich den lebendigen Gott nicht. Ich erfahre Gott, der mir Leben gibt, nicht als einen, der mich abhängig zu machen, mich gemäß der Herr-Knecht-Dialektik zu erniedrigen sucht, sondern schöpfen, schaffen heißt: Sein schenken, frei-geben; es ist das Ereignis der Freisetzung des Menschen in seine Freiheit. Der Mensch ist geschaffener Schöpfer. Dies ist die tiefste Sinnbestimmung des Menschen.

Der Mensch ist berufen, an der Schöpfermacht Gottes teilzuhaben. Sünde im Sinne der Schrift ist das Zurückweisen dieser Berufung zum Mit-Schöpfer-Sein, ein sich selbst zum Schöpfer Machen – in der eigenen Machtbehauptung des Menschen.

Gott hat unserer Freiheit einen ungeheuren Spielraum eröffnet. Gott hat uns das Sinnziel der Geschichte anvertraut, ihren Richtungssinn, den wir aufgrund unserer Entscheidungen erfüllen oder verfehlen können.

Wenn wir nicht bereit sind, das Leben als Geschenk aus Gottes Hand zu empfangen, dann verschließen wir uns in unserer Leere, niemand kann uns etwas Gutes tun, und wir müssen uns das, was wir uns nicht schenken lassen wollen, selbst aneignen; wir sind gezwungen, durch unseren Anerkennungs-, Bemächtigungs- und Aneignungsdrang unsere Leere aufzufüllen. So aber zerstören wir das Leben der anderen, unser eigenes Leben und das Leben der Natur.

Ein anderes Wort für diese Liebe als Geschenk ist „teilen". Es meint: empfangen und geben. In dem Maße, wie wir unser Leben als Geschenk aus Gottes Hand annehmen, sind wir Menschen, die fähig werden zu teilen.

Das Ethos des Reiches Gottes ist das Ethos des Teilens. Dort, wo wir teilen, bricht heilvolle Weltgestaltung auf. Die Weltgestaltung der durch Gott aus dem Tod auferweckten Menschen ist der Umbau dieser Welt in eine Heimat für alle Menschen.

Das Grundbedürfnis des Menschen, seine Sehnsucht nach der Liebe umsonst, dem Freisein, dem Leben als Fest, ist nur durch das Absolute stillbar, und daher geschichtlich-immanent nicht zu realisieren. Die Quelle des Glücks des Menschen ist Gott.

Die Zukunft erscheint im Bild des Lammes:
entweder das Lamm, das zur Schlachtbank geführt wird: der dritte Weltkrieg;
oder das Lamm, mit dem man machen kann, was man will: die Diktatur Orwells;
oder das Lamm, das den Gehorsam gegenüber der sanften Diktatur als sein höchstes Glück empfindet: die Schöne neue Welt;
oder das Lamm, das die Macht in der Ohnmacht lebt, die aus Liebe das Leid und den Tod nicht scheut, die das Ethos des Teilens lebt: die geschwisterliche Gesellschaft.

ANMERKUNGEN

[1]   Für diesen Zweck empfehle ich aus dem deutschen Sprachraum das Buch von Christoph Bode (Aldous Huxley: „Brave New World", München 1985) und aus dem englischen Sprachraum die Arbeit von Peter Edgerly Firchow (The End of Utopia. A Study of Aldous Huxleys Brave New World, London 1984).

[2]   S. Bedford, Aldous Huxley: A Biography, Bd. 1, London 1973, 245.

[3]   A. Huxley, Schöne neue Welt. Dreißig Jahre danach, München 1983, 368.

[4]   G. Smith, Letters of Aldous Huxley, London 1969, 823.

[5]   Zit. nach: P. E. Firchow, a.a.O., 34.

[6]   S. dazu: K. M. May, Aldous Huxley, London 1972, 115.

[7]   G. Smith, a.a.O., 543.

[8]   B. Thiel, Aldous Huxleys Brave New World, Amsterdam 1980, 22.

[9]   Wegen der weiten Verbreitung der Fischer-Taschenbuch-Ausgabe der Schönen neuen Welt sind die Zitate aus Huxleys Roman dieser Ausgabe entnommen, im folgenden Text jeweils die Seitenzahl als Nummer in Klammer angeführt. Im allgemeinen ziehe ich die revidierte Übersetzung aus dem Jahre 1981 heran; in wenigen Fällen gebe ich der alten Fassung den Vorzug.

[10] S. dazu: F. Ulrich, Leben in der Einheit von Leben und Tod, Frankfurt/Main 1973, 90.

[11] Vgl. dazu: H. U. v. Balthasar, Theodramatik, Bd. III, Einsiedeln 1980, 108 ff.

[12] S. dazu: G. Scherer, Der Tod als Frage an die Freiheit, Essen-Werden 1971, 62.

[13] F. Ulrich, a.a.O., 88.

[14] H. Arendt, Macht und Gewalt, München 1970, 81.

[15] S. dazu: G. Picht, Hier und Jetzt: Philosophieren nach Auschwitz und Hiroshima, Bd. 2, Stuttgart 1981, 296.

[16] G. Picht, a.a.O., 298.

[17] Vgl. dazu: E. Drewermann, Strukturen des Bösen, Bd. 2, Paderborn 1988, 330.

[18] Vgl. dazu: E. Drewermann, Tiefenpsychologie und Exegese, Bd. 2, Olten 1985, 301 ff.

[19] S. dazu: R. Guardini, Die Lebensalter. Ihre ethische und pädagogische Bedeutung, Mainz 1986.

[20] S. dazu: N. Elias, Über den Prozeß der Zivilisation, Bd. 2, Bern/München 1969, 314; 476 f.

[21] Vgl. dazu: F. Ulrich, Gegenwart der Freiheit, Einsiedeln 1974, 11–72.

[22] K. Marx, MEW, EB 1. Teil, 538.

23 S. dazu: N. Elias, Was ist Soziologie?, München 1971, 173.

24 F. Ulrich, Gegenwart der Freiheit, a.a.O., 182.

25 Vgl. dazu F. Ulrich, a.a.O., 182.

26 J. Calder, Huxley und Orwell: Brave New World and Nineteen Eighty-Four, London 1976, 27.

27 G. W. F. Hegel, WW (Glockner), Bd. XI, Stuttgart 1936, 44.

28 G. W. F. Hegel, Die Vernunft in der Geschichte, hrsg. von J. Hoffmeister, Hamburg ⁵1955, 55.

29 E. Coreth, Was ist der Mensch?, in: Menschwerden – Menschsein, hrsg. von P. Gordan, Kevelaer/Graz 1983, 47.

30 I. Kant, Logik, Werke, Bd. IX, Berlin 1923, 25.

31 E. Coreth, a.a.O., 49.

32 J. Calder, a.a.O., 12.

33 S. dazu: H. Padrutt, Der epochale Winter, Zürich 1984.

34 S. dazu: E. Drewermann, Das Markus Evangelium, I. Teil, Olten ⁶1987, 151–158; 576–579.

35 S. dazu: R. Spaemann, Glück und Wohlwollen. Versuch über Ethik, Stuttgart 1989, 224.

36 P. Ganne, Selten Bedachtes über den Heiligen Geist, Einsiedeln 1985, 31.

37 P. Ganne, a.a.O., 37 f.

38 P. Ganne, a.a.O., 35.

39 Chr. Bode, a.a.O., 61.

40 J. Calder, a.a.O., 54.

41 W. Meyer-Larsen, 1984 – Industrialismus und Diktatur. Orwell, Huxley und das wahre Leben, in: Ders. (Hg.), Der Orwell-Staat 1984, Reinbek b. Hamburg 1984, 65.

42 M. Kessler, Power and the Perfect State. A Study in Disillusionment as Reflected in Orwells 1984 and Huxleys Brave New World, in: Political Science Quarterly 72 (Dec. 1957), 566.

43 S. dazu: E. Drewermann, Strukturen des Bösen, Bd. III, Paderborn 1988, 573.

44 S. dazu: M. Walzer, Exodus und Revolution, Berlin 1988.

45 S. dazu: F. Ulrich, Der Mensch als Anfang. Zur philosophischen Anthropologie der Kindheit, Einsiedeln 1970, 122–140.

46 S. dazu: H. Baier, Schmutz – Über Abfälle in der Zivilisation Europas, Konstanz 1991, 21 f.

47 K. Tuzinski, Das Individuum in der englischen devolutionistischen Utopie, Tübingen 1966, 97.

48 E. Drewermann, Das Markus Evangelium, II. Teil, Olten 1988, 404.

49 F. Ulrich, Der Mensch als Anfang, a.a.O., 149.

50 S. zum ganzen: N. Elias, Die Gesellschaft der Individuen, Frankfurt/Main 1987, 269–281.

[51] S. zum ganzen: H. E. Richter, Sexualstörungen – Beziehungskonflikte, in: ders., Sich der Krise stellen, Reinbek b. Hamburg 1982, 119 ff.

[52] N. Elias, Über die Einsamkeit der Sterbenden, Frankfurt/Main 1986, 64 ff.

[53] Die folgenden Zitate dieser beiden Autoren werden von Huxley nicht originalgetreu, sondern „zurechtgeschnitten" wiedergegeben.

[54] K. Rahner, Schriften zur Theologie. Bd. VII., Einsiedeln 1966, 485.

[55] W. Pannenberg, Theologie und Reich Gottes, Gütersloh 1971, 78.

[56] A. Huxley, Schöne neue Welt – Dreißig Jahre danach, a.a.O., 316.

[57] H. U. v. Balthasar, Herrlichkeit, Bd. III, 2, Theologie, Teil 1, Alter Bund, Einsiedeln 1967, 31.

[58] R. Spaemann, Überzeugungen in einer hypothetischen Zivilisation, in: O. Schatz (Hg.), Abschied von Utopia?, Graz 1977, 320.

[59] F. Ulrich, Gegenwart der Freiheit, Einsiedeln 1974, 169.

[60] Vgl. dazu: C. F. v. Weizsäcker, Wege in der Gefahr, München ²1976, 140 ff; ders.: Der Garten des Menschlichen. Beiträge zur geschichtlichen Anthropologie, München 1977, 37 und 59.

[61] E. Kitzmüller, Was kommt nach dem „Sieg der Marktwirtschaft"?, in: W. Palaver (Hg.), Centesimo anno. 100 Jahre Katholische Soziallehre, Thaur bei Innsbruck ²1991, 251.

[62] Dieses Beispiel einer „Problem-Lösung-Problem-Erzeugungskette" übernehme ich (in etwas abgewandelter Form) aus: U. Beck, Risikogesellschaft. Auf dem Weg in eine andere Moderne, Frankfurt/Main 1986, 305 f.

[63] S. dazu: R. Spaemann, Verantwortung für die Ungeborenen, in: „Theologisches", Jg. 18/1988, 594.

[64] F.-X. Kaufmann, J. B. Metz, Zukunftsfähigkeit. Suchbewegungen im Christentum, Freiburg 1987, 134 f.

[65] R. Spaemann, Zur Kritik der politischen Utopie, Stuttgart 1977, 30.

[66] S. zum Ganzen: U. Beck, Von der Vergänglichkeit der Industriegesellschaft, in: Th. Schmid (Hg.), Das pfeifende Schwein, Berlin 1985, 94 f.; ders., Risikogesellschaft, a.a.O., 305 f.

[67] H. H. Bräutigam, Angstforschung im Zwielicht, in: Die Zeit, Nr. 52/1989, 66.

[68] D. Henrich, Ethik zum nuklearen Frieden, Frankfurt/Main 1990, 237.

[69] Vgl. dazu: E. Kitzmüller, Ökologische und soziale Opferungen im Rechtsstaat – und die Opposition dagegen, in: Aktuelle Probleme der Demokratie (= Internationales Jahrbuch für Rechtsphilosophie und Gesetzgebung, Wien 1989), 131 ff.

[70] S. dazu: G. Picht, Hier und Jetzt: Philosophieren nach Auschwitz und Hiroshima, Bd. II, Stuttgart 1981, 277.

[71] S. dazu: N. Elias, Die Gesellschaft der Individuen, Frankfurt/ Main 1987, 295.

[72] U. Beck, Von der Vergänglichkeit der Industriegesellschaft, a.a.O., 94.

[73] G. Picht, a.a.O., 395.

[74] M. List, Was heißt „Weltgesellschaft", in: B. Moltmann/E. Seng-haas-Knobloch (Hg.), Konflikte in der Weltgesellschaft und Friedensstrategien, Baden-Baden 1989, 45.

[75] S. dazu: U. Beck, Gegengifte. Die organisierte Unverantwortlichkeit, Frankfurt/Main 1988, 109; 268 ff.

[76] H. Jonas, Das Prinzip Verantwortung in der technisch-industriellen Welt (Hans Jonas im Gespräch mit Reinhard Löw und anderen), in: B. Engholm/W. Röhrich (Hg.), Ethik und Politik heute, Opladen 1990, 28 f.

[77] N. Kostede, Noch gilt uns das Menetekel, in: Die Zeit, Nr. 18/ 1991, 1.

[78] Diesen Hinweis verdanke ich Vincent Dipenaar aus Südafrika, Teilnehmer an einem Seminar zum Thema „Schöne neue Welt".

[79] H. Baier, Ehrlichkeit im Sozialstaat, Zürich 1988, 29.

[80] U. Beck, Risikogesellschaft, a.a.O., 306 ff.

[81] S. dazu: E. Kitzmüller, Ökologische und soziale Opferungen im Rechtsstaat – und die Opposition dagegen, a.a.O., 127 f.

[82] R. N. Bellah u. a., Habits of the Heart. Individualism and Commitment in American Life, New York 1986.

[83] H. Baier, Medizin im Sozialstaat, Stuttgart 1978, 162.

[84] J. B. Metz, Wider die zweite Unmündigkeit, in: FAZ vom 15. 12. 1987.

[85] J. B. Metz, a. a. O.

[86] N. Postman, Wir amüsieren uns zu Tode, Frankfurt/Main 1985, 110.

[87] N. Postman, a.a.O., 110.

[88] N. Postman, a.a.O., 110.

[89] N. Postman, a.a.O., 109.

[90] N. Postman, a.a.O., 108.

[91] N. Postman, a.a.O., 190.

[92] N. Postman, a.a.O., 191.

[93] N. Postman, a.a.O., 192.

[94] N. Postman, a.a.O., 190.

[95] C. Eurich, Tödliche Signale. Die kriegerische Geschichte der Informationstechnik, Frankfurt/Main 1991, 198.

[96] G. Picht, Hier und Jetzt, Bd. II, a.a.O., 87 f.

[97] S. zum Ganzen: G. Picht, a.a.O., 143.

98   P. Drucker, Rüstung macht schwach, in: Die Zeit, Nr. 40/1989, 48.

99   S. zum Ganzen: R. P. Sieferle, Ökonomie und Ökologie, in: I. Fetscher/H. Münkler (Hg.), Politikwissenschaft, Reinbek 1985, 262–264.

100   S. dazu: E.-O. Czempiel, Demokratisierung und Symmetrie, in: Merkur, 45. Jg./1991, 307.

101   Siehe dazu: N. Elias, Gesellschaft der Individuen, a.a.O., 290.

102   C. Eurich, a.a.O., 201.

103   C. Eurich, a.a.O., 198.

104   U. Beck, Risikogesellschaft, a.a.O., 43.

105   U. Beck, Gegengifte, a.a.O., 273.

106   G. Picht, Hier und Jetzt, Bd. II, a.a.O., 169.

107   K. G. Zinn, Die Selbstzerstörung der Wachstumsgesellschaft. Politisches Handeln im ökonomischen System, Reinbek 1980, 23 f.

108   K. G. Zinn, a.a.O., 28.

109   S. dazu: G. Picht, Hier und Jetzt, Bd. I, a.a.O., 338.

110   S. zum ganzen: G. Picht, Hier und Jetzt, Bd. II, a.a.O., 287 f.

111   G. Picht, a.a.O., 289.

112   F. Tenbruck, Ethos und Religion in einer zukünftigen Gesellschaft, in: E. Kellner (Hg.), Religionslose Gesellschaft. Sind wir morgen Nihilisten?, Wien 1976, 40.

113   F. Tenbruck, a.a.O., 39.

114   F. Tenbruck, a.a.O., 40 f.

115   H. Baier, Ehrlichkeit im Sozialstaat, Zürich 1988, 16.

116   H. Baier, Die sanfte Diktatur des Sozialstaates, in: FAZ, Nr. 201/ 8. 9. 84.

117   St. S. Hall, P. Menzel, Der entschlüsselte Mensch, in: GEO, 10/1989, 100.

118   Die zitierten Aussagen sind dem „Spiegel" entnommen: „Ein moralischer Skandal" (Nr. 39/1991, 40 ff).

119   R. Spaemann, Verantwortung für die Ungeborenen, a.a.O., 603.

120   R. Spaemann, Einsprüche. Christliche Reden, Einsiedeln 1977, 10.

121   J. B. Metz, Wohin ist Gott, wohin denn der Mensch?, in: F.-X. Kaufmann/J. B. Metz, Zukunftsfähigkeit, a.a.O., 134.

122   G. Smith, Letters of Aldous Huxley, a.a.O., 605.

123   G. Orwell, The Collected Essays, 4 Bde., Harmondsworth 1970, hier: Bd. 4, 97.

124   N. Postman, Wir amüsieren uns zu Tode, a.a.O., 190 f.

125   R. Spaemann, Der Anschlag auf den Sonntag, in: Die Zeit, Nr. 21/ 1989, 59.

126   I. Fetscher, Die Schwarze Utopie ist nähergerückt, in: A. Pfaffenholz (Hg.), 1984 – Der Große Bruder ist da, Hannover 1983, 36.

[127] I. Fetscher, a.a.O., 36.

[128] S. zum ganzen: E. Kitzmüller, Soziale Alternativen, in: E. Natter/ A. Riedlsperger (Hg.), Zweidrittelgesellschaft, Wien 1988, 208 ff.

[129] J. B. Metz, Wohin ist Gott, wohin denn der Mensch?, a.a.O., 136 f.

[130] R. Spaemann, Zur Kritik der politischen Utopie, a.a.O., VIII.

[131] D. Henrich, Ethik zum nuklearen Frieden, a.a.O., 202.

[132] R. Spaemann, Glück und Wohlwollen, a.a.O., 224.

[133] S. zum ganzen: J. B. Metz, a.a.O., 118 und 149.

[134] N. Elias, Was ist Soziologie?, a.a.O., 13 f.

[135] Vgl. dazu: K.-O. Apel, Diskurs und Verantwortung. Das Problem des Übergangs zur postkonventionellen Moral, Frankfurt/Main 1988, 62f; 237.

[136] R. Spaemann, Zur Kritik der politischen Utopie, a.a.O., 54.

[137] K.-O. Apel, a.a.O., 366.

[138] Überlegungen zu diesem öko-sozialen Umbau habe ich – in Anlehnung an Arbeiten von Erich Kitzmüller – in dem mit Lieselotte Wohlgenannt herausgegebenen Buch „Den öko-sozialen Umbau beginnen: Grundeinkommen" (Wien 1990, 198–239) vorgelegt.

[139] H. Büchele, Für eine Weltrepublik frei verbündeter Staaten, in: J. Müller/W. Kerber, Soziales Denken in einer zerrissenen Welt. Anstöße der Katholischen Soziallehre, Freiburg i. Br. 1991, 62–72.

[140] G. Picht, Hier und Jetzt, Bd. II, a.a.O., 298.

[141] P. Eicher, Exodus. Zu Karl Barths letztem Wort, in: P. Eicher/N. Weinrich, Der gute Widerspruch. Das unbegriffene Zeugnis von Karl Barth, Düsseldorf 1986, 61.

[142] R. Guardini, Glaubenserkenntnis, Würzburg 1949, 107.

[143] P. Eicher, Exodus, a.a.O., 42.

[144] F. Ulrich, Leben in der Einheit von Leben und Tod, Frankfurt/ Main 1973, 113.

[145] S. dazu: E. Jüngel, Entsprechungen: Gott – Wahrheit – Mensch, München 1980, 325.

[146] R. Spaemann, Einsprüche, Einsiedeln 1977, 118.

[147] R. Spaemann, a.a.O., 119.

[148] R. Spaemann, Die christliche Sicht des Leidens, in: W. Oelmüller (Hg.), Leiden. Religion und Philosophie, Bd. 3, Paderborn 1986, 107.

[149] R. Spaemann, Einsprüche, a.a.O., 130.

[150] R. Spaemann, a.a.O., 127.

[151] S. dazu: H. E. Richter, Der Gotteskomplex, Reinbek b. Hamburg 1979, 239 ff.

[152] R. Guardini, Glaubenserkenntnis, Würzburg 1949, 33.

[153] E. Jüngel, Aus Freude an Gott, in: W. Jens (Hg.), Warum ich Christ bin, München 1979, 214.

[154] K. Barth, Kirchliche Dogmatik IV/1, 209.
[155] F. Ulrich, Leben in der Einheit von Leben und Tod, a.a.O., 149.
[156] F. Ulrich, a.a.O., 149.
[157] R. Spaemann, Die christliche Sicht des Leidens, a.a.O., 104 f.
[158] G. M. Martin, Fest und Alltag. Bausteine zu einer Theorie des Festes, Stuttgart 1973, 52.
[159] R. Spaemann, a. a. O. 131.
[160] R. Spaemann, a.a.O., 131.
[161] R. Spaemann, Einsprüche, a.a.O., 125.
[162] R. Spaemann, a.a.O., 132.

Ein Blick in Huxleys Schöne neue Welt

Huxley schildert einen hochperfektionierten, termiten-
ähnlichen Weltstaat im Jahre 632 A. F. (= Anno Ford),
der von künstlich erzeugten konditionierten Kastenmenschen bewohnt wird. Kriege sind verpönt und werden
nicht mehr geführt, nachdem man ihre Sinnlosigkeit erkannt hat. Im Neunjährigen Krieg, der im Jahre 141
A. F. begann, wurde der letzte globale Massenvernich-
tungskampf ausgetragen. Jetzt, im Jahre 632 A. F., scheinen die Menschen, abgesehen von einigen „mißkonditio-
nierten" Außenseitern, glücklich zu sein. Sorgen, Leid
und Nöte sind durch das Betäubungsmittel Soma zu unbekannten Begriffen geworden. Die gesamte staatliche
Macht konzentriert sich in den Händen von zehn Welt-
kontrolleuren, die den technischen Weltstaat „weise"
führen.

In dem hochtechnisierten Zukunfststaat wird der Mensch
nicht mehr unter Schmerzen der Mutter geboren, sondern man stellt ihn, indem die Eugenik zweckgebunden
und systematisch betrieben wird, mit Hilfe von Retorten
und Embryoflaschen in der Londoner Weltbrutzentrale
synthetisch und serienmäßig her. Verschiedene künstliche Menschentypen werden produziert. Sie gehören jeweils einer bestimmten Alpha-, Beta-, Gamma-, Delta-
oder Epsilon-Kaste an. Die synthetische Menschenmas-
senproduktion beginnt mit der jeweiligen Befruchtung
verschiedener Eierstöcke mit biologisch hoch- oder min-
derwertigem Sperma. Die wert- und rangmäßig höchst-
stehenden Mitglieder der Alpha-Kaste sind aus nur einem

Ei entstanden, dagegen hat es der sogenannte Bokanowsky-Prozeß ermöglicht, 96 identische, stupide, sklavische Untermenschen aus einem einzigen Ei zu erzeugen. An die Stelle der individuellen elterlichen Erbanlagen treten chemische Reize und sonstige Surrogate, die prädestinierend und standardisierend auf den Flaschenembryo einwirken. So wird z. B. der Intelligenzquotient des Individuums vor der Geburt bestimmt. Durch systematische Drosselung der Sauerstoffzufuhr, die bei den einzelnen Flaschenembryos jeweils stärker oder schwächer ist, erzeugt man den gewünschten minderwertigen Kastenmenschen oder sogar, falls es dem Weltstaat als nützlich erscheint, Zwerge und augenlose, deformierte, untermenschliche Monstren. Von einem stetigen, organisch bedingten Heranreifen des Menschen kann nicht mehr die Rede sein, denn die Familie hat der künstlichen Menschenfabrikation weichen müssen: Die Ausdrücke Vater und Mutter lassen bei ihrer Nennung die Gesichter der Weltstaatenbewohner vor Scham erröten, weil diese Begriffe einer längst vergangenen, rückständigen, barbarischen Epoche angehören, die dank der Hilfe Fords glücklich überwunden werden konnte.

Nun werden die Kinder in staatlich gelenkten Kinderheimen von prädestinierten und normierten Erziehern zu ebenfalls normierten Kollektivmenschen erzogen. Dabei bedient man sich der Methode des postnatalen Konditionierens, denn die Machthaber des Weltstaats wissen, daß Umwelteinflüsse jeglicher Art auf das Individuum besonders in seinem jugendlichen Alter einwirken, weil ihm noch die notwendige Erfahrung fehlt, dem Leben kritisch und mit einer gewissen Skepsis zu begegnen. Von den verschiedenen Verfahren, die erprobt wurden, erwies sich die hypnopädische Behandlung als die erfolgreichste. Ihr liegt das Prinzip der unterbewußten Überredung zugrunde, die besonders erfolgreich ist, wenn der zu beeinflussende Mensch in einen Zustand stark verminderten psychischen Widerstands versetzt ist. Um diesen Schwächezustand ohne jeglichen Zwang zu erreichen, bedient man sich eines natürlichen Mittels, nämlich des Schlafs. Da die Intensität des Reizes mit der zunehmenden Tiefe des Schlafs abnimmt, versetzt man die Kinder in einen leichten Schlummer und beginnt nun mit der hypnopädischen Behandlung, indem ihnen bestimmte, sich ständig wiederholende, leicht verständliche propagandistische Sätze suggeriert werden. Diese Methode wird nachts und auch während des Mittagsschlafs bis zur Volljährigkeit des Kindes angewandt. Der Erfolg ist sehr groß, wie aus einem Vortrag des Direktors der zentralen Brut- und Normanstalt hervorgeht; denn der Prozeß hat die völlige Willensbrechung des Individuums zur Folge, sodaß dessen Denkweise schließlich nur noch aus Suggestionen des Staates besteht.

Neben der hypnopädischen Behandlung werden jedoch noch andere Mittel zum postnatalen Konditionieren des Individuums, jeweils seiner Kaste entsprechend, angewandt. So setzt man Bilderbücher mit Naturaufnahmen, die sich in den Händen spielender Delta-Kinder – der späteren Fabrikarbeiter – befinden, unter Strom. Die dadurch bedingte Schockwirkung soll eine Abneigung gegen die Natur erzeugen. Auch die Erziehung des Kindes zum „erotic play" und seine damit verbundene Entsittlichung sollen dazu beitragen, daß der Normierungsprozeß alle Spuren seiner ihm noch verbliebenen Individualität beseitigt. Sogar Achtung und Ehrfurcht vor dem Sterben und dem Tod werden ausgelöscht, indem das Kind Szenen des Massensterbens in speziellen Sterbehäusern mit ansehen muß. Jeder Todesfall gibt zu einem Freudenfest Anlaß, sodaß der Tod allmählich seine Schrecken verliert und das Kind ihn als eine Selbstverständlichkeit betrachtet.

Selbst der als Atavismus geltende menschliche Alterungsprozeß konnte mit Hilfe der Wissenschaft beseitigt werden. Die physischen und psychischen Konstitutionen der genormten Kreaturen ändern sich also zeit ihres Lebens nicht.

Wie jeder totalitäre Staat, so propagiert auch der Weltstaat Huxleys seine Ideologie „COMMUNITY, IDENTITY, STABILITY", die dazu beitragen soll, daß der Einzelmensch der gemäßigten Diktatur der zehn Weltkontrolleure keinen Widerstand leistet, sondern sich vorbehaltlos den Normen unterordnet und so letzte individuelle Regungen preisgibt, die er trotz seiner normativen Erziehung noch hat.

Außer den schon geschilderten Phasen der Normierung des Individuums im Embryonalzustand und jugendlichen Alter gibt es noch die sogenannten Solidaritätsveranstaltungen, an denen alle Erwachsenen Weltstaatenbewohner regelmäßig teilnehmen müssen. Man trifft sich in Gruppen zu zwölf und läßt sich mit Hilfe der Rauschmittel Soma und Adrenalin in einen ekstatischen Zustand versetzen, um mit den anderen Gruppenmitgliedern eins zu werden: Diese Orgien sollen die völlige Entselbstung des Menschen herbeiführen, damit die „Community", das Kollektiv, durch den einzelnen nicht in ihrer „Stability" gefährdet wird.

In den Betrieben dürfen die Räder der Maschinen und der Fließbänder im Interesse der kollektiven Sicherheit nicht stillstehen, sondern müssen sich im steten Rhythmus drehen. Zu ihrer Bedienung benötigt man „glückliche" Menschen, die vor Gefühlsausbrüchen und Einflüssen jeglicher Art gesichert sind und gleich Maschinen ihren Dienst verrichten.

Auch das Rauschmittel Soma soll zur Sicherung der „Stability" und Gleichschaltung des Einzelmenschen in seinem Denken, Fühlen und Wollen mit der Masse beitragen. Es versetzt den Menschen in einen glückseligen, traumhaften Zustand, „soma-holidays" genannt. Schon von Jugend an gewöhnt sich der einzelne an dieses Betäubungsmittel, sodaß ein Tag ohne Soma nicht nur Unausgeglichenheit, sondern sogar Qualen und Depressionen bedeutet. Der Staat verfügt damit über ein weiteres Machtmittel, das es ihm ermöglicht, durch Entziehung von Somarationen den einzelnen jederzeit wegen ideologieschädigenden Verhaltens nicht nur zu maßregeln, sondern auch wieder gefügig zu machen.

Das geistige Unvermögen und die sklavische Abhängigkeit von oberflächlichen, aber technisch verfeinerten Massenunterhaltungsmitteln sind ebenfalls symptomatisch dafür, daß der Mensch des neuen Zeitalters seine Individualität verloren hat.

Literatur, Geschichte und Kunst werden nicht mehr gepflegt. Das Individuum wird zur Geschichtslosigkeit erzogen. Seine völlige Entwurzelung und Traditionslosigkeit sind die Folge. Die Weltkontrolleure wünschen in ihrem Staat nur der Geschichte entfremdete Wesen, denn sie wissen, daß geschichtliches Denken zur Objektivität erzieht, die eben nicht mit der propagierten Ideologie zu vereinbaren ist. Da sich die Geschichte jedoch nicht auf einen bestimmten Zeitabschnitt einengen läßt – im Weltstaat ist es die moderne Zeit, in der man gerade lebt –, sondern das gesamte Weltgeschehen betrachtet, bedroht sie die Sicherheit der Gesellschaft und muß totgeschwiegen werden.

Auch die freie wissenschaftliche Betätigung des Individuums ist unmöglich. Das zeigt sich besonders an der Haltung des Weltkontrollers Mustapha Mond der Wissenschaft gegenüber. Er sieht in ihr einen möglichen Feind, weil sie Erfindungen oder Entdeckungen zu machen vermag, die eine Änderung der bestehenden staatlichen und gesellschaftlichen Ordnung verursachen können.

Da die Spanne zwischen Wunsch und Erfüllung auf ein Minimum reduziert werden soll, gibt sich der einzelne bedenkenlos maßlosen erotischen Sinnesräuschen hin. Die Folge ist die vom Staat geförderte Promiskuität. Nicht persönliche Zuneigung, sondern ausschließlich die Sinnenlust treibt die Menschen an, einander zu begegnen, und läßt sie nach ihrer sexuellen Befriedigung auch ohne Bedenken wieder auseinandergehen. Die Tugend der Reinheit ist verpönt, gilt als unmoralisch und auch ungesund, denn sie läßt Leidenschaften im Menschen erwachen, die Sicherheit und Stabilität der Gesellschaft bedrohen.

In einer Welt der staatlich propagierten mechanistisch-materialistischen Ideologie, die den Geist leugnet, gilt die Religion als überflüssig. Das Individuum im Jahre 632 A. F. kann nicht an Gott als den ihm übergeordneten Schöpfer, der geistig und ewig ist, glauben, weil die Möglichkeit der Gotteserfahrung nicht mehr existiert. Es bedarf auch nicht des göttlichen Beistands und Trostes, denn Not, Drangsal und Leid sind durch das euphorische Betäubungsmittel Soma zu unbekannten Begriffen geworden, sodaß nun jeder „glücklich" ist. Ford, den jeder respektiert, wird als einer der Mitbegründer der neuen Gesellschaft und als Repräsentant des modernen Lebensstils verehrt. Durch seine Erfindung des Fließbandes, das die Massenproduktion ermöglichte und zum materiellen Symbol der neuen materialistischen Ideologie wurde, hat er sich besondere Verdienste erworben. Da der völlig mechanisierte und vermaterialisierte Mensch den sittlichen Begriffen Gut und Böse indifferent gegenübersteht, kennt er auch die Sünde nicht.

Trotz des totalen Kollektivierungssystems gibt es in der Brave New World Utopier, die sich durch individuelle Regungen von der Masse absondern und den Versuch wagen, ein – wenn auch sehr begrenztes – Privatleben zu führen. Huxley schildert in den alpha-konditionierten Außenseitern Bernard Marx und Helmholtz Watson zwei Männer, die durch ihr ketzerisches Verhalten mit der bestehenden Staatsordnung in Konflikt geraten und zur Strafe in die Verbannung geschickt werden.

Im „Wilden" John Savage (= „Michael" in der deutschen Übersetzung) konfrontiert der Autor den natürlichen Menschen mit der utopischen Welt. Die Weltstaatsbewohner bezeichnen John Savage eben als „Wilden", weil er aus der „Savage-Reservation" in Neumexiko stammt und auf natürliche Weise gezeugt worden ist. Im Reservat herrschen, gemessen am Fortschritt der Brave New World, primitive Verhältnisse. Eine „Kultivierung" dieses Gebiets schien wegen schlechter Bodenverhältnisse erfolglos zu sein und unterblieb daher. Sitten und Gebräuche sind somit die gleichen wie in der Zeit vor Ford. Ehe und Familie kommen sehr große Bedeutung zu. In dieser „unstabilen" Welt, in der es noch Freude und Leid gibt, haben auch Krankheit und Tod ihre abschreckende Wirkung bei der indianischen Bevölkerung nicht verloren. Ein hoher, elektrisch geladener Stacheldrahtzaun umgibt das Reservat, sodaß es nur nach erteilter Sondergenehmigung von den Weltstaatsbewohnern betreten werden kann. Die dort vorherrschende Religion stellt eine Mischung von indianischem Mythos und Christentum dar. Sie fordert von den Indianern die strikte Einhaltung der Sittengesetze.

In dieser Welt wuchs John Savage auf. Mit kindlicher Ehrfurcht lernte er seine Mutter lieben. Die beta-konditionierte Linda ist seine Mutter, die während einer Reise mit dem Direktor der Londoner Normanstalt durch das Reservat im Gebirge verunglückte und dort von den Indianern aufgefunden und gesundgepflegt wurde. Durch die Geburt ihres Sohnes John versperrte sie sich die Rückkehr in die Neue Welt. Sie lehrte John Lesen und Schreiben und berichtete öfter von der Neuen Welt. Derartige Schilderungen erweckten in dem jungen John eine starke Sehnsucht, diese ihm als wunderbar erscheinende Welt zu besuchen. Freudig nimmt er eine Einladung zum Besuch der Neuen Welt an, zumal seine Mutter ihn auf der Reise begleiten wird.

Kann jedoch die Neue Welt mit ihrer „Zivilisation" den „Wilden" beeindrucken oder gar glücklich machen? John Savage muß erfahren, daß seine reinen und echten Liebesgefühle mit sexueller Lust beantwortet werden. Die alpha-konditionierte Lenina läßt, obwohl er sie liebt, durch ihr Verhalten Ekel und Abscheu in ihm aufkommen. Er glaubte, die Neue Welt wäre von göttlichen Wesen bewohnt und muß nun erkennen, daß er sich in einer Masse versklavter, unwissender Kreaturen bewegt. Seine Mutter, die er innig liebt, stirbt, ohne ihn zu erkennen, während seines Besuches in einer Moribundenklinik, nachdem sie sich vorher mittels Soma-Tabletten in einen Glücksrausch versetzt hat. Er ist entsetzt darüber, daß sich eine anwesende Kinderschar, die auf den Tod konditioniert wird, an dem Sterben der Patienten ergötzt.

Aufgrund dieser Erlebnisse versucht er, der geknechteten Menschheit den Weg zu ihrer Befreiung zu weisen, indem er sie auf die vernichtenden Folgen des Betäubungsmittels Soma hinweist.

Persönlich will er die Weltstaatsbewohner lehren, was es heißt, wirklich frei zu sein. Sein Versuch ist jedoch zum Scheitern verurteilt, denn ihm liegt die falsche Prämisse zugrunde, daß Gedanken- und Willensfreiheit in der Brave New World existieren. Durch sein Verhalten gefährdet er nach Ansicht der Weltstaatsbewohner vielmehr die Stabilität der Gesellschaft. Doch man liquidiert ihn nicht, sondern läßt ihn das „Experiment" fortsetzen, obwohl sich John Savage wiederholt gegen die Einrichtungen der Neuen Welt ausspricht.

Der „Wilde" verabscheut es, sich dem Lebensstil der Weltstaatsbewohner anzupassen, weil es die Preisgabe seiner Individualität, ja seines Menschseins überhaupt bedeuten würde. Angeekelt von der modernen Welt zieht er sich in einen alten Leuchtturm zurück. Doch man macht ihn bald ausfindig, und so strömen die Massen herbei, um sich an seinen Kasteiungen zu ergötzen. John Savage kann es nicht länge ertragen, ständig von den Weltstaatsbewohnern beobachtet zu werden. Durch die neue Zivilisation an sich selbst irre geworden, macht er seinem Leben ein Ende.

ZUM LEBENSWEG VON ALDOUS HUXLEY

1894   26. Juli: Aldous Leonard Huxley wird in Godalming (Surrey) geboren als Sohn des Lehrers und Literaten Leonard Huxley und seiner Frau Julia geb. Arnold. Seine Geschwister: Julian (*1887), Trevenen (*1889), Margret (*1899)

1908   September: Aldous wird Schüler der Public School von Eton. 29. November: Tod seiner Mutter

1911   Schwere Augenkrankheit zwingt Aldous, Eton zu verlassen; über ein Jahr fast völlige Blindheit

1913   Oktober: Immatrikulation am Balliol College, Oxford (Englische Literatur und Philosophie)

1914   23. August: Aldous' Bruder Trevenen nimmt sich das Leben

1915   Dezember: Erster Besuch auf dem Gut Garsington bei Philipp und Lady Ottoline Morrell; Aldous lernt die Schweizerin Juliette Baillot, seine zukünftige Schwägerin, und die Belgierin Maria Nys, seine zukünftige Frau, kennen. – Erste Begegnung mit D. H. Lawrence

1919   10. Juli: Eheschließung mit Maria Nys

1920   Geburt von Matthew Huxley. – Huxley geht als Buch- und Theaterkritiker zur „Westminster Gazette"

1923   Januar: Erster Dreijahresvertrag mit dem Verlagshaus Chatto & Windus
August: Die Huxleys mieten das Haus Castel a Montici in Florenz (bis Juni 1925)
November: Narrenreigen

1926 Oktober: Freundschaft mit D. H. Lawrence

1932 Februar: Schöne neue Welt

1937 7. April: Die Huxleys reisen mit Gerald Heard nach den USA

1938 Ende Januar: Zurück nach Hollywood; Freundschaft mit Charlie Chaplin, Paulette Goddard, Greta Garbo, Anita Loos u. a.

1949 Umzug nach Los Angeles

1953 Huxley macht sein erstes Experiment mit psychodelischer Droge

1955 Maria Huxley stirbt

1956 Huxley heiratet Laura Archera

1958 Oktober: Essaysammlung. Schöne neue Welt. Dreißig Jahre danach

1959 Februar–Mai: Vorlesungen an der University of California, Santa Barbara, über The Human Situation
Verleihung des „Award of Merit for the Novel"

1960 Huxley erfährt, daß er Zungenkrebs hat

1961 Huxleys Haus wird durch Buschfeuer vernichtet; Verlust der Bibliothek und aller Aufzeichnungen

1962 Gastprofessur an der University of California, Berkeley

1963 Privataudienz bei Papst Johannes XXIII.
22. November: Tod in Los Angeles

SACHREGISTER

INHALTSVERZEICHNIS

Jósef Niewiadomski (Hg.)

Eindeutige Antworten?

Fundamentalistische Versuchung in Religion und Gesellschaft. „Das vorliegende Buch bietet einen vorzüglichen Überblick über die mit dem Phänomen des ‚Fundamentalismus' in Kirche und Gesellschaft zusammenhängenden Fragen. Es hilft zur Orientierung und regt in seinen einzelnen Beiträgen zur weiterführenden Beschäftigung an. So kann es jedem empfohlen werden, der kritisch mit Fragen des Glaubens in Kirche und Gesellschaft umzugehen gewohnt ist."

212 S., öS 198,– / DM 28,–

Józef Niewiadomski (Hg.)

Verweigerte Mündigkeit?
Politische Kultur und die Kirche

Das Buch plädiert für eine Vielfalt politischer Kultur und geht den aktuellen Fragen nach: Fordert die Kirche die Mündigkeit ihrer Gläubigen im Hinblick auf den bürgerlich-politischen Verantwortungsbereich oder erzieht sie zur Obrigkeitshörigkeit? Wie steht es mit der vielbeschworenen Mündigkeit im Glauben?

256 S., öS 198,– / DM 28,–

Walter Buder

Mystik – Ereignis radikaler Menschlichkeit?
Ein theologischer Versuch anhand Simone Weils Leben und Werk

Mystik und Menschlichkeit sind ebenso traditionsreiche wie umstrittene Begriffe. Doch verweisen sie auf mannigfaltige lebensbejahende Gestaltungsformen und verbinden Fragen von bleibender Aktualität. Das Leben und das schriftstellerische Werk von Simone Weil (1909 – 1943), der engagierten französischen Philosophin, bieten eine spannungsreiche Grundlage für die Frage nach dem Wert der Mystik, einer Mystik, die von Menschlichkeit getragen ist.

191 S., öS 198,– / DM 28,–

Erhältlich in Ihrer Buchhandlung oder beim kultur verlag

A-6065 Thaur/Tirol · Krumerweg 9 · Telefon (0 52 23) 64 53-26
Telex 533783 · Telefax (0 52 23) 22 42-30

Wolfgang Palaver (Hg.)

100 Jahre Katholische Soziallehre
Bilanz und Ausblick

Mit der Enzyklika Rerum novarum wurde vor 100 Jahren die Geburtsstunde einer systematischen katholischen Soziallehre eingeläutet. Was ist der Kirche seitdem in den sozialen Fragen gelungen, wo konnte sie entscheidend in die gesellschaftlichen Prozesse eingreifen, wie praxisnah und verbindlich waren ihre Aussagen wirklich? Antworten darauf geben namhafte Professoren der Theologie und Sozialwissenschaften und profunde Kenner der Praxis der katholischen Soziallehre: Herwig Büchele, Franz Furger, Norbert, Greinacher, Friedhelm Hengsbach, Alois Riedlsperger, Anton Pelinka, Lieselotte Wohlgenannt, Eduard Ploier u. a.
356 S., öS 248,– / DM 34,80

Martha Heizer, Elisabeth Anker (Hg.)

Funkenflug aus dem Elfenbeinturm
Erfahrungen beim Glaubenlernen

Wo wird religiöse Erfahrung ermöglicht, wie verhindert?
Die Autoren des Buches nennen die Hindernisse beim Namen. Sie stellen sich vehement gegen eine autoritäre Erziehung im traditionellen Stil. Gleichsam detektivisch folgen sie diesen Spuren von Lebensgeschichte, wo der Glaube ein Erwachsenwerden gefördert hat, und diese gibt es, Gott sei Dank!
Dieses Buch wendet sich vor allem an jene, die den christlichen Glauben befreiend weitergeben wollen: Eltern, Katecheten, Priester und Lehrer.
224 S., öS 248,– / DM 34,80

Roman Siebenrock (Hg.)

Christliches Abendland
Ende oder Neuanfang?

Welche Rolle wird im neuen Europa der Begriff des „Christlichen Abendlandes" spielen? Wird er zu einer Randerscheinung in der neuen Werteordnung verkommen oder wird er zum ideologischen Leitfaden für die kirchliche Praxis werden? Die Autoren untersuchen in diesem Buch den Stellenwert der Idee und praktischen Handhabung eines christlichen Europa und geben Ausblicke auf mögliche Entwicklungen in der Zukunft.
Voraussichtlicher Erscheinungstermin: Herbst 1993.

Erhältlich in Ihrer Buchhandlung oder beim kulturverlag

A-6065 Thaur/Tirol · Krumerweg 9 · Telefon (0 52 23) 64 53-26
Telex 533783 · Telefax (0 52 23) 22 42-30

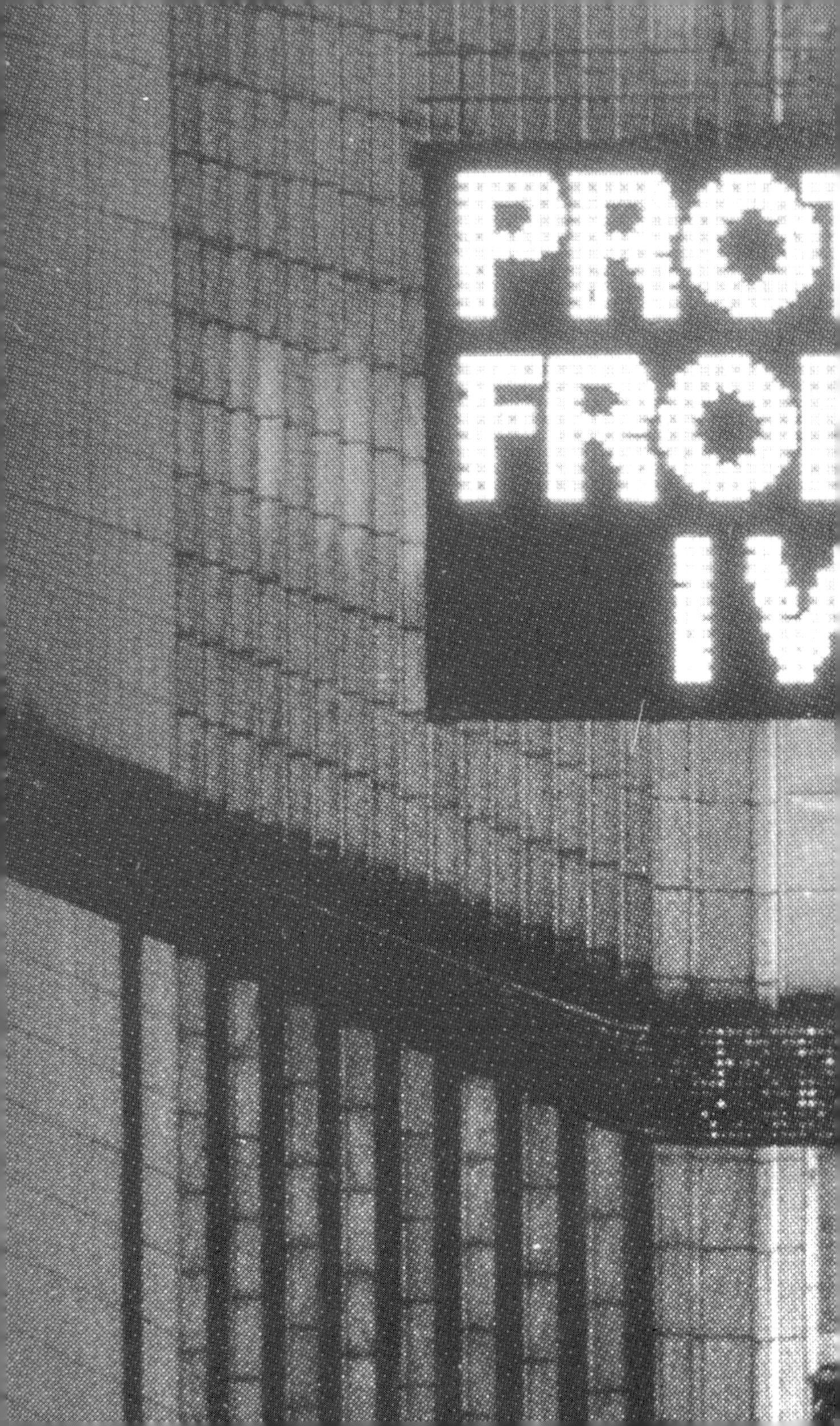
PRO
FRO
IV